DEEL I

I

Ik vind niet dat je het Henk kunt aanrekenen. Hij was een kind. Laat ik zeggen: je kunt hem niet álles aanrekenen. Soms zijn er dagen waarop het geen rol lijkt te spelen, maar het is er wel. Het is er altijd. Het is niet zo dat je er mee leert leven. Het bepaalt je leven. Met mijn man heb ik er nooit over gepraat. Het licht gaat langzaam uit. Ik vind het niet zo erg. Alles bij elkaar genomen ben ik behoorlijk goed terechtgekomen. Meer zat er niet in. Dat moet je accepteren. We kunnen niet allemaal koning zijn.

Ik ben opgegroeid in een kindertehuis. Mijn moeder heeft me bij mijn geboorte afgestaan. Vader onbekend, vroeger was dat een schande en leuk wordt het nooit. Mijn moeder mocht mij vanaf mijn zesde een of twee keer per jaar een dagje ophalen. Ik zou niet meer geadopteerd worden, dus als mijn moeder en ik ons toch nog zouden hechten, dan was dat geen probleem. Maar daar hoefden ze niet bang voor te zijn. Het aantal contactmomenten, zoals dat tegenwoordig heet, was zelfs voor een hunkerend kind als ik veel te weinig om tegemoet te komen aan mijn verlangens.

Ik bleef tot mijn twaalfde in het tehuis. Er kwamen steeds nieuwe kinderen, kleine kinderen, maar de meeste verdwenen na een tijdje weer. Heel lang heb ik gedacht dat ze door een kinderlokker meegenomen werden, maar nee, ze kregen nieuwe ouders. Een paar jaar geleden kwam ik op de braderie in gesprek met een vrouw van mijn leeftijd, die ik vaag herkende. Het was Mia. In het kindertehuis sliepen wij samen in één bed, tot zij er ineens niet meer was. Een tijdje had ik het bed voor mij alleen en toen kwam Grietje erbij, maar die is ook niet lang gebleven, wat niet erg was, want ze was een bedplasser. Mia vertelde over haar adoptie. Ik weet niet waar het verhaal van de kinderlokker vandaan kwam. Misschien zeiden ze het om ons onder de duim te houden, om te kunnen dreigen. Het was wel gek dat juist de hele kleintjes en de brave kinderen verdwenen. Goed, door de ontmoeting met Mia was dat hele idee van die kinderlokker eindelijk uit mijn hoofd. Zo'n verhaal blijft dus heel lang hangen, terwijl je eigenlijk wel weet dat de waarheid anders is. We zouden snel weer afspreken, maar dat is er niet van gekomen.

De eerste keer dat ik door mijn moeder een dagje opgehaald werd – de meeste keren daarna trouwens ook – gingen we naar haar familie. Ik meen zelfs dat ze nog bij haar ouders woonde. De bank zat vol vreemde mensen. Ik ging als een nieuwe lap stof van hand tot hand. De een na de ander trok mij naar zich toe, gaf een klopje tegen mijn maillot en stuurde me met een tikje van de andere hand door naar de volgende.

Niet onbelangrijk: iedereen gaf geld. Het leek wel collecteren. Aan het einde van de dag bracht iemand mij terug, een oudere man, hij noemde zich oom. Ik zat bij hem op de stang van zijn fiets. Onder het fietsen rookte hij een sigaar en vroeg of ik het leuk had gevonden. Ik zei ja, maar het voelde vreemd dat er een kamer vol familie was en ik als enige vertrok, en nog vreemder voelde het dat iedereen dat normaal vond.

Met kleine, maar vanzelfsprekende bewegingen werd de ruimte rond mijn weggevallen plaats opnieuw ingedeeld. Vergelijk het met een bad. Je bent nog niet uitgestapt of het wateroppervlak heeft zich alweer aaneengesloten. Het water is nog warm en er is misschien nog schuim, maar teruggaan is geen optie.

Op mijn twaalfde werd ik dienstmeisje. Het was oorlog en voor de grote kinderen werd een betrekking gezocht. Ik kwam in een herenhuis in Leeuwarden terecht, waar ik een kamertje op zolder kreeg. Mijn eerste eigen kamer, en die stijve witte lakens, die naar zeep roken, dat was heerlijk. Ik had geluk dat ik al twaalf was, want met veel van de kleintjes is het niet zo goed afgelopen, heb ik later gehoord. Die konden nergens naartoe. De vrouw des huizes was een Duitse. Ze was streng en in het begin kon ik haar niet verstaan, maar beetje bij beetje leerden we elkaar waarderen. Alles wat ik bij haar leerde, was een voorbereiding op mijn eigen gezin, zei ze altijd. Het was net of ze mijn gedachten kon lezen. Een eigen gezin was mijn grote droom.

1

'I stand here before you filled with deep pride and joy: pride in the ordinary, humble people of this country. You have shown such a calm, patient determination to recall this country as your own... and joy that we can loudly proclaim from the rooftops. Free at last, free at last!'

Henk wokte zijn maaltijd bij elkaar op zijn Boretti-fornuis en keek naar de televisie, waar Mandela zijn overwinningsspeech uitsprak, omringd door getrouwen van jaren her: Sisulu, Mbeki en de weduwen van Chris Hani en Martin Luther King. Het kwam hem toe, die goede man. Zoveel jaar gevangen en zoveel jaar ongebroken. Een tengere, grijze man, overeind gebleven door op Robbeneiland de discipline van een topbokser te bewaren.

Hij ontkurkte een cru bourgeois medoc van Château de Panigon, schonk een bodempje in, hield zijn glas tegen het licht en liet het walsen in zijn hand. Hij boog voorover en rook, keurde, beoordeelde, proefde. Iets te veel tannine, zoals hij had verwacht, maar dat zweempje vanille was aardig en die houttonen ook. Veel rood fruit, al bleven de frambozen te veel op de achtergrond; een lange afdronk. Een goede wijn, maar niet volmaakt. Niet de beste fles uit de serie. Het jaar, het wijnhuis, het gaf een indicatie, maar uiteindelijk ging het om die ene fles. Daar moest je mazzel mee hebben.

Mandela had ook een glas wijn in zijn hand. Hij hief zijn glas en nam een slok. Bij leven al een legende, dat moet je hebben. Hij voegde een handje sugar snaps toe aan de gesneden biefstuk, babymaïs en paprika. De telefoon ging. Marie natuurlijk. Miljoenen en miljoenen mensen over de hele wereld delen dit moment met ons, juichte ze. Heerlijk die jeugdige naïviteit. Hij luisterde maar half naar de rest van haar voorspelbare woorden. Niet dat hij haar niet liefhad, maar hij had zich al sinds zijn vroegste jeugd aangewend effectief met zijn energie om te gaan. Op de achtergrond hoorde hij de medebewoners van het studentenhuis meejoelen met een spelletjesshow. Nu al verveeld. De afgelopen vijf jaar waren er zoveel historische momenten geweest, die met bewondering of verbijstering via de televisie gadegeslagen konden worden, dat dit voor de jeugd de norm was geworden.

Hij reageerde pas weer toen zijn dochter vertelde dat haar tante op haar verjaardag kwam. Betty zat op dit moment waarschijnlijk in de kantine bij de arbeiders. Ze zou op een harde stoel zitten, lauw bier drinken en pathetisch om zich heen kijken, zich één voelen met hen. Niet het moment om naar Nederland te komen. 'In de oogsttijd?'

Marie reageerde geprikkeld op zijn verbazing. 'Ja, is dat zo gek?'

'Dat deed ze vroeger nooit.'

'Maar nu word ik eenentwintig.'

'Ja. Heb je al bedacht wie je uit gaat nodigen?'

'Niet zoveel. Wat mensen van de universiteit en de rederij. Je eenentwintigste verjaardag is hier niet zo belangrijk.'

'En van atletiek?'

'Ja, maar die gaan vroeg weg. Die drinken niet en de studenten willen bier. Je hoeft je dus niet uit te sloven met je wijn.'

'Maar je wordt eenentwintig. Ik sloof me graag uit.'

'Weet ik, maar maak het niet te gek. Ik ga oma nog even bellen. Dag, pap.'

Zuid-Afrikaanse wijn werd steeds populairder. De opkomst was onstuitbaar, alsof Mandela met zijn glas een teken had gegeven. Niet subtiel, maar al snel zou het succes van Zuid-Afrikaanse wijn geen grenzen meer kennen. De shiraz, de pinotage en de chenin zouden in alle provincies de voorspoed beklinken van bruidsparen, jubilarissen en examinandi. Ze zouden wit, rosé en rood stralen in het glas van promovendi, op de vrijdagmiddagborrel van advocatenkantoren en bij de lunches van een selecte voorhoede, die nooit een bedrijfskantine van binnen zag. Via de sluiproute van de goedkoopste supermarkten zouden ze een tijdje later vanwege de lage prijs terechtkomen bij de argeloze vrouwen van bouwvakkers en zouden ze scholieren naar hun eerste dronkenschap voeren. Zo was het ook gegaan met de Italiaanse chianti in mandflessen en daarvoor met moezelwijn, die niet vanwege het alcoholpercentage maar door de vele chemische toevoegingen buiten het bereik van kinderen moest worden gehouden.

Hij keek op de routelijst. Eerst zou hij naar Cor Poppelaars gaan, dan zou hij de files rond Amsterdam kunnen vermijden. Heen en weer lopend naar de geacclimatiseerde kelder vulde hij zijn bus met wijn. De bestelling voor Poppelaars pakte hij als laatste, zodat die als eerste eruit kon. Op het deksel van de houten kisten was de naam van de afzender gebrand: Château Beychevelle. In dat Franse kasteel aan de Gironde, bij het dorpje Saint-Julien, had hij stage gelopen en zijn ex-vrouw ontmoet. Het kasteel was grotendeels zelfvoorzienend. Er stonden dikwijls konijn en eend op het menu en ook groenten en fruit kwamen van eigen grond. Een paradijselijke plek, waar hij de beste tijd van zijn leven had doorgebracht. Een zorgeloze tijd.

Poppelaars was een van zijn trouwste afnemers, de eerste die wijn bij hem besteld had na zijn terugkeer naar Nederland in het begin van de jaren tachtig. Hij was net begonnen met zijn restaurant in de duinen, een bunkerachtig gebouw dat minimalistisch was ingericht. Hij had Henk gevraagd zijn wijnkaart samen te stellen en de kelder te vullen. Ze kenden elkaar van het wielrennen en hielpen elkaar omhoog. Al na twee jaar had Poppelaars een ster gekregen, en later nog één. Maar Cor had hem nu niet meer nodig. Hij nam nog af uit vriendschap, maar die zou sleets worden. Dit merkte hij aan de manier waarop hij achter hem aan liep bij het uitladen van de wijn. Hij ging onduidelijker praten, omdat hij niet hardop wilde zeggen dat hij de Franse wijnen te begrotelijk vond worden. Zuid-Afrika was de nieuwe trend en hij moest in huis hebben wat de gasten van hem verwachtten. Hij was natuurlijk niet zo'n kenner als Henk, maar het verschil in prijs was stukken groter dan het verschil in kwaliteit rechtvaardigde. Laatst, op een barbecue, had de pinotage hem aangenaam verrast. Een heel eigen, pure smaak.

Poppelaars moest het helemaal zelf weten, maar het zou hem zijn sterren kosten, eerst de ene en dan de andere. De kenners zouden zeggen dat zijn restaurant vanaf het begin overgewaardeerd was geweest. Volgens Cor zou het zo'n vaart niet lopen. 'Hoeveel mensen proeven het verschil tussen een wijn van tien en een wijn van tachtig gulden? Hoeveel mensen hebben jouw neus?'

Daarin moest Henk hem gelijk geven. Maar van die neus had hij tot nu toe weinig plezier gehad. Die gunde hij aan niemand.

Er waren meer tekens. Als je ze wilde zien, waren er overal tekens, maar de hond, daar kon hij niet omheen. Hij reed weg bij Poppelaars en ineens dook het beest op en versperde hem de doorgang. Waar hij vandaan kwam was hem een raadsel. Cor had geen naaste buren. Vaalbruin stond hij midden op de weg en keek hem aan met gele ogen waarin de pupillen inktzwart fonkelden. Onder zijn buik klitten zijn haren vochtig samen. Op slag vergat Henk de bus. Zijn handen gleden van het stuur. De bus slipte en belandde in de berm. De kratten achterin rammelden. Een auto claxonneerde. Toen Henk weer keek was de hond verdwenen. Hij twijfelde of hij het beest echt had gezien. Misschien was het een projectie van zijn brein geweest, maar voor het effect maakte dat niets uit.

Die avond zouden zijn nachtmerries begonnen zijn, als hij niet op de verjaardag van Marie tegen Shelley aangelopen was. Nu kreeg hij uitstel in ruil voor een verzengend verlangen, dat misschien erger en zeker dwingender was. Pas veel later zou hij gaan inzien dat die ontmoeting geen toeval was, maar dat die deel uitmaakte van een groter plan, in gang gezet door hogere machten waarin hij eerder nooit geloofd had.

Al vroeg was hij op het feest aanwezig, in een zaaltje in Amsterdam-Oost dat hij kende van de bruiloft van een collega. Er was een bescheiden podium en de wanden waren bedekt met gecapitonneerd donkerrood fluweel, waardoor de zaal de aanblik bood van een groot boudoir. Niet dat hij dit erg stijlvol vond, maar stukken beter dan het gemiddelde feestzaaltje met rechte wanden, tl-licht en toiletten in het souterrain. Met een paar tafels en een wit laken maakte hij een buffet, waar hij flessen wijn en glazen op zette. De biertap plaatste hij op een andere tafel, bij de borrelnootjes en zoutjes. Terwijl hij de muziekinstallatie aansloot, kwam Marie binnen en keek het zaaltje rond.

'Wat is er?'

Kouwelijk verstopte ze haar handen in de mouwen van haar vest. 'Het is te groot. Er komen altijd minder mensen.'

'Gasten brengen andere gasten mee.'

'Mijn vrienden niet.'

'Wacht nou maar af. Het komt goed. Wat vind je ervan?'

'Dat podium hoeft echt niet.'

'Je wordt eenentwintig.'

Marie zuchtte. 'Ga je je nog omkleden, pap?'

Ze maakte hem bewust van zijn spijkerbroek, oude werkmansschoenen en overhemd. 'Natuurlijk.'

'Wat trek je aan?'

'Mijn trouwpak, denk ik. Dat heb ik pas één keer aangehad en het past nog prima. Geen grammetje erbij.'

Marie kon zijn luchtige toon niet waarderen en keek hem koel aan. 'Moet je doen. Retro is in.'

2

De gasten druppelden binnen. Studenten, atleten, collega's en Japanners die Marie kende via haar studie Japanse taal- en letterkunde. Haar vriendinnen, Felice, Frederieke en Laurentien, kende hij al jaren. Zonder uitzondering waren het dochters van goeden huize. Hij hoorde Frederieke, een wulpse brunette, over haar zojuist beeindigde relatie met een student tandheelkunde zeggen dat het haar niets kon schelen omdat ze toch geen gaatjes had. Haar vriendinnen gierden het uit. Marie incluis. Ze had zich omgekleed en droeg een strakke broek tot halverwege haar kuiten met een jurk van soepele stof erover. Haar eeuwige vest had ze gelukkig thuisgelaten. De dj kwam binnen, zette een wollen mutsje op en stortte zich op de muziek. Zodra de dreunende beat klonk veranderde de ruimte in een feestzaal. Frederieke bewoog uitdagend met haar heupen in zijn richting en leek zijn blik te zoeken. Waarschijnlijk zag hij dat verkeerd. Hij werd bijziend en zou een bril moeten dragen.

Vanavond zou hij Betty voor het eerst zien sinds haar komst naar Nederland. Ze bracht gemiddeld één keer in het jaar een familiebezoek, maar nooit in de oogsttijd. Hij wist dat ze met hun ouders had gepraat. Dat kon alleen maar over Arkadia gaan. Betty leefde voor Arkadia; ze praatte nooit over iets anders. Volgens hem had ze niet echt een privéleven, een scharreltje her en der daargelaten. Bellen naar zijn ouders, daar was hij te trots voor. Zijn moeder, dat zou misschien nog wel gaan, maar tegenover zijn vader wilde hij zich absoluut niet laten kennen. Sinds hij in 1982 was teruggegaan naar Nederland beheerde Betty de boerderij. Nooit had hij er nog een stap gezet, wat niet wilde zeggen dat de boerderij ooit uit zijn gedachten was verdwenen. Hij was niet anders dan zijn zus. Ook hij had lang uitsluitend voor Arkadia geleefd. De boerderij had dat effect op mensen.

Een compleet schaap in formaldehyde in een vitrine geplaatst, dat was tegenwoordig kunst. 'Away from the flock' heette het. Hij draaide de ansichtkaart om. Op de achterkant stond: 'Hartelijk gefeliciteerd, dikke zoen, Anton' en de naam van de kunstenaar: Damien Hirst. Hij zette de kaart terug bij de andere kaarten en cadeaus en schoof de bonsai, die hij samen met een bundel tweetalige haiku's cadeau had gegeven, meer naar de voorgrond.

'Dat is zeker jouw cadeau?' De stem van zijn zus klonk geamuseerd.

Hij draaide zich om. Haar ogen dwaalden weg van de bonsai en keken hem onderzoekend aan. Ze droeg een kleurige jurk met een brede ceintuur en hield een kunstwerk van ebbenhout in haar handen. 'Ze heeft hem zelf uitgezocht,' verdedigde hij zich.

'Ik plaag je maar, maak je niet druk.' Ze gaf het beeld van een in elkaar gedoken naakt meisje een plaats naast de ansichtkaart met Damiens schaap.

'Heb je een goede reis gehad?'

'Ja, goed.'

'Hoe gaat het?'

'Goed, baie goed.' Haar met Afrikaans doorspekte Nederlands irriteerde hem, maar over een paar dagen zou het Afrikaans uit haar zinnen verdwenen zijn. Een andere cultuur komt ook na vele jaren maar tot een heel klein stukje onder de huid. Er waren veel mensen die na langdurig verblijf in het buitenland weliswaar stopwoordjes in een andere taal door hun Nederlands bleven gooien, zoals 'you know', 'really', 'tant mieux' en 'de nada', maar dat deden ze opzettelijk. Het zou ze geen moeite kosten weer het foutloze Nederlands uit hun jeugd te gaan spreken, maar liever bleven ze de buitenwereld herinneren aan hun andere leven, ander verleden, andere identiteit. Betty zeker, die zou het liefst over straat gaan met een ANC-band om haar voorhoofd. Nu helemaal, nu ze gewonnen hadden. Maar zíj had niet gewonnen. Het was haar land niet, haar strijd niet. Godzijdank had hij dat jaren geleden zelf wel ingezien. 'Wat leuk voor Marie dat je op haar verjaardag komt.'

'Natuurlijk, ze wordt eenentwintig.'

'Ja, wat is dat hard gegaan.'

Betty was slim. Ze zou niets loslaten. Henk zou zijn ongeduld moeten bedwingen.

'Maar ik kom ook voor jou. Ik wil graag mijn broertje weer zien. Familie is belangrijk. Vooral als die zo klein is als de onze.'

'Gefeliciteerd nog.'

'Dank je, jij ook.'

'Ook met Mandela, je grote held, na al die jaren de overwinning.'

'Dankie.' Nu deed ze het weer. Taxerend keken ze elkaar aan. Hij wilde het niet vragen, maar kon het niet laten. 'Hoe wordt de oogst?'

'Ik kan alles aan de bedrijfsleider overlaten.'

'Mooi. En de oogst?'

Een blos vloog over Betty's wangen. 'Hoog in de suikers, vooral de shiraz.'

'Dat is de trend, ja, steeds zoeter.'

Betty knikte vluchtig. 'Zondag trakteer ik op een etentje bij de Chinees in Hoorn, voor pa en ma en jullie.'

'Ter ere van wat?'

'Moet er een reden zijn om gezellig even bij elkaar te zijn?' Ze wuifde naar Marie, pakte een glas en liep bij hem vandaan. 'Tot later.'

Hij bleef achter en schonk een nieuw glas in. Marie had gelijk. Er waren weinig liefhebbers voor de wijn, die hij vorig jaar zelf in Saint-Émilion had uitgezocht. Degenen die wel wijn dronken, waren onverschillig en dronken ervan zonder te proeven.

Een uur later was het feest in volle gang. Wat verloren liep hij rond in zijn pak, waarin hij zich enerzijds *overdressed* voelde. Anderzijds wilde hij ermee laten zien hoe belangrijk hij de verjaardag van zijn enige kind vond. Zich periodiek voor haar uitsloven was het minste wat hij doen kon. Marie danste uitdagend met een jongen die hij niet kende. Er waren veel mensen die hij nog nooit had gezien. Zijn dochter leidde met haar sport, studie en werk een druk en gevarieerd bestaan. Alles in haar huidige leven stond in het teken van de toekomst. Dit was nog maar het begin. Ze kon nog kampioen worden op de vierhonderd meter, hoogleraar worden of een hoge positie in het bedrijfsleven gaan bekleden. Misschien zou ze een tijd in Japan gaan wonen. De Aziatische toeristen op de rondvaartboot waar ze twee dagen per week als gids werkte, wond ze om haar vinger door zich nog beleefder en gereserveerder te uiten dan zij. Dat was haar talent, om zich als een kameleon te plooien naar de omstandigheden.

Hij zag Betty dansen met Rolf, een jongen die bij Marie op de middelbare school in Velsen had gezeten. Zijn zus danste goed, en hij zag dat Rolf met haar flirtte. Zou hij niet gedurfd hebben op die leeftijd. Een paar Japanners waren snel dronken aan het worden. De glazen bier waren te groot voor hen. De kleinste smoesde met de dj en nam de microfoon. De dj zette nieuwe muziek op. Marco Borsato's 'Dromen zijn bedrog' schalde door de ruimte. De woorden vielen weg en de Japanners gaven de karaoke-act weg die ze in nuchtere staat voor Marie hadden ingestudeerd. Met hun armen om elkaars schouders stonden ze op het podium en bralden de tekst. Die was grotendeels onverstaanbaar, maar het publiek zong mee en vulde de gaten op. 'De meeste dromen zijn bedrog en als ik wakker word naast jou, dan droom ik nog.' Het was hilarisch en hij was trots dat het podium niet onbenut bleef. 'Ik voel je adem, ik zie je gezicht. Je bent een droom die naast me ligt.' Alle gasten hosten en dansten nu door de ruimte. Hij wist zich niet goed een houding te geven. Met zijn glas in de hand bleef hij in de buurt van het buffet en probeerde door zacht mee te deinen met zijn hoofd de indruk te geven dat hij het naar zijn zin had. Hij beschouwde het als een persoonlijk mankement dat hij zich niet kon laten gaan, maar het hinderde hem niet meer. Betty voerde de polonaise aan en leek volledig in haar element. Blonde Rolf klampte zich als een verschrikte kip aan haar schouders vast. 'Je kijkt me ááán, je rekt je uit. Eén keer in de zoveel tijd komen dróómen uit.'

Hij draaide zijn rug naar de zaal toe. Een jongen van wie hij wist dat hij Jan-Jaap heette en in het studentenhuis van Marie woonde nam het laatste restje rood uit een fles en vulde zijn glas aan met wijn uit een nieuwe fles zonder naar het etiket te kijken.

Een van de drie Japanners die net nog op het podium stond, sprak hem aan. 'Congratulations.'

'Thank you.'

'You have a beautiful daughter.'

Hij zag dat er een nieuwe gast de zaal in kwam. Een zwarte, kleurrijk geklede vrouw die deels schuilging achter een grote bos bloemen, maar niet genoeg om haar schoonheid te verbergen. Iemand als zij zou onder alle omstandigheden en op alle plaatsen onmiddellijk opvallen.

De Japanner wachtte nog op een reactie.

'You too, I mean, thank you,' stotterde hij.

De Japanner liep knipmessend weg.

Henk had alleen oog voor de schoonheid met haar bloemen. Wie was zij en hoe kende ze Marie? Hij registreerde dat Betty enthousiast op haar afliep en haar op beide wangen kuste. Zijn zus die deze vrouw kende, aanraakte... Ze liepen zijn kant op. Hij ging ervan uit dat ze door zouden lopen naar de emmer water achter het buffet waar de boeketten in gestald werden, maar Betty wenkte Marie en halverwege bleven ze staan. Zijn zus stelde Marie en de nieuwe gast aan elkaar voor. Zij kenden elkaar dus niet. Ze feliciteerde zijn dochter en overhandigde de bloemen. Betty liep terug naar de dansvloer, Marie ging met de bloemen naar de emmer. De vrouw leek te aarzelen tussen meelopen of staan blijven. Ze koos voor het laatste en keek de zaal rond. Haar ogen bleven rusten op de zijne en op hoge benen liep ze rustig op hem af. Wat een weelde, wat een overrompelende verschijning. Hoe kon iemand zó mooi zijn?

'Maries vader? Gefeliciteerd.' Ze stak haar hand uit. 'Shelley Yona.'

De naam hamerde in zijn hoofd, terwijl hij zijn hand in de hare legde. Hij hoopte dat zijn stem normaal klonk. Zijn ademhaling ging haar eigen gang. 'Henk Keppel. Hoe weet je dat ik de vader van Marie ben? Lijken we op elkaar?'

'Je bent de enige hier die qua leeftijd in aanmerking komt om haar vader te zijn.' Zo.

Marie voegde zich bij hen. 'Shelley woonde vroeger ook op Arkadia.'

'Maar zodra het kon, ben ik ervandoor gegaan.'

Het duizelde hem. Hij probeerde haar leeftijd te schatten. 'Dat zou ik nog moeten weten.'

'Mijn vaders geheugen is een zeef. Het is al een prestatie dat hij mijn verjaardag onthouden heeft.' Maries vrienden op de dansvloer riepen haar. 'Praten jullie maar over de goede oude tijd.' Ze maakte zich uit de voeten.

Hij bleef achter met Shelley en probeerde te bedenken wat de volgende stap zou moeten zijn, maar weer was zij hem voor.

'Ik herinner me jou nog wel. Je bent weinig veranderd.'

'Dat lijkt me sterk. Ik ben al twaalf jaar weg.'

Ze knikte naar het glas in zijn hand. 'Heb je die beroemde neus nog?' Zonder zijn antwoord af te wachten, pakte ze het glas uit Henks hand, walste het quasigewichtig rond en bracht het naar haar neus. Daarna sloot ze haar ogen en nam een slok. Eindeloos lang, naar het scheen, spoelde ze de wijn tussen haar wangen heen en weer terwijl ze hem aan bleef kijken. Ten slotte gaf ze het glas terug. Haar hand beroerde de zijne. Hij voelde de tinteling. 'Nu jij.'

Haastig, te haastig, nam hij een slok.

'En? Bouquet van rood fruit? Fluweelzachte afdronk?'

'Je weet het beter dan ik.'

'Ik zeg maar wat. Jij bent de expert.'

'Het is helemaal goed. Meer valt er niet over te zeggen.'

'Ik dacht dat er veel meer bij kwam kijken.'

Wat dan? Zijn hoofd was leeg. 'Een goede wijn doe je met woorden altijd tekort. Er is nog iets waar ik geen woorden voor heb... jouw schoonheid.'

Ze lachte, natuurlijk lachte ze.

Het was een belachelijke opmerking. 'Sorry.'

'Waarvoor?'

'Voor al die clichés.'

Ze haalde haar schouders op.

'Ik kan het net zo goed nog erger maken,' ging hij door. Hij schaamde zich, maar ze mocht niet weglopen. 'Wil je wat drinken?' Hij rommelde tussen de flessen op tafel. 'Een andere fles proberen?'

Dat wilde ze niet.

'Bier?'

'Nee, ik moet weg.' Ze gaf hem een hand. Een beeld dat decennialang verborgen was gebleven, lichtte op als een televisie die aansprong in het donker. Hij zag zichzelf als kind over een braakliggend terrein rennen. Een maanverlichte nacht. Een korte broek waar zijn knieën knokig uitstaken. Uit het fijnbos dook een zwart meisje van een jaar of twee op, dat hartverscheurend huilde. Hij remde af, onzeker wat te doen, maar aangedaan door haar tranen. Alleen een rood T-shirt droeg ze, dat tot halverwege haar billen reikte, geen luier, geen onderbroek. Haar mollige voetjes waren grijs van het stof. Zodra hij inhield, was zij stil. Ze liep op hem af en legde haar handje in de zijne. Samen liepen ze over een zandpad naar de barakken in de verte. Hij was er nooit geweest, maar wist dat daar de zwarte kinderen woonden.

'We zitten op het afgesproken aantal fusten. Wilt u bijbestellen?'

Op de plaats waar net Shelley had gestaan, stond iemand die hij vaag herkende als de beheerder van het zaaltje. 'Doet u maar, zoveel als nodig is.' Gedesoriënteerd keek hij om zich heen. Shelley was nergens meer te bekennen.

Hij rende naar buiten en keek de verlaten straat in. Links lage, onverlichte bedrijfsgebouwen van baksteen met stalen rolluiken, rechts een benzinepomp. Verderop loodsen van verschillende afmetingen met golfplaten daken.

Ze was weg.

Hij liep terug naar binnen, waar de stemming uitbundiger was geworden. Het feest voor Marie was in ieder geval geslaagd. Dat was één ding. Niet veel dingen in zijn leven waren geslaagd. Feitelijk niks. Op Marie na dan. Zijn dochter was intelligent, ambitieus en lief. Verder was alles goed mislukt. Op zijn drieënveertigste werd het tijd dat toe te geven. Qua inkomen, opleiding en sociaal milieu zat hij in de middenmoot. Op zijn best was zijn leven middelmatig. Middelmatig, onopvallend en inwisselbaar. Middelmatig zijn omdat je niet méér hebt meegekregen is vergeeflijk, maar middelmatig zijn door je talent ongebruikt te laten niet. Hij hád een talent en hij had het ingezet naar zijn volle vermogen, van kinds af aan, totdat dit in 1982 werd afgestraft. Het kwartje was gevallen en hij was terug naar Nederland gegaan. Vanaf dat moment was zijn doel geweest zijn leven verder in de luwte te slijten en hoogte- en dieptepunten zoveel mogelijk te vermijden. Nu was uit de mist van zijn verleden een vrouw opgedoemd door wie hij totaal van slag was. Hij schatte dat ze een jaar of tien in leeftijd verschilden. Op zijn achttiende was hij naar Frankrijk vertrokken; toen moest zij een jaar of acht geweest zijn. Maar als hij aan de kinderen van Arkadia uit die tijd dacht, herinnerde hij zich slechts een kluwen zwarte, bruine en halfbruine kinderen, in elkaar gestrengelde ledematen zonder gezicht.

Hij moest het weten. Hij moest alles weten. Wie was zij en was het toeval dat ze ineens opdook op de verjaardag van zijn dochter? Marie kende haar niet eens.

Betty stond in een hoek met een paar Japanners om zich heen. Ze deed hun voor hoe ze 'Niet naar huis toe gaan, niet naar huis toe gaan' moesten zingen. De Japanners zongen haar bloedserieus na. De studenten om haar heen hadden, dronken, de slappe lach. Hij zag ervan af haar aan te spreken en liep opnieuw naar de wijn. Het was een zooitje geworden. Om iets om handen te hebben, ruimde hij wat op. Zijn hoofd gonsde. Betty die in de oogsttijd naar Nederland kwam en de verschijning van een mysterieuze, bloedmooie vrouw die beweerde hem van vroeger te kennen.

Er was maar één iemand die hem echt kende: zijn pleegvader. Jaren had hij hem niet gesproken, maar nu kon hij niet langer wachten. Hij ging naar de beheerder bij de portiersloge. 'Kan ik hier ergens bellen?'

'Er staat een munttelefoon achter in de gang.'

'Ik moet naar het buitenland bellen. Kunt u wisselen?' Hij pakte een biljet van tien gulden uit zijn portemonnee.

De beheerder stalde de munten een voor een voor hem uit, alsof het roulettefiches waren.

Uit zijn hoofd toetste hij een nummer in. De telefoon ging over.

'Bernard Castel.'

Hij zweeg, geëmotioneerd door het horen van de stem van degene die hij wanneer er geen anderen bij waren zijn vader noemde, in gedachten pleegvader of Bernard en in het openbaar 'Castel', of 'buurman'. Maar hij kon zich niet herinneren wanneer hij zijn naam voor het laatst hardop uitgesproken had. Zijn ouders vroegen uiteraard nooit naar de Castels; Betty zag hij hooguit eenmaal per jaar, en zij ging zo op in Arkadia dat ze misschien niet eens wist dat ze nog altijd dezelfde buren had.

'Hallo? Wie is daar?'

'Ik ben het...'

'Henk! Hoe gaat het, jongen?'

'Goed, pa, goed. En met jou en Simone?' Op de achtergrond hoorde hij een vreemd geluid. Hij weet het aan de verbinding.

'Alles is goed. Heb je je zuster al gesproken?'

'Ja, ze is hier. Marie is jarig.' De guldens ratelden erdoorheen. Hij gooide de laatste twee erin. 'Mijn munten zijn bijna op.' Wat haatte hij dit soort benepenheid.

'Luister, jongen, je kunt beter terugkomen.'

'Dat moet je me niet vragen.' Hij hing op en ging met zijn glas wijn buiten op de stoep zitten. De aprilnacht was tamelijk koud en zijn trouwpak, ooit gedragen in een zinderend heet Paarl, bood niet veel soelaas. Hij luisterde naar de geluiden. Station Muiderpoort was niet ver weg. Hij hoorde een goederentrein en heel in de verte de sirene van een ambulance. Waar de straat een doorgangsweg kruiste, kwam af en toe een auto of een fietser voorbij. Vredige geluiden.

Hij dacht aan de huid boven haar borsten, die de randen van haar blouse net niet raakte.

Er was nog niets gebeurd, maar alles was al veranderd.

3

Samen stapelden Betty, Marie en hij in hoog tempo de stoelen op elkaar in torens van maximaal vier, zoals afgesproken met de beheerder. Betty en hij grepen tegelijkertijd dezelfde stoel. Hij was niet van plan om los te laten. 'Je zei dat Shelley op onze boerderij woonde? Wanneer dan?'

Ze trok de stoel met zachte dwang uit zijn handen, maakte de laatste stapel compleet en begon cadeaupapier, kapotte slingers en sigarettenpeuken bij elkaar te vegen. 'Heb je ruzie gemaakt? Ik heb haar helemaal niet meer gesproken.'

'Ze moest weg.'

Marie liep langs met in elke hand een vuilniszak. 'Heb je zitten flirten?'

'Ik zou niet weten hoe dat moet.'

Zijn dochter wisselde een geamuseerde blik met zijn zus. Betty keek hem strak aan. 'Tot 1982. Ik heb gezorgd dat ze na de inval naar Nederland kon. Het werd toen te gevaarlijk voor haar om op Arkadia te blijven, als je begrijpt wat ik bedoel.'

En of hij dat begreep. Een fontein van groene glasscherven en rode wijn zeeg ineen en vormde een stroom die langs en over de ravage op het erf meanderde. De steeds breder wordende stroom kroop traag naar de schuur, als door een magneet aangetrokken door de brede luchtstrook onder de deur.

'Waar woonde ze?'

'Bij haar ouders, de Yona's, weet je wel. Een van de laatste barakken. Haar ouders wonen er nog. Haar vader werkt nog steeds voor ons.'

'Zegt me niks. En nu?'

'Wat nu?'

'Waar woont ze, wat doet ze?'

Betty veegde het vuil in een hoek en liep naar de andere kant. 'Wat gaat jou dat aan? Hou jij je maar bij je grand cru's.'

'Grand cru's de table,' zei zijn dochter lachend.

'Ho, ho, vraag ik politiek gevoelige informatie? Die tijden zijn voorbij.' Betty reageerde niet. Hij moest het over een andere boeg gooien. 'Jij hebt haar meegebracht. Waarom?'

Betty draaide zich om. Ze had de bezem vast alsof ze er dadelijk op weg zou vliegen. 'Ik vond het belangrijk dat er iemand van vroeger op Maries eenentwintigste verjaardag was. Shelley heeft vaak op haar gepast, nadat Claire en jij uit elkaar waren. Jij weet dat natuurlijk niet meer, voor jou lijken alle zwarten op elkaar.'

'Pa heeft een slecht geheugen.'

'Een selectief geheugen, bedoel je.'

Hij slikte de belediging. Voor Betty zou hij letterlijk en figuurlijk altijd een blanke boer blijven. Die houding had ze al sinds haar vijftiende aangenomen en was onwrikbaar gebleken. Er zat meer achter haar komst naar Nederland dan ze wilde prijsgeven en hij had het vermoeden dat Shelleys komst hier iets mee te maken had. Zijn nieuwsgierigheid werd voorlopig echter geheel overschaduwd door de begeerte naar Shelleys lichaam, waarvan hij zich nauwelijks een voorstelling durfde te maken.

Hij bracht Marie naar de studentenflat in Diemen. Het verlichte trappenhuis liep als een ritssluiting door het donkere gebouw.

Ze stapte uit, pakte haar tas en kuste hem vluchtig op de wang. 'Dag, pap. Bedankt voor alles. Het was een geweldig feest. Alleen jammer dat ouma en oupa er niet waren.'

'Ze zouden er niet veel aan gehad hebben. Veel te druk.'

'Ouma houdt van dansen.'

'Ja, maar niet met opa. Vond je het echt leuk?'

'Tuurlijk. Maar mijn tweeëntwintigste verjaardag organiseer ik zelf.'

'Goed plan.' Hij keek haar na. Ze liep naar de ingang, die van een bankgebouw had kunnen zijn. Een lange, slanke gestalte. Met haar andere verjaardagen was hij snel klaar geweest. Hij vond het onhandig, vriendinnetjes over de vloer; ze renden alle kanten uit. Meestal gingen ze naar de bioscoop, gevolgd door een bezoek aan een fastfoodrestaurant. Geen rommel thuis en succes verzekerd.

De gedachte aan zijn nieuwbouwwoning in Velsen benauwde hem. Het zwartleren bankstel waar nog maar heel weinig bezoekers hun blote benen tegenaan hadden geplakt en zijn slaapkamer boven, waar gedurende de meer dan tien jaar dat hij er woonde nog minder mensen waren geweest. Het huis zag er uit of het net betrokken was. Als hij nu naar huis ging, zouden de uren tot de ochtend voorspelbaar verlopen. Hij zou een fles wijn opentrekken om de dag te besluiten met een goed glas. Dat was het enige van vroeger waar hij aan vasthield. Het enige wat hem nog overeind hield, dacht hij soms, de troost van kwaliteit. Op de bank, onder de douche en anders wel op zijn bed, zou hij de hand aan zichzelf slaan, zoals fietsmaat Gerard dat noemde, om de onrust te bezweren en opdat hij beter zou slapen. De armzaligheid ervan kneep zijn hart samen. Hij kon niet naar huis. Niet met Shelley in zijn hoofd. Al zijn bloed vloeide naar één punt en trok uit zijn slapen weg.

Binnen een kwartier was hij in hartje Amsterdam. Hij parkeerde zijn auto achter de Bijenkorf en begon aan een oriëntatieronde over de wallen en de verbindende stegen. Het was drie uur 's nachts, maar nog druk als een winkelstraat op zaterdagmiddag. Er waren veel toeristen. Ook Japanners, overdag in de rondvaartboot, nu hier, maar nog steeds liepen ze achter hun gids aan, die een vlaggetje omhooghield. Het land van de rijzende zon. De hoeren keurden hen geen blik waardig. Klandizie was van geen van hen te verwachten. Niemand zou uit de rij willen stappen. Hij dacht aan zijn dochter en haar vriendinnen, de verhalen die hij weleens las over studentes die bijverdienden als escort. Niet iets waar hij nu aan wilde denken, maar baas over zijn eigen gedachten was hij allang niet meer.

Marokkaanse jongens slenterden in groepjes voorbij; twee volgden op scooters. Een man van zijn leeftijd sprak met een grote, Dominicaanse vrouw die in wit kanten ondergoed en kousen in de deuropening van haar werkplek stond. Het bruine vlees van haar dijen bolde over de rand van de kousen heen. Ze steunde op één been. Het andere was licht gebogen. Met de punt van haar glitterslipper wreef ze loom over haar kuit heen en weer. De man ging naar binnen. De vrouw, nu met beide benen op de grond, wierp voordat ze de deur sloot een blik de straat in. Het was een blik waarmee ze onmogelijk iets in zich op kon nemen.

Surinaamse, Russische en Nederlandse vrouwen lonkten en lachten naar hem, alsof hij populairder was dan ooit, maar de magie ontbrak. Bij geen van hen had hij het gevoel uitverkoren te zijn. Met hun ogen keek hij naar zichzelf en zag zichzelf lopen, een man van middelbare leeftijd, een doorsnee klant, die ze zo snel mogelijk weer de deur uit zouden werken. Funest voor de opwinding, die sneller zakte dan ze gekomen was, maar hij had het tenminste geprobeerd en uitstel bedwongen.

4

Marie bedankte haar vader voor de lift, sloeg het portier dicht en liep langs de dichte bosjes, die met hun ingebouwde bodemverlichting aanranders moesten ontmoedigen, naar de flat, waar ze een kamer had op de negende verdieping. Haar wangen trokken samen van vermoeidheid, maar ze dacht niet aan slapen. Ze zat vol onrust. Alleen beweging zou haar kunnen kalmeren. In de hal nam ze haar pumps in de hand, negeerde de lift en sprintte alle trappen op. In haar kamer trok ze snel haar sportkleren en -schoenen aan en nam de trappen terug. Het zou minimaal een rondje Muiden-Nederberg-Weesp worden, beloofde ze zichzelf, terwijl ze de bosjes weer passeerde. Anderen werden regelmatig nerveus van haar energie, maar het was noodzaak, geen keuze. Ze moest rennen, zo hard en zo lang ze kon, om rust te krijgen in haar hoofd. Het was te druk daar met al die gedachten, al die zaken waar ze een mening over moest hebben, gekmakend. Honderd keer liever zou ze nu in bed liggen, als dat zou kunnen, zoals anderen dat deden en ze zou ook best, zoals Felice en Frederieke en haar andere vriendinnen en pseudovriendinnen, daar een leuke jongen bij willen hebben, maar ze kon het niet. Ze kon het niet.

Eenentwintig was ze nu. Ze had zich prima vermaakt. Het was een leuk feest geweest. Haar vader had zich uitgesloofd en niemand had gevraagd of haar moeder iets van zich had laten horen. Dat had ze overigens wel. Ze had een kaart gestuurd met 'Gefeliciteerd, Claire' en er drie obligate kruisjes bij gezet. Dat was twee weken geleden, maar dat was niet belangrijk, niet de kaart, niet de datum.

Het oude jaagpad langs het Amsterdam-Rijnkanaal was perfect

voor de nacht. Heel ver op de achtergrond klonk het geluid van de snelweg. Dat geluid ging altijd door. Over het strakke donkere water voer af en toe een rijnaak en in warme zomernachten dobberde er soms een romanticus met een roeibootje in het riet. Voldoende tekens van leven van andere mensen, maar op afstand, zonder kans op daadwerkelijke ontmoetingen.

Haar getrainde benen bewogen in een regelmatig tempo. Haar voeten zetten zich lenig en krachtig af op het asfalt. Fysiek voelde ze zich heel sterk. Ze zou tot Utrecht door kunnen gaan en Bunnik haalde ze ook nog wel, maar van haar trainer mocht ze maximaal twintig kilometer per keer lopen. Omdat ze sprintster was en geen langeafstandsloopster. Bovendien wilde ze niet helemaal van de onrust in haar hoofd af, want ze durfde niet te bedenken wat er dan overbleef. Op het atheneum had ze een vriendin gehad, Laura, die zichzelf sneed. Aandachttrekkerij, beweerde de klas toen het bekend werd. Laura zei dat ze de pijn nodig had, omdat ze dan nergens anders aan hoefde te denken. Dat het orde schiep. Zo hoorde die onrust bij Marie. Op een dag zou wel duidelijk worden waarom. Tot die tijd joeg het haar voort, in haar studie, haar werk en op het atletiekveld. Dit soort nachtelijke looppartijen waren er niet om haar onrust te bedwingen, maar om die te bevestigen. Ze won er prijzen mee, derde in Luik op de 200 meter, dat kon niet iedereen zeggen.

In een gelijkmatige cadans liep ze over de dijk die Muiden scheidde van het water. Schapen stonden roerloos in de wei. Ze kregen een staartje licht mee van het stadje daarachter. Het was heerlijk om te rennen als anderen sliepen en van stad naar land te gaan, en weer terug een stad of dorp door. Ze zou altijd wel 's nachts willen rennen en overdag slapen. De enige reden waarom ze dat niet deed, was praktisch. Politiemannen hadden haar een keer aangehouden en gevraagd of ze het niet eng vond in haar eentje. Of ze niet dacht dat dit bepaalde types zou aantrekken? Ze had er geen zinnig antwoord op geweten en had gezegd dat ze hoopte dat die 'bepaalde types' een minder goede conditie zouden hebben dan zij.

Ze keek naar haar voeten. De neuzen van haar loopschoenen waren nat en er kleefden grasprieten aan. Jong en sterk voelde ze zich, en ze was benieuwd hoe de rest van haar leven eruit zou gaan zien.

11

Ik ben dol op dansen. Dat wist je niet, je weet bijna niets van mij. Voordat ik doodga, wil ik tenminste aan één iemand verteld hebben wie ik was en hoe het was, ook al is de kans heel klein dat we elkaar ooit nog zullen zien. Ik weet niet eens zeker of je nog leeft. Marie heb ik een deel van het verhaal verteld. Nou ja, ze trok het uit me. Ze zegt dat ik je kan opzoeken via internet. Maar ik wil het niet weten, nog niet. Ik wil mezelf in de waan laten dat je in ieder geval nog leeft, al weet ik niet waar. Dat heb ik nodig. Hoe jij er intussen uitziet, weet ik ook niet. Je moet nu een eind in de zestig zijn. Theoretisch is het mogelijk dat we elkaar op straat al tientallen malen voorbijgelopen zijn. Maar in de praktijk zou ik je meteen herkend hebben, en anders jij mij wel, toch?

Goed, die Duitse mevrouw had vier dochters. De jongste was twee jaar ouder dan ik. Leuke meisjes waren het, beleefd. De dansleraar kwam aan huis om hun les te geven. Het was oorlog, maar ze moesten toch dansles hebben, voor later. Ze dansten met elkaar en wisselden de mannen- en vrouwenrol af. Ik zat op de trap en keek tussen de spijlen door. Als ik zoveel had opgenomen dat ik niet nog meer kon onthouden, ging ik naar boven om de pasjes te oefenen met mijn onzichtbare partner. Vaak stootte ik mijn hoofd aan de houten balken op mijn kamer. Door het draaien en tellen vergat ik ze te ontwijken. Ik stelde me ondertussen voor hoe mijn toekomstige kindertjes onder een appelboom achter elkaar aan zouden rennen en hoe ik zelf naar buiten zou lopen met een versgebakken appeltaart in mijn handen. Dan kwamen ze allemaal op de taart af... maar ik zou ze corrigeren en zeggen dat papa eerst kreeg. O ja, mijn Duitse mevrouw had ook nog twee zonen, maar die heb ik nooit gezien. Ze zaten in het leger. Mijn mevrouw en haar man – ik weet niet meer of hij Nederlander was of Duitser – zijn kort voor het einde van de oorlog naar Duitsland gegaan. Ze vroegen of ik meeging, maar ik had net Gradus, de broer van Johan, leren kennen en we zouden die zaterdag gaan dansen en dan zou ik weten hoe het is om met z'n tweeën te dansen en niet alleen.

Twee kinderen is een beetje weinig. Waarschijnlijk had ik er meer kunnen krijgen. Ik was negenentwintig toen Betty werd geboren. Maar dat was de prijs die ik moest betalen.

5

In de garage tilde Henk zijn racefiets uit de beugels en controleerde de banden. Hij plaatste de bidon in de houder, zette zijn helm op en trok zijn vingerloze handschoenen aan. Buiten gooide hij zijn been over de stang en zette koers naar zijn ouders in Scharwoude, een lange tocht door een strak landschap. Er stond een straffe wind en er was niemand op straat. Het kroost van het kinderrijke woonerf vertoefde elders. Liever was hij nu met zijn fietsmaten op stap gegaan en had hij achteraan gereden. Gerard noemde dat 'voor de sponsor rijden'. Ze droegen T-shirts van een slagerij met een vrolijk varken erop, waar hij zo aan gewend was dat hij de lacherige reacties, wanneer ze bijvoorbeeld met z'n allen een terras opliepen, soms niet direct begreep. Voor vandaag stond er een toertocht van 125 kilometer gepland door de Betuwe, langs de fruitbomen die nu in bloei stonden, een van de mooiste tochten die hij kende – de tere bloesem deed denken aan een afgeslankte versie van die van de jacaranda –, maar hij vond dat hij bij zijn ouders zijn gezicht moest laten zien. Waarschijnlijk was Betty al langs geweest. Ze verbleef in een hotel. Het Ibis-hotel, direct naast het Centraal Station gelegen, een onpersoonlijk opberghok voor toeristen en het middenkader van het bedrijfsleven, met uitzicht op het rangeerterrein aan de achterkant en de rondvaartboten en fietsen aan de voorzijde. Het was vreemd dat ze daar ging slapen, alsof ze zich bij voorbaat wilde distantiëren van haar familie. Er was iets aan de hand, dat was duidelijk. De woorden van zijn pleegvader spraken ook voor zich, maar hij wilde Bernard niet nogmaals bellen. Door een onzichtbare draad van tienduizend kilometer lengte heen zou hem het stille verwijt voor zijn jarenlange afwezigheid getelegrafeerd worden.

Als hij iets langer had nagedacht op Maries verjaardag, dan had hij hem niet gebeld. Beter van niet. Beter het verleden te negeren, als vergeten dan niet kon. Maar hij was bang dat het al te laat was.

Vanaf de dijk keek hij omlaag naar het bijna vierkante huis met de groene luiken, dat geïsoleerd in het landschap stond. Sinds de verdwijning van Jean-Luc was de verstandhouding met zijn ouders afstandelijk. Vaak had hij geprobeerd zich te herinneren hoe zijn jeugd daarvoor was geweest, maar hoewel hij al elf was geweest toen het gebeurde, had hij daar nauwelijks herinneringen aan. Zijn hele basisschoolperiode was uit zijn geheugen gewist. Ongeveer het enige wat hij zich nog herinnerde was het spelen met Jean-Luc, landjepik vooral, en knikkeren. Lome en lange namiddagen met de nasale zang van de piet-my-vrou, de heremietkoekoek in zijn oor. Zand dat tot stof werd op zijn armen en het schuren van de naden van zijn korte broek in zijn liezen door het vele hurken.

Het viel hem op dat er nog niet veel gebeurd was in de moestuin. Onderweg had hij tuinen gezien waar de spinazie en sla al flink hoog stonden, maar hier zag hij alleen wat omgespitte bedden en stronken overgeschoten boerenkool. Rechts bood het Markermeer het vertrouwde beeld van een staalkaart aan pleziervaartuigen. Een paar meeuwen scheerden over grazende schapen heen, hielden in en keerden terug naar het water, alsof ze niet goed wisten wat ze met hun dag aan moesten.

Hij fietste over een smal paadje naar beneden, zette zijn fiets tegen de schuur en ging naar binnen. Zijn vader zat in zijn oude kloffie voorovergebogen aan tafel bij het raam en beschilderde tegels, bestemd voor emigranten overzee. De tegels werden aangeleverd met voorbedrukte opschriften als 'Zoals het klokje thuis tikt, tikt het nergens' en 'Oost west, thuis best'. Boven het opschrift met blauwe verf schilderde zijn vader dan met een fijn penseel met een paar vlugge streken een molentje, een paar klompen of een ophaalbrug. De tafel lag vol drogende tegels. De natte verf verkleurde bij het opdrogen langzaam van diep donkerblauw tot bijna niet van echt te onderscheiden Delfts blauw. De verschillende stadia waren aan de rijen af te lezen. Een doos stond gereed voor verzending.

'Voor Afrika?'

'Ik doe alleen nog Canada en Brazilië,' zei zijn vader kort. Zijn moeder kwam de kamer binnen. 'Henk! Waarom heb je niet even gebeld?'

'Als het niet uitkomt, ga ik weer.'

'Doe niet zo dwars. Als je helemaal op de fiets komt en dan voor niks... Waarom zou je niet even bellen.' Achter haar stond de boekenkast met de eerste zes delen van een ouderwetse encyclopedie in het Afrikaans, waar hij als kind zo vaak voor had gestaan. Nu was de ruimte ernaast gevuld met andere naslagwerken, maar vroeger was de rest van de plank altijd leeg gebleven. Zijn moeder zag hem kijken en schoof in zijn blikveld.

'Henk moet zelf weten wat hij doet, moeder,' zei zijn vader.

'Ja, maar ik zeg alleen maar dat hij niet op de bonnefooi zo'n eind moet gaan fietsen, en zeker niet met dit weer. Ik ga thee zetten, of wil je liever koffie?'

'Doe maar thee.' De kans om zijn ouders op zondag niet thuis te treffen was te verwaarlozen. Hij ging tegenover zijn vader zitten.

'Gefeliciteerd nog. Je moeder heeft een cadeau gekocht.'

'Bedankt. Dat zal Marie leuk vinden. Hebben jullie Betty al gesproken?'

Zijn vader schoot uit met zijn penseel. De molen waar hij mee bezig was, had nu een extra wiek. Een moment klemde hij zijn lippen op elkaar. 'Ze zit in een hotel. Voor haar afspraken.'

'Wat voor afspraken? Wie kent ze hier nou?'

'Ze kan afspreken met wie ze wil. Ze heeft met ons ook afgesproken, bij de Chinees.'

'Zei ze nog iets over de boerderij?'

Zijn moeder kwam binnen met thee en plakken beboterde ontbijtkoek. 'Ik had haar kamer al in orde gemaakt, bed verschoond, handdoeken neergelegd, maar ja, mevrouw wil in een hotel.'

Zijn vader negeerde haar en haalde zijn schouders op. 'Je zuster maakt minstens één denkfout. Zwartjes wérken niet als wij en dénken niet als wij.'

'Zwarte mensen, Johan. Je moet zwarte ménsen zeggen. Dat is veranderd, weet je wel.'

'Zij waren er het eerst. Zij hadden de eerste kans. Is het mijn fout dat ze die niet gegrepen hebben?'

Zijn moeder keek naar buiten, naar de lege wei. 'Met drie melkkoeien zijn we begonnen. Meer hadden we niet, maar het gras is daar anders. Vijf magen hebben ze, meer dan genoeg zou je zeggen, maar ze kregen het niet weg.'

Hij wilde zijn vraag herhalen, maar zijn vader sneed hem de pas af. 'De boerderij, dat is jouw pakkie-an niet meer, al jaren niet.'

'Dat is niet waar, de boerderij is van ons allemaal.'

'Betty werkt dag en nacht, geen tijd voor een gezin.' Dat was zijn moeder, nog altijd hopend op meer nageslacht.

'Het lijkt me onverantwoord dat ze nu hier is. Je moet overal zelf bij zijn, dat weten jullie ook. In de oogsttijd werkte ik vierentwintig uur per dag.' Uit zijn vaders keel kwam een schrapend geluid, maar zijn moeder knikte instemmend. 'Zwarten zijn hele lieve mensen, maar voor je het weet lopen de kippen door de mooie kamer.' De theelepel tikte tegen haar kopje. Langdurig roerde ze, alsof ze energie moest verzamelen om van onderwerp te kunnen veranderen. 'Zo, en nu wil ik alles weten over het feest.'

6

Alles deed hij om achter het adres van Shelley te komen. De inlichtingendienst gaf alleen op naam geen telefoonnummers, tot iemand zich versprak en zei dat ze een geheim nummer had. Dat was tenminste iets. Dan kon hij het stelselmatig doornemen van telefoonboeken in het postkantoor achterwege laten. Hij zou kunnen uitzoeken of haar ouders telefoon hadden en hun met een smoes haar adres ontfutselen, of laten ontfutselen, maar Bernard moest hier buiten blijven. Betty zou hem vierkant uitlachen en Marie wilde hij niet als loopmeisje gebruiken.

Toch was het via Marie dat hij als vanzelfsprekend meer over Shelley hoorde. In een telefoongesprek over de betaling van het collegegeld vertelde ze dat ze bij Shelley ging oppassen, omdat die avonddiensten moest draaien. Hij wilde vragen wanneer en waar ze woonde, maar ze hing op, ze moest sporten.

Hij liet het nieuws bezinken: kinderen en een baan in de zorg. In zijn alledaagsheid was het moeilijk te rijmen met het beeld van dat kleine, huilende meisje dat achter het fijnbos vandaan kwam.

Maar dat beeld bleef zich opdringen op de fiets, bij de slager en onderweg naar de restaurants en rijke particulieren die hij als klant had. Op straat en overal ging zijn blik uit naar donkere vrouwen, maar ook van veraf leek niemand op haar. Het was idioot, hij had nooit gedacht dat hij zo over een vrouw zou denken, maar Shelley liet zich het beste omschrijven als *onaards*. Misschien kon hij zich haar gezicht daarom steeds slechter voor de geest halen. Haar gezicht van nu, want dat zij dat kleine meisje was geweest, dat kon niet anders. Hij werd bang dat hij haar niet meer zou herkennen op straat, haar straal voorbij zou lopen, en dat hij haar dan nooit meer zou zien, omdat dat een test was. Het kon niet. Hij zou haar herkennen, maar de twijfel knaagde desondanks.

Met het verstrijken van de dagen kwam zijn gemoedsrust enigszins terug. Wat niet gevoed wordt, sterft af. Het beeld van het kleine meisje kwam niet meer automatisch; hij moest het oproepen. Nog even en hij zou haar vergeten en alles zou bij het oude blijven.

Via de De Clercqstraat reed hij de Nassaukade op. Hij was onderweg naar het American Hotel op het Leidseplein om een aantal wijnen af te leveren. Op de kruising met de Eerste Helmersstraat zag hij op de parkeerplaats voor de ingang van het verpleegtehuis hoe een verpleegster in een wit uniform een bejaarde in een invalidenwagentje een busje inrolde en de deuren sloot. Haar haar was opgestoken in een grote wrong. Het busje reed weg. De verpleegster draaide zich om en liep naar de ingang. Alles aan haar was rond en vloeiend. Het was Shelley.

Hij trapte op de rem, trotseerde het geclaxonneer van de auto achter hem en nam de kortste weg naar het verpleegtehuis. Zonder zich om zijn mooie bordeauxwijnen te bekommeren, gooide hij het portier dicht en rende naar binnen.

De receptioniste achter de balie stond op en vroeg wat hij van plan was. 'Shelley Yona, ze werkt hier.' Hij had een afspraak! Vermoeid keek ze hem aan en nam de telefoon aan.

Shelley kwam terug, aangetrokken door het rumoer. 'Henk? Wat doe jij hier?'

Hij staarde haar aan. Ze gebaarde naar de receptioniste dat het in orde was en nam hem mee.

Het verpleegtehuis had een tuin met een gemillimeterd gazon en ver teruggesnoeide heesters die net uit begonnen te lopen. Er waren zitjes aan het water en onder de bomen in de schaduw. Een oase van rust, midden in de hectiek van de stad. Ze wandelden rond. Haar lichaam dichtbij. Haar heup naar hem toe gedraaid. Op het terras zaten een paar stokoude vrouwen te dutten, behalve één die in hoog tempo aan het haken was; een bezweringsritueel om de tijd te misleiden.

Shelley bleef dicht bij de waterkant staan. Aan de andere kant van het water raasden de auto's langs. 'Ik heb vijf minuten,' zei ze. Hij stond vlak voor haar. Eén stap achteruit en ze zou wankelen en in het water vallen. Hij zou haar naspringen en onder water haar witte uniform lostrekken. Uiteindelijk zouden ze bovenkomen met kroos op hun hoofd. De zwarte zeemeermin en hij. Dat zou die oudjes een beter uitzicht bezorgen.

Hij keek vluchtig om zich heen. Pottenkijkers wilde hij niet. 'Hoe kan ik je bereiken?'

Ze krabbelde haar telefoonnummer en adres op een geel memoblaadje en stak hem dat toe. De balpen stopte ze terug in het borstzakje van haar jurk. Het had een thermometer kunnen zijn. Het witte katoen spande om haar borsten. Haar tepels tekenden zich scherp af. Ze pakte zijn hand en legde die met de knokkels tegen haar kruis. Door de stof van haar uniform heen voelde hij haar schaambeen. Abrupt liet ze zijn hand vallen en draaide zich om. 'Vanavond om acht uur, oké? Nu moet je weg.'

De rest van de dag ging als in een roes voorbij. Bij elke klant ging hij uitgebreid in op elk wissewasje, om afleiding te hebben. Normaal was hij nooit zo spraakzaam, maar elke caravan, vakantie of verbouwing kreeg nu zijn volle aandacht, al kon hij zich aan het einde van de dag niets van de inhoud van de gesprekken herinneren. Tegen vijven was zijn bus leeg. Hij wilde niet naar huis. Zij was in de stad. Haar adem hing in de straten.

Bij een speeltuin in het Vondelpark at hij patat. Onwennig stond hij tussen de kinderen, het bakje te klein voor zijn vingers. Een klodder mayonaise belandde op zijn schoen. Het hele park doorkruiste hij. Op een open terrein aan de oostkant stonden drie lama's dicht bij elkaar. Hij bleef staan en verbaasde zich erover dat hij de enige was. Fietsers, joggers, moeders met wandelwagens en oud geworden moeders met hond sloegen geen acht op de Zuid-Amerikaanse viervoeters die bedachtzaam kauwend bij het hek stonden, zonder zich ervan bewust te zijn dat ze nooit het Peruaanse hooggebergte zouden zien en nooit zouden weten hoe het was om in je natuurlijke habitat te verkeren.

Hij vroeg zich af of hij iets voor haar mee moest nemen, bloemen of bonbons. Het was lang geleden dat hij een vrouw iets anders had gegeven dan geld.

Een skater reed hem bijna omver en riep: 'Uitkijken, ouwe lul.'

Het werd vanzelf later. Uiteindelijk moest hij zich zelfs nog haasten om op tijd in de Albert Cuypstraat te zijn, waar ze woonde op drie hoog, zoals de drie vinnige balpenstreepjes op het stukje papier lieten zien.

Bij een langgerekt huizenblok uit de laat-negentiende eeuw belde hij aan. Op straat was veel afval van de dagmarkt achtergebleven. Een paar junks en daklozen scharrelden rond tussen dozen en vuilniszakken en keurden fruit en groenten op hun eetbaarheid. De mango of sinaasappel die ze oppakten, bekeken en verwierpen, werd door een volgende ook weer opgepakt en weggekeild, als verschoppelingen. Een kat zeulde met een visgraat.

Met een zoem sprong de deur open. Hij duwde zijn schouder ertegenaan en ging naar binnen.

Een licht knipte aan. 'Drie trappen,' hoorde hij haar roepen.

Hij riep niets terug, maar besteeg de steile trappen langzaam om niet buiten adem boven te komen. De kleine overloop op de eerste etage stond vol met speelgoed en een kinderwagen. Op de tweede verdieping hing een fiets aan het plafond. De overloop van Shelley was het kleinst en bood geen plek voor opslag.

Ze stond in de deuropening en stroopte haar gele plastic handschoenen af. 'Ik ben net klaar met afwassen. Kon je het makkelijk vinden?'

'Geen probleem. Ik kom vaak in Amsterdam.'

'O, ja?'

'Ik lever wijn aan hotels en restaurants.'

Ze observeerde hem nauwkeurig. 'Misschien hebben we elkaar al eens gezien.'

'Ik zocht altijd wel naar je.'

Ze nam zijn jas aan alsof het de bloemen waren die hij niet had gekocht en ging hem voor. De keuken was een pijpenlaatje en kwam uit op een smal balkon; de woonkamer keek aan de voorkant uit op de Albert Cuyp. Met die eeuwige markt moest dat vrij gehorig zijn.

'Heb je al gegeten?'

'Een patatje.'

'Een patatje? Ik dacht dat jij zo'n fijnproever was.'

'Ik had geen honger.'

'Hoe kun je dan patat eten?'

Hij keek haar aan. De glimlach op haar gezicht verdween. Hij deed een stap naar haar toe. Midden in de kamer stonden ze. Ze droeg een okerkleurige blouse met een zwart, oosters motief. De bovenste twee knoopjes stonden open, maar het derde sloot het begin van haar decolleté precies af. Haar tepels een raadsel nu. Deze kleding had ze uitgekozen voor hem. Had ze na haar werk lang voor de spiegel gestaan, nagedacht over de knoopjes van haar blouse? Hoeveel open, hoeveel dicht?

'Shelley...' Hij stak zijn hand uit naar haar lichaam, nog niet gekozen tussen heup, taille of schouder. In die halve seconde van aarzeling dwaalde zijn blik door de kamer en viel zijn oog op een foto in een zilverkleurige lijst. Er stond een jongen op van een jaar of tien, even donker als Shelley en van dezelfde stam, Xhosa. Gekleed in een poloshirt met alle knoopjes dicht keek hij met opeengeperste lippen in de lens. Aan zijn voeten droeg hij witte gymschoenen. *Er was iets met die schoenen.* Hij huiverde.

Snel trok hij zijn hand terug en haalde die door zijn haar. Misschien had ze niets gemerkt. 'Is dat je zoon?'

'Nee, mijn broer.' Ze wees hem op twee andere foto's aan de muur. 'Dat zijn mijn kinderen. Jade is vijf en Andile, mijn zoon, is drie.'

Het meisje was licht van kleur, bijna blank. Ze had een vrolijk gezicht en een bos krullen; de jongen was net zo donker als zijn moeder. Verschillende vaders, concludeerde hij zonder bijgedachte. 'Waar zijn ze?'

'Ze komen straks thuis.' Ze knikte naar de foto van de kleine Andile. 'Hij is naar mijn broer vernoemd. Die wordt al tweeëndertig jaar vermist.' Samen keken ze naar de foto van de grote Andile. Van boven de gesloten kraag van zijn poloshirt keek hij hen aan.

'Wat is er gebeurd?'

Ze haalde haar schouders op. 'Hij ging een kip vangen en is nooit meer thuisgekomen.'

'Kun je je hem nog herinneren?'

'Ik was twee. Hoeveel weet jij nog van toen je twee was?'

Helemaal niets. Alles voor zijn elfde was een zwart gat, alsof hij pas daarna geboren was. 'Dat is heel lang geleden.'

'Nou, ja. Hij kan ergens anders leven. Onder een andere naam, een andere identiteit. Hij weet niet dat wij hem zoeken.'

'In Afrika vind je vaak binnen een dag al niets meer terug.'

'Kun jij je nog iets herinneren?'

'Nee, ik was elf.'

'Ik weet nog alles van toen ik elf was.'

'Je weet niet wat je niet meer weet.'

'Je wist wel meteen dat je elf was.'

'Je zei dat ik ongeveer net zo oud was als hij.'

'Dat zei ik niet. Hij was negen.' Ze deed een stap naar voren. 'Ergens moet iemand zijn die de waarheid kent. Wil je me helpen?'

Hij pakte haar hand en legde die op zijn gulp met de zijne erover heen. Er waren minstens twee handen nodig om zijn als een razende kloppende geslacht in bedwang te houden. 'Heb je me daarvoor uitgenodigd?' Hij herkende zijn eigen stem bijna niet.

'Nee...' Haar verweer klonk zwak. Hij was sterk.

'Mijn kinderen komen zo thuis. Je kunt beter gaan.' Haar stem klonk gejaagd.

Gaan? Hij was er net. Was ze bang? Hij keek van haar weg, naar de overkant van de straat. Achter de dichte vitrages was niemand te zien.

Shelley liep terug naar de deur en hield die voor hem open. Hij wurmde zich langs haar heen, alsof hij echt van plan was aan haar verzoek gevolg te geven. Maar wat wilde ze? Wat was haar verzoek? Hij streek met zijn lichaam dicht langs het hare, voelde haar zachte vlees en hitte. Zijn mond drukte zich op haar lippen. Ze maakte een geluid alsof ze zich verslikte. Binnen een oogwenk hing zijn broek op zijn sokken. In het trappenhuis klonken stemmen. Met haar elleboog stootte zij de deur achter zich dicht. Hij stroopte haar rok op tot onder haar schouders en haakte zijn duim in de taille-band van haar string. Ze kreunde en lachte tegelijk. In één beweging trok hij haar string naar beneden. Ze stapte eruit. Gehoorzaam, hij kon het niet anders zeggen. Hij trok haar bij de deur vandaan en drukte haar in één beweging tegen de muur. Hij was sterk. Zij stak een hand uit naar zijn gezicht, maar die greep hij en zette hem vast tegen de muur. Met zijn andere hand pakte hij zijn geslacht, duwde haar benen uit elkaar en ramde zich een weg naar binnen. Zo hard mogelijk rammen om de beelden te laten ophoepelen of om ze zo diep in zijn geheugen te begraven dat ze daar bleven tot zijn eigen begrafenis. Hij zou wel zien. Rammen. Schreeuwend kwamen ze klaar. Het had niet langer geduurd dan een doorsnee afscheidspraatje aan de deur.

Zonder haar nog aan te kijken vluchtte hij naar buiten.

7

Betty had gereserveerd bij de Chinees in het centrum van Hoorn, waar de familie al sinds jaar en dag kwam als er iets te vieren viel. De menukaart telde 161 gerechten, maar de Keppels waren niet avontuurlijk en hadden gezamenlijk aan keuze uit een stuk of tien genoeg. Aan de serveerster hadden ze de vertrouwde nummers van de vorige keer of hooguit de keer daarvoor opgegeven, na ze voor zichzelf als een mantra opgedreund te hebben. Hij had nummer 118 gegeten op Maries achttiende en twintigste verjaardag en nummer 77 op haar negentiende. Weer 118 op het veertigjarig huwelijksjubileum van zijn ouders en weer nummer 77 met kerst vorig jaar. Mihoen speciaal en vegetarische tjap tjoy, maar bij welk gerecht welk nummer hoorde vergat hij en van zijn familieleden kende hij de gerechten, maar niet de nummers. Vandaag was een mihoenspeciaaldag.

Het restaurant had een gevel in pagodestijl, waarvan de verf begon af te bladderen. Voor de ramen hing vitrage die net boven de Chinese snuisterijen ophield. Ze hadden een tafel bij het raam, zodat ze gefilterd door de dicht geweven vitrage konden uitkijken op de sfeervolle trapgevels van de omliggende eeuwenoude huizen en het standbeeld van Jan Pieterszoon Coen. Hun boerderij in de Kaapprovincie had ook zo'n trapgevel, maar die ging met de twee zijvleugels aan weerszijden de breedte in; Hollandse huizen zochten de ruimte noodgedwongen in de hoogte.

Zijn vader prakte zijn gebakken aardappels, die vanwege de aanhoudende vraag van de merendeels wat oudere clientèle op de kaart bleven staan, en zijn moeder zei voor de tweede keer dat ze het zo gezellig hadden. Hij gluurde naar Betty, die haar garnalengerecht met stokjes tot zich nam en een klant die met een afhaalpakket de zaak verliet met haar ogen volgde tot deze op het plein in zijn auto stapte.

'Ik heb een déjà vu,' zei ze.

Marie trok haar wikkelvest dichter om zich heen. Haar oma vroeg of ze het koud had. Ze schudde haar hoofd en prikte een biefstukreepje aan haar vork. Haar mes gebruikte ze niet. 'Déjà vu's bestaan niet,' zei ze. 'Je netvlies heeft het beeld al geregistreerd, maar je hersenen reageren vertraagd op de prikkel omdat je concentratie elders was. Dat kun je vergelijken met een trein die een station wil binnenlopen, maar moet wachten omdat het spoor bezet is door een andere trein.'

Zijn moeder zei dat ze het snapte.

Hij zat zich op te vreten van ongeduld en besloot de aanval te openen. 'Betty, ga je ons nog vertellen waarom we hier zitten?'

Zijn zus vertrok geen spier en at rustig haar mond leeg. 'Moment...' Ze keek de tafel rond, haar stokjes in de hand geklemd. 'Ik heb besloten... Het plan is om de boerderij om te zetten in een coöperatie en de arbeiders mede-eigenaar te maken.'

Er viel een stilte. Henk constateerde dat zijn ouders en Marie er gelaten, maar niet verrast bij zaten. Die wisten het al, alleen hij nog niet. Hij was het sulletje.

'Een noodplan,' haastte zijn moeder zich te zeggen, 'omdat er wat moeilijkheden zijn.'

'O, tijdelijk?' vroeg hij. Het was geen opmerking die veel uithaalde. Hij zei het voornamelijk om Betty te laten zien dat hoe haar voorstel er ook verder uit zou zien, zij hem tegenover zich zou vinden.

Betty haalde diep adem. 'Het is een lang proces. Het moet in etappes gaan, precies wat Mandela ook zegt, maar vroeg of laat...'

'Wil jij onze boerderij weggeven,' vulde hij aan.

'Onze?' sneerde zijn vader.

'Ja, onze.' Hij kromp ineen, onzichtbaar voor de anderen, hoopte hij.

'Als we failliet gaan, zijn we de boerderij ook kwijt,' zei zijn moeder.

Dat was een nieuwe schok. 'Staan we er dan zo slecht voor?'

Betty keek hun moeder verwijtend aan. 'Zo heb ik het niet gezegd.'

'Je zei dat je de werkers niet meer kon betalen.'

Hij keek zijn zus ijzig aan. Op dit moment haatte hij haar. Soms leek het even gezakt, maar nu raakte zij aan de diepste kern van zijn haat. 'Hoe lang al? Hoe lang hebben ze geen loon meer gehad?'

Betty zweeg.

'Vier maanden,' zei zijn moeder. Verontschuldigend keek ze haar dochter aan. 'Hij moet het weten. Het gaat ons allemaal aan.'

'Dan gaan ze muiten, levensgevaarlijk.' Dat was zijn vader. Zijn afwezigheid eerder op de avond was slechts schijn geweest.

Henks blik rustte nog steeds op zijn zus. 'Niet de eerste keer dat je mij belazert.'

Betty schepte in een krampachtige poging onaangedaan te lijken nog wat mihoen op.

Marie legde haar vork neer. Hij viel kletterend op de grond, maar ze leek het niet te horen. 'Pap, laat Betty het nou uitleggen. Het ANC wil dat alles eerlijk verdeeld wordt. Dat is juist goed.'

'Wat weet jij er nou van. Jij praat alleen je tante na. Binnen de kortste keren zijn al die zogenaamde idealisten zo corrupt als wat. Die zijn er alleen op uit om hun eigen zakken te vullen.'

Marie gaapte haar vader met open mond aan.

Betty gaf niet op en sprak tegen niemand in het bijzonder, overtuigd van haar eigen gelijk. 'Kijk wat er in de rest van Afrika gebeurt. Wij hebben nu de kans om het goed te doen.'

'Goede dingen doen, prima. Arkadia opgeven valt daar niet onder.' Hij keek naar zijn zus, probeerde haar weerbaarheid te meten.

'Iemand nog garnalen?' Zijn moeder had de schaal in haar hand en de opscheplepel in de aanslag en keek wat hulpeloos de tafel rond, maar niemand merkte haar op. Ze droeg een nieuwe jurk.

'De garnalen zijn zuur, mama,' zei zijn vader. Dat beweerde hij bij elk bezoek aan de Chinees. 'Daarom gooien ze er zoveel saus over.'

Hij zocht naar de ketjap.

Betty gaf de fles aan in een automatisme dat ondanks alles hun gezamenlijke jeugd reflecteerde. 'We kunnen nu wijn gaan exporteren, dat wilde je altijd zo graag.'

Dát was een lang vervlogen droom, te pijnlijk om aan te denken.

'Wijn? Dat fabrieksbocht wat we nu maken is alleen goed om de gootsteen mee te ontstoppen.' Zijn bewegingen verraadden zijn toenemende drift en hij schoot uit met de ketjap over zijn gebakken ei.

'Waar maak je je druk om? Jij bent twaalf jaar weg. Twaalf jaar!'

'Ik had geen keus, na wat jij en je ANC-vriendjes mij hadden geflikt.'

'Er moesten dertig mensen eten. Iemand moest de boel draaiende houden.'

'Het is de beste wijngrond van de Kaap en jij wilt die verkwanselen! Binnen een jaar groeit er alleen maïs en onkruid. Niemand is er bij gebaat om de grond weg te geven.'

'Nog één keer dan: je bent twaalf jaar weg. Het kan jou nie schelen nie van wie de grond is.'

Hij registreerde hoe Betty in haar emotie de Afrikaanse dubbele ontkenning door haar Nederlandse zinnen gooide en zag dat zijn vader nog meer garnalen opschepte en het bord van zijn vrouw ongevraagd ook bijvulde. Het was of hij al niet meer bij hen aan tafel zat.

'Kunnen jullie geen rekening houden met ouma en oupa?'

Maries smeekbede hielp maar even.

Zijn vader nam het woord. 'We zijn familie. We moeten het als familie eens worden.'

Henk schoof zijn stoel naar achteren, mompelde een excuus en snelde kotsmisselijk naar het toilet. Terwijl hij over de pot hing keerde zijn maag zich om. Nummer 118 hoefde hij voorlopig niet meer.

Langdurig waste hij zijn handen. Hij was duizelig en licht in zijn hoofd. Het koude water hielp niet.

Marie klopte op de deur. 'Gaat het, pap?'

Hij mompelde iets en vergat haar.

Het water in de wasbak kleurde langzaam rood. Een kakofonie

van geluiden, brekend glas, stromend water en geloei van koeien slingerde diep in zijn herinnering weggestopte beelden naar voren. Hij draaide de kraan dicht. Het geluid van het water verdween; de rest bleef.

Tientallen flessen wijn vielen tegelijk kapot en vormden een fontein van brekend glas. De rode vloeistof spoot omhoog en viel omlaag voordat het hoogste punt was bereikt, als bloed uit een slagader die werd opengesneden en snel zijn druk verloor. Op de stenen vloer voegden kleine plasjes te midden van een aangroeiende berg groene scherven zich samen tot een grote stroom, die onder de houten deur door sijpelde naar de koeienstal, waar aan kettingen vastgebonden koeien met hun lange, rasperige tongen de wijn van de vloer slurpten tot ze gek waren van dronkenschap. Ze probeerden tegelijk hun voorpoten naar voren en hun achterpoten omhoog te gooien, telkens opnieuw. De kettingen schuurden en rinkelden, maar gaven niet mee en de koeien loeiden uitzinnig.

Met de grijswitte handdoek bette hij zijn voorhoofd en deed de deur open. Hij werd bedrogen. Er werd een truc met hem uitgehaald. Ze hadden in 1982 al jaren geen koeien meer gehad op Arkadia. Hij liet zich gek maken. Dat was niet nodig. Hij zou wel een oplossing vinden, voor alles.

Hij voegde zich bij zijn familie. Marie keek hem bevreemd aan. 'Gaat het?'

Hij voelde het klamme zweet op zijn voorhoofd staan. 'Het is de ve-tsin, daar kan ik niet tegen.'

'Het heeft jullie nooit aan iets ontbroken en daar ben ik trots op,' zei zijn vader.

'Ja, je bent altijd een goede vader geweest,' reageerde zijn moeder. 'Jongens, er is nog zoveel. Nemen jullie alsjeblieft nog wat. Het is zonde als ze het weg moeten gooien.'

III

Gradus was de oudste van vijf kinderen. Johan kwam vlak na hem, vervolgens twee dochters, die je nooit zag, en dan nog een jongen. Alle meisjes waren verliefd op Gradus. Je praatte elkaar na, zonder dat je wist waar je het over had, want het was de eerste keer. Je weet dan nog niet of je gevoel je bedriegt of niet. Of dat er nog veel betere gevoelens zijn, daar kom je gaandeweg achter. Hij was zo charmant. Johan had veel van hem weg, maar dan in de gewonere versie, snap je? Gradus had iets van prins Maurits, een kaarsrechte gestalte, een fijnbesneden gezicht en donkere ogen, helemaal geen boerenzoon op het eerste gezicht. Eerder een pianist.

Ik stond in de danszaal tegen de muur geleund. Toen ik Gradus naar me toe zag lopen, keek ik hem niet aan, omdat ik bang was dat ik het verkeerd had gezien en hij door zou lopen. Ik wilde mezelf niets wijsmaken. Maar hij bleef vlak voor me staan en vroeg of ik vrij was om de volgende dans met hem te doen.

Natuurlijk was het een hele ervaring om met hem te dansen en zijn armen om me heen te voelen, íémands armen om me heen te voelen, maar zoeter was het te weten hoe jaloers de andere meisjes waren. Hij kon overigens niet zo goed dánsen, nogal houterig en onhandig, of misschien had ik te veel geoefend in mijn eentje en verwachtte ik er te veel van. Ik hield mijn ogen de hele tijd neergeslagen. Dat hoorde zo, wist ik van de dansleraar van de Duitse meisjes, geen oogcontact bij de eerste dans. Na afloop bracht hij me terug naar mijn plaats en dat was het voor die dag.

De volgende zaterdag bracht hij me naar huis en gaf me mijn eerste kus ooit. Dat was wel even wennen. Had trouwens nooit van mezelf gedacht dat ik zo openhartig zou zijn over al die dingen, maar ik heb het me nu eenmaal voorgenomen en het moet gebeuren. Te lang al heb ik alles voor me gehou-

den. Ik zou kunnen zwijgen, want niemand stelt mij vragen, maar dat is zinloos.

Het land en de ouderlijke woning zouden op Gradus overgaan. Het was zo'n statig geval, een stolpboerderij, maar toch weer heel anders van vorm dan die in West-Friesland, waar ik nu woon. Het was één en al rieten dak zonder ramen en op de begane grond, waar ook alle slaapkamers waren, kleine, ronde ramen met roedeverdeling. Tegenwoordig loopt de snelweg er pal langs en hoef je er voor je rust niet naartoe, maar toen was het er heel stil en toch dicht bij de stad, net buiten Heerenveen.

Nadat mijn Duitse mevrouw terug naar haar vaderland was gegaan, kreeg ik een baan in de melkwinkel en ben ik op kamers gaan wonen. Wel onder toezicht van de Kinderbescherming, omdat ik nog geen achttien was, maar terug naar het kindertehuis, dat inmiddels weer open was, was ook geen optie.

Ik had een aardige hospita. Soms hoorde ik van andere meisjes afschuwelijke verhalen, maar ik had geen last. Ze vond alles goed. Gradus mocht zelfs op mijn kamer komen. Dat was echt nergens toegestaan.

Mijn kamer lag aan het marktplein in het centrum van Heerenveen, heel knus en groter dan de zolderkamer bij de Duitse mevrouw. Weer een stukje opgeschoven, dacht ik na de eerste nacht in mijn nieuwe kamer. Hij had een hoog plafond en zware gordijnen. Er stond een bed met een nachtkastje, een kledingkast, bij het raam een tafel met twee stoelen – met bezoek was rekening gehouden – en een wasmeubel. Over het bed lag een gehaakte witte sprei, een afdankertje waarschijnlijk, maar mooi handwerk. Alles was van hout, het bed, de kasten. Ja, best goed gemeubileerd.

Op een zondag was ik na de kerk uitgenodigd bij Gradus thuis. Ik zou blijven eten. Zijn broertjes en zusjes waren razend nieuwsgierig. Gradus was de oudste, en het was de eerste keer dat zijn verkering thuis kwam. Johan zat ook aan tafel, maar daar kan ik me niets meer van herinneren. We aten soep met brood, chocoladepudding met slagroom toe. Het vlees in de soep was van eigen slacht en de melk voor de pudding en slagroom kwam natuurlijk uit eigen stal. Dat kon je wel proeven. De slagroom was een beetje zurig en de pudding had een vel. Zijn zusjes maakten daar een hele heisa over en dat vond ik onzin, want die pudding aten ze elke zondag. Dat deden alle boeren in die tijd.

Het ging er vooral om dat ik een goede indruk bij zijn ouders zou achter-

laten. Mijn hospita had me aangeraden alleen te spreken wanneer er tegen me gepraat werd of als ze mij iets vroegen, omdat ik anders te brutaal zou zijn en te katholiek. Vroeger zeiden ze van katholieke meisjes dat die 'vrij' waren. De Keppels waren Nederlands Hervormd, mijn moeder was katholiek, maar het kindertehuis was van de Nederlands Hervormde Gemeente. Met het geloof waren er dus geen problemen, al was ik sinds ik op mezelf woonde niet zo'n trouwe kerkgangster meer. Met zes dagen werk in de week had ik ook niet zoveel tijd om te bidden.

Zijn moeder was een struise vrouw en zijn vader een iel mannetje. Gradus is pas na tien jaar huwelijk geboren. Vreemd, dat je eerst geen kinderen krijgt en dan de één na de ander. Net of je eerst niet wist hoe het moest, hem in het verkeerde gaatje stopte. Ik kende in Zuid-Afrika een katholieke Nederlandse vrouw, die naar Lourdes ging, omdat ze na drie jaar huwelijk nog geen kind had. Ze kwam zwanger terug. Maar hoe hervormden dat oplosten, geen idee.

Vreemd. Ach, als ik naar mezelf kijk, hoe dat is gegaan en wat mijn geschiedenis is op dat gebied, mijn lichamelijke geschiedenis, zeg maar, dan kan ik alleen zeggen dat er vaak veel meer achter zit dan je kunt zíén. Je kunt niet aan iemand zien hoe vaak een lichaam is aangeraakt en of dat op de juiste plaatsen en door de juiste personen is gebeurd. Maar ik geloof wel dat je gedrag dit weerspiegelt. Hoe kun je blij zijn als je bed altijd koud is gebleven? Dat kan, denk ik, alleen als er een andere vervulling voor in de plaats is gekomen, zoals bij nonnen. Een vervulling, een ideaal of een gelofte.

Zijn ouders hoorden mij helemaal uit, vooral zijn moeder. Ik kreeg amper de tijd om mijn soep op te eten en ik kon toch al niets door mijn keel krijgen. Gradus zat er bij alsof het hem niet aanging. Toen had ik het al kunnen weten, maar daar ligt je aandacht niet op dat moment. Ze deden het heel bedekt, vroegen niet rechtstreeks of ik iets zou erven van mijn moeder, maar wilden weten of zij een eigen huis had en of ze enig kind was.

Gradus bracht me naar huis. Hij wilde per se dat ik op de stang van zijn fiets ging zitten. Ook weer zoiets. Ik was behoorlijk flink, maar hij stond erop. Het was veel moeite om me helemaal naar Heerenveen te brengen met die harde wind en het had echt niet gehoeven. Ik was zelf op de fiets en moest de volgende dag met de bus terug om hem op te halen. Achter me hoorde ik hem zwaar hijgen. Van mijn voorstel te ruilen – ik fietsen, hij achterop – wilde hij niets weten.

Mijn hospita was er niet. Ze ging op zondag naar haar moeder in Bolsward. Gradus liet zich bekaf op bed vallen. Op mijn kamer had ik altijd een kan water staan en ik gaf hem een glas. Hij zette het glas op het nachtkastje, trok aan mijn jurk en fluisterde dat ik op hem moest komen zitten. Ik wist niet goed wat hij bedoelde, klom over hem heen, ging met mijn rug tegen de muur zitten en zocht nog een plaats voor mijn benen. Ik zou ze over zijn buik of benen heen gelegd hebben. Maar hij pakte me vast en zette me schrijlings op zijn onderlichaam. Ik voelde hoe hard het daaronder was, precies daar waar ik zachtheid had verwacht. Stil bleef ik zitten. Hij begon me over zijn bobbel heen en weer te bewegen. Onzeker over wat ik moest doen, deed ik niets. Hij begon te hijgen. Ik keek over hem heen naar de muur achter hem en vroeg of we gingen trouwen. Hoe of ik daarbij kwam, vroeg hij. Omdat hij mij had meegenomen naar zijn ouders en ik van zijn zusjes wist dat dat de eerste keer was. Het was fijn dat ik degene was die hij daarvoor had uitgekozen. Hij lachte een beetje raar. Ik begon me ongemakkelijk te voelen, in mijn eigen kamer nog wel, en probeerde van hem af te klimmen, maar hij greep me vast en gooide me op mijn rug terug op bed. Ik pakte de sprei vast en sloeg die om me heen. Het haakwerk had grote gaten en we raakten erin verstrikt. Door de sprei heen gaf ik hem een trap in zijn buik. Ook door de gaten heen greep hij mijn voet, maar ineens werd hij heel anders. Zachtjes streelde hij mijn wreef en vroeg lief waarom ik tegenspartelde. We zouden toch trouwen? Verward staakte ik mijn verzet. Nu wist ik helemaal niet meer wat ik moest doen, maar ik kreeg zo'n week gevoel in mijn buik dat ik ook helemaal niets meer kón doen.

Hij schortte mijn rok op, trok mijn onderbroek uit en drukte met zijn knieën mijn benen uit elkaar. Met één hand maakte hij zijn gulp open. Zijn piemel floepte eruit als een duveltje uit een doosje. Ik was meer verbaasd dan geschrokken. Zó stijf. Hij schraapte zijn keel en gooide de sprei over mijn hoofd. Het duurde niet lang en ik voelde niet veel. Ik voelde de zon en stelde me voor hoe die door de gaten heen in een wafelpatroon op mijn gezicht zou vallen.

Na afloop vroeg ik wanneer hij dacht te gaan trouwen. Na de hooitijd leek mij het meest geschikt. Anders zat je weer met de oogst. Hij knoopte zijn broek dicht – zijn schoenen had hij nog aan – en stond op. Al die tijd zag ik zijn gezicht niet. Bij de deur draaide hij zich om en keek me aan. 'Hoer,' zei hij.

8

Onmiddellijk stond Marie op en bekeek haar knieën en enkels. Niets gebroken of gekneusd. Dat zou een ramp zijn geweest, drie dagen voor de wedstrijd in Bielefeld. De fietskoerier die haar had aangereden stond ook op en klopte zijn kleren af. Het achterwiel van zijn fiets draaide nog.

Met haar walkman op had ze in het Diemerbos een trimparcours afgelegd. De bladeren van de bomen leken een ritmisch spel met de zonnestralen te spelen. Aansluitend had ze nog tien kilometer willen rennen. De manier waarop haar voeten houvast vonden in de rulle bosgrond deed haar genoegen. Haar lenigheid en veerkracht; ze was zich er maar al te goed van bewust.

De lange jongen, van een jaar of vijfentwintig, raapte zijn fiets op. 'Klootzak, je mag hier niet eens komen met dat ding.' Ze gaf een harde trap tegen zijn fiets. Spaken bogen door. 'Tering!'

Hij boog zich zorgelijk over het achterwiel. 'Hé, weet je wat dat ding kost?'

'Dit is een voetpad.' Ze spelde het voor hem. ' V-o-e-t. Ben je blind of zo?'

'Niet meer dan jij.'

'En wie vergoedt mijn schade?' Enigszins opgelaten raapte ze haar walkman van de grond op en deed een oortje in. U2 denderde haar oren in. Het ding was prima in orde, maar dat hoefde hij niet te weten. Ze trok het oortje er weer uit. 'Finaal gemold!'

Hij stak zijn hand uit. 'Zal ik even kijken?'

Marie deinsde achteruit. 'Blijf er met je fikken van af. Je hebt al genoeg gedaan. Wat doe je hier? Belachelijk. Straks komen hier nog auto's rondcrossen.' Foute opmerking, de paden waren amper een meter breed.

Hij inspecteerde de inhoud van zijn tas. 'Auto's niet, joh.'

De manier waarop hij dat zei en zijn hele houding, zo volkomen ontspannen en niet onder de indruk van haar getier, maakte dat ze zich opgelaten voelde over haar boosheid. Zijn open gezicht met staalblauwe ogen deed de rest, maar het was nu te laat om in te binden. Ze schaamde zich, maar zo eenvoudig kon ze zich niet gewonnen geven. Hij zou wegfietsen en haar in gedachten uitlachen, te beleefd om dat openlijk te doen. Beleefd zou hij blijven, wat zij ook deed. Waarom vond ze het zo ingewikkeld om zich gewoon te gedrágen? Haar vriendinnen zouden het anders aangepakt hebben, die hadden een vrolijk babbeltje gemaakt en waren verdergelopen. Ongecompliceerd. Precies wat zij ook had moeten doen, maar ja. In haar gedrag zat altijd die vertraging. De juiste handelingen en zinnen bleven zich opdringen, ver nadat de foute hun destructieve werking hadden gedaan en alles voor haar hadden verpest. Voortdurend bestond er die asynchroniciteit tussen wat ze wilde en wat ze deed. Had ze haar haar net kort laten knippen, wist ze dat het lang had moeten blijven. Had ze net een afspraak afgezegd, besefte ze dat ze die door had willen laten gaan.

'Het is hier verboden voor fietsen.' Ze monsterde zijn hippe fiets; een laag model met een apart gebogen frame. 'Als het nou een normále fiets was.'

'Kan ik iets voor je doen. Heb je ergens pijn?'

Tranen sprongen in haar ogen, alsof hij op een geheime knop drukte. 'Pijn? Natuurlijk niet.' Ze begon onbedaarlijk te snikken. 'Ik heb geen pijn.' Door haar tranen heen zag ze hem de bidon van zijn fiets halen.

'Neem wat water. Dat schijnt te helpen in dit soort gevallen.'

'Wat voor gevallen? Hysterische vrouwen?'

'Gevallen vrouwen.'

Bijna wilde ze lachen, maar dat kon niet, want het huilen was eerder. Ze schudde haar hoofd en rende verder. Nu pas voelde ze de pijn echt. Een oude blessure speelde weer op. De binnenste kruisband, dat was alleen met rust te genezen en die ging ze nu niet nemen, en morgen ook niet. Jammer dan. Ze had al genoeg oponthoud gehad en nu ging ze die tien kilometer lopen en absoluut naar Bielefeld.

9

Henk wachtte zijn ouders op voor de kleine kerk in het centrum van Scharwoude. Hij was op zijn oude racefiets. Die had hij sinds zijn late tienertijd en het ding verliet nog maar zelden de garage.

Te midden van dorpsgenoten kwamen zijn ouders naar buiten. Hij lichtte zijn handen van het stuur en liep op hen af. Sommige mensen passeerden hem met een knikje of een andere blijk van herkenning als groet. Af en toe groette hij terug.

Zijn ouders zagen hem en bleven staan. Hij zag hoe zijn moeder een stapje opzij deed en haar rechterbeen liet aansluiten bij haar linker. Even zweefde haar been onzeker boven de grond.

'Henk?' Voor meer gaf hij haar geen kans. Hij kwam voor zijn vader. 'Ik moet je spreken.'

'Het is zondag.'

'Dat weet ik. Ik ben ook naar de kerk geweest.'

'Dat is heel lang geleden. Reden er toen al auto's?'

'Arkadia mag geen coöperatie worden.'

'Maak niet zo'n drukte.'

'Zijn we het eens dan?'

Zijn moeder maakte op enige afstand een praatje met een paar kennissen, maar hij zag dat ze hen in de gaten hield.

'Je zus heeft een afspraak met een supermarkt. Dat ziet er niet slecht uit. Als we onder dat contract met de Kaapse Wijn Vereniging uit kunnen, kunnen we zelf gaan exporteren.'

'Betty is een idealist, geen zakenvrouw.'

'En wat ben jij?'

'Grond is het grootste bezit. Jouw woorden.'

'Wij zijn boeren.'

'De grond is van ons.'

'Van wie?' Zijn vader sprak de woorden lijzig, bijna verveeld uit.

'Van mij?'

'Je hoeft niet zo verbaasd te kijken. Heb je soms een gaatje in je hoofd?'

'Van ons!' Nog even en hij zou gaan dreinen en stampvoeten als een klein kind. De grond was niet van hem. Er was geen enkel document dat zijn vaders bewering onderbouwde. Van wie was de grond? Zijn vader daagde hem uit en tartte hem en zichzelf, alsof hij hem tegen zijn eigen zin wilde dwingen zijn kindsdeel op te eisen. Dat wilde hij niet, maar Betty wel. Zij gedroeg zich als de erfgenaam, maar de grond was van hem. Bernard zou hem gelijk geven.

'Goed, dan ga ik terug naar Arkadia.'

De koude blik van zijn vader sneed als een mes door zijn gezicht.

'Jij hebt je kans gekregen, genomen en verknald.'

'Ik vraag nergens om.'

'Je hebt het zelf opgegeven, slapjanus!'

Verschillende kerkgangers keken nu naar hen. Zijn moeder snelde op hen af en stak haar arm door die van haar echtgenoot. 'Ga je mee koffiedrinken, Henk?'

Hij schudde zijn hoofd en pakte zijn fiets. Een ratelend geluid drong zich op. Het klonk vertrouwd, maar toch duurde het even eer hij het kon thuisbrengen. Hij keek om zich heen en zag huizen, straten, asfalt, maar dat zou na minder dan een kilometer ophouden, en over de velden droeg geluid ver. Duizelig steunde hij op zijn fiets. Het geluid kwam van een verder weg gelegen veld. De scharen van de ploeg zouden diepe voren trekken in het droge, zwarte zand.

Arkadia haalde hem terug als een boemerang. Hij wist niet waarheen het hem zou leiden, maar hij moest zich eraan overgeven.

IV

Soms weet ik niet waar ik moet beginnen. Tegenwoordig gebeurt er zoveel. Hoe kan ik je ooit alles vertellen? Hoe kan ik je ooit duidelijk maken hoe het was? En hoe het is. Het is beter tegenwoordig, dat wel. Ik woon nu in een vrijstaand huis. Goed opgeklommen. Van een bed op een slaapzaal met twintig anderen naar een huis met aan alle kanten vrij zicht. Drie slaapkamers boven, ruime kamers met dakkapellen, heel knus. Het huis is gebouwd aan het eind van de jaren veertig. Precies in de periode dat Johan en ik naar Afrika vertrokken. Net of het al die tijd op onze terugkomst heeft gewacht. Het staat aan de rand van het dorp op een perceel van ongeveer 1200 vierkante meter. Nou ja, vergeleken bij Arkadia is dat niet veel, maar hier wel en hier ben ik thuis. Het Markermeer is vlakbij. Het ligt achter de dijk, en het is heerlijk om in het voorjaar en de zomer de geur van gras te ruiken en de vogels te zien overvliegen. Alleen als het soms dagen achtereen van dat grijze weer is, denk ik aan onze boerderij in Zuid-Afrika, waar meer tinten groen bestaan dan er druppels in een glas water zitten. Maar dan nog mis ik het niet.

Vóór ons woonde hier een gezin met drie kinderen. Ze vonden het te ver voor de kinderen om naar de middelbare school in Hoorn te fietsen. De moestuin was er toen nog niet. Die heeft Johan aangelegd. Op Arkadia was dat zijn hobby. De arbeiders hadden ieder een klein veldje bij de barak, voor tomaten, maïs en bonen. Daar had hij voor gezorgd. Er waren er bij die er niets mee deden, er een paar oude stoelen neerzetten en klaar, maar dat moesten ze dan zelf weten.

De vorige bewoners hadden alleen gras, maar dat heb je hier genoeg. Daar hoef ik niet de hele tuin vol mee. De voortuin was mijn domein. Daar maakte ik borders met bloemen. Vooral éénjarige, petunia's, afrikaantjes, lobelia's en onder de bomen vlijtig liesjes. Als het maar kleur had, en het blijft een wonder hoe een paar kleine zaadjes elk jaar weer zo'n weelde aan bloemen kunnen opleveren.

Zo hebben Johan en ik samen heel veel in de tuin gewerkt; hij aan de achterkant van het huis en ik aan de voorkant. Later, toen Johan vergeetachtig begon te worden, ging ik hem helpen. In mijn eentje ben ik er ook nog een tijdje mee doorgegaan, maar dat is echt niet de moeite. Waar moet je heen met al die sla?

Het begon met de bonen. Hij zou de bonen poten. Bed omspitten, regels maken en in die regels op vijftien centimeter afstand van elkaar een holletje duwen, boon erin en holletje losjes dichtmaken. Middenin kwam de vogelverschrikker. Dat was een oude paspop met een stofjas van Johan, een sjaal van mij en een ijsmuts, die bij een paar blikken soep had gezeten. Het hoofd was van ijzerdraad. De ogen hadden we gemaakt van stukken van een kapotte spiegel, zodat de zon erin reflecteerde en met zijn schittering de vogels verjoeg.

Nadat ik hem had geholpen met het trekken van de regels ging ik boodschappen doen. Ik ben hooguit drie kwartier weg geweest, maar in die tijd moet er iets gebeurd zijn waardoor Johan in de war is geraakt. Definitief. Er knapt een draadje en je krijgt geen nieuw. Op mijn leeftijd heb je het al vaak om je heen gezien, voordat het in eigen kring toeslaat.

Toen ik het erf opfietste, zag ik het al. Het hele bonenbed was omgewoeld, een berg zwarte aarde, meer was er niet over van de nette regels. Johan zag ik nergens. Ik liep naar binnen en op de keukentafel lagen de opgegraven bonen in hoopjes bij elkaar, met aarde ertussen. Hij wilde er iets mee zeggen, maar wat? Dat wist hij misschien zelf niet eens.

Johan lag in bed, diep in slaap. Ik liet hem maar, heb wel avondeten voor hem bewaard. Om een uur of elf ging ik zelf naar bed. Ik sloeg de dekens terug en daar naast Johan, op mijn plek, met de kop op mijn hoofdkussen, lag de vogelverschrikker. In die rare spiegelogen zag ik mezelf wel tien keer.

Hij had zijn arm om het ding geslagen.

10

Achter zich hoorde ze het alarm afgaan. Ze was al te ver van de detectiepoort vandaan om het zelf te zijn. Die kans was trouwens nihil. Omdat het zo gênant was om ten overstaan van medestudenten en vage bekenden je tas open te moeten maken, lette ze er altijd goed op dat al haar boeken gescand werden. Ze keek om. Hij was het, de koerier. Ze riepen hem. De portier ging hem achterna en pakte zijn tas. Hij stak zijn armen omhoog alsof hij op een luchthaven stond en gefouilleerd werd. Ook nu leek hij op zijn gemak. Ze groette. 'Hé, hoi!' Hij keek zoekend haar richting uit, liet in dat ene moment zijn armen weer zakken, grijnsde breeduit en gebaarde iets wat ze interpreteerde als 'niet weglopen'. De portier scande ondertussen zijn boeken opnieuw. Het waren er een heleboel. Misschien wilde hij expres tegen de lamp lopen en was die kalmte maar schijn; hij had aandacht nodig. Of hij was verstrooid. Het was beter om dat te denken.

Ze wachtte hem op buiten de poort en keek toe hoe hij er opnieuw met zijn tas en zijn boeken doorheen ging. Deze keer bleef het gerinkel uit.

'Wilde je iets stelen?'

'Nee, hoor. Apparaten slaan bij mij altijd uit.'

'Heb je een pacemaker?' Dat was ongeveer de domste opmerking die ze kon maken.

'Ik fiets nooit meer over het voetpad,' zei hij, weer met die brede grijns.

Hij negeerde haar flauwe grap, dat was sympathiek. Ze hoopte dat hij niet doorhad hoe leuk ze hem vond. Beter gezegd, bewonderde, om het gemak waarmee hij alles afhandelde.

'Klopt. Ik heb je niet meer gezien.'

'Ben je nog boos?'

'Nee.'

'Zeg ja, dan kan ik het goedmaken.'

Hij heette Vincent, was vierentwintig jaar en studeerde bestuurskunde. Een uur of twintig per week werkte hij als koerier. Dat beschouwde hij als een bijbaan met hoog rendement. Hij dankte er een goede conditie aan en spaarde de sportschool uit. Veel efficiënter dan een baan als portier of bij een callcenter. Later zou ze merken dat Vincent álles afmat aan een kosten-batenanalyse.

Ze vroeg zich af hoe groot het toeval was dat ze hem opnieuw ontmoet had. Zonder dat ze elkaar opgevallen waren, studeerden ze al een paar jaar aan dezelfde universiteit. Er was een bepaalde wetmatigheid. Leerde je iemand die je elke dag zou kunnen zien – in de trein, op straat of in een winkel – in een andere hoedanigheid kennen, bijvoorbeeld op de camping, dan zag je elkaar voortaan ook op die andere plaatsen en kon je je niet meer voorstellen dat je elkaar in dezelfde buurt zo vaak gedachteloos voorbijgelopen moest zijn. Op die manier was liefde op het eerste gezicht eigenlijk liefde op het zoveelste gezicht. Lekker belangrijk, want daar geloofde ze sowieso niet in en ze kende geen voorbeelden uit haar directe omgeving. Ze dacht aan iets wat ze had gelezen: dat veel relaties ontstonden op de kerstborrel van bedrijven, terwijl je het hele jaar die collega in de buurt had, in dezelfde ruimte wellicht. Er was een extra component nodig om elkaar echt te zien. Bij Vincent was dat de botsing in het bos geweest. Als hij haar had ontweken, had ze hem nooit leren kennen. Misschien was dat het; misschien was je voortdurend bezig anderen te ontwijken en was liefde het niet-ontwijken, of het niet meer kunnen ontwijken.

Ze had Vincent meegetroond naar een Japanse film in Rialto. Er waren hooguit twaalf bezoekers, van wie er enkelen al snel in slaap vielen en met hun zachte gesnurk de voorstelling van een huiselijk tintje voorzagen. De film had lange dialogen. De acteurs praatten razendsnel en ze kon niet alles verstaan. De ondertitels waren echter ultrakort, waardoor Vincent zich verveelde en aan haar begon te plukken. Ze moedigde hem niet aan, weerde hem evenmin af. Haar ervaring met vriendjes was beperkt. Op de middelbare school was ze in de vijfde klas na een klassenfeest ontmaagd door een medescholier, niet omdat ze zo graag wilde, maar omdat ze het gehad wilde hebben, net als haar vriendinnen. Daarop waren een paar onenightstands gevolgd en dat was het.

Er zat een woordgrap in de film waar ze als enige hard om moest lachen, omdat de ondertitelaar de grap niet had meegenomen in zijn vertaling. Vincent legde net zijn hand op haar bovenbeen en trok die verbaasd terug. Ze pakte zijn hand en legde hem weer op haar been. Hij trok haar naar zich toe en kuste haar. Ze was opgelucht, maar voelde zich nog wel onzeker. Seks op de eerste afspraak, was dat nu wel of niet oké? Nee zeggen alleen omdat het de eerste afspraak was, daarin zat geen logica, maar in ja zeggen school onverschilligheid. Als iemand je niet echt interesseerde kon je net zo goed meteen all the way gaan, want dan verwachtte je geen vervolg en was een 'opbouw' alleen maar tijdverlies. Maar als hij wel de ware was, wat zou dan de reden kunnen zijn om te wachten? Waarom de kat uit de boom kijken als je de grote liefde tegenkwam? Maar hoe wist je dat?

Na afloop waren ze met de metro naar Diemen gegaan. Zijn etage was veel dichterbij, maar haar kamer 'klopte' beter, vond ze. In haar overmoedige bui trakteerde ze op sushi. De koerier kwam uit Amsterdam en ze moesten er drie kwartier op wachten.

Ze zaten samen op haar bed; ieder met een eigen portie rijst, gemarineerde rauwe vis, zeewier en kunstig gesneden komkommer. 'Dus je vader is in Zuid-Afrika,' zei hij. 'En je moeder?'

'Belgische. Ze woont in Brussel.'

'Friet met krokodillenvlees; met ketchup erover smaakt alles. Heb je ketchup?'

'Nee, maar ik kan het wel van iemand lenen. Wil je ketchup?'

'Ik wilde het alleen maar weten.'

Dat was zijn humor. Een variant van het konijn dat bij de bakker vraagt naar worteltaart.

'Mijn vader is trouwens Nederlander, net als ik,' zei ze.

'Ben jij in Nederland geboren?'

'Nee, mijn vader ook niet.'

'Vandaar je accent, je bent Zuid-Afrikaanse.'

'Onzin. De plek waar je wieg stond, bepaalt niet wie je bent.'

Er kwam geen respons. Misschien was ze te bot geweest, maar ze hield niet van opmerkingen over haar accent. Ze had te hard geprobeerd het kwijt te raken. Ze keek opzij. Hij zag bleek en staarde lusteloos naar het restant van zijn eten. 'Smaakt het?'

'Het is eh... apart?'

Ze pakte zijn bakje op en rook eraan. Het was bedorven. Het moest de tonijn zijn. Die at ze zelf nooit, uit compassie met dolfijnen. Vandaag redden de dolfijnen haar. Kokhalzend zette ze het terug. 'Gatver, wat goor! Hoe kun je dat eten?'

'Dat was de enige regel bij ons thuis. Eten wat de pot schaft.'

Vincent strompelde de halve nacht in zijn onderbroek heen en weer tussen haar twijfelaar en de badkamer. Ze had een pyjama aangetrokken en deed geen oog dicht. Keer op keer hoorde ze hem overgeven en de wc doortrekken. Tussendoor lag hij achter haar rug heel ver weg te zijn. Zijn lichaam gespannen als voor een sprint. Af en toe raakten zijn voeten toevallig de hare; ze waren koud. Om vier uur was ze het zat en stond op. Hij zag er uitgewrongen uit en verkondigde nooit meer Japans te zullen eten, en een Japanse film leek hem het eerste jaar ook geen optie. In de gemeenschappelijke keuken dronken ze thee uit Chinese kommen. Buiten zongen de vogels; het licht aarzelde nog tussen gaan en komen. Huisgenoten kwamen thuis en wierpen veelbetekenende blikken op haar en haar logé.

11

Met een kleine Samsonite achter zich aan arriveerde hij 's ochtends vroeg op Schiphol. Niemand wist dat hij wegging, behalve zijn opdrachtgevers en vaste klanten, maar die wisten niet beter dan dat hij op vakantie ging. Aangezien ze dat al jaren niet van hem gehoord hadden, gunden zij hem zijn reis van harte en wensten hem veel plezier. Een vervanger had hij zo snel niet kunnen vinden. Als het langer ging duren dan hij nu kon inschatten, zou hij dat alsnog moeten regelen.

Nadat hij zijn ticket had gekocht had hij 's avonds thuis een Château La Mission-Haut Brion, grand cru classé de Graves, ontkurkt, pas vijf jaar oud maar vlezig als een twintigjarige, wat misschien geen wonder was met 1989 als geboortejaar, een jaar vol revolutie, moed en lafheid. Het gaf niet dat hij die wijn met niemand had kunnen delen, en tegenover de financiële waarde ervan stond hij onverschillig. Meestal was hij trouwens alleen als hij de vijfsterrenwijnen, de duurste, de meest opzienbarende dronk. Dat deed hij enerzijds om zichzelf ervan te vergewissen dat de perfecte wijn nog niet gemaakt was en anderzijds om zijn verlangen naar perfectie in stand te houden door de illusie van de nabijheid daarvan. Als bijna perfect bestond, moest perfect ook bestaan, aan de top van de piramide die begon met de brede basis van middelmatigheid. Overigens betwijfelde hij of hij die test wel nodig had om te blijven dromen van die ene wijn, maar het was een goed excuus, en elk jaar waren er wel wijnen die in aanmerking kwamen voor het predikaat 'bijna perfect'.

Midden in de nacht had hij geprobeerd haar te bellen, maar hij had zijn dochter aan de telefoon gekregen. Hij excuseerde zich in de veronderstelling dat hij per ongeluk haar nummer had gedraaid, maar dat was niet het geval. Marie paste op Jade, omdat Andile met een blindedarmontsteking in het ziekenhuis was opgenomen. Dat laatste hoorde hij niet meer. Zodra hij doorhad dat Marie bij Shelley thuis was, begon hij, alsof hij zich betrapt voelde, haastig te antwoorden op haar niet-gestelde vragen. Hij was Shelley bij toeval weer tegengekomen en nu hij naar Arkadia ging – wat hij haar uiteraard ook nog had willen vertellen – maar hij wist het zelf ook pas sinds een dag of twee, vroeg hij zich af of hij misschien iets voor haar ouders kon meenemen?

Marie hoorde hem even aan. 'Je moet je niet zo uitsloven, pap.'

Met Andile ging het ondertussen weer een stuk beter. Morgen mocht hij waarschijnlijk naar huis. Ze hing op.

V

Niet goed genoeg voor de eerste zoon, trouwde ik met de tweede. Na wat er gebeurd was, wilde ik zo snel mogelijk trouwen, met wie dan ook. Met de eerste de beste die zich aandiende. Daar heb ik me aan gehouden. Meer dan ooit droomde ik nu van een eigen gezin. Als ik dat had, zou alles goed komen. Mijn kinderen zouden van mij houden. Mijn bruiloft zou het laatste feest zijn waar niemand van mij aanwezig was.

Gradus en Johan, dat was Kaïn en Abel. Op de bruiloft heeft Gradus mijn man verteld dat hij hem voor was geweest. Ik weet niet precies wat hij heeft gezegd, maar uit Johans reactie heb ik begrepen dat hij hem de indruk heeft gegeven dat ik hem had verleid. Dat is wel belangrijk, want daardoor snap ik het ergens wel, dat later met jou, dat hij zich weer zo verongelijkt voelde. Veel eerder dat dan jaloezie. Nooit had hij iets voor zichzelf. De kleren van zijn oudere broer af moeten dragen, niets van de boerderij krijgen en ouders voor wie het nieuwtje eraf was. En dan blijkt zijn broer bij de vrouw die hij als trofee dacht binnen te dragen 'de weg al geëffend' te hebben. Verongelijkt zijn was zijn grondhouding.

Kort na de bruiloft zijn we naar Zuid-Afrika gegaan. Het had ook Australië of Canada kunnen worden, maar de boot naar Australië zat vol en het vliegtuig naar Canada, waar Johan het liefst heen had gewild, was te duur. Weer moest Johan met een tweede keus genoegen nemen. De tragiek die zijn leven heeft bepaald. Ik ben geen psycholoog, maar ik heb er wel vijftig jaar over na kunnen denken. Ik kan me voorstellen, al praat ik het niet goed, dat hij, toen door keihard werken het tij leek te keren, niet weer met lege handen wilde komen te staan. Voor mij gold ongeveer hetzelfde. Nu ik eindelijk een gezin had, wilde ik het niet opgeven. Maar als je niet anders kunt, wil dat niet zeggen dat je de goede keuze maakt.

Van zijn ouders kregen we tien koeien mee. Drie gingen er dood op de boot. Die werden bij Gibraltar overboord gehesen. Ik zag apen en dacht dat we er bijna waren. Veel meer wist ik niet van Afrika.

12

Na de bocht zou hij Arkadia zien liggen. Bijna dagelijks was hij in de jaren zeventig over deze weg gereden. Hij dacht dat hij precies wist wat hij zou gaan zien en anticipeerde daarop met onrust in zijn bloed, maar haar schoonheid in al haar duizenden details overviel hem desondanks. Tegelijkertijd wist hij dat het altijd zo mooi was geweest. Een ansichtkaart had hij in zijn hoofd gehad, maar al die schakeringen groen in de heuvels, met de rijen wijnstokken die naar alle kanten uitwaaierden en dat tere blauwgrijs van de bergen, zoveel pixels konden zijn hersenen misschien wel opslaan, maar niet reproduceren. Op de plek waar hij vroeger de auto vaak even in de berm had gezet bij terugkeer uit het buitenland, of soms gewoon na de boodschappen in Paarl of Stellenbosch, was nu een heuse parkeerplek aangelegd voorzien van een bord met het icoon voor 'panorama', synoniem voor 'fotostop'. Duitse toeristen fotografeerden elkaar tegen de achtergrond van zíjn boerderij, maar niets kon de grandeur ervan ondermijnen.

Een groot wit gebouw met een trapgevel in het midden en twee lage, rechthoekige vleugels aan weerszijden. Strikt genomen een degelijke, maar niet spectaculaire representant van de Kaaps-Hollandse bouwstijl. Erachter zag hij de elektriciteitsmast en het bescheiden huis van de Castels. De weg die erlangs liep had Betty laten asfalteren, zodat de tractors de KWV sneller konden bereiken.

In drie lange flauwe bochten, waarbij hij af en toe een glimp van de boerderij opving, ritmisch in lijn met de opgewekte, vertrouwde stem van presentator Mark Gilman op de radio, daalde hij af en reed onder de boog door waar in gietijzeren letters de naam van de boerderij stond: Arkadia. Het brede huis leek te stralen in het ochtendlicht. Bloeiende bougainvilles omringden het als timide bruidsmeisjes.

Hij reed het erf op en stapte uit zijn kleine huurauto. Vanuit de airco de warme ochtendzon in, reeds bijna verzadigd van het aroma van overrijpe mango's en abrikozen. De fruitbomen rond het erf waren oud. Bladeren maakten ze bijna niet meer aan, maar de vruchten bleven komen, te veel zelfs voor de vogels. Aan de andere kant van het huis werd de rottende, licht vette walm van het fruit overschaduwd door de masculiene, kruidige geur van een andere boom. De spar. Hij bekeek hem van voet tot top. Hoog torende hij nu boven het huis uit. Wat was dat kreng gegroeid. Hij dwong zichzelf door te lopen en wilde naar binnen gaan, maar de deur bleek op slot. Een hagedis roetsjte over zijn schoenen en verdween onder een steen.

Uit het niets dook een man op. Hij herkende hem direct, al was hij in 1982 nog een slungelige en ondervoede jongen geweest. David Verwey, Betty's bedrijfsleider. Vierkant en solide, vierkant achter Betty.

David begroette hem formeel. 'Hoe is het met uw dochter, baas?'

'Goed, ze is net eenentwintig geworden.'

David glimlachte. Henk zag dat zijn ogen niet meededen en registreerde nu ook de scheur in de muur achter hem en de lege bierflessen onder de struiken. Mechanisch glimlachte hij terug.

'Ik weet nog dat ze een klein meisje was.'

'Mag ik de sleutel?'

'Het huis is altijd afgesloten als miss Betty in Holland is.'

Hij stak zijn hand uit. 'Ik ben er nu.'

'Er is geen reservesleutel.'

'Die is niet nodig.'

David haalde zonder zijn tegenzin te verbergen de sleutel uit zijn zak en overhandigde hem die. 'Hoe lang blijft u, baas?'

'Geen idee.' Hoe moest hij dat weten? Hij die gezworen had nooit meer een stap op Afrikaanse grond te zetten.

Henk deed de deur open en ging naar binnen. Het was er donkerder dan hij zich herinnerde. Op bewolkte dagen zou al snel ook overdag een lamp aan moeten. Veel meubels uit zijn jeugd stonden er nog. Hij herkende de Friese staartklok, het huwelijkscadeau van zijn vader aan zijn moeder, het eikenhouten wandmeubel en de Perzische loper op de kersenhouten eettafel, die alleen met kerst en op zijn moeders verjaardag werd gebruikt. De rest van het jaar werd altijd in de keuken gegeten. In zijn tijd op Arkadia had hij niets aan het interieur veranderd. Claire had de imitatie Louis XIV-meubeltjes met de geborduurde kussens, de bergen linnengoed en al het andere wat ze uit Frankrijk en België had meegebracht weer mee terug genomen, zodat het leek of zij er nooit geweest was, en dat was precies haar bedoeling geweest. Betty's bijdrage aan het interieur bestond uit enkele inheemse decoraties. Een driepotig melkkrukje uit Centraal-Afrika, een zebravel en vellen van bokken en geiten, vermoedelijk springbok en koedoe, die bijna niets kostten. Hij zag ook een masker van ebbenhout. Zulke maskers maakten deel uit van begrafenisrituelen. Niets voor Betty om zoiets aan de muur te hangen.

Boven ging hij zijn oude werkkamer binnen. Die zag er leeg en opgeruimd uit. Alle laden van het grote, mahoniehouten bureau zaten op slot. Betty had voorzorgsmaatregelen getroffen. Hoewel, het was niet waarschijnlijk dat ze dat al had gedaan voordat ze naar Nederland ging. Een gedachte besloop hem. Ze had David gevraagd dit te doen zodra ze hoorde dat Henk naar Afrika was gegaan. Zo spanden die twee samen. Maar het was dom. Ze had net zo goed in hoofdletters op de muur kunnen schrijven dat ze iets te verbergen had.

Hij liep naar het raam. Zijn werkkamer had hij altijd de fijnste plek in het huis gevonden. Hij lag op het noorden. Er kwam zon noch schaduw. Het was er een stuk lichter dan beneden, en vanaf zijn bureau kon hij vrijwel het hele terrein van Arkadia overzien. De oleanders en jacaranda achter in de tuin, het veld daarachter waar een paar kinderen aan het voetballen waren en de moestuin, die zo te zien nu niet meer gebruikt werd. Hij zag alleen wat slaphangende maïs- en bonenplanten, die de overwoekering door onkruid gelaten schenen te ondergaan. Achter de schuur lagen een paar arbeiders in blauwe overalls, waarschijnlijk dronken. Als de kat van huis is. Zoiets zou in zijn tijd niet gebeurd zijn. Niet onder werktijd. Hij keek naar de wijngaarden op de heuvels. Zijn kennersoog zag zelfs van deze afstand dat ze er niet al te florissant bijstonden. De stokken hadden te weinig kracht, puur een kwestie van voeding, want de vermaledijde chenin en hanepoot kon je verder rustig aan hun lot overlaten. Hoog op de heuvel, aan de rand van het terrein, lag het beste stuk land, plot 18A. Dat stuk had qua ligging en terroir alles mee, maar aan de huidige conditie durfde hij niet te denken. Hij kon het niemand verwijten. Hij was weggegaan, niet zij.

Alleen de barakken waren vanaf hier niet zichtbaar.

Hij leunde uit het raam en keek naar het land van de Castels. Bij Bernard zou alles piekfijn in orde zijn. De schillen en het sap van zijn mourvèdre en nebbiolo, die hij liefkozend zijn diamantjes noemde, zouden zichzelf schuimend tot leven gisten in de kuipen. Zijn wijngaarden zouden winterklaar zijn en de nieuwe eikenhouten vaten uit de Tronçais zouden bereidwillig als een hoer op leeftijd in de schuur gereedliggen om de wijn te ontvangen en hun over tienduizend kilometer getransporteerde geur van eeuwenoude bossen zo geleidelijk afstaan aan de rijpende wijn, dat die net niet helemaal verzadigd raakte maar hongerig bleef, wat hem zowel robuust als afhankelijk maakte.

Beneden rinkelde de telefoon en een seconde later ook die op het bureau. Hij nam op. 'Hallo?'

'Hallo?'

'Hallo, wie is daar?'

'Ikke.' Een kinderstem.

'Wie is ikke?'

'Andile.' Hij kon niet antwoorden. De herhaling kwam gezongen tot hem. 'Andieieiele.'

Hij hoorde hem lachen, gevolgd door een andere stem. Haar stem.

'Je mag niet met de telefoon spelen,' zei ze.

Natuurlijk, haar zoontje heette Andile.

Ze richtte zich nu tot hem. 'Hallo, wie is daar? Hallo?'

Hij hing op.

De oude tropenbroek die hij aantrok had twaalf jaar in de berging gelegen, maar hij paste nog. Weliswaar zat hij wat krap om de buik, maar met de beweging die hij hier verwachtte te krijgen en de buitenlucht zou de broek binnen korte tijd weer goed zitten. De hoed, die hij ook had meegenomen, zette hij toch maar niet op. Het was niet verstandig om over te komen als de nieuwe landheer. Hij was er nog niet eens uit of dat was wat hij wilde. Eerst zou hij moeten uitzoeken hoe ver Betty was gevorderd in haar plannen en hoeveel steun ze daarvoor kreeg.

Hij liep achter het huis langs de heuvel op naar de wijngaarden. Er werd nog druk geoogst. Het gezang van de arbeiders kwam hem al tegemoet. *'En die wat nie wou sing nie sing nie en die wat nie wou sing nie sing nie en die wat nie wou sing nie sing nie.'* Ze wierpen hem nieuwsgierige blikken toe, hetgeen hij ook merkte aan het dalen van hun stemmen op het moment dat hij passeerde. Zij aan zij knipten mannen en vrouwen gekleed in blauwe overalls gebukt of gehurkt de trossen van de stokken en vulden de rieten manden. In zijn tijd kregen ze hun werkkleding uitgereikt bij indiensttreding en werd het verrekend met het salaris. Elke twee jaar verplicht een nieuwe overall. Betty zou de kleding waarschijnlijk gratis verschaffen, of voor een symbolisch bedrag. Aan het model was niets veranderd. Zelf hij had er ook vaak een gedragen en zijn vader ook. Je kon hen daarin uittekenen. Zijn vader op de ploeg in zijn blauwe overall. Nu keek hij rond: wijngaarden zo ver het oog reikte. Hij kon zich nog goed herinneren dat de eerste wijnstokken de grond in gingen.

Slimo, een van de oudere arbeiders, herkende hem en tikte eerbiedig aan zijn pet. Hij groette terug, vroeg hoe het met zijn vrouw was. 'Al vijf jaar dood, baas.' Hij knikte en liep door. Een andere arbeider liep voor hem langs om de inhoud van zijn mand in een kruiwagen uit te storten. Hij rook zijn zurige zweet. Een tractor verliet het erf onder het toeziend oog van David. Erachter hing een overvolle laadbak. De bestuurder nam de bocht naar de weg. Enkele druiventrossen vielen van de bak en vielen ten prooi aan de sterk geprofileerde banden van de tractor. Wat over was, was voor de insecten. Over een uur zou er niets meer van te zien zijn.

Het pad omhoog was slecht onderhouden. De arbeiders hadden

moeite de kruiwagen recht te houden over de ingesleten groeven. Uit de plotseling toenemende bedrijvigheid achter zijn rug leidde hij af dat David weer terug was. Hij keek naar de blauwgrijze bergen in de verte en nu wist hij waar die diepe, verzadigde kleur hem aan deed denken. In zijn Franse tijd was hij met Claire, toen nog zijn verloofde, op huwelijksreis geweest naar Parijs. In het Musée d'Orsay had hij een bloemstilleven van Eduard Manet gezien. De bloemen waren mooi, irissen en roze exemplaren met een groot hart vol oranjerode meeldraden, misschien azalea's, maar veel mooier had hij de achtergrond gevonden waartegen de vaas was geschilderd. Dat was exact de kleur van de bergen van Arkadia.

Hoe hoger hij kwam, hoe onrustiger hij werd. Hij bleef even staan en keek achterom. Het zingen van de arbeiders was als een mantra. *'En die wat nie wou sing nie sing nie en die wat nie wou sing nie sing nie en die wat nie wou sing nie sing nie.'* Misschien moest hij de inspectie van zijn landje uitstellen tot later, tot hij bij Bernard was geweest bijvoorbeeld, die waarschijnlijk al vol ongeduld op zijn komst wachtte en zijn mooiste wijnen had klaargezet. Misschien zou dat beter zijn, maar hij liep door.

Op de hoger en verder weg gelegen percelen was de oogst al achter de rug en heerste een merkwaardige rust. De stokken waren leeg en kaal en vogels en insecten zagen in het dal voorlopig betere kansen. Hier groeide ook het onkruid welig. Het was zelfs niet uitgesloten dat er zich slangen schuilhielden in het groen. De hoge schoenen die hij in Nederland ook weleens droeg, maar die daar belachelijk leken, bewezen hun dienst. Hij bleef met zijn blik zijn voeten volgen bij elke stap, omdat hij niet te ver omhoog wilde kijken.

Het landje was een shangri-la, een eldorado, een fata morgana in de gouden herfstzon. Het had op hem gewacht, zichzelf in vorm gehouden als een minnares die er altijd op haar best uit moet zien omdat ze nooit weet wanneer haar getrouwde minnaar tijd voor haar heeft. Hij bevond zich in een perfecte stilte die de wereld buiten tegenhield als een stootkussen. Een citroenvlinder cirkelde om zijn hoofd. Bijna voelde hij zich schuldig omdat hij niet eerder was teruggekeerd. Bijna, want de tijd had het landje goed gedaan. Het was nu op zijn best, de stokken op de toppen van hun kunnen en de mogelijkheden legio. Het terroir was fantastisch; de ligging ten opzichte van zon, regen en wind optimaal. Alle druiven waren al geoogst. Logisch. Deze plek lag beschutter en kreeg meer zon dan de percelen lager op de heuvel. Het was moeilijk te accepteren dat ook deze druiven per tractor naar de KWV waren gegaan en in de massa waren gestort.

Hij sneed een tak af van de buxushaag die de percelen van elkaar scheidde, hurkte in het zand en tekende een vierkant van het perceel, waar hij vervolgens horizontale en verticale lijnen in begon te trekken, zodat het werd opgedeeld in vele kleine vierkantjes. Landjepik, landjepik, hamerde een stem in zijn hoofd. Speel landjepik met mij. Abrupt stopte hij met tekenen en vroeg zich af wie degene was die zijn landje al die jaren had bewerkt. De plek mocht dan paradijselijk lijken, het kostte veel tijd om het zo te houden. Hij draaide zich om en liep terug. Iets zwaars stootte tegen zijn been en schoot het fijnbos in. Een hond, dacht hij.

Bernard kwam hem met gespreide armen tegemoet en omhelsde hem te lang. Dit was zijn vader, zijn zelfgekozen vader en hij hield van hem. Hij kuste hem op beide wangen.

'Je bent veel te lang weg geweest.'

'Ik had het druk.'

'O ja? En waarmee dan wel?'

'De zaak. Je weet hoe het is als je voor jezelf werkt.'

'Ja, ja.'

'Is Simone er niet?' Hij hoopte dat zijn stem neutraal klonk.

'Ze denkt dat je op vakantie bent.' Bernard keek hem peilend aan. 'Het is goed dat je terug bent.'

Hij zag Bernards ronde, verweerde gezicht, de borstelige wenkbrauwen, wit nu. Hij hunkerde naar een nieuwe aanraking. 'Ik wil weten wat Betty met de boerderij van plan is.'

Bernard gebaarde hem daar nu niet over te praten, sloeg een arm om hem heen en loodste hem naar binnen. Op het dressoir stond de foto van Jean-Luc in zijn blauw-wit gestreepte overhemd. Er brandde een waxinelichtje voor. Jean-Luc, met zijn bleke huid, die altijd in de schaduw had moeten spelen, voor altijd tien; een elfenkind, opgeofferd aan de droom van anderen. Dat de foto er niet meer zou staan was even ondenkbaar als het idee dat Jean-Luc was blijven leven.

Bernard negeerde de foto. 'Ik heb een paar flesjes naar boven gehaald.'

Henk haalde diep adem. Dit was thuis, iemand die voor hem zorgde. Bernard was zijn poort naar een nieuwe wereld geweest; een onbedoeld bijeffect van zijn krampachtig streven hun ideale zoon te zijn. Hij nam plaats aan de ovale tafel waar hij zo vaak parmantig tussen Bernard en Simone in had gezeten. Hij met zijn pretogen en zij met haar appelwangen; ze voerden hem dan beurtelings oesters, asperges, gekonfijte eendenpootjes, Ardenner ham en kwartels. Lekkernijen die in het Afrika van de vroege jaren zestig alleen door een zeer select groepje genuttigd werden. Ze vertoonden de inzet en bereidwilligheid van vogelouders die heen en weer vliegen met wormen naar een nest vol onverzadigbaar kroost. Alles hadden ze hem leren eten. En drinken, maar dat kwam later. Ze hadden hem voorgedaan hoe je artisjokken moest eten. Blaadje voor blaadje eraf trekken, in de vinaigrette dopen en dan met je tanden het vlees eraf schrapen. Ze keken hem aan terwijl hij at, en af en toe ook elkaar, en moedigden hem aan. Zo ging je door, steeds dichter naar het hart, en was je eenmaal daar – eerst kwamen de slappe blaadjes die je niet kon eten nog – dan sneed je met een mes het hooi weg tot er een duimdik grijsgroen kippenvel overbleef. Toe maar, het is een delicatesse, zeiden ze.

Kwarteleieren waren zo klein dat zijn elfjarige vingers er al lomp bij afstaken, en toch was het niet de bedoeling dat je er een heleboel van at. Dat deed je niet met delicatessen. Maar oesters mocht je slurpen. Hij herinnerde zich de sensatie van die totaal nieuwe smaak. 'Zilt,' had Bernard gezegd. Een beetje gronderig, zout en slijmerig, en met citroen werd het weer heel anders. Zijn wangen gingen ervan tintelen. Alle smaken van de wereld had hij willen leren kennen, maar na zijn eerste glas wijn had hij de koers verlegd.

Bernard ontkurkte een fles. 'Heb je je neus nog, Henk?'

Hij wees. 'Op dezelfde plek als gisteren.' Op tafel stond nog een fles en in dat kistje op de schoorsteen zou ook wijn zitten. Bernards wijnkennis was tot in de verre omtrek vermaard. De rijke wijnboeren uit Franschhoek en Paarl kwamen regelmatig bij hem langs voor goede raad of stekken. Zijn stokken waren gegarandeerd vrij van bacteriën en schimmels. Toen Henk zelf nog wijnmaker was, gingen Bernard en hij vaak samen de boerderijen langs om hun oordeel te geven over de nieuwe wijnen. Vele uren hadden ze samen in de auto gezeten, van de ene boerderij naar de andere. De hitte en het stekende licht rond het middaguur, ook in de winter, en tegen de avond de kilte vanaf de zee.

Bernard keek hem aan en schonk de glazen uit. Het aroma dreef naar hem toe. Knisperig. Hij ging rechtop zitten en trok de fles naar zich toe. Château Pétrus 1961. Die had hij pas één keer eerder gedronken, tijdens zijn stage in Frankrijk op een proeverij. Eén slok. Bernard had een hele fles.

'Ik dacht dat die op waren.'

'Nee, en hij is nu op zijn top en vanaf morgen eronder. Je bent precies op tijd.'

'Een Pétrus uit 1961, dat is...'

'Een goed wijnjaar, jouw komst waardig.'

'Wie zegt dat ik blijf?'

'Je bent er nu.'

Ze lieten de wijn walsen in het glas. Wat wijn betrof konden ze elkaars gedachten lezen. Hij keek naar het donkerrode vocht. Een machtige wijn. Eerbiedig nam hij een slok. De tannine zoog het glazuur uit zijn tanden, maar de basistonen waren lichter dan hij had verwacht. Kostelijk vocht, subliem. Hij gluurde naar Bernard, die opging in zijn wijn en zijn ogen had gesloten. De brutaliteit die hij als kind had gehad, kon hij ook nu, op zijn drieënveertigste, nog niet begrijpen. Als elfjarige had hij zijn eigen ouders gekozen en zich een nieuwe identiteit aangemeten. Bij de buren wilde hij zijn en zijn plaats verdienen als het nieuwe kind, het betere kind, het enige kind.

'De kleur van zijde van de purperslak, een rins bouquet van moerbeien, frambozen en kruisbes, uitgekristalliseerde tannines, een afdronk zacht en vol als de boezem van een herderinnetje...'

Bernard glimlachte vergoelijkend. 'Het is een aardig wijntje.'

'Het is een bombardement voor de smaakpapillen. Als iedereen dit zou drinken, zou er nooit oorlog zijn.' Hij kon zijn nieuwsgierigheid niet langer bedwingen en knikte naar de andere fles op tafel. 'En wat is dat?'

'Een Palmer. Ook uit 1961.'

Zijn mond viel open. 'Dat is onmogelijk.'

'Nee, dat is een kwestie van geduld, en er komt nog meer.' Henk zag dat Bernard niet naar het kistje wilde kijken en het toch deed.

'Palmer heeft een Nederlandse eigenaar. De familie Mähler-Besse, een Nederlander in het walhalla der wijnen.'

'Je bent goed op de hoogte.'

'Door de zaak. Ik haal alles uit Frankrijk. Besse is een rijke stinkerd. Zo kan ik het ook.'

Bernard keek hem opmerkzaam aan, pakte schone glazen en schonk de Palmer in.

Die kleur van donkerrood fluweel. Dat was al een sterke indicatie. In zijn gretigheid nam hij meteen een slok. De wijn verspreidde zich door zijn bloed, verwarmde hem, liefkoosde hem, koesterde hem. Rust. 'Ere wie ere toekomt, zonder liefde kun je zo'n wijn niet maken, al heb je nog zoveel geld.'

'Zonder liefde gaat het niet,' beaamde Bernard.

De eerste keer dat Bernard hem wijn had laten proeven was kort na zijn twaalfde verjaardag. Ze zaten op houten krukjes in de schuur. In de winter waren ze daar na schooltijd vaak samen te vinden. Er stond een grote werkbank, waaraan hij zijn huiswerk maakte en Bernard soms klusjes deed. De wereld daarbuiten bestond niet. De vaten met rijpende wijn om hen heen bakenden hun ruimte af als de zee een schip. Binnen in die vaten voltrokken zich in het duister geheimzinnige processen, die Bernard als een tovenaar op afstand bestuurde.

Bernard draaide het kraantje van een vat open en vulde een glas, zoals hij zo vaak deed, maar deze keer hield hij het niet zelf, maar gaf het aan hem. 'Eindelijk ben je oud genoeg. Mijn god, wat heb ik lang op deze dag gewacht.'

Het rode vocht smaakte donker en zuur. Zijn gezicht vertrok zo dat hij het gevoel had dat zijn mondhoeken zouden uitscheuren.

'Zo erg is het niet. Hoe meer je drinkt, hoe sneller het went.'

Amper proevend wat hij dronk, had hij doorgedronken, elk glas aangepakt dat Bernard hem gaf en naar zijn uitleg geluisterd zonder dat er iets van bleef hangen. Hij wist niet hoeveel glazen uit hoeveel vaten hij had gedronken, maar zijn hoofd was alsmaar lichter geworden en de ruimte om hem heen steeds groter. Op zeker moment had Bernard gezegd dat Henk naar huis moest, omdat zijn moeder anders ongerust zou worden. Hij stond op, niet voorbereid op de deining. Wankelend zocht hij steun bij de vaten. Bernard ving hem op en lachte. Henk lachte met hem mee. Hardop lachend liep hij over het zandpad tussen de beide huizen door naar huis, en toen hij struikelde lachte hij nog harder.

Op de keukentafel thuis stond een kan melk; ernaast een bord afgedekt door een ander bord, dat zijn moeder er bij zijn binnenkomst afhaalde. Er lag een karbonade op, gestold in eigen jus, gelig als bevroren urine. Zijn maag draaide om.

'Ben je daar eindelijk?'

'Ik hoef niks. Ik heb bij de buren al gehad.'

'De buren met hun fratsen. Je eet wat de pot schaft.'

'Waarom?'

'Omdat je een gezonde Hollandse jongen bent, daarom.' Ze schonk een grote mok vol. Een vel bleef aarzelend aan de tuit van de kan hangen, maar besloot op het laatste moment toch de duik te wagen en belandde midden in zijn melk. Ze zette de mok bij de karbonade. 'Eten.'

Met lange tanden werkte hij de maaltijd naar binnen. Zijn lichaam protesteerde bij elke hap. Hij wilde opstaan, maar zijn moeder stond bij het fornuis. Ze zag er vermoeid uit, had haar handen in de zakken van haar donkerblauwe schort gestoken en staarde naar de vloer. Hij vroeg zich af waar ze aan dacht en verbaasde zich, want zoiets was nooit eerder bij hem opgekomen. Een moment sloot hij zijn ogen. Alles begon te draaien. Hij greep naar zijn buik, rende naar de gootsteen en gaf over, in drie kokhalzende bewegingen die zo diep uit zijn binnenste kwamen dat het net was of hij binnenstebuiten werd gekeerd. Een coltrui met te krappe hals die over zijn hoofd werd uitgetrokken en bij zijn oren klem kwam te zitten. De stof die zijn gezicht nauw omsloot, en de paniek om niets meer te zien.

Zijn moeder kwam achter hem staan en zette de kraan aan. 'Heb je nou je zin?'

Hij keek met haar mee en zag wat ze bedoelde. Ook in de gootsteen mengden melk en wijn niet.

Zijn pleegvader kreeg gelijk. Het wende snel. Bernard leerde hem wijn drinken, proeven en waarderen. Onder zijn leiding kon Henk al snel alle druivensoorten en -rassen onderscheiden. Zijn talent bleek uitzonderlijk. Het was een openbaring, want tot nu toe was hij nergens goed in geweest, had niets zijn speciale interesse gehad. De wijn kreeg hem in zijn greep. Dat zijn klasgenoten ondertussen hun lichaam en dat van anderen ontdekten, ging volledig langs hem heen.

Het duurde niet lang of hij begon zijn eigen vader de kop gek te zeuren. Het akkerland bracht niets op, druiven moesten ze gaan verbouwen. Daar lag hun toekomst. Een droog jaar en een misoogst, het voorbeeld van boeren in de omgeving en misschien ook zijn onophoudelijke gezeur trokken zijn vader uiteindelijk over de streep. Gras- en akkerland maakten plaats voor wijngaarden. De veestapel die ze nog hadden werd afgebouwd; een klein aantal bij wijze van nostalgie in de stal ondergebracht.

Bernard was in zijn nopjes als een klein kind. Een grote, olijke kabouter was hij, die precies wist wat hij deed. Hij zette het kistje rechtop en nodigde hem uit voor een bezoek aan de schuur.

Vanaf de loopbrug keken ze neer op de gistbakken. Er hing een lichte schimmelgeur, getemperd door de koele temperatuur. Over een week zou de nieuwe wijn op het vat gaan. Hij vertelde over Betty's plannen met de boerderij. Die coöperatie was een heel slecht idee. Als Henk Betty haar gang liet gaan, zou er binnen een paar jaar niets meer over zijn van het familiebezit. Het was een wonder dat het bedrijf nog min of meer functioneerde.

'De beslaglegging is een groter probleem,' zei zijn pleegvader.

'Wat bedoel je? Er zijn schulden, maar die zijn er altijd.'

'Die coöperatie... Natuurlijk is het idealisme, dat is alles bij je zuster, al noem ik het liever fanatisme, maar het is ook haar laatste strohalm.'

'Wordt zoiets niet aangekondigd?'

'Het aanplakbiljet is verwijderd. Ze heeft op het laatste moment ergens geld losgekregen en uitstel bedongen...'

'Betty kent veel mensen binnen het ANC. Die hebben nu hoge posten.'

'Wanneer komt ze terug?'

Daar had hij nog amper bij stilgestaan. Binnenkort zou hij de boerderij met Betty moeten delen. 'Geen idee.'

Ze liepen langs Bernards prijzenkast, die aan het einde van de loopbrug bij de trap stond, en bleven daar staan. In het midden hing de medaille van de Michelangelo, recent toegekend voor een van Bernards pinotages.

'Je hebt er weer aardig wat prijzen bij.'

'Henk?'

'Ja.'

'De boycot is voorbij. Je kunt nu zelf wijn gaan exporteren. Naar Frankrijk.'

'Ik importeer nu.'

'Je verkoopt andermans wijn.'

Bernard wist hoe hij hem moest raken. 'Dat bevalt prima. Wel de lusten, niet de lasten.'

'Dit komt niet voor niets op je pad.'

'Ik geloof niet in dat soort dingen.' Exporteren naar Frankrijk was sinds zijn stage daar zijn grote droom geweest. Maar de laatste keer dat hij zijn wijn de grens over had gekregen, was bijna vijftien jaar geleden. Niet verder dan buurland Mozambique was hij gekomen. Door de boycot, die alleen door bananenrepublieken genegeerd werd, waren de grenzen gesloten voor Zuid-Afrikaanse sporters, fruit en wijn, hoewel de klassieke winstmakers van Zuid-Afrika, diamanten en goud, die boycot met of zonder hulp van de regering ongetwijfeld wisten te omzeilen.

De rebellen hadden zijn wijn, die hij in een speciale verpakking dwars door het oerwoud getransporteerd had, gedronken als cola. Ze hadden er ijsblokjes bij gegooid, die net zo rinkelden als hun gouden kettingen. Ten einde raad was hij geweest. Zij, met hun ronde buiken en getooid met de iconen van de nouveau riche die overal hetzelfde zijn – de Rolexen, ringen met diamanten, de Armanikleding en de Duitse wagens, die de reputatie genoten niet te roesten in het vochtige woud – hadden hard gelachen om zijn beteuterde gezicht en hem, de witman, zijn dollars toegeworpen zonder hun op luide toon gevoerde conversatie te onderbreken.

Maar het jaar daarop had hij de Arkadia Reserve 1981, zijn beste wijn ooit. Alles had hij ervoor over gehad om die naar Frankrijk te krijgen, maar het was het grootste debacle in zijn leven geworden.

'Waar is je Classic Wine Trophy van vorig jaar?'

'Die staat ergens in een doos.'

Bernard keek hem aan. 'Voor je Arkadia Reserve had je alle prijzen moeten krijgen.'

Zijn pleegvader kon nog altijd zijn gedachten lezen.

'De Veritas Double Gold.'

'Die bestond toen nog niet.'

'Weet ik. Een prijs die nog niet bestond voor een wijn die nooit heeft bestaan.'

'Hij was er wel. Ik heb gezien hoe je de druiven in de gistbakken hebt gelegd, de most naar de vaten hebt overgebracht en later de wijn van de vaten naar de flessen. De etiketten hebben we samen uitgezocht en ik heb de eerste fles van de band opgevangen en als een baby in mijn armen genomen.'

'Een wijn bestaat niet als niemand hem heeft gedronken.'

'Het terroir van Arkadia is alleen maar beter geworden. Met het landje daarboven en jouw talent is alles mogelijk.' Bernard keek hem aan. 'Ik heb je wel gezien.'

'Heb jij het landje bijgehouden?'

'Nee. Als ik had vermoed dat je terug zou komen, was ik er misschien een keer met de snoeischaar langsgelopen, verder niet.'

'Wie dan wel?'

'Iemand met kennis van zaken en liefde voor wijn.'

‘Het doet er ook niet toe. Het kost jaren om een topwijn te maken, minimaal zeven jaar; zes jaar als je mazzel hebt en een heleboel geld.’

‘Geld hoeft geen probleem te zijn.’

Hij schudde resoluut zijn hoofd en zei dat hij terug moest. Met de Pétrus en de Palmer had hij voor vandaag meer dan genoeg ervaringen opgedaan.

Licht in zijn hoofd liep hij terug naar Arkadia. Bij het hek wachtte een kleine, stevige vrouw hem op. Haar ronde appelwangen weerspiegelden de rest van haar figuur. Ofschoon lichtelijk uit het veld geslagen door haar stuurse houding, opende hij zijn armen omwille van de herinnering. ‘Simone!’

Ze bleef staan waar ze stond, zonder zich te verroeren. ‘De verloren zoon.’

Hij lachte zo’n beetje.

Zij niet. ‘Ga weg.’

‘Simoontje...’

‘Weg.’

De laden van Betty’s bureau waren op slot en de archiefkast ook.

Op het bureaublad tekenden zich kringen af van bekers Frisco en koppen rooibos. Een brandplek van een omgevallen kaars verwees naar de periode dat de stroom nog regelmatig uitviel.

Vele avonden had hij in deze kamer doorgebracht. Vooral ’s winters als de haard brandde en er weinig werk in de wijngaarden was. Daarvóór was het bureau van zijn vader geweest, maar die was als boer in hart en nieren liever buiten geweest dan dat hij met zijn neus in de papieren zat. Administratief was het bedrijf dan ook een complete chaos geweest toen hij het overnam, maar hij vreesde dat hij er zelf ook geen ster in was gebleken.

De vroegere schuur, die met de gang naar de KWV deels overbodig was geworden, was in tweeën gesplitst en deed nu voor de helft dienst als kantine voor de arbeiders. Een paar oudere mannen zaten, nog in overall, dicht bij elkaar met grote flessen Lager-bier aan een van de formicatafels. Achterin zag hij David zitten, met tegenover hem een tengere, gesoigneerde man in een beige pak, die hij, hoewel ook vele jaren ouder nu, meteen herkende als Kishore Patel, een Hindoestaanse intellectueel wiens familie pas twee generaties geleden uit India was gekomen. Eind jaren zeventig had hij zich aangesloten bij het ANC en was doorwrochte en door een breed politiek spectrum gewaardeerde stukken in de Engelstalige dagbladen gaan schrijven. Zijn advocatenpraktijk in Kaapstad had hij sindsdien op een laag pitje gezet. Betty kende hij via het ANC. Hij wist dat ze goede vrienden waren, maar niet dat Kishore ook buiten Betty om op Arkadia kwam.

Met alle ogen in zijn rug beende hij naar David en gunde zich niet de beleefdheid om Kishore te begroeten.

'Ik wil de administratie doornemen.'

Kishore stak zijn hand uit. 'Henk, ik hoorde al dat je terug was. Wat goed je te zien.'

Hij schudde hem de hand. 'Ja, de tamtam gaat nog steeds rond.' Afwachtend keek hij naar David.

'Miss Betty wil dat u wacht tot zij terugkomt.'

'Geef me alle sleutels. Ik heb geen zin om elke dag te moeten zoeken.'

'U hebt ze morgen op uw bureau.'

'Misschien hebben we een communicatieprobleem. Mijn Afrikaans is niet zo goed meer.'

David bleef nog een moment zitten, kwam overeind en liep met hem mee.

Boven opende David de kast en legde de stapels ordners op zijn bureau. De sleutels van het bureau diepte hij op uit een vaas. Tot slot pakte hij een grote plastic tas en kieperde die leeg over de vloer. Ongeopende rekeningen.

Zonder iets te zeggen verliet David de kamer.

Henk keek in de kast. Op de bodem lag onder een opgevouwen plaid een aantal wetboeken; stille getuigen van Betty's nooit afgemaakte rechtenstudie. Zij, die de eerste in de familie had moeten zijn met een universitair diploma, had alles opgegeven voor de politieke strijd van een land dat goedbeschouwd niet het hare was.

Hij ging achter het bureau zitten, knipte de lamp aan en pakte de eerste ordner. Het duurde een tijd tot hij er greep op kreeg. De slaap prikte achter zijn ogen. Hij zette het raam verder open om de avondlucht naar binnen te laten stromen.

De avonden werden al kil. Spoedig zou hij de haard weer moeten stoken. Voor de zoveelste keer tuurde hij op dezelfde lijsten. De rekeningen had hij gelaten voor wat ze waren. Eerst wilde hij zicht op wat hij de interne bedrijfsvoering noemde.

De personeelsgegevens waren in lange tijd niet meer bijgewerkt. Hij kon zich tenminste niet voorstellen dat er al vijf jaar geen mutaties meer waren geweest. Een nadere blik op de geboortedata van het personeel maakte hem achterdochtig. Het gros was bejaard, en zoveel oude arbeiders had hij op het land niet gezien. Wie waren die mensen en waarom stonden ze op de loonlijst, als ze niet werkten? Of waren ze ziek? Op de rekeningafschriften zag hij dat tot een paar maanden geleden alle personeelsleden hun salaris hadden gekregen. Ook die hele bejaardenclub.

En de vader van Shelley.

Hij was vroeg wakker en liep in korte broek naar buiten. Dat licht, dat verrukkelijke licht dat binnen een kwartier op volle sterkte was. Dat was hij altijd blijven missen. De beroemde Hollandse wolkenluchten konden hem gestolen worden. Zuid-Afrika was geen land om uit te slapen, dan miste je het beste deel van de dag. Alle blanken die hij kende waren voor dag en dauw op, gingen vóór hun werk naar de sportschool, die hun deuren om zes uur openden, en 's avonds vroeg naar bed. Nieuwe emigranten probeerden in het begin hun oude levensritme aan te houden, maar tevergeefs. Hun heimwee naar druilerige ochtenden en lange zondagen doorgebracht in bed stierf een zachte dood. Hij had niets met het *Blut und Boden*-gevoel, dat nog zo sterk leefde in dit land, maar de aantrekkingskracht ervan voor anderen begreep hij wel. Vroeg in de morgen leek Zuid-Afrika nog altijd het beloofde land, het perfecte land. De belofte klonk door in het prille getjilp van de honingzuiger. Je zag het aan de optrekkende nevel boven de velden en vooral aan de manier waarop de zon in een mum van tijd de schaduwen optrok als een kleed dat van tafel getrokken werd; de verbleekte kleuren weer helder als op de eerste dag.

Na het ontbijt van havermout en gecondenseerde melk – meer had hij in de kasten niet aangetroffen – pakte hij de loonlijst en liep via de veranda en de tuin naar de wijngaarden, waar op het grote shirazperceel al druk werd gewerkt. Hij moest toegeven dat die David de wind eronder had. Betty bofte met hem. Dichterbij gekomen zag hij dat David aan Slimo en een veel jongere, oersterke arbeider – veel donkerder van tint dan de anderen, die over het algemeen halfbloeden waren – uitleg gaf over de guyotsnoei. Zelf had hij altijd de cordonsnoei toegepast, maar aangezien op Arkadia tegenwoordig kwantiteit boven kwaliteit ging, was deze keuze logisch. Met de guyotsnoei bleven de meeste vruchtbare ogen behouden, waardoor er veel trossen konden ontstaan. Nadeel ervan was dat er maar weinig oud hout overbleef, wat de plant kwetsbaar maakte. In zijn ogen was het oude hout bovendien een reservoir waar het goede en de kracht van de plant zich in verzamelde.

David deed voor hoe al het tweejarige hout weggesneden moest worden. Twee nieuwe scheuten legde hij plat langs de lijn. De arbeiders mompelden goedkeurend. Zelf had Henk bijna te doen met die dunne twijgen die volgend jaar al een zware last te dragen zouden krijgen. Het leek wel het equivalent van een legbatterij. Pure exploitatie.

Op enige afstand van David en de arbeiders bleef hij staan. Hij telde ze, het waren er acht. David zag hem en groette. Hij wapperde met de lijst.

David kwam op hem af. ‘Goedemorgen, baas.’

‘Er staan tweeëntwintig mensen op de loonlijst. Hier zie ik er acht.’

‘Er zijn zieken, baas.’

‘Veertien van de tweeëntwintig? Dat is een epidemie. Wat hebben ze?’

‘Een paar zijn oud en een paar hebben tbc. We moeten voor ze bidden.’

Hier zou hij achteraan gaan. Dat lijdzame, daar had hij nooit tegen gekund. Hij keek naar Slimo, die de snoeischaar iets te gretig hanteerde.

'Wil Betty dat je de guyotmethode gebruikt?'

David lachte. 'Dat maakt haar niet uit, maar ik heb een cursus gevolgd.'

'Wat voor cursus?'

'Een schriftelijke.' David wees op de uitgestrekte wijngaarden, die hen omringden. 'Maar ik heb veel kunnen oefenen.' Zijn blik bleef rusten op de lijst in Henks hand. 'U wilt veel weten, baas.'

Hij liep naar de barakken. Een oude man was zijn huis lichtblauw aan het schilderen. De verf zat in een grote emmer. Enkele barakken in de buurt waren recent roze of wit geschilderd. In de moestuinen voor de behuizingen werden maïs, bonen en tomaten verbouwd, op door touw en ijzerdraad begrensde percelen van ongeveer twintig vierkante meter. Op één veldje alleen maar wuivende zonnebloemen, dicht op elkaar geplant. Het waren er zoveel dat ze aan alle kanten door het ijzerdraad in bedwang moesten worden gehouden.

De man stopte pas met schilderen toen Henk al enige tijd voor hem stond. Hij vroeg naar het huis van de familie Yona. De man wees naar een van de roze huizen verderop. De deur stond open en er hing een vliegengordijn van kralen in de deuropening, dat zachtjes meebewoog in de wind.

Dat kleine meisje dat zich in die maanverlichte nacht van hem losrukte en naar de barakken rende.

Met de loonlijst in zijn hand zat hij op een lage bank tegenover de ouders van Shelley. Haar vader, een zestiger met Mandela-krulletjes, en haar moeder, een paar jaar jonger, met dik zwart haar met slechts een enkele sliert grijs erdoorheen. Het haar van Shelley.

In een met gaas afgedekt hoog ledikant lag een peuter van een jaar of anderhalf te slapen.

Henk vroeg naar de gezondheid van hun kleinzoon Andile.

'In Nederland zijn de ziekenhuizen heel goed,' zei Andiles grootmoeder. Ze schoof een schaaltje mierzoete koekjes naar hem toe.

'Hij is thuis, baas,' vulde haar man aan. Met een half oog keek hij naar de lijst in zijn hand.

'Meneer Yona, ik zag in de administratie dat u al een tijdje niet meer kunt werken...'

'Ik heb vijftig jaar gewerkt, eerst voor uw vader, toen voor u en toen voor uw zuster.'

'Bent u ziek?'

'Gelukkig niet. Dank de heer. Ik ben met pensioen.'

'Uw zuster is een goed mens,' zei zijn vrouw.

Op de televisie stonden deels dezelfde foto's als bij Shelley in Amsterdam. Shelley met haar twee kinderen en Andile, haar broer. Onopvallend dacht hij ze te bekijken, maar niets ontging hen.

'Die Chinees heeft hem meegenomen, samen met dat vriendje van u, u weet wel,' zei de vrouw.

Haar man keek hem verontschuldigend aan. 'Ik weet dat niet, baas.'

Zijn vrouw kwam op dreef. 'Hij had een zwarte auto, een grote zwarte auto met geblindeerde ramen, en daar lokte hij kinderen in mee. De hele kust ging hij af. Tot aan Port Elisabeth.'

Henk stond op, wist al niet meer wat hij hier had gehoopt te vinden.

Shelleys moeder greep zijn arm. Door naar achteren te stappen wilde hij zich tactvol losmaken, maar dat ging niet zomaar. Haar hand knelde zich steviger om zijn arm.

'Doe Shelley de groeten,' zei ze, en ze keek hem zo intens aan met haar fonkelende knikkerogen dat hij er bijna bang van werd.

'Baas Henk is nu hier, mama,' zei haar man.

Ze liet hem los. Godzijdank.

Op weg naar buiten zag hij aan de muur een Delfts blauwe tegel hangen met een molen en de tekst 'Oost west, thuis best' in het dunne handschrift van zijn vader. Over vier continenten waren de tegels, die zijn vader na zijn pensionering bij duizenden was gaan schilderen, verspreid, maar uitgerekend hier kwam hij er een tegen. Waarschijnlijk had die tegel in een doos oude spullen of kleding van Betty gezeten.

Lenige vingers met puntige, rozerood gelakte nagels bespeelden razendsnel een calculator. De Aziatische bankmedewerkster in Stellenbosch schoof met een vinnige beweging de kassastrook onder het loket door en bevestigde zwart op wit wat hij al vermoedde: Arkadia verkeerde aan de rand van de financiële afgrond. Alleen de rente van de lening bedroeg al een klein kapitaal. Herhaaldelijk waren er nieuwe leningen afgesloten om oude af te lossen. Op het moment dat het onderpand, Arkadia, minder waard dreigde te worden dan de optelsom van alle schulden, had de bank beslag laten leggen.

Hij vroeg waarom de beslaglegging was opgeheven. Waar was dat geld vandaan gekomen? Het Hongkong-nuffie haalde de dunne wenkbrauwen op zoals een ander zijn schouders.

Hij vroeg inzage in alle transacties van de afgelopen jaren. Dat bleek niet mogelijk. Een jaar kon hij krijgen, na schriftelijk aanvragen.

13

Lamtietie, damtietie, doedoe my liefstejie, moederhart rowertjie,
dierbaarste diefstejie! Luister hoe fluister
die wind deur die boompietjie. Heen en weer wieg hy
hom al oor die stroompietjies: Doedoedoe, bladertjies,
slapenstyd nadertjies. Doedoedoe, blommetjies,
Nag is aan 't kommetjies,
So sing die windjie
vir blaartjies en blommetjies.

Marie stopte Andile voorzichtig onder en legde Jade, zwaar van de slaap, terug in haar eigen bed. Op haar tenen verliet ze de slaapkamer, waar niet veel meer in stond dan een groot houten stapelbed.

In de woonkamer plofte ze op de bank neer. De televisie vertoonde geluidloos zwart-witte beelden van een verwoest Grozny.

Sinds de sushi had ze niets meer van Vincent gehoord. Dat was vreemd. Hij wist waar ze woonde. Drie keer per week, als ze terugkwam van haar training in het Diemerpark, nam ze in één keer alle trappen naar de negende verdieping, in de hoop dat ze daarmee een boodschap op het antwoordapparaat zou afdwingen.

Frederieke was vaak thuis als ze buiten adem boven kwam en plaagde haar door te zeggen dat er iemand voor haar gebeld had, maar dat ze niet wist wie.

Misschien schaamde hij zich of had hij er geen bal aan gevonden. Heel goed mogelijk, zo bijzonder was ze niet. Ja, het was saai geweest. Hij had zich verveeld. Ze kon zich beter op haar studie concentreren. Die ging heel goed. Men vond haar veelbelovend.

VI

Dat met die bonen beschouwde ik als een incident, zijn reactie op een drukke periode. Maar als er elke dag incidenten plaatsvinden, dan moet je het anders gaan noemen. Op een dag was hij spoorloos verdwenen. Het hele dorp was ik op de fiets al drie keer door geweest, toen bleek dat hij een dorp verder in zijn pyjama bij een brievenbus stond. Geen mens die je waarschuwt. Uiteindelijk hoorde ik het van de buschauffeur uit Opperdoes.

In Afrika zouden ze hem uit zichzelf thuisgebracht hebben, dat is de andere kant van de medaille. Hij moest een brief posten, zei hij, maar die was hij kwijt. Hij was wat anders kwijt, maar ja. Ik vroeg waarom hij in zijn pyjama was. Omdat alles vuil was, zei hij, en wat de mensen ervan dachten kon hem niet schelen, want die wisten ook dat ik nooit waste. Dat was niet zo. Ik waste bijna iedere dag.

Midden op straat begon hij zijn pyjamabroek uit te trekken. Eronder droeg hij een lange onderbroek. Die wilde hij ook uitdoen; als ik liever had dat hij in zijn nakie liep, dan kon dat wel geregeld worden. Toestanden, niet prettig. Je hebt het idee dat het hele dorp vanachter de ramen naar je staat te gluren. Wel een dorp verderop, dat was nog een geluk, maar toch. Wat moet je op zo'n moment? Ik deed mijn jas uit en wilde hem die aantrekken, maar hij keek me aan of ík niet goed wijs was en begon terug naar huis te lopen. Met mijn fiets aan de hand liep ik achter hem aan, en ik voelde me een politieagent die een dronkenlap opbracht.

De volgende dag ben ik met de bus naar Hoorn gegaan, daar heb je een natuurvoedingswinkel met een bijzonder behulpzame mevrouw achter de toonbank. Ze weet dat je op onze leeftijd allerlei kwalen hebt, dus je hoeft niets te vragen. Ze adviseert. Kalknagels, onrustige benen, slapeloosheid, incontinentie, reuma, pijn op de borst, vergeetachtigheid, zolang je geen nee zegt, komt het op de toonbank. Lecithine, sint-janskruid, visolie, knoflook, ginseng en nog wat van die oosterse dingen. Vitamine E slikten we al. Het was alles bij elkaar een heel bedrag.

Op de terugweg kwam er een jongen naast me zitten met een walkman op en van die hoge schoenen aan. Van Hoorn tot Scharwoude zat hij met zijn hoofd mee te knikken met de muziek en ik zat zachtjes te huilen, maar daar heeft hij niets van gemerkt. Geen moment keek hij opzij. Ook niet toen hij uitstapte. Hij ging er in het centrum uit, twee haltes eerder dan ik. Het is best een mooie route. Je ziet veel van het Markermeer.

Daarna ging het hard, maar het kan best nog geholpen hebben, dat spul. Marie wist niet wat ze zag toen ze bij het afwassen al die potjes tegenkwam, maar zij had al eerder in de gaten dat er iets niet in de haak was met opa. Daar heb ik pas later het fijne van gehoord.

Ik heb me vaak afgevraagd of hij het zelf geweten heeft. Het is weleens bij mij opgekomen dat hij simuleerde. Vergeten is troostrijk en vergeten wat je vergeten hebt nog meer. Johan wilde vergeten om wat er was. Na al die jaren hebben zijn demonen hem geveld en is hij moe gestreden.

Soms wil ik ook vergeten, niet om wat ik had, maar om wat ik niet had. Jou.

14

In het achterste gedeelte van de schuur lag zijn oude apparatuur voor wijnbereiding opgeslagen. Na zijn vertrek in 1982 hadden anderen de schuur opgeruimd. Arkadia leverde sindsdien alle druiven rechtstreeks aan de KWV, en de gistbakken, persen en vaten waren daarmee overbodig geworden.

De met plastic afgedekte gistbakken leken nog goed bruikbaar. De kneus-ontsteelmachine was verroest, maar dat was ook in zijn tijd al een hopeloos ouderwets ding geweest. Nog even en hij zou als antiek wat opbrengen. In Frankrijk waren de mensen gek op dat soort dingen.

Hij zocht door. De vaten hadden hun geur nog niet verloren. Kastanje uit de Ardennen, een kleine partij uit de erfenis van een familielid van Bernard. Hij stelde zich de dichte Ardense bossen op de hellingen van de heuvels voor, waar de kastanjebomen met hun toppen naar de hemel hadden gereikt en jaar in jaar uit alleen voor hun eigen belang waren gegaan, doof en stom vechtend om licht en lucht. Dat had tenminste wat opgeleverd.

Achter de gistbakken zag hij zijn oude racefiets staan. Voorzichtig schoof hij de bakken aan de kant. Een emaillen melkkan rolde er tussen vandaan. Hij zette de gebutste kan op een van de persen en tilde de fiets achter de opgeslagen spullen langs.

Op het erf inspecteerde hij het rijwiel. De banden waren leeg en het frame was krom, maar de trappers en de remmen leken nog goed. Hij zou hem weer in orde gaan maken, onderdeel voor onderdeel.

Bernard kwam op hem afgelopen. 'Wijntje?'

'En Simone?'

'Komt pas vanavond terug.'

'Vroeger was ze niet zo.'

'Je moet het haar niet kwalijk nemen. Na de overgang is ze wrokkig geworden. Dat schijnen meer vrouwen te hebben.'

'En mannen?'

'Mannen kijken vooruit, niet terug.'

Samen liepen ze naar Bernards veranda, omgeven door fruitbomen en bijna permanent in de schaduw. Slechts kleine snippertjes licht lukte het om ongefilterd de aarde te bereiken. Veel uitzicht was er niet. Bernard zei altijd dat hij zich hier met een klein beetje fantasie in de Ardennen waande.

Op de vierkante tafel lag een geblokt zeil. In het midden stonden een in krantenpapier verpakte fles en twee glazen.

'Gaan we blind proeven?'

'Dat is jou wel toevertrouwd.'

Inderdaad had hij als kind aan vele wedstrijden meegedaan. Als veertienjarige had hij er de televisie mee gehaald en had hij alle routiniers, de knoestige vijftigers en zestigers met hun grote handen, verslagen. Geblinddoekt maar niet nerveus had hij op een rechte stoel op een podium gezeten, met links en rechts van hem de overige kandidaten. Zachte handen met een lichte seringengeur vouwden de zijne om een glas met een bodempje wijn en leidden het naar zijn mond. De wijnen waren makkelijk te herkennen. Hij had ze allemaal goed geraden. In de jaren zestig waren er lang niet zoveel wijngaarden geweest als nu. Hij had er eer in gelegd om het goede antwoord zo snel mogelijk te geven. Apetrots was hij geweest, zonder door te hebben dat de presentator de draak met hem stak. Na afloop had hij door het publiek gedwaald, zoekend naar het meisje of de vrouw bij wie die met seringenzeep gewassen handen hoorden, maar zonder blinddoek was niemand bereid de handen om de zijne te vouwen.

Een wonderkind noemde *Die Burger* hem. Hij wist niet of de opnames bewaard waren gebleven. In Nederland had hij later een programma gezien dat *Wedden dat...?* heette en sterk leek op het programma waaraan hij had meegedaan.

Bernard schonk hun glazen klokkend vol. 'Nu gaan we drinken.'

Ze hieven het glas. Het kistje. Die fles met die krant eromheen was afkomstig uit het kistje, waar zijn pleegvader al dagen heel opvallend-onopvallend om liep te doen.

Bernard bezat veel befaamde en zeldzame wijnen en hij wist feilloos wanneer die gedronken moesten worden. Elke fles had zijn eigen top, daarna zette de vervlakking in. Een enkele keer overkwam het hem zelf dat hij een wijn net te vroeg of te laat dronk. Dagen kon hij dan chagrijnig zijn. Het ging om die top, die mocht je niet missen. Het maximale. Met 'op dronk zijn' had dat niets te maken.

Met deze was dat gelukt, een godendrank. Wat een rijkdom. Een breed scala aan aroma's kwam hem tegemoet nog voor hij het glas naar zijn neus bracht, maar uiteindelijk was het die ene, unieke geur die voor alle andere uitreisde en zijn zinnen op hol bracht. Daarachter waaierde de geur opnieuw uit, zoals een prisma het licht breekt en het hele kleurenspectrum ontvouwt.

Onrust overviel hem, en geluk, want dit was waarvoor hij leefde, maar hij dwong zichzelf het gebruikelijke ritueel af te werken en niet te jakkeren, niet te snel naar de climax te gaan. De veelheid van smaken, die elkaar aanvulden, versterkten en omkeerden was overweldigend. Framboos en kersen, het wrange van onrijpe nectarine, een hint van hop, lavendel en pistache, een houttoon, alles in stille harmonie met elkaar. Ach, er was geen beginnen aan. Het was een excellente wijn. Hij aarzelde nog om hem perfect te noemen. Daarvoor moest hij zijn kwaliteit net iets langer bestendigen.

Over de tafel heen keek Bernard hem verwachtingsvol aan. Hij moest iets zeggen. Vooruit dan maar, honderd procent zeker dat hij ernaast zat. 'Een Château Malartic-Lagravière uit 1984?'

Bernard schudde grijnzend zijn hoofd. 'Goede gok, maar nee.'

'Zit ik wel in de buurt? Is het een graves?'

'Zit je nu te raden, Henk?'

'Zeg dat het een Franse wijn is.'

Bernard lachte nu voluit. 'Waarom?'

'Dan heb ik nog iets goed, en omdat ik niet denk dat Italië, Spanje, Australië of Chili... Misschien ben ik te snobistisch, dan moet je het gewoon zeggen. Hoe kan ik een wijn herkennen die ik nooit gedronken heb?'

'Wil je het echt weten?'

Een onbestemd voorgevoel bekroop hem, maar voor hij ja of nee kon zeggen, verwijderde Bernard met een zwierig gebaar, als een goochelaar die zijn hoed optilt en duiven laat opvliegen, het krantenpapier van de fles.

Henk las de naam van de wijn: 'Arkadia Reserve 1981.' De tekening van de boerderij had hij zelf gemaakt, de wijn ook. Zijn wijn, die verloren was gegaan in een metershoge schervenfontein die zijn droom aan gruzelementen spoot. Koeien waren er dronken van geworden, verder niemand. De fontein had zich doorgezet in de melk die de volgende dag gistend uit de uiers stroomde.

'Hoe kom je daaraan?'

'Die heb je me zelf gegeven. Weet je dat niet meer?'

'Hoeveel heb je er?'

'Alleen deze. Als je niet zo gierig geweest was...'

Een vreemd lachje, waarin hij zichzelf niet herkende, ontsnapte uit zijn keel. Hij keek naar de halfvolle fles, dronk zijn glas leeg en schonk hun glazen bij. Het zijne klokte hij achterover en hij keek Bernard aan alsof hij hem wilde aansporen hetzelfde te doen. De bewijzen moesten zo snel mogelijk vernietigd worden.

Bernard legde kalmerend zijn hand op Henks arm. 'Het is niet te laat. Het is tijd.'

Hij rukte zich los. 'Ik ga pissen.'

Via de keuken liep hij naar de wc. De deur naar de woonkamer stond open. Vanaf het dressoir lachte Jean-Luc hem toe.

In de wc deed hij de deur op slot, ging op de pot zitten en staarde naar de poster van het kasteel van Bouillon, die daar al hing zolang hij zich kon herinneren.

Hij wist zeker dat hij Bernard geen fles had gegeven. Dat paste niet in zijn droom. Bernard moest hem achterovergedrukt hebben. Hij zag hem ervoor aan om 's nachts in te breken in de schuur. Of een van de arbeiders om te kopen.

Hij had hem een fles willen geven, pal voordat hij weg zou rijden. Dat eerder doen brengt ongeluk, maar deze keer was het andersom geweest.

Later zette Bernard zijn plan uiteen. Hij zou alle schulden van de bank overnemen, zodat Betty rechtstreeks bij hem moest aflossen. Wanneer ze dat niet meer kon, was de boerderij van hem. Voor de bank was het ook interessant, omdat de schulden inmiddels groter waren dan de waarde van de boerderij. Henk zou dan carte blanche hebben om zijn wijn te maken en zijn ouders mochten blij zijn dat de boerderij niet in vreemde handen was terechtgekomen.

'Wat vind je ervan?'

'Klinkt heel simpel, behalve dat ik niet denk dat Betty akkoord zal gaan, en mijn ouders evenmin.'

Zijn vader zou nooit toestemmen. Hij gunde het hem simpelweg niet. Zij moesten gelijk blijven in het goede en het kwade. Samen in een diepe put met stinkend water blijven zitten.

'Het is geen kwestie van kiezen.'

'In 1982 ben ik genekt door het ANC en nu dat aan de macht is, gaat dat weer gebeuren, of het nu door de Black Empowerment is of door de landonteigening.'

'Zeg niet dat je er niet van gedroomd hebt.'

'Ik wist niet dat je zo rijk was.'

Nog één kans om een perfecte wijn te maken, de wijn die hem met zijn lot zou kunnen verzoenen. En niet alleen hem. De goden gunstig stemmen. Elke dag had hij ervan gedroomd. Het was een gouden kans, die geen tweede keer voorbij zou komen. Zo hoogmoedig kon hij zich niet permitteren te zijn. Misschien zou hij zijn zus ooit dankbaar zijn voor haar wanbeheer.

Bernard verdeelde de rest van de Arkadia Reserve 1981 over hun glazen.

Een auto reed het erf op. Henk keek naar zijn glas. Laten staan was zonde en snel opdrinken ook. Het allerlaatste beetje Arkadia Reserve 1981; hij nam zijn glas mee en vluchtte via een andere uitgang weg van het huis van de Castels, een fractie van een seconde voordat Simone achterom de veranda op liep.

Op de weg die Arkadia scheidde van het terrein van Bernard ledigde hij het glas. De wijn was warm geworden en de smaak een stuk minder. Zo snel was alles verdwenen.

Het lege glas gooide hij in de struiken. Bij gelegenheid zou hij het wel een keer opdiepen en aan Bernard teruggeven.

VII

Het is heel jammer om maar twee kinderen te hebben. Het is helemaal jammer als het alsmaar heibel is tussen die twee.

Henk is naar Arkadia vertrokken, kort na de eenentwintigste verjaardag van Marie, en nu wil hij de boerderij overnemen. Betty neemt zo snel mogelijk het vliegtuig terug. Ik snap wel dat hij bezorgd is om de boerderij. Die gaat ons allemaal aan het hart, maar de rivaliteit tussen die twee speelt natuurlijk ook een rol. Betty was vroeg politiek bewust. Dat zat er altijd al in. Ze speelde veel met de kinderen uit de barakken en snapte niet waarom haar klasgenootjes op de kleuterschool allemaal wit waren. De juffrouw had gezegd, terwijl ze samen met de leerlingen de potloden kleur bij kleur legde in de vakjes van de grote houten doos, dat God ook van netjes hield, wit bij wit en zwart bij zwart. Wat kon ik zeggen? Voordat ik naar Afrika ging, had ik nog nooit een zwart iemand gezien. Ik vond het eerlijk gezegd niet zo raar dat die werelden gescheiden waren. Ik was het niet anders gewend en mensen zijn mensen. Genoeg stoute witte kinderen en lieve zwarte kinderen, zei ik tegen Betty. Maar zij was daar niet tevreden mee en op haar vijftiende besloot ze lid te worden van het ANC.

Typisch dat zoiets aangeboren is. Henk woonde in die tijd in Frankrijk en was al verloofd met Claire. Betty verweet hem dat hij een blanke boer was, net als zijn vader. Dat is precies wat ze waren. De kerk zei ook dat het goed was zoals het was, met de zwarten als ondergeschikten van de blanken. De Nederlands Hervormde Kerk dan, wat de paus ervan vond, weet ik niet. Ik weet niet eens of jij gelovig bent, en of je een geloof hebt. Dat is niet hetzelfde.

Wit of zwart; Zuid-Afrika is geen land voor lanterfanters. Zelf werkte ik ook hard. Voor binnen had ik een meidje en ik werkte de hele dag samen met haar op. Jarenlang heb ik elke maandag de vloer van de kerk in Wellington gedweild, samen met een paar andere vrouwen uit de buurt. Natuurlijk kon je dat door zwarten laten doen, maar het was een leuk uitje en bovendien was het onze kerk. Tijdens het dweilen kon je niet praten, omdat je te ver uit elkaar bezig was en het zo galmde. Maar als we klaar waren, dronken we koffie op de begraafplaats. Die koffie werd steeds door een ander in een thermoskan meegebracht. Meestal bakte je ook wat, als je aan de beurt was. Het gaf gelegenheid om bij te praten en ik keek er echt naar uit. Daar had ik het gevoel deel uit te maken van een gemeenschap, meer dan wanneer ik zondags in de kerk zat.

Die inval van de politie heeft mij volkomen verrast. Ik dacht dat wij onze ellende wel gehad hadden, maar die logica kent het leven niet.

Henk had een wijn gemaakt waar hij heel trots op was. Al eerder had hij een bijzondere wijn gehad, niet zo goed als deze, maar wel beter dan alle voorafgaande. Daar is hij mee naar Mozambique gegaan, maar dat was eens maar nooit weer, heb ik begrepen. Ik heb er niet veel over gehoord, overigens. Wij zijn in onze familie niet zo spraakzaam. Jij zult wel het tegendeel denken, maar dat maakt nu niet meer uit. Henk was gefrustreerd door die boycot. Hij kon zijn wijn nergens kwijt. Wijn moet gedronken worden, zoals een boek gelezen moet worden, anders bestaat hij niet. Voor Henk was erkenning als wijnmaker erkenning als mens.

Die ochtend was hij op het erf bezig de kisten met wijn in te laden. Op het etiket stond een tekening van onze boerderij, heel fijntjes. Klassieker en statiger dan in het echt, maar dat mag. Het hoeft niet te lijken; het moet aantrekken. Hij had dat etiket zelf ontworpen. Niet dat hij zo goed kon tekenen; hij kon alleen onze boerderij goed natekenen. Arkadia Reserve 1981. Het jaartal had hij jaar na jaar aangepast, maar nu ging de wijn eindelijk op transport. Hoe hij dat geregeld had, weet ik trouwens niet. Hij heeft wel geopperd dat de flessen als 'medicijn' wel door de boycot zouden komen.

De meeste kisten stonden nog op het erf, toen ik vanuit de richting van de barakken een aantal mensen aan zag komen lopen met de handen achter hun hoofd. Zwarten, halfbloeden en een paar blanken, van alles wat. Ze werden onder schot gehouden door leden van de veiligheidspolitie. Twee mannen hadden de mouwen van hun overhemd opgestroopt en droegen dozen met tijdschriften en paperassen.

Helemaal achteraan in de rij arrestanten liep Betty. Ook zij had haar ar-

men achter haar hoofd gevouwen en het leek wel of de agent die met getrokken pistool achter haar liep de taak had alleen op haar te letten.

De agenten moeten te voet door de velden naar de barakken zijn gegaan, want niemand heeft ze aan zien komen. Of op hun buik, in tijgergang. Ze droegen hoge veterschoenen, waar de pijpen van hun broek in waren gestopt.

Ik vermoedde wel dat daar een soort onderduikers zaten, maar net als in de oorlog was het beter om niets te vragen en niets te zien. Misschien naïef, maar die mensen moesten toch ergens naartoe en wij hadden de ruimte. Qua eten en zo merkte ik er niets van. Daar hadden ze hun eigen systeem voor. Het waren arme drommels die daar liepen, behalve de blanken, die kwamen van goeden huize, dat zag je zo.

Henk stond op het erf bij zijn bus met een kist in zijn handen in een houding alsof hij wilde vluchten, net voordat het besef kwam dat dat niet meer mogelijk was. Betty liep langs. Ze keek hem woedend aan en hij leek eerst verbaasd. Maar meteen daarop schudde hij zijn hoofd. Ze leek hem te geloven, of misschien zou ze dat gedaan hebben, uiteindelijk, maar de agent die achter Betty liep, een kleine, roodharige man, groette Henk amicaal. Betty schreeuwde, één ijle kreet als van een dier.

Vanaf dat moment speelde Henk paniekvoetbal, denk ik. Hij duwde de kist die hij in zijn handen had in die van de agent, maar hield hem zelf ook nog vast. Ondertussen reed een stoet politieauto's het erf op. Het werd stil. Iedereen hield zijn adem in. Vogels hoorde ik niet meer.

Ik weet niet wat er gebeurd zou zijn als Johan thuis was geweest. Hij was naar de markt in Clanwilliam. Het was beter dat hij er niet was.

Eindelijk kwam de reactie van de roodharige. Hij deed abrupt een stap naar achteren, zodat Henk los moest laten, hief de kist hoog boven zijn hoofd en liet hem vallen. Hij barstte open als rijp fruit; alle flessen kapot. Een hels kabaal maakte het, maar het had ook iets, ja, muzikaals. De andere agenten begonnen te lachen en sommige van de arrestanten lachten mee, uit angst of van de zenuwen.

Henk viel die agent aan. Dat is begrijpelijk, maar dat had hij niet moeten doen. Betty riep nog iets, maar het was al te laat. Het was het startsein voor de rest. Twee collega's hielden Henk in bedwang en de rest wisselde elkaar af bij het bewaken van de arrestanten en het in hoog tempo kapotgooien van de flessen. Kermisvermaak maakten ze ervan. Kist na kist braken ze open en als hun handen te langzaam waren, gebruikten ze hun pistolen. En toen de tijd begon te dringen, molden ze hele kisten tegelijk, net als de roodharige had gedaan.

Het duurde niet lang of er was niets meer over van de jaaroogst. Ze dirigeerden de onderduikers en Betty de auto's in en zodra dat was gebeurd, stapten ze in en reden weg. Een puinhoop bleef achter.

Henk stond tot over zijn enkels midden in de scherven en zijn eigen wijn. Het bloed kwam door zijn broek heen, of was het wijn? Hij moest geraakt zijn door de scherven, en bij de geringste beweging zou hij zich weer snijden.

De wijn maakte zich los van de scherven en stroomde de schuur binnen waar de koeien stonden. We hadden er op dat moment een stuk of zes, puur voor ons plezier.

Al die tijd was ik gewoon in de keuken. Ik had net een pan ragout gemaakt, omdat ik kroketten wilde bakken, maar daar is niets meer van gekomen.

Betty ging een halfjaar naar Pretoria, naar wat een rijkeluisgevangenis werd genoemd, of 'het hotel'. Nou, wij waren helemaal niet rijk en Betty vond het verschrikkelijk, want zij was de enige die daarheen ging. De rest ging naar een gevangenis vlak bij Kaapstad. In ieder geval niet naar Robbeneiland, dat denken mensen altijd.

15

Midden in de woonkamer stond een grote koffer. Boven trof hij Betty in de werkkamer aan, die hij al als de zijne was gaan beschouwen, achter het bureau. Ze zag er moe uit. Haar gezicht tekende snel. Dat zat in de familie.

'Goede vlucht gehad?'

'Je hebt aan mijn papieren gezeten.'

'Ja, ik heb wat vragen.'

'Dat is voor het eerst in twaalf jaar.'

'Hoe denk je die schulden af te betalen?'

'Met de opbrengst van de oogst als onderpand.'

'Dat kun je maar één keer doen.'

'Wat kan het je schelen?'

'En die beslaglegging, wanneer had je dat willen vertellen?'

'Ga terug naar huis.'

'Ik ben thuis.'

Hij schoof de loonlijst onder haar neus. 'Die mensen met tbc...'

'Moet ik laten creperen?'

'En die oude mensen met een productiviteit van nul komma nul?'

'Snap je het echt niet, of is dit een zieke grap?'

'Zonder de boerderij heeft niemand werk.'

'O, het is naastenliefde. Zeg liever wat je hier komt zoeken.'

'Gerechtigheid.'

'Zie je, je houdt niet van de boerderij.' Ze stond op en liep naar de deur. 'Ik ga uitpakken.'

Betty gaf zich niet snel gewonnen. De volgende dag zette na werktijd een trage stoet koers naar de schuur. Door hen te lokken met gratis bier verzamelde ze de arbeiders in de kantine. David en Kishore, haar politiek correcte bondgenoten met wie ze nu goede sier kon maken, waren er ook. De familie Yona ontbrak. Cécile, een tanige, oudere arbeidster die hij altijd graag had gemogen, lachte naar hem en bevestigde zijn vermoeden dat haar gebit niet meer helemaal compleet was.

Hij keek van een afstandje toe en zag hoe zijn zus losjes tegen een tafel geleund tegenover een groep van zo'n vijfentwintig man stond. Op een podium gaan staan was tegen haar principes. Ineens was hij zich ervan bewust dat Betty en hij de enige blanken waren.

Ze zette haar plannen voor de boerderij uiteen: een coöperatie moest het worden. De arbeiders, die al maanden geen salaris hadden ontvangen – dat moest hij als eerste in orde maken als Bernards 'vijandelijke overname' slaagde – vroeg ze een jaar lang genoegen te nemen met zeventig procent van hun loon. Het geld was nodig om de coöperatie voor te bereiden. Na dat jaar konden degenen die dat wilden tegen voordelige voorwaarden geld lenen om een aandeel te kopen en zo mede-eigenaar te worden. In het tweede en derde jaar zou het resterende salaris van het eerste jaar terugbetaald worden. Nog eenmaal vroeg zij een offer in ruil voor een betere toekomst.

De arbeiders reageerden nauwelijks, maar Sol, een jonge kracht, die pas kort op de boerderij was, stak zijn hand op en vroeg hoe ze konden leven van zeventig procent als honderd procent al te weinig was, zelfs als ze het zouden krijgen. Betty vroeg om geduld. Het alternatief was dat de boerderij verkocht zou moeten worden en dan had niemand meer werk.

Weer nam Sol het woord. Hij stelde voor de boerderij aan buitenlanders te verkopen, net als bij De Berkel was gebeurd. Daar was niemand ontslagen en ze kregen nu twee keer zoveel.

Henk zag dat de arbeiders hem bijvielen en dat zelfs David niet ongevoelig was voor dit argument.

Maar zij zijn geen mede-eigenaars, wierp Betty tegen. Hún kinderen zouden op eigen grond wonen.

Ze hebben nú honger, riep Sol door de hele kantine heen. Hij had geen kinderen.

Betty begon aan een nieuwe uiteenzetting. Haar stem, die eerst beheerst en zakelijk had geklonken, sloeg over. De deal met de supermarkt was zo goed als rond. Binnen een jaar kon de Arkadia-rosé in de schappen liggen. De productie zou flink uitgebreid moeten worden en daarom moesten ze investeren. De hele oogst zou op Arkadia zelf verwerkt worden.

Met David en Kishore was hij de enige die nog luisterde. De rest begon te morren over opslag en te roepen om bier.

David ging van deur tot deur om de arbeiders te bepraten. Hij werkte zich uit de naad voor haar, en Henk vroeg zich af of dat uit loyaliteit jegens Betty was of omdat hij niet onder hém wilde werken.

Hij zag hem met Makeziwe praten voor zijn goed onderhouden huis, waarvan de moestuin veel meer soorten groenten herbergde dan de omringende tuinen. Makeziwe had misschien wel Betty's kant willen kiezen en dan zouden veel anderen meegegaan zijn, want ondanks zijn jonge leeftijd – ouder dan begin twintig kon hij niet zijn – had hij met zijn rustige, zelfbewuste uitstraling veel invloed op de arbeiders. Maar toen de vrouw van Makeziwe hoogzwanger in de deuropening verscheen, met een krijsende peuter op haar heup, was het pleit beslecht.

Bernard liep zwaaiend met een document op hem af. Bericht van de bank. Betty kon de schulden niet meer betalen. Nu was het aan hen.

Hij reageerde gereserveerd. Zijn ouders wisten immers nog van niets. Bernard maakte zich geen zorgen. Zonder zijn geld zou Arkadia verloren zijn. Dan werd er een golfbaan aangelegd, of een appartementencomplex opgezet. De locatie was er naar.

Zijn pleegvader zette al zijn connecties in, stuurde de bank flessen wijn uit zijn stercollectie met een briefje erbij met het verzoek mevrouw B. Keppel aan haar betaalverplichting te houden en haar een nieuwe lening of andere kredietvoorziening te weigeren. Ook in deze zaken toonde hij zich een gewiekste en ijverige charmeur.

Hij wist wat hij wilde en wat hij moest doen om het te krijgen.

Henks taak was nu het bewerken van zijn ouders. Hij belde zijn moeder en legde haar de situatie voor. Ze schaarde zich aan zijn kant, omdat ze niet wilde dat de boerderij verloren ging. Dat daarvoor een injectie met nieuw kapitaal nodig was, begreep ze. Wel jammer dat het niet kon zonder 'vreemden', maar ze zou haar best doen om zijn vader mee te krijgen. Hij moest het helemaal aan haar overlaten en niet zelf zijn vader benaderen, waarschuwde ze, anders zou het afketsen.

Hij sputterde tegen, kon zich niet voorstellen dat zijn vader toe zou stemmen. Zijn moeder beweerde dat zij zijn vader veel beter kende dan hij en ze zo haar middelen had. Hij betwijfelde het, maar zag tegen een overhaaste vliegreis naar Nederland op en besloot even af te wachten.

De vanuit Zuid-Afrika opgestuurde volmachten kwamen spoedig getekend retour. Hij kon niet geloven dat hij zoveel mazzel had. Het maakte hem onrustig en hij besloot in plaats van zijn ouders een verklaring te vragen, de overdracht zo snel mogelijk definitief te maken.

Bij de notaris in Stellenbosch verwisselde Arkadia officieel van eigenaar.

Bernard, Betty en hij zaten aan een grote tafel en schoven de papieren zonder elkaar aan te kijken door. De notaris voorzag de documenten van een zegel.

Ze kregen ieder hun eigen exemplaar. Dat voor hun ouders zou worden opgestuurd. Betty was na het tekenen onmiddellijk opgestapt. De lak was nog niet droog en maakte vlekken op zijn overhemd.

Bernard wilde het vieren en nam hem mee naar hotel Grande Roche in Paarl. Het zou niet passen om te zeggen dat hij zich daar niet genoeg een overwinnaar voor voelde, dus hij zei geen nee.

Ze zaten op het terras. Het uitzicht ging wel, te veel verkeerslawaai op de achtergrond, en rust kon hij niet vinden, ook niet in de vriendelijke en deskundige uitleg van de vrouwelijke sommelier over de wijnen die ze hun aan kon bieden. Ze kon niet weten dat zijn pleegvader in de kelder tientallen wijnen had staan die veel beter waren en dat hijzelf op het punt stond om de beste wijn van zijn en waarschijnlijk ook haar leven te gaan maken. Misschien was het haar blauw-wit gestreepte blouse die hem zo afleidde en ervoor zorgde dat hij als een mak schaap knikte op het eerste wat zij hem aanbood, een veel te grassige chardonnay van Fairview, een wijnboerderij die hij terecht altijd met geitenkeutels associeerde.

Samen met David keek hij toe hoe Betty op het erf zoveel mogelijk spullen in haar bakkie, een pick-up, buiten de stad nog net als vroeger verreweg het populairste vervoermiddel, laadde. De rest zou ze later ophalen. Ze had van hem niet zo'n haast hoeven maken. Er was plaats genoeg op de boerderij, maar ze wenste geen dag langer te blijven.

David had een aantal arbeiders toch nog zover gekregen om vijftien procent van hun loon in te leveren in plaats van de gevraagde dertig. Maar dat was niet genoeg, zei ze en het was te laat.

Ze gaf David een hand en bedankte hem. 'Voor jou is het misschien nog niet zo slecht, David. Je kunt veel van mijn broer leren.'

Zijn zus stond op het punt in haar bakkie te stappen. Hij liep op haar af. 'Waar ga je heen?'

Ze keek hem strak aan. 'Het land is in de war, iedereen is in de war, maar ik zal mijn belofte aan de mensen hier nakomen, al kost het me de rest van mijn leven.'

Betty reed weg in een wolk van stof. David en hij bleven op het erf achter.

'Het spijt mij erg, baas, maar ik ga nu ook weg.'

David wachtte op een reactie, maar Henk zweeg. 'Wilt u dat ik blijf om het werk voor de winter af te maken?'

'In Nederland zeggen we: "Niemand is onmisbaar."'

Net als bij aankomst liep hij alle vertrekken van de boerderij door.

De telefoon ging.

Het was Shelley. Ze feliciteerde hem met de boerderij.

Hij wist niet wat hij moest zeggen. Zo snel had het nieuws haar al bereikt.

'Ik kan een oogje op je ouders houden.'

'Was je dat van plan?'

Hij wilde vertellen dat hij haar miste, dat was het enige wat hij wilde zeggen, maar ze had al opgehangen.

De onrust bonkte in zijn hoofd. Hij pakte de auto en reed naar een township bij Paarl, die hij kende van eerdere bezoeken.

Vroeger had hij er min of meer de weg geweten, maar de township was inmiddels verviervoudigd in omvang. Een gigantische blokkendoos van golfplaten, plastic, hout en stenen.

Hij moest lang zoeken naar een parkeerplaats voor zijn auto. Plaats was er genoeg, maar als hij wilde dat zijn auto er straks nog stond, zou hij een bewaakte plek moeten vinden. De holle blikken van een stel kinderen en hun gebedel negerend, gaf hij een oudere man een paar rand om op zijn auto te letten. Het grootste gedeelte van zijn honorarium zou hij hem bij terugkeer geven.

Over een dicht patroon van aangestampte zandpaden, die hier en daar afgewisseld werden door stukken bestrate of geasfalteerde weg, ging hij op zoek naar een *shebeen*. Straatnamen waren er niet en er vertoonden zich maar weinig mensen in het openbare gedeelte van de township. Met hekken, schuttingen en muren hadden de meeste inwoners hun terrein afgebakend. Daarachter klonken de stemmen van onzichtbare kinderen en huilden dito baby's. Dwars door het geluid van een bokswedstrijd heen oefende iemand gitaarakkoorden. Veel huizen waren ongeveer even groot: één verdieping, een rechthoek van twintig tot dertig vierkante meter, met meestal de wc en wasgelegenheid op de kleine patio die overschoot. Ze leken veel op de barakken van Arkadia. Hier en daar torende een groot twee of drie verdiepingen tellend huis boven de anderen uit. Inwoners die het gemaakt hadden, maar toch de township niet wilden verlaten. Nergens zouden ze immers zoveel respect krijgen als hier, waar het verschil tussen hen en de anderen het grootst was.

Niets kwam hem meer bekend voor. Alles was veranderd. Hij vermeed oogcontact en keek uit naar mensen met bruine zakken in hun handen. Die zouden hem de weg wijzen.

Uiteindelijk deed de harde muziek dat. Hij had zeker een halfuur gelopen.

Aan de bar bestelde hij een hele fles en zette die aan zijn mond. De chemische drank brandde in zijn slokdarm. Het alcoholpercentage in dit soort huisgestookte brouwsels kon oplopen tot zeventig procent.

De shebeen had een golfplaten dak dat rustte op palen. Met houten pallets waren muren geïmproviseerd. De vloer was van aarde en bezaaid met sigarettenpeuken en flessendoppen.

De drank kalmeerde hem niet, maar deed zijn onrust nog verder toenemen. De reggae van Bob Marley denderde door zijn hoofd. Hij was de enige blanke, maar toch had hij niet het gevoel dat hij uit de toon viel. Hier kwamen alleen desperado's.

Behalve het brouwsel van het huis, waarvan niemand hardop vroeg of zei waar het van werd gemaakt, waren er alleen bier en sigaretten te koop. De ruimte was klein en ondanks de gaten in de muren benauwd. Mensen duwden tegen hem aan met zweterige, plakkerige lichamen.

Duizelig leunde hij tegen de bar. Door de harde muziek heen drong het geluid dat aan kwam zetten, op elk moment dat zijn aandacht even verslapte, zich op.

Maar deze keer bracht het geluid van de snerpende ploeg een beeld mee. Beelden van een zomers Arkadia. Hij zag zichzelf in zijn korte broek weglopen van de als kerstboom opgetuigde spar, de tuin, zijn moeder in haar bloemetjesjurk en zijn zusje. In zijn handen droeg hij een volle melkkan. Om de melk niet over de rand te laten gaan, moest hij voorzichtig lopen. Jean-Luc haalde hem hollend in. Hij keek opzij naar zijn vriendje in zijn blauw-wit gestreepte overhemd. Samen liepen ze naar het braakliggende stuk grond ver achter het huis, hoog de heuvel op. Zijn vader noemde dat stuk het beloofde land. Het was net aangekocht van de Castels en ze fantaseerden graag over de bestemming. Zijn vader was er echter van overtuigd dat hij nu eindelijk het land gevonden had waar zijn koeien wel op zouden gedijen, beschut, zonnig en vruchtbaar als het was.

Jean-Luc opende zijn hand en liet zijn zakmes zien. Ze lachten naar elkaar.

In de shebeen trok een vrouw met een opgehoogde tweepersoonskont hem van de kruk en dwong hem met haar te dansen. Hij had niets te vertellen. Ze was groter dan hij en drukte hem tegen zich aan. Zijn gezicht belandde tussen haar borsten. Ze rook naar seringenzeep. Over zijn hoofd heen lachte de vrouw hem uit, samen met de andere bezoekers van de shebeen.

Het bed vulde vrijwel de gehele kamer. De deur kon maar net open. Woest ging hij boven op haar tekeer. Onder hem glom haar huid in het donker. Haar hele lijf stonk naar natte kut, alsof ze overstroomde. Eén groot gat was ze, waarin hij dreigde te verdwijnen. Meer houvast zoekend, dwong hij haar op haar buik. Haar billen waren enorm.

Zijn auto vond hij niet meer terug.

Vanuit een net wat grotere hut dan de andere klonk gospelmuziek. Een lichtgekleurde zwerfhond dook op en ging van de ene berg afval naar de andere.

Hij sprak een grijsaard aan en vroeg naar een taxi. De man keek hem aan of hij gek was en liep door.

Bij de drukke verkeersweg die dwars door de township liep, voegde hij zich bij de arbeiders die allemaal dezelfde kant op liepen. De massief ogende bouwsels aan weerszijden van de weg maakten de indruk heel geleidelijk naar elkaar toe te schuiven en zo de weg en alles wat zich daarop voortbewoog te willen opslokken. Niet direct waarneembaar, maar onherroepelijk snoepte de illegale stad voortdurend ruimte af van de legale. Ergens stond een radio aan. De opgewekte stem van dj Gilman ratelde in zinnen zonder punt achter elkaar door. Opgelucht haalde hij adem. Sommige dingen bleven wél hetzelfde.

Jean-Luc en hij zijn vaak op het nieuwe land te vinden. Meestal spelen ze landjepik. Toen het land nog van de Castels was toonden ze er weinig interesse voor. Pas na de verkoop aan de Keppels begint de plek een onweerstaanbare aantrekkingskracht op hen uit te oefenen, zoals dat soort open, onbebouwde plekken doen op elfjarigen overal ter wereld. Henks vader laat het een tijd braak liggen, omdat hij vindt dat de aarde zich eerst moet herstellen. Dat is in Friesland al eeuwenlang de gewoonte. Maar onlangs is hij begonnen met het omploegen ervan.

De Castels hebben dit stuk land niet lang in hun bezit gehad. De buurman had de grond eigenlijk voor zijn vrouw gekocht, met het doel daar een klein bos aan te leggen, maar dat was er nooit van gekomen, omdat de gedachte aan de langzame groei van bomen haar deprimeerde en ze heel goed wist dat zo'n bosje boven op de heuvel haar heimwee naar de Ardennen eerder zou doen toe- dan afnemen.

Ook deze zomeravond spelen ze landjepik. Zijn vader is net weer gaan ploegen, nadat het werk tijdens de feestdagen heeft stilgelegen.

Vanaf de rand van de half omgeploegde akker kunnen ze de spar zien en de boerderij daarachter. De spar is opgetuigd als kerstboom, met echte kaarsjes en kerstballen, die door een oom uit Nederland met de boot naar Afrika zijn gestuurd. Het is een gek idee dat die ballen dezelfde route hebben afgelegd als zijn ouders ooit.

Zijn ouders hebben hem vaak verteld over kerst in Nederland. Dat het er dan donker is en koud, en soms ligt er sneeuw. Ze presenteerden het als iets aangenaams, iets om sterk naar te verlangen. Sneeuw heeft hij nog nooit gezien. Van plaatjes kent hij het wel. In de Drakensbergen ligt soms sneeuw en op de Kilimanjaro in Tanganyika, wat een jaar later ineens Tanzania zal heten, altijd. Dat is eeuwige sneeuw. Op school hangen daar afbeeldingen van aan de muur. Het zal zacht zijn en koud.

Beiden dragen ze de door hun moeders opgedrongen kleding. Jean-Luc een knickerbocker en hij een korte broek. Ze praten nooit over kleren en zeker niet over meisjes. Tussen hen bestaat die stille vanzelfsprekendheid die behalve in lange en goede huwelijken ook tussen kinderen kan bestaan. Jean-Luc tekent met een stok een groot vierkant veld uit in het zand.

De emaillen kan met melk die Henk eigenlijk meteen naar zijn vader moest brengen, blijft buiten de lijnen. Om beurten werpen ze hun zakmes in het zand. Jean-Luc heeft een Zwitsers, rood met een wit kruis erop. Behalve gooien, kun je er nog allerlei andere dingen mee doen, maar de blikopener, kurkentrekker en de vork zitten alleen maar in de weg. Hijzelf heeft een écht zakmes. Het kan alleen als mes gebruikt worden en voor niets anders, en het heeft maar één rand gekost. Jean-Luc heeft voor kerst dezelfde gevraagd, maar niet gekregen. In maart is hij jarig en hij hoopt dat het dan wel zal lukken.

Wie het eerst raak gooit, mag beginnen en als ze beiden raak gooien, moet het overnieuw. Bij de eerste worp ketst zijn mes af op een steen en blijft dat van Jean-Luc staan, al is het maar net. Het kwaliteitsmetaal steekt heel schuin de zanderige grond in. Ze tellen tot tien; is het dan blijven staan, dan is het een punt. Hij heeft geluk.

Jean-Luc kiest positie, knijpt zijn ogen tot spleetjes, tuurt eindeloos van zijn eigen land naar dat van Henk en verandert van plek. Zo doet Henk het zelf ook. Als hij moet wachten, moet hij soms op het puntje van zijn tong bijten om zijn ongeduld te bedwingen. Jean-Luc meet vanaf zijn nieuwe positie de afstand en werpt zijn mes. Het blijft trillend staan, dicht bij de grens, maar onmiskenbaar in vijandelijk gebied. Zijn kreet van triomf draagt ver over het veld en overstemt het lawaai van de ploeg. Zuur kijkt hij toe hoe

Jean-Luc een stuk van zijn land bij het zijne voegt en de oude grenslijn met de palm van zijn hand uitveegt.

Met een overwinnaarsblik in zijn ogen maakt Jean-Luc zich op voor de tweede worp. Het wordt heel stil. De ploeg is tot stilstand gekomen. Jean-Luc strekt zijn arm, mikt en gooit. Henk hoort zijn vader roepen. Zijn langgerekt 'Henkie!' lijkt het zwevende mes terug te halen, maar dat is slechts schijn.

Het mes van Jean-Luc komt in het hart van zijn territorium neer. Met dubbele spijt kijkt hij van het loodrecht geworpen mes naar de kan melk buiten hun denkbeeldige landkaart, buiten de wereld.

Hij is nog niet eens aan de beurt geweest.

16

Hij pakte de fiets uit de schuur. Er zaten nieuwe banden op en hij had het frame rechtgebogen. Slimo had hem gepoetst tot hij blonk als nieuw.

De fiets deed bijna niet onder voor zijn exemplaren in Nederland. Het was plezierig om de wind en de lucht om zich heen te voelen. Na al die jaren fietsen door het vlakke polderland moest hij weer wennen aan het klimmen en dalen, maar de inspanning deed hem goed. Dat had hij gemeen met zijn dochter, die rende een groot aantal uren per week of haar leven ervan afhing. De top zou Marie nooit halen. Bij een B-wedstrijd in de provincie werd ze af en toe tweede of derde; meer ambieerde ze ook niet. Het ging puur om de inspanning, de roes van de beweging. Zolang je bewoog, bestond je niet. Niemand sprak je aan of verwachtte iets van je. Er werd een vacuüm gecreëerd, waarbinnen het veilig was en rustig. Een schild tegen de wereld.

Het was een bewolkte dag. Het grijs van de lucht zette zich door in het grijs van de bergen, zoals in Nederland lucht en water elkaar kunnen weerspiegelen. Het verschil was dat in Zuid-Afrika de contouren niet vervaagden.

Hij passeerde de wijngaarden van de buurboerderijen. De meeste waren nu wel klaar voor de winter; op sommige percelen was de voet van de stokken afgedekt met landbouwplastic. Een rij vrouwen en kinderen liep met pannen en tassen door het veld. Hij vermoedde dat ze naar het ziekenhuis gingen om eten te brengen aan familieleden.

Na een kilometer of zes door een dal waar behalve druiven ook pruimen, abrikozen en citrusfruit verbouwd werden, begon hij aan een lange klim. Hij concentreerde zich op het fietsen en het stuk asfalt voor zijn voorwiel. Nu hij eindelijk weer fietste, voelde hij zich vrij. Hij was nog geen andere fietsers tegengekomen. Blanken die hem passeerden in hun dure auto's wierpen hem soms een bevreemde blik toe.

Ineens vloog er iets tegen zijn rug. Misschien een steentje. Even later gebeurde het weer, nu tegen zijn helm. Het ketste af en viel op de grond in stukken uiteen. Een kluit modder was het geweest. Hij keek om zich heen. Bij een paar dicht bij de weg gelegen barakken speelden kinderen kleilat. Ze staken klompjes klei op een takje en gebruikten dat als katapult. Giechelend stoven ze uiteen toen hij hen in het vizier kreeg.

Onzeker over zijn houding stak hij met een lachend gezicht dreigend zijn hand op. Als ze hem achterna zouden rennen, zouden ze hem zo in kunnen halen, maar geen van hen zette ook maar een voet op de weg.

De top van de heuvel kroop dichterbij. Hij ging op de pedalen staan om meer kracht te zetten. Om zijn cadans te bewaren telde hij de omwentelingen. De botten in zijn knieën deden pijn. Zich forcerend fietste hij in een stug tempo door.

Net voor de top begon hij een beetje te slingeren. Met een laatste krachtsinspanning bereikte hij het hoogste punt.

Hij stopte, pakte zijn bidon en keek naar de zwarte heuvels in de verte, en het rommelige landschap dat daartegenaan geplakt was. Een verzameling boerderijen, plukjes huizen en bedrijven met grote schuren en rokende schoorstenen.

Door de wind koelde zijn zweet snel af. Hij kreeg het koud.

Roekeloos dook hij omlaag. Het asfalt schoot weg onder zijn banden. Het was glad, daardoor ging het nog harder. Zachtjes kneep hij in de remmen. Er knapte iets bij het achterwiel. Het rommelde door de spaken en rolde op de grond: een remblokje. Die had hij nog willen testen, maar in zijn haast om op pad te gaan, was hij dat vergeten. Zo voorzichtig als hij kon, om niet over de kop te slaan, probeerde hij met het voorwiel zoveel mogelijk af te remmen, anders zou hij de bocht onder aan de helling niet kunnen maken en rechtdoor gaan, wie weet waar naartoe.

Net voor de bocht zag hij iets liggen, een dier, half in de berm, half op de weg. Uit alle macht probeerde hij zijn fiets van de rand van de berm meer naar het midden van de weg te sturen. Zijn gehoor sloot hij af voor een mogelijk van achteren naderende auto.

Dichterbij gekomen zag hij dat het een hond was. Het beest was zwaargewond. In een flits zag hij dat in de opengereten buik het hart nog klopte. Rakelings schoot hij erlangs.

In de berm iets verderop stond Andile. Hij keek hem op zijn witte gymschoenen en in zijn poloshirt net zo aan als op de foto bij Shelley. In een reflex kneep hij hard in allebei de remmen. Fout.

In plaats van gelanceerd te worden, viel hij languit opzij en schoof voor zijn fiets uit een heel eind de berm in. Godzijdank had hij een lange broek aan en niet zijn fietsbroek.

Hijgend bleef hij liggen, met zijn gezicht in het gras, dat naar klaver en weegbree rook, alsof hij in Nederland was. Zijn kleren afkloppend stond hij even later op en strompelde naar zijn fiets. Hij keek.

Andile was weg en het hart van de hond klopte niet meer.

VIII

Hoe belangrijk is seks in een mensenleven en hoe anders is het voor een man dan voor een vrouw? Mijn ervaring is waarschijnlijk te beperkt om algemene uitspraken te doen. Het is ook een kwestie van karakter, wat je in mannen oproept of wat je niet in hen tot bedaren kunt brengen.

Na het ongeluk met het buurkind hebben jij en ik elkaar nooit meer gezien. Dat was de stilzwijgende afspraak met Johan. We begonnen een ander leven, een leven met een groot geheim, dat nooit geopenbaard mocht worden. Die nacht is de laatste keer dat ik intiem geweest ben met hem, met iemand. Ik gebruik het verkeerde woord. Ik weet geen ander, het was allesbehalve intiem, het was zwart, laten we het voorlopig daarop houden en ik was pas vierendertig. Op televisie zie je andere dingen. Daar zitten mensen met de armen om elkaar heen op de bank, maar ja.

Waar het om gaat: die vogelverschrikker en dat weglopen – na die keer in Opperdoes heb ik nog heel wat tochtjes moeten maken, totdat een slot op de deur en het raam van de slaapkamer uitkomst bracht. Ook voor hem, hij wende eraan – dat kon ik plaatsen, dat is ouderdom, vergeetachtigheid. Daar heb ik zelf ook last van. Daarom schrijf ik je deze brieven. Ik weet niet of ik ze zal gaan posten of dat wij elkaar ooit nog zullen zien. Nu ben ik nog goed, maar het kan zijn dat ik op een bepaald moment vergeet dat ik ze geschreven heb of dat het brieven zijn, en dan schil ik de aardappels erop en gooi ze weg, dag na dag, tot ik weer over moet gaan op kranten. Dat is niet erg. Eén ding zou ik niet kunnen verdragen: dat ik je tegenkom op straat en dat jij mij dan herkent, maar ik jou niet, omdat ik je vergeten ben.

Ik begreep pas echt dat het mis was met Johan toen alles seksueel werd. Waren we in de tuin aan het werk, riep hij ineens: 'Schatje, je bent een lekker ding, ga je mee naar binnen?' En dan die obscene gebaren erbij, ik ging bijna terugverlangen naar de tijd dat hij dag en nacht in pyjama over straat liep. Ik hoefde maar in zijn buurt te komen of hij probeerde me aan te raken. Hij kneep in mijn borsten of in mijn billen, en als hij heel vlug was het liefst ergens anders. Ik weerde hem af en sloeg zijn handen weg, maar het gekke is, als je al zo lang niet op die plekken door een ander bent aangeraakt, dan blijf je dat nog dagen voelen en ernaar terugverlangen. Je voelt je anders, ook als het op zo'n onprettige manier gebeurt. Elke vijf jaar moet ik bij de huisarts een uitstrijkje laten maken. Soms doet zijn assistente het, maar die is niet zo handig. Dan maakt meestal toch de huisarts het af. Die eendenbek is koud. Het is een groot ding dat er diep in gaat en dan moet er ook nog gewroet worden om wat van je baarmoedermond af te schrapen. Dat kan behoorlijk pijnlijk zijn, maar de rest van de week heb ik dan een warm gevoel.

Ik kon het niet langer uitstellen. Ik moest met de huisarts praten over Johan. Inmiddels hadden we een andere arts, een jonge vent nog. Het was de eerste keer dat ik bij hem was. Eerst begreep hij het probleem niet. Ik had nog bijna niks gezegd, alleen wat over dat aanhalige gedrag van Johan, of hij kwam met die standaardopmerkingen dat je moet uitzoeken wat je fijn vindt en niet bang moet zijn om te experimenteren, en dat op zo'n amicaal toontje. Ik vroeg of hij zijn mond wilde houden, zodat ik namens mijn man kon omschrijven wat de klachten waren. Toen ging het beter. Of nou ja, hij dacht aan Alzheimer. De volgende keer kwam Johan mee en na wat tests voor de zekerheid was de diagnose definitief. Zijn geheugen zou steeds grotere gaten gaan vertonen en uiteindelijk zou hij niet meer thuis kunnen blijven wonen. De huisarts vroeg of hij het hem zou vertellen, of dat ik dat liever zelf wilde doen. Het leek me beter om dat zelf te doen. Of het niet te doen.

Eerlijk gezegd kwam dat in mijn straatje te pas. Ik denk niet dat Johan akkoord was gegaan met de overdracht van de boerderij aan Henk. Daarom heb ik behalve mijn eigen exemplaar, ook zijn volmacht ondertekend en zelf op de post gedaan natuurlijk, wat denk je.

Het is slecht, dat geef ik toe, het slechtste wat ik in mijn leven gedaan heb. De reden is dat ik hoopte dat uiteindelijk onze hele familie lichter zou kunnen leven, ikzelf incluis. Ik vond dat we allemaal een tweede kans verdienden.

17

'De grachten zijn in de zestiende en zeventiende eeuw aangelegd om de pakhuizen vanaf het water te bevoorraden. De takels die u boven aan de huizen ziet, herinneren daar nog aan...'

Vrijwel synchroon lieten de Japanners hun hoofden op hun rechterschouder zakken om langs de hoge grachtenhuizen omhoog te kunnen kijken, tot aan de nok.

Marie hoorde zelf dat haar tekst wat sleets klonk. Het was een lange dag geweest met studie, hardlopen, een extra training en dan dit werk nog.

Ze voeren vanaf de Prinsengracht onder de brug door de Leliegracht op en passeerden een café met een smal terras aan het water. De camera's klikten en maakten foto's van de bezoekers aan de tafels. Precies op het moment waarop dat altijd gebeurde. Ze kon er de klok op gelijk zetten.

'We varen nu naar de Keizersgracht. Daar woonden vroeger veel kooplieden, die rijk geworden waren dankzij de VOC, de Verenigde Oost-Indische Compagnie...'

Ze hoorde een luide bons bij de achtersteven. Vanaf het terras werd spontaan geapplaudisseerd. Achter de Japanners, die nauwelijks reageerden en misschien meenden dat dit een vast onderdeel van de rondvaart was, zag ze Vincent op de boot staan.

Hij kwam naar haar toe gelopen, tussen de banken door, alsof het een kerk was.

De stuurman keek haar vragend aan. Ze gebaarde dat alles in orde was en ratelde op routine nog even door. 'Een van die koopmanshuizen is het Huis met de Hoofden uit 1622. Het huis ontleent zijn naam aan de zes versieringen in de vorm van hoofden aan de voorgevel. Volgens een legende zouden die van zes rovers zijn...'

Vincent nam haar in zijn armen en kuste haar. Achter hen bleef het stil.

In hun omhelzing bedacht ze hoe vreemd het was dat de Japanners op de boot Vincent al hadden gefotografeerd voordat zij hem had gezien. Zijn afbeelding zou met hen mee reizen naar hun verre land. De fotoboeken zouden rondgaan bij familiebezoek, de anekdote erbij verteld, tot niemand het meer zou weten.

Met een brede glimlach ging Vincent vooraan tussen twee Japanse vrouwen zitten. Hij knikte hen gedag, van links naar rechts, en zowaar ontdooiden de bleke gezichten.

Op de automatische piloot ging ze door met haar uitleg. Vincent staarde haar onafgebroken aan. Ze had haar toelichting op de voorbijglijdende bezienswaardigheden het liefst zo snel mogelijk afgeraffeld, maar dan zou ze al bij de volgende brug zonder tekst komen te zitten.

In zijn kamer aan de goedkope kant van het Vondelpark bedreven ze de liefde. Hij zei hoe ontzettend geil hij was geworden toen hij haar in haar uniform Japans had horen praten, en dat was zelfs nog voordat hij had gezien dat zij het was. Ze wilde niet weten of hij anders ook in de boot was gesprongen. Hij bedoelde het tenslotte als een compliment.

Schoolkinderen speelden op het plein onder het raam aan de achterkant. Geruststellende geluiden.

Ze vertelde dat ze verliefd op hem was. Hij kuste haar en noemde haar schoonheid.

Vincent was gretig en wilde alles van haar weten, kennismaken met haar familie. Ze meende dat hij wel goed met haar vader zou kunnen opschieten, maar ze wist niet hoe lang hij in Zuid-Afrika zou blijven. Bovendien, nu met de boerderij..., ze kon het niet anders zien dan dat hij haar tante die via een slinkse procedure afhandig had gemaakt. Zij leefde voor Arkadia, en de idealen van haar tante waren ook de hare. Nu zat zij zonder werk en zonder geld op een flatje in Kaapstad. Meestal zag ze haar maar één keer per jaar, maar toch was er een hechte band tussen hen. Natuurlijk, omdat ze geen moeder had – dat wil zeggen, niet in praktijk – had zij die rol overgenomen. Zoveel psychologie had ze zelf ook nog wel in huis. Niet zien of heel weinig zien leek een klein verschil, maar was dat niet. Het bepaalde of iemand nog deel uitmaakte van je leven of niet.

'Laten we naar Brussel rijden,' stelde Vincent voor. Ze probeerde hem uit te leggen waarom dat niet kon, maar hij veegde al haar argumenten van tafel. Haar moeder zou het leuk vinden haar te zien, en hem ook. Ze moest alles niet moeilijker maken dan het was. In het ergste geval gingen ze Brussel verkennen en dan nog zou het een goedbestede dag zijn.

Het leek haar een grote luxe om zo ongecompliceerd te kunnen zijn. Vincent zag het leven als een scala van kansen en mogelijkheden. Getob vond hij zonde van zijn tijd. Ze was blij dat ze hem was tegengekomen en dat iemand als hij verliefd op haar was, al zou hij dat nog wel hardop moeten uitspreken.

In zijn tweedehands cabrio reden ze door de zomerse polder. Onderweg zongen ze de hit mee van een band met een onzinnige naam: Wet Wet Wet. 'I feel it in my fingers, I feel it in my toes. Your love is all around me, and so the feelings grows.'

Ze zweeg en Vincent zong door. 'It's written on the wind, it's everywhere I go.'

Hij merkte dat ze niet meer meedeed en keek opzij. Ze viel weer in, enigszins onvast. 'So if you really love me, come on and let it show.'

In Scharwoude kwam bijna de hele maaltijd van het land. De tuinbonen, sla, komkommer en aardappels. Vincent ging zich te buiten aan zowel het eten als aan complimenten. Hij was een fijnproever en at nooit hamburgers of ander fastfood. Lager dan die sushi was hij nooit gezonken, had hij Marie toevertrouwd, maar in die zin ging liefde ook door de maag.

'Mevrouw Keppel, het eten is werkelijk uitmuntend. U zou een restaurant moeten beginnen.'

Haar oma bloosde meisjesachtig. Vincent wond mensen moeiteloos om zijn vinger. Het gemak waarmee het hem afging en de lol die hij erin scheen te scheppen leken gelijke tred te houden.

'Hoe hebben jullie elkaar leren kennen?' vroeg haar oma.

'We zijn tegen elkaar opgebotst,' zei Vincent.

Haar grootouders lachten.

'Echt waar,' zei ze. 'Ik was aan het rennen en hij was op de fiets.'

'Op een plek waar je niet mocht fietsen, zoals uw kleindochter mij heeft uitgelegd.'

Onvermijdelijk kwam het gesprek op haar vader in Zuid-Afrika. Ze dachten allemaal dat hij nog wel even weg zou blijven. Marie zei dat ze het oneerlijk vond.

Vincent merkte op dat hij graag naar Zuid-Afrika zou willen. Met Marie natuurlijk. Het leek hem een geweldig vakantieland.

Zelf kon ze zich niet voorstellen dat ze ooit nog terug zou gaan, maar haar vader had ook gezworen er nooit meer een voet te zetten.

Ze aten verder en haar oma vertelde dat David ontslag had genomen en werk had gekregen bij Kishore, die in Kaapstad iets met telefoons was gaan doen.

'Kishore is toch advocaat?'

Haar oma haalde haar schouders op. 'Er zijn nu gunstige regelingen, voor als je een kleurtje hebt en een onderneming wilt gaan opzetten.'

'Ik dacht dat Kishore zo idealistisch was.'

'Alleen met een eigen bedrijf kun je echt geld verdienen,' zei Vincent.

Ze voelde een hand op haar dij. De hand kroop strelend omhoog. Glimlachend keek ze op naar Vincent. Hij glimlachte terug, maar toen zag ze dat hij een mes in zijn ene en een vork in zijn andere hand had. Het werd koud om haar hart.

Ze schoof haar stoel iets naar achteren en gluurde onder het tafellaken. De dooraderde hand van haar grootvader lag op haar blote been. Met zijn andere hand werkte hij zijn geprakte eten naar binnen. Ze keek hem aan. Zijn hand sloot zich vaster om haar been en kroop naar boven. Ze zat als versteend, kon niet geloven dat hij verder zou gaan, maar zijn vingers raakten aan haar kruis, kietelden haar. Met een ruk schoof ze haar stoel naar achteren. 'Het was heel lekker, maar ik moet nog studeren vanavond.'

Vragend keken ze alle drie naar Vincent.

'Eh ja, dat klopt, morgen tentamen, was ik bijna vergeten.'

Haar oma pakte in de keuken een voorraadje groenten uit eigen tuin voor haar in, zodat ze de hele week gezond kon eten. 'Leuke jongen, is hij verliefd op je?'

'Ik weet het niet. Zeg je zoiets tegen elkaar?'

'Natuurlijk is hij verliefd. Je hebt alles mee.'

'Ouma, wat is er met oupa?'

'Hoezo?'

'Hij doet raar.'

'Hij is een beetje moe.'

Marie wees op de plank boven het aanrecht, vol alternatieve geneesmiddelen, vitamines en geneeskrachtige kruiden. 'Wat is dat?'

'Dat is preventief, ik slik ze ook.'

'Ouma, oupa legde zijn hand op mijn been.'

Haar oma was even stil. 'O, nou ja, dat is z'n Alzheimer.'

Ze moest beloven tegen niemand wat te zeggen.

IX

Net na Kerstmis is het gebeurd, in het nieuwe jaar. Als de feestdagen naderen, denk ik er altijd extra aan. Niet dat er dagen zijn waarop ik er niet aan denk.

Een paar jaar geleden ben ik onder algehele narcose geweest wegens een herniaoperatie. Daarna was even de hele wereld nieuw. Ik deed mijn ogen open en alles leek zo groot en leeg. Dat was fantastisch, maar zodra ik me afvroeg wat er ontbrak, was het weer voorbij.

Het is zinloos om me af te vragen hoe mijn leven verlopen zou zijn als het niet gebeurd was. Maar ik heb zoveel tijd dat het ook zinloos is om het niet te doen. Honderdduizenden keren heb ik me afgevraagd of ik de moed zou hebben gehad om bij Johan weg te gaan. Ik betwijfel het en troost me met de gedachte dat ik ons gezin bij elkaar heb gehouden. We hebben het nooit uitgesproken, maar dat was het enige waar Johan en ik hetzelfde over dachten. Ons gezin ging boven alles. Ach, al die gedachten hebben een slechte moeder van mij gemaakt, en iedereen droomt wel van een nieuw leven.

Het is trouwens niet zo dat het na 1963 alleen maar kommer en kwel is geweest. Alles went, dat is echt zo. Kijk naar Jackie Kennedy. Na de moord op haar man heeft ze nog een hele carrière gehad. In de tijdschriftenwereld, dacht ik.

Op eerste kerstdag gingen we om negen uur naar de kerk in Wellington. Zo fijn om die bekende kerstliedjes te zingen en je verbonden te weten met gelijkgestemden. Iedereen was in zijn beste kleren natuurlijk. De vrouwen en grote meisjes droegen een hoed en sommige mannen ook. Ik had een nieuwe jurk, rood met witte bloemetjes, en schoenen waarvan de hak misschien wat te hoog was, want ik kreeg de nodige afkeurende blikken, maar dat kon me niet schelen. Ik vond ze mooi en Johan ook. Betty droeg een geel jurkje met ruches en zo'n schattig pofbroekje van dezelfde stof eronder. Voor Henkie had ik een knickerbocker genaaid, maar die wilde hij niet aan. Hij liep de hele zomer in korte broek, en als het aan hem lag 's winters ook. Ik kreeg hem toch zover dat hij in die knickerbocker naar de kerk ging. Je hoorde nu eenmaal nieuwe kleren aan te hebben met kerst. Ik moest een beetje dreigen, zeggen dat hij anders niet met Jean-Luc mocht spelen.

Johan droeg zijn zondagse pak, wat ook zijn trouwpak was geweest. Langer dan twee uur per week droeg hij het niet. Bij thuiskomst deed hij zijn oude kloffie weer aan. Alleen op de bruiloft had hij het langer gedragen.

Na de dienst dronken we koffie met onze gemeente. Trudie had kerstbrood gebakken. De sneden gingen rond met echte Hollandse roomboter erop. Een traktatie. In het kindertehuis kregen we dat ook met kerst. En een sinaasappel.

Om een uur of halfvijf begonnen we thuis met de braai. Met z'n vieren. Zelfs het meidje had vrij. Met de feestdagen wilden we onder elkaar zijn. Dat is dan weer het voordeel van zo'n klein gezin, je kunt alles makkelijk zelf af.

Johan en Henk zorgden voor het vlees: karbonades, rund en struisvogel. Later staken Betty en ik samen de kaarsen aan van de spar, die twee weken per jaar als kerstboom diende. Binnen hadden we nooit een boom, omdat we in de zomer zoveel buiten waren.

Op tweede kerstdag maakte ik samen met Betty kroketten. De kinderen waren daar gek op en Johan helemaal, die kende ze nog van vroeger. De restjes braaivlees gingen erin.

Struisvogelkrokettten, die zouden ze in Nederland moeten verkopen. We maakten er een heleboel en legden voor onszelf een aantal apart. De rest bracht ik met Betty op een schaal met een theedoek erover naar de barakken. Het was een eind lopen, wat wel goed was, want dan brandden ze hun mond niet.

Soms kwamen er een paar kinderen naar de boerderij als ik kroketten aan het bakken was. Dat roken ze al van verre. Dan stonden ze voor het open raam te kijken en als ik even niet oplette pakten ze er een paar. Dat wist ik wel. Ik maakte er extra veel, maar omdat ik moest doen of ik niets gezien had kon ik ze niet zeggen dat ze de kroket eerst moesten laten afkoelen.

Kort na Nieuwjaar bakte ik nog een keer kroketten. Het was echt iets voor de vakantie. Die dagen na Nieuwjaar waren altijd zo onbestemd. De feestdagen waren afgelopen – of je moet Driekoningen meetellen – maar de kinderen waren nog wekenlang vrij.

Ik liep met de schaal naar buiten en luidde de bel. Johan pakte er twee tegelijk. Ik zag dat zijn handen vuil waren. Hij was aan het ploegen op het nieuwe stuk grond en ging al etend weer terug.

Henk brak zijn kroket in tweeën. Aan Jean-Luc zou hij de helft geven, en als hij niet keek, zou Jean-Luc die op zijn beurt weggooien. Het was een kieskauwer, zo mager als een lat. Van stevige Hollandse kost zou hij opknappen, maar ja.

Betty nam haar kroket mee het grasveld op. Het lijkt misschien onbelangrijk, die kroketten, maar op deze dag telde alles. Zelfs de kroketten hadden het verschil kunnen maken. Elke dag worden de kaarten opnieuw geschud.

Henk moest de melk naar zijn vader op het land brengen, maar hij bleef lang weg. Ik begon mij ongerust te maken, maar ik kon niet weg. Betty sliep al en ik wilde haar niet alleen laten. Eindelijk hoorde ik de achterdeur. Henk kwam thuis. Hij zag eruit... Ik wist meteen dat er iets verschrikkelijks was gebeurd en ook dat ik hem er niet naar kon vragen. Om bezig te blijven vulde ik de tobbe en zette hem daarin. De manier waarop hij met zich liet doen, was hartbrekend, alsof hij vijf was net als zijn zusje en geen elf. Hij leunde achterover en deed zijn ogen dicht. Het water verkleurde tot een soort bruingrijs, maar hij deed of hij in een luxe schuimbad zat.

Niet veel later kwam Johan ook thuis. Die zag er helemaal uit of hij weken in de rimboe had gezeten. Hij zag de tobbe en begon zich uit te kleden. Ik beduidde Henk dat hij voort moest maken. Zijn vader hield niet van wachten. Al die tijd werd er geen woord gesproken. Henk stapte uit de tobbe en Johan erin, zonder dat ze elkaar aankeken. Twee blote lijven, vader en zoon.

Eigenlijk had ik schoon water moeten nemen, want toen ik Henk afdroogde, werd de handdoek helemaal zwart. Het was een bad van niks, maar ja.

Henk trok zijn pyjama aan, zei welterusten en ging naar bed. Ondertussen waste ik de vuile kleren. Hun overalls zaten onder de vlekken. Ik nam er een nieuw stuk Sunlight voor. Alles leek zo onwerkelijk.

Nadat ik de was in de schuur had uitgehangen, ging ik naar bed. Ik was klaarwakker, maar had geen idee wat ik anders moest. Niet veel later kwam Johan in het schone ondergoed dat ik had klaargelegd de kamer in en liep op het bed af. Hij overweldigde mij, zoals eerder in Nederland zijn broer had gedaan. Het zit in de familie, schoot het door mij heen, toen hij mij nam en ik dacht aan de sprei met het wafelpatroon. Ik was er helemaal niet op bedacht. De meeste mensen herinneren zich hun laatste keer waarschijnlijk niet, maar ik dus wel. Ik wil er niet bitter over zijn. Dat heeft geen zin. Het is precies zoals het is. We zijn allemaal schuldig.

De volgende dag waren de zes encyclopedieën verdwenen. Ik vond ze in een doos in de schuur. Daar zijn ze gebleven tot we terug naar Nederland gingen.

18

Op een ochtend was hij nog vroeger dan gewoonlijk naar het landje gegaan. De zon was nog niet helemaal op toen hij over het lage hek stapte en bijna tegen David aan botste. Zonder een woord had David zijn schoffel, hark en andere spullen gepakt en was weggegaan.

Het verbaasde Henk niet dat zijn voormalige bedrijfsleider degene was die het landje al die jaren had onderhouden en de druiven had geoogst. Hij begreep nu waarom het Bernard niet had kunnen zijn. Zijn pleegvader, dacht hij, voor het eerst met enige bitterheid, liet hem alles zelf doen, dwong hem. Een tiran, net zo goed als zijn eigen vader.

Met David had hij de liefde voor het landje gemeen. Het was goed dat hij hem er nooit naar had gevraagd. Het landje was een tempel die gediend moest worden, niet besproken.

In het kielzog van Betty had David de boerderij vlak na haar verlaten. Hij werkte tegenwoordig bij Kishore, die een handeltje in mobiele telefoons was begonnen. Een merkwaardige stap voor iemand als Kishore, die zijn leven tot nu toe had gesleten achter een bureau. Een onderneming in mobiele telefoons leek hem riskant. Hij kon zich niet voorstellen dat mensen altijd en overal gestoord wilden worden in hun gesprekken en bezigheden. Het niveau van conversaties zou afnemen, meende hij, omdat een half oor gespitst zou blijven op het rinkelen van de telefoon in tas, achterzak of op tafel, tussen de borden in. David zat in de buitendienst en plaatste zendmasten in dunbevolkte gebieden, zoals de Karoo. Wie weet had hij daar ook een schriftelijke cursus voor gevolgd.

Hij liep op zijn laarzen de heuvel af. Makeziwe, die Davids plaats als bedrijfsleider officieus had ingenomen, zat op de nieuwe ploeg en reed diepe voren in de aarde van een stuk land dat hij opnieuw wilde laten beplanten.

Dichterbij waren Slimo, Sol en nog een paar arbeiders aan het hannesen met een stuk landbouwplastic. Keer op keer verschoven ze het plastic om de voet van een wijnstok een paar centimeter, legden er stenen op en stapten achteruit om het resultaat van een afstandje te bekijken en te bespreken. De uitkomst was steevast dat de stenen en het plastic werden verlegd naar een andere positie, waarna de discussie van voren af aan begon.

Na het even aangekeken te hebben, stapte hij op hen af en deed het voor, drie in vijf minuten. Ze luisterden geduldig naar zijn uitleg, maar hij merkte dat ze er maar half bij waren met hun gedachten. Hun onwil was irritant, niet hun onkunde.

Slimo wees naar zijn landje. 'Waarom werken we daar nooit, baas?'

'Waarom vraag je dat?'

'David zegt dat het wondergrond is.'

'David werkt hier niet meer.'

Achter zijn rug hoorde hij ze lachen. Hij keek om en zag hoe Sol zijn wijsvingers aan weerszijden van zijn oogleden zette en zo scheve ogen trok. De anderen bogen zich vlug over hun werk. Al buitenstaander genoeg, liet hij het gaan en liep in de richting van de barakken.

Het plastic vliegengordijn van Shelleys ouderlijk huis bewoog zacht in de wind. Een paar kinderen voetbalden met een van kranten geïmproviseerde bal. Een jongen scoorde, trok zijn T-shirt over het hoofd en stak al rennend juichend zijn handen in de lucht. Hij zou Gerard vragen wat T-shirts van hun sponsor op te sturen.

Onverminderd vaak dacht hij aan Shelley. Als hij haar niet ontmoet had, reed hij waarschijnlijk nog met zijn bus heen en weer tussen de sterrenrestaurants in Noord-Holland.

Hij dacht aan Kishores mobiele telefoons en vroeg zich af van waar hij zou willen bellen als hij uit alle mogelijkheden kon kiezen. Vanaf zijn landje misschien. Dat zou mooi zijn. Shelley en hij belden af en toe, maar vrolijk werd hij er niet van, want ze kwamen niet verder. Het niet-contact begon hem meer en meer te frustreren. Hij had diverse malen aangeboden een vliegticket voor haar te kopen en echt weigeren deed ze niet, maar het was hem duidelijk dat ze voorlopig niet zou komen, misschien nooit. Zonder dat ze dat met zoveel woorden gezegd had, begreep hij dat ze hem verantwoordelijk achtte voor de verdwijning van haar broer en dat riep iets vaags en onbestemds bij hem op, een schuldgevoel, dat hij ontkende, maar niet tot bedaren kon brengen.

Het beeld van dat kleine meisje dat huilend op hem af kwam gedribbeld kwam hem weer voor de geest. In tweede instantie had hij haar wél herkend. Zij wist van haar moeder dat zij in de nacht dat Andile verdween samen met hem was vertrokken om een kip te kopen en alleen was teruggekomen, maar een eigen herinnering had ze er niet aan. Dat was normaal, zij was destijds twee. Henk was al elf geweest. Hij zou zich meer moeten herinneren, en als hij dat niet kon, dan moest hij daar meer moeite voor doen.

Voor hij vertrok vertrouwde hij de sleutels van de schuren toe aan Makeziwe, die ze zonder iets te zeggen in zijn achterzak stak. Als er iets zou ontbreken, zou hij dat van zijn salaris inhouden, zei hij nog, maar hij hoorde zelf hoe loos het dreigement klonk.

Op weg naar Stellenbosch passeerde hij beroemde wijnboerderijen: Blaauwklippen, Neethlingshof, Simonsvlei, Laborie... Er was een explosieve groei gaande en de handel in onroerend goed floreerde.

Hij was niet de enige 'buitenlander' die kansen zag voor de Zuid-Afrikaanse wijn. Bij Boschendal waren net nieuwe stalen opslagtanks aangeschaft, dezelfde als die hij overwoog te nemen. De parkeerplaats was uitgebreid. Er stonden behalve personenauto's ook enkele touringcars. Het grote gazon was smetteloos. Vitale vijftigers en zestigers zaten aan gietijzeren tafeltjes onder de platanen; een groep kwam onder leiding van een gids net de kelder uit. Boschendal was altijd een respectabel wijnhuis geweest, maar had de strijd met de commercie in zijn ogen verloren. Een wijnbedrijf moest bij zijn 'corebusiness' blijven. Hoewel hij moest toegeven dat ze erin slaagden hun wijn op niveau te houden en ze nog evenveel aandacht voor het hele proces van wijn maken hadden als vroeger, was het uiteindelijk niet meer dan een wijnhuis dat verzorgd en bekend was, met goede, maar geen excellente wijn. Niet iets om jaloers op te zijn.

Met de bedrijfsleider bekeek hij de tanks en hij vroeg naar de voor- en nadelen. De prijs viel hem tegen, maar ze kwamen uit Amerika en de rand kon niet op tegen de dollar. Het zou veel schelen als apparatuur niet meer geïmporteerd hoefde te worden. Die stalen tanks, die konden ook hier vervaardigd worden.

Dankzij de universiteit en de toeristen bood het witte stadje zomer en winter een levendige aanblik. De studenten waren merendeels jong; de toeristen oud. De permanente bewoners waren welgestelde blanken in overheidsdienst of in vrije beroepen. Zwarten en kleurlingen waren er ook. Ze werkten in de hotels, restaurants en winkels en hingen rond op het grote grasveld waar de minibusjes vertrokken naar de townships en verder weg gelegen plaatsen.

Vroeger had hij zijn collega's vaak in Stellenbosch getroffen. Ze kwamen hier om inkopen te doen en administratieve zaken te regelen. De stad was sfeervol, met zijn lage huizen in Kaaps-Hollandse stijl, de statige victoriaanse gebouwen en de oude eikenbomen, waar net als in Nederland eekhoorns in huisden. Naast het trottoir lagen brede goten, waarlangs het overtollige water werd afgevoerd. Zolang de goten vol waren en het water stroomde, dempte het gekabbel de geluiden van de stad en bleef de idylle in stand.

Hij parkeerde zijn auto bij de universiteit en liep de brede trap af die naar de in het souterrain gelegen bibliotheek leidde. Druk pratende studenten met stapels boeken in de hand liepen langs hem heen met een tred die verwees naar de uitstekende sportfaciliteiten van de universiteit.

Bij de balie vroeg hij naar de jaargang van *Die Burger* uit 1963 en installeerde zich aan een leestafel, die in een strak vormgegeven nis in de muur was aangebracht.

De bibliothecaris, een man van zijn leeftijd van het soort dat in Nederland sinds Van Kooten en De Bie oudere jongere genoemd werd, bracht hem de eerste doos. De krant met het nieuws over de moord op J.F. Kennedy lag bovenop. Logisch, dat was de belangrijkste historische gebeurtenis van dat jaar. Elk jaar zouden nieuwe groepen scholieren om deze krant komen vragen.

De kop was in de grootste letter gezet. Op de bijgaande foto ontfermde presidentsvrouw Jackie Kennedy zich over haar zojuist neergeschoten man. Maar al op de volgende bladzijde leek Amerika heel ver weg. De aankondiging voor een missverkiezing met foto's van meisjes in bikini deed daar niets aan af. Alles ademde de sfeer van de apartheid. Advertenties voor zeep, melkpoeder en kinderkleding richtten zich uitsluitend op een blanke middenklasse. Een blonde vrouw in een gele jurk met korte mouwen en grote revers keek stralend in de camera met een blok Sunlight-zeep in de hand. Op de achtergrond deed een zwart meisje in een wit uniform de baby van de vrouw in bad.

De foto van Jean-Luc vond hij in een krant van januari. Het was hetzelfde portret dat bij de Castels op het dressoir stond; een beeld dat hij zo vaak had gezien dat het soms leek of hij Jean-Luc alleen maar zo had gekend, bevroren in dat ene moment, en dat hun momenten samen verbeelding waren. Door de vergroting was de korrel zichtbaar. De korrels liepen door in de strepen van zijn overhemd, zijn glimlach en de slag in zijn haar. In grote letters stond er 'Vermist' onder en werd er opsporing gevraagd van de tienjarige Jean-Luc Castel, dood of levend.

Van zijn ouders was een kleine foto afgedrukt. Simone en Bernard stonden gearmd voor hun boerderij. Tussen aanhalingstekens stond Simones dramatische oproep om haar zoon bij haar terug te brengen. Er werd een beloning uitgeloofd van vijfentwintigduizend rand, een kapitaal in die dagen.

Op de volgende pagina werd de verdwijning van Jean-Luc in verband gebracht met de 'Chinaman', die met een geblindeerde zwarte limousine de Kaapprovincies zou doorkruisen. Nieuwsgierige kinderen zou hij met *lekkergoed* zijn auto binnenlokken. Op tal van plaatsen was hij gesignaleerd, voor het eerst in Kaapstad, later in andere plaatsen aan de kust, waaronder Knysna en Houtbaai. Via Paarl en Wolversly was hij dieper het binnenland in getrokken en verdwenen.

Henk vroeg om een kopie, waar de bibliothecaris enig bezwaar tegen maakte, omdat de foto in zijn ogen onscherp was en een kopie dat effect nog zou vergroten, maar na nog een keer aandringen kreeg hij hem zover.

Pas bij het dubbelvouwen van het A4'tje, bedacht hij dat het vreemd was dat Andile niet genoemd werd. Aan de andere kant konden er twee kinderen in één nacht verdwijnen zonder dat er verband tussen de beide vermissingen bestond. In die tijd was Zuid-Afrika nog zoveel meer Afrika dan nu, ook al woonden er overal mensen, waren er straten, huizen, auto's en plattegronden en gingen er ook in die tijd al meer mensen dood aan ongelukken in de mijnen en in het verkeer dan aan slangenbeten.

Mensen zoals zijn familie, bedacht hij nu, hadden aan een klein hoekje van het land geknaagd, meer niet. De apartheid had er niet eens zoveel mee te maken, dat was uiteindelijk maar een korte periode in de geschiedenis geweest. De ruimte van het land was niet alleen een geografische.

Een paar dagen geleden was hij badend in het zweet wakker geworden en naar buiten gegaan, naar het landje hoog op de heuvel, waar de wijnstokken roerloos afstaken tegen de donkerblauwe lucht en de opgebonden zijtakken met de theatrale gebaren van operadiva's, gadegeslagen door de bergen in de verte, hun machteloosheid etaleerden.

Zijn zweet koelde vlug af in de kille nacht en hij kreeg het koud. Hij wilde net teruggaan, toen een vreemd geluid zijn aandacht trok.

Midden op het landje was een man die hij alleen in silhouet kon zien als een bezetene in de grond aan het spitten. Zijn bewegingen hadden een onnatuurlijk hoog tempo, als in een versneld afgedraaide film. Hij wist niet wat hij moest doen, tot hij zich realiseerde dat de spittende man zijn postuur had.

Hij draaide zich om en rende terug naar de boerderij.

In de keuken zag hij het zand op de vloer en keek omlaag. Hij was op blote voeten gegaan en schaamde zich daarvoor.

Het politiebureau was een rechthoekig gebouw van twee verdiepingen. Voor de grote ramen zaten tralies. De parkeerplaats was bijna leeg.

Hij ging naar binnen. De entree was sjofel en verwaarloosd als die van een goedkoop hotel. Het hout was fineer op spaanplaat; de donkerbruine balie zat onder de brandplekken van uitgedrukte sigaretten.

Hij legde zijn verzoek voor aan de man achter de balie, en omdat hij geen zichtbare reactie kreeg, praatte hij maar door.

Agenten liepen langs en bleven staan luisteren zonder verder enig initiatief te tonen. Uit hun groep maakte zich na een minuut of tien een jongeman los, die zich voorstelde als Ben Nxumalo, rechercheur, en vroeg of hij kon helpen.

Ben ging hem voor naar een met kunststof kantoormeubels ingericht vertrek op de eerste etage aan de achterkant van het gebouw. Omstandig probeerde hij een sigaret uit een leeg pakje te halen. Henk begreep de hint en hield Ben, die hij in één oogopslag gekwalificeerd had als een overijverige pennenlikker, zijn Marlboro's voor. Eerst weigerde hij; Henk drong aan. Ben accepteerde, liep naar het raam en stak daar de sigaret op alsof hij Humphrey Bogart was in een van zijn klassieke films noirs.

Aan de achterkant was ook een parkeerplaats. Daar stond een aantal politieauto's en motoren geparkeerd.

Ben wees naar de aanbouw aan de zijkant. Een gebouw van ongeveer tien bij vier meter met kleine, vierkante ramen van matglas. 'Op zaterdag ligt het hier vol. Op vrijdag gaan ze drinken. Als het geld op is gaan ze vechten. En dan nog de auto-ongelukken, in het weekend hebben we soms een wachtrij. Dan leggen we ze buiten neer.'

Een dikke blanke jongen, gekleed in een T-shirt dat aan de voorkant een stuk van zijn buik onbedekt liet en een bermuda met hawaïprint, waggelde het mortuarium uit met een emmer en een mes in zijn hand. Water klotste over de rand heen.

'We hebben te weinig mensen, meneer. Dat is het probleem.'

'Het gaat om een oude zaak. Ik hoop dat u mij kunt helpen.'

'Ik werk hier al drie jaar.'

Ben gebaarde hem te volgen. Ze liepen door een donkere gang. Aan het einde was een deur. Ben knipte het licht aan.

De ruimte was zo groot als een klaslokaal. Op een bakbeest van een computer na, was het vertrek leeg.

Hij startte de computer op. 'Vroeger stond alles in de kelder, maar als er veel muizen waren, raakten we weleens wat kwijt.' Lachend keek de rechercheur hem aan. 'De computer heeft ook een muis, maar die hoeft niet te eten.'

Tergend langzaam kroop de computer naar het hoofdprogramma.

'Dat overzetten moet een flinke klus geweest zijn.'

'Ja, veel te veel werk. Daar konden we niet aan beginnen.'

'Wat bedoelt u?'

'Het archief is vernietigd.'

'Maar wat is er dan met alle niet-opgeloste zaken gebeurd?'

'Er zijn elke dag nieuwe zaken.' Ben gaf een liefdevol klopje op de computer. 'Die gaan allemaal hierin.'

Het scherm gaf een foutmelding. Ben zette de computer uit en weer aan. De hele opstartprocedure begon opnieuw.

Henk verbeet zijn ongeduld. 'Werkt hier nog iemand die er in de jaren zestig ook was?'

'De jaren zestig?'

'1963.'

'Er is net iemand met pensioen gegaan, maar hoe die heet...'

Henk schoof zijn nog bijna volle pakje sigaretten in Bens richting.

19

Niemand thuis. Daar baalde ze van. Nu haar vader voorlopig in Zuid-Afrika zou blijven, begonnen de bezoeken aan haar grootouders soms als een verplichting te voelen. Met het openbaar vervoer was het een lange en omslachtige reis. Binnenkort moest ze afrijden. Als ze haar rijbewijs had, was het makkelijker. Dan kon ze Vincents auto lenen en was ze er zo.

Ze ging op de uitkijk zitten op de bank voor het huis. Vanaf hier kon ze kilometers de polder inkijken. Vermoedelijk zouden ze niet lang op zich laten wachten, omdat het bijna etenstijd was.

Na een halfuurtje zag ze hen aankomen. Haar opa ging voorop en een paar meter daarachter liep haar oma met haar fiets aan de hand.

Ze liep hen tegemoet en zag dat haar opa zijn pyjamabroek nog aan had, half bedekt door de jas van haar oma, die hij eroverheen droeg.

Hij schoot langs haar heen naar binnen. Haar oma was moe. Ze hadden kilometers gelopen en dit was nu al de derde keer deze week, vertelde ze. Marie stelde voor een tandem te kopen, maar daar voelde ze niets voor. Ze hadden zo al bekijks genoeg.

'Vangen!'

Haar oma en zij keken gelijktijdig omhoog. Haar opa stond voor het wijd openstaande slaapkamerraam en gooide iets naar een denkbeeldige tegenspeler. Ze zag haar oma's gezicht betrekken.

'Vangen, jij. Opschieten!' riep haar opa weer.

Haar oma wilde naar binnen gaan. Marie hield haar tegen. 'Laat maar, ik ga wel.'

'Nee, je weet niet hoe hij kan zijn.'

Boven sloot Marie het raam. In de weerspiegeling zag ze haar opa naar de deur lopen. 'Opa, waar gaat u heen?'

'Naar beneden. De trap gaat naar beneden.'

'Moet u zich niet eerst aankleden?'

Haar opa begon zijn broek uit te trekken. 'Wat denk je dat ik aan het doen ben?' Hij frommelde zijn pyjamabroek tot een klein pakketje, hield dat tegen zijn buik en keek haar aan. 'Je bent een lieve meid.'

Even was hij weer de opa die ze kende. Ze glimlachte.

'En ook een lekker ding.'

'Oupa, wat bedoelt u met dat vangen?'

'Vangen?'

'Ja, u roept het steeds. Wat moet er gevangen worden?'

'Wanneer?'

'Toen u net terugkwam....'

Meewarig keek hij haar aan. 'Waar heb je het over? Ik kom net uit bed.'

'O, nou ja, laat maar.'

'Denk je dat ik in mijn pyjama de straat opga? Dat ik niet goed wijs ben?'

'Natuurlijk niet, maar we waren ongerust.'

Haar opa tuitte zijn lippen. 'Oupa kus?' Hij kwam dichter bij haar staan. 'Kus voor oupa?'

Ze boog zich voorover en gaf hem een vluchtige kus op de wang. Hij stonk uit zijn mond.

Op de rondvaartboot waren haar gedachten nog bij haar grootouders. De toeristen stapten in. Op de automatische piloot begroette ze hen.

Het werd te zwaar voor haar oma. Ze moest opa dag en nacht in de gaten houden en kon nooit eens rustig slapen. Misschien moest ze zelf af en toe in Scharwoude gaan slapen om haar oma rust te geven, maar ze was bang dat haar opa dan 's nachts naar haar toe zou komen. Hij zou ongemerkt naast haar gaan liggen en zij zou in haar slaap naar hem toe rollen en haar benen om de zijne vlijen. Hij zou zich dan net als Vincent dichter tegen haar rug aan drukken. Ze zouden beginnen te vrijen en op een bepaald moment zou ze zich omdraaien, omdat ze hem wilde zoenen... Ze huiverde.

De rondvaart was begonnen. Ze vormde haar grimas om tot een glimlach en begon aan haar toelichting bij de voorbijkomende monumenten.

Tussen de merendeels Aziatische toeristen zaten Shelleys kinderen. Met grote ogen keken ze haar aan, terwijl zij in het Japans geroutineerd haar lijstje afwerkte. Onder andere om te voorkomen dat er op ongelegen momenten vragen zouden worden gesteld, vermeed ze gewoonlijk oogcontact. Nu Jade en Andile er waren keek ze naar hen en wisselden ze vrolijke knipoogjes uit. Andile was er eigenlijk nog te klein voor. Die verveelde zich, dat zag ze wel. Jade keek naar de toeristen op de waterfietsen, die joelend en zwaaiend passeerden om even verderop verstrikt te raken tussen de touwen van de aangemeerde roeibootjes of de voorsteven van een woonboot te raken. De toeristen die de waterfiets verkozen boven de rondvaartboot waren van een ander slag. Ze waren jong en sportief of vormden het ideale gezin. Het irritant perfecte gezin met pa, ma, zoon en dochter in verantwoorde kledij, dat zo graag wilde uitstralen dat ze geen gewóón gelukkig gezin waren. Ma met een maf staartje, vastgemaakt met het Barbie-haarknipje van haar dochter, en de dochter met glittermuiltjes. Pa had zich voorgenomen de vakantie te gebruiken om het 'mannen-onder-elkaar-gevoel' over te brengen op zijn zoon en beschouwde zijn missie nu al als geslaagd. Voor ze naar huis gingen zou hij hem een hengel geven of een zakmes.

Ze trakteerde Jade en Andile op een Happy Meal bij McDonald's bij de Munt. Het was er druk en lawaaiig, maar de teksten van het personeel, die door de jaren heen weinig variatie hadden getoond, evenals het menu en de snelle service, zorgden voor een vertrouwd gevoel. Hier bleef alles hetzelfde ondanks de veranderde clientèle, die merendeels bestond uit groepjes meisjes met hoofddoekjes en Marokkaanse jongens in trendy kleren en dito schoeisel. Als kind had ze er regelmatig haar verjaardag gevierd. Een partijtje dat niet origineel was, maar wel geliefd.

Everybody happy, dacht ze, terwijl ze wat landerig een McFish naar binnen werkte. De kinderen waren vrolijk en hadden genoeg aan elkaar. Gewend veel samen te zijn, integreerden ze buitenstaanders slechts mondjesmaat in hun bestaan. Over hun respectieve vaders hadden ze het nooit en Shelley evenmin. Ze leken helemaal niet op elkaar. Andile was net zo donker als zijn moeder en had kroeshaar; Jades haar was lang en steil en haar huidskleur slechts licht getint. Marie had niet de indruk dat er contact was met hun verwekkers.

Een Marokkaan sprak haar aan, meende dat zij de au pair van de kinderen was. Als ze met hen naar het Vondelpark ging, gebeurde dat ook weleens. Soms liet ze die jongens in die waan. Het was best leuk om af en toe te doen of je iemand anders was. Ze zei meestal dat ze uit Argentinië kwam en zij antwoordden dan dat ze dat al dachten, omdat ze dat hoorden aan haar accent.

Om kwart voor zeven waren ze terug in de etage aan de Albert Cuyp. Shelley had beloofd om zeven uur thuis te zijn, maar dat zou wel later worden. Dus stopte ze de kinderen in bad en in bed en zong ze Afrikaanse slaapliedjes voor hen.

Shelley kwam om negen uur. Ze was aangeschoten en wilde nog wat drinken. Chileense wijn. Ze had vroege dienst, maar maakte zich niet druk. Als zij zich zou verslapen, dan konden haar oudjes ook een keer uitslapen in plaats van voor dag en dauw hun ontbijt te moeten nuttigen.

Met enige moeite ontkurkte Shelley de fles en vroeg of Marie al iets van haar vader had gehoord. Ze antwoordde van niet. Hij was een ander leven begonnen. Ze had gedacht dat haar vader aan dit cliché zou ontsnappen, maar nee, hij bleek het prototype te zijn. Dat gedoe om die wijn was pure egotripperij en stond niet in relatie met wat hij Betty had aangedaan. Hij zou zelf voor zijn ouders moeten zorgen, in plaats van haar ermee op te zadelen. Ze deed het natuurlijk graag, maar...

Shelley schonk de glazen nogmaals vol en wees naar het portret van haar broer Andile aan de muur. 'Hij zoekt Andile.'

Ze keek niet eens. 'Andile ligt in bed.'

'Andere Andile,' zei Shelley met dubbele tong.

'Shel, je hebt te veel gedronken.'

'Echt waar.'

'Laat maar.'

'Iemand doet dit voor mij en jij zegt "laat maar"?'

'Iemand?'

'Hij heeft het beloofd.'

Het moest de drank zijn. Zo had Marie haar nog nooit meegemaakt. 'Kom Shel, het is zo lang geleden. Je kunt je je broer niet eens meer herinneren, zeg je.'

'Precies. Familie, wat weet jij er nou van?'

20

Somerset West. Een wijk voor de middenklasse met dicht bij de weg gelegen lage woningen.

Theuns zag er precies zo uit als hij zich een blanke rechercheur in ruste in een kleine gemeenschap had voorgesteld. Zijn overhemd met korte mouwen was schoon en gestreken; zijn dichte veterschoenen waren gepoetst.

Zelfs de tuin kwam overeen met Henks verwachtingen. Een gemillimeterd gazon, oleanders en een perk vol witte en rode suikerbossies. In een kennel liep een zwarte bouvier onrustig heen en weer. Kleine accenten plaatsten Theuns in tijd en plaats. Het witte gehaakte kleedje over de kan met limonade, het vliegengordijn van houten kralen en het geluid van een rugbywedstrijd via de radio in de keuken.

'Jean-Luc Castel?'

'Mijn buurjongen. Ik was elf, hij tien.'

'En hoe heet die zwarte?'

'Andile. Andile Yona. Over hem heb ik niets gevonden.'

Theuns bood hem een droog biscuitje aan, dat hij uit beleefdheid accepteerde, maar dat hij liever aan de hond had gegeven. Hij zag dat Theuns met een half oor het verslag van de wedstrijd probeerde te volgen. De Springbokken tegen de All Blacks.

'Die twee kinderen, ja, dat weet ik nog. Daar hebben we een Chinees voor opgepakt.'

'En weer vrijgelaten.'

Er reed een auto langs en de bouvier sloeg aan. Nerveus liep hij in de kleine kennel heen en weer. Theuns stond op en gaf door het gaas heen een koekje aan de hond. 'Koest, Edo.'

'De zaak is nooit opgelost.'

'Waarom is het zo belangrijk voor u?'

'Ik woon sinds kort zelf weer op de boerderij. De ouders van die kinderen wonen daar ook nog. Ik zie het als mijn verantwoordelijkheid.'

Theuns knikte. 'Een zwart kind in die tijd, niets aan te doen... en wat dat witte kind betreft: het is te lang geleden.'

'Waren er behalve die Chinees geen andere verdachten?'

'Voor zover ik weet niet. Misschien zijn die twee jongens samen op avontuur gegaan. Het was een andere tijd.'

Theuns zweeg, pakte zijn limonade en nam bedachtzaam een slok. 'Het enige wat ik nog weet is dat ze op het terrein van uw ouders voor het laatst gezien zijn.'

'Door wie?'

'Door uw vader.'

Hij probeerde zijn opkomende nervositeit te bedwingen. Het commentaar van de verslaggever zwol aan. Theuns luisterde nu openlijk en keek hem weg.

'Ik moet íéts vinden.'

'Dat zou mooi zijn, maar gaat u liever wat nuttigs doen.'

's Avonds belde hij Shelley. Hij zei niets. Zij ook niet. Hoe lang ze precies naar elkaars ademhaling bleven luisteren wist hij niet. Dat zou hij wel merken aan de telefoonrekening.

21

Ze droomde dat ze op een ferry zat, die de baai van een zonovergoten eiland binnendreef. De scheepstoeter trompetterde. Meeuwen flankeerden de boot als paarden de koets van de koning. Het schip leek op dat uit een film van Fellini. Het was niet echt. De zee werd gesuggereerd door grijze vuilniszakken. De tonen van de toeter werden hoger en scheller.

Ze deed haar ogen open en keek fronsend Vincents slaapkamer rond. Sinds een maand woonden ze samen. De gordijnen waren open. Zonlicht viel naar binnen. Ze hoorde haar naam. Vincent was terug.

Ze sprong uit bed en duwde het raam omhoog.

Beneden stond Vincent naast zijn volgeladen auto. Uit de achterbak stak een stapel planken. Hij zwaaide en floot tussen zijn tanden. 'Marie, kom 's!'

Ze zwaaide terug, schoot in een spijkerbroek en rende de trap af.

Hij omhelsde haar kort, te vol als hij was van zijn plannen, en wees naar het hout. 'Spaans antiek. Weet je hoeveel kleine Spanjaardjes daarin gemaakt zijn?'

Sceptisch keek ze naar de verzameling planken. 'Is het een bed?'

'Kingsize, beetje lastige maat. Ik hoop dat we een passende matras kunnen vinden. Ik kreeg hem bijna voor niets bij de tegels.'

Hij opende het portier. De achterbank stond vol dozen. Uit de voorste pakte hij een kleine, vierkante tegel met een geel-groen geometrisch patroon en gaf hem aan haar.

De tegel voelde koud en de randen waren ruw, maar de ouderdom had iets aandoenlijks en het patroon, vervaagd door de vele kleine barstjes, straalde rust en warmte uit. 'Mooi.'

'Nu alleen nog een pandje en dan beginnen we een tapasbar.' Hij pakte de tegel terug en streek over het patroon. 'Ouderwets vakmanschap.'

Ze had liever dat hij haar hand had aangeraakt. 'En je studie?'

'Je lijkt mijn moeder wel.'

Ze beet op haar lip.

Vincent praatte enthousiast door. 'Ik heb altijd al een café willen hebben. Jij gaat koken, ik sta achter de bar. Voor de wijn heb ik een adresje bij een oud boertje. Je vader zou er jaloers op zijn.'

Ze lachte. 'Op Spaanse wijn? Dan ken je hem slecht.' Vincent pakte haar vast. Eindelijk.

'Je doet toch mee, hè? Vind je het leuk? Ik ga zo snel mogelijk mijn horecapapieren halen.'

Ze had hem nooit eerder over een café gehoord. Vóór zijn tripje naar Spanje wilde hij nog bij de ING gaan werken, afdeling onroerend goed. Maar natuurlijk deed ze mee. Tapas luisterden sinds kort menig feestje op. Het was ondoorgrondelijk waar trends vandaan kwamen. Ze zei dat ze het geweldig vond en kuste hem.

Vincent vond een geschikt pand aan de Lindengracht, een straat die extra veel parkeerruimte had omdat het ooit een gracht was geweest. Hij liep er toevallig tegenaan, zei hij. Binnen korte tijd organiseerde hij een grootscheepse verbouwing. De voortvarendheid waarmee hij te werk ging was aanstekelijk. In ploegendiensten werd er gesloopt en gestuukt, gemetseld en geschilderd. De meesten van zijn vrienden studeerden en hadden weinig tot geen ervaring met verbouwen, maar de vader van Vincents beste vriend was aannemer en onder zijn leiding leerde iedereen snel. De jarenlange roei- en hockeytrainingen hadden de conditie al op peil gebracht; jeugd deed de rest.

Vincent had de catering op zich genomen, en dat deed hij zo goed dat niemand er een punt van maakte dat hij bij de rotklusjes vaak net even weg was. Bovendien wist hij tegenslagen te pareren en om te zetten in meevallers, door hoge kortingen te bedingen bij winkeliers na het bereiken van de limiet van zijn krediet, of door met het plan te komen het souterrain dieper uit te graven en daar de keuken te plaatsen, nadat de vloer gedeeltelijk was ingestort.

De gevonden ruimte, een voormalige wasserij, was een typisch Amsterdamse pijpenla die ver naar achteren doorliep. Het bracht hem op een nieuw idee. Aan de achterkant zou hij door middel van een tussenmuur een zaaltje afscheiden, waar mensen Spaanse dansen konden leren of waar muziekoptredens konden plaatsvinden, ook Spaans natuurlijk. Volgens Vincent was Spanje het nieuwe Italië. Zijn liefde voor Spanje was wel erg groot geworden. Het wekte lichte argwaan bij haar. Hij dacht er zelfs over Spaans als tweede hoofdvak te nemen. Olé.

Ondertussen richtte Marie zich op de menukaart. Ze had zich nooit veel tijd gegund om te koken. Vanwege de sport at ze regelmatig, verantwoord en saai. De enige levensmiddelenwinkel die ze van binnen zag was Albert Heijn. In het studentenhuis werd om beurten gekookt, maar meestal ruilde ze haar beurt in voor een afwasdienst. Nu ze samenwoonde, kookte Vincent meestal en dat deed hij geweldig. Het zou lastig zijn om dat niveau te bereiken, maar ze had er heel wat voor over om hem te helpen zijn plan te doen slagen. Misschien dacht ze op deze manier zich permanent een plaats in zijn leven te verwerven. Verwoed verzamelde ze recepten en probeerde die uit op haar vriendinnen. Samen met Vincent bezocht ze horecagroothandels en leveranciers. Hij was stellig in zijn keuzes. De basisingrediënten moesten goed zijn, anders werd het nooit wat.

Ze keek naar hem terwijl hij rondliep in zijn oude broek vol scheuren en verfvlekken en zijn lichtblauwe overhemd met opgerolde mouwen. Hier een kwinkslag, daar een opgewekte opmerking, voor iedereen het juiste woord vergezeld van de bijpassende blik, de truc van de exclusieve aandacht. Zoveel flair was jaloersmakend.

Terwijl hij zijn 'ronde' deed, zoals hij het zelf ook noemde, zag ze dat hij zich langzaam van haar losmaakte.

Frederieke had ook Spaans als bijvak.

22

Op een dag aan het einde van de middag kwam Cécile zeggen dat Betty er was. Ze bracht het als goed nieuws, in de veronderstelling dat hij net zo blij zou zijn als zij om haar weer te zien.

Hij had zijn zus maanden niet gezien. Ze stond buiten het hek bij haar bakkie op hem te wachten. Pas wanneer de boerderij weer van haar zou zijn, zou ze zich op het terrein begeven, had ze immers gezworen. Ja, om het dan zo snel mogelijk weg te geven.

Achter de schermen was ze volop bezig. Dat hoorde hij van Bernard, die overal connecties had. Eerst was ze nagegaan of de transacties tussen hem en zijn ouders, Bernard en de bank legaal waren, maar dat was juridisch volledig afgetimmerd. Vervolgens had ze met hulp van Kishore nagetrokken of Arkadia ooit in niet-blanke handen was geweest, in de hoop dat het ANC snel een aanvang zou nemen met onteigeningsprocedures, maar ook die weg liep dood. Het landhervormingsprogramma van de regering stond nog in de kinderschoenen. Onteigening, teruggave van grond aan de oorspronkelijke bewoners, het stond wel op het programma, maar het was iets voor de toekomst. Verkoop en overdracht van grond mochten alleen gebeuren op basis van vrijwilligheid. Geld om boeren uit te kopen was er niet. Wat het terrein van Arkadia betrof: voor zover hij wist, was dat maagdelijk gebleven tot de Europese kolonisten kwamen, die het in korte tijd rendabel hadden gemaakt. De Kaap diende in de zeventiende eeuw als groentetuin voor de matrozen van de VOC en als wijnschuur voor de patriciërs in hun grachtenhuizen elfduizend kilometer noordelijker. Zijn ouders hadden de boerderij gekocht van blanke Afrikaners, die hem generaties lang in familiebezit hadden gehad. Om claims van nog eerdere bewoners maakte hij zich niet druk. De volkeren die hier vroeger hadden geleefd, de San, bosjesmannen en Hottentotten, waren nomaden geweest, die grenzen noch eigendom kenden. Ze leefden van de jacht en van vruchten en knollen. Natuurvolkeren, volgens antropologen.

Hij wist dat Betty tegenwoordig een baan had bij de Waarheids- en Verzoeningscommissie, maar de foto's die ze hem liet zien waren een volslagen verrassing. Een voor een spreidde ze ze uit op de rand van de laadbak van haar bakkie. Het waren afdrukken van de inval van de veiligheidspolitie in 1982. Klinische politieopnames, hoewel hij zich niet kon herinneren dat een van de agenten een camera bij zich had gehad. Hij zag foto's van in beslag genomen ANC-kranten en propagandamateriaal; de vernielde wijnvoorraad op het erf met een spottend poserende agent ernaast; een rij ANC-leden die met de handen achter het hoofd weggeleid werd. Als een van de laatsten zijn zus Betty, gebruind en broodmager. Een halfjaar Pretoria had het haar opgeleverd; de anderen waren minder fortuinlijk geweest. Maar misschien was het in het licht van de geschiedenis een groter voorrecht om naar Robbeneiland afgevoerd te worden en daar af en toe een glimp van Mandela te mogen opvangen. Mits je lang genoeg leefde om het na te vertellen, net als Mandela zelf.

'Je weet dat ik nu voor de Commissie werk,' zei ze.

Hij knikte en observeerde haar, zoals ze tegen de laadbak leunde. Ze was veranderd. Haar uiterlijk was stadser. Ze was opgemaakt en droeg kleren die hij niet kende. Haar recente verhuizing naar een appartement in een nieuwe wijk van Kaapstad zou daar debet aan kunnen zijn. Of zou ze verliefd zijn? Hij wist niets van het liefdesleven van zijn zus, maar had het idee dat ze na het gedweep met ANC-leiders in haar tiener- en studententijd niet veel verder was gekomen dan losse scharrels, áls ze al zo ver kwam.

'Dan komt dat jaartje rechten toch nog van pas.'

'Anderhalf jaar, en ik heb mijn studie weer opgepakt.'

'In deeltijd?'

'Nee, aan de universiteit van Stellenbosch. Ik ben weer een echte student, een *Matie*. Sommige docenten gaven toen ook al les. Eentje kende me zelfs nog. Alsof de tijd heeft stilgestaan.'

Dat laatste was hij niet met haar eens, maar vooruit.

Het was logisch dat ze allebei alles deden om niet over de foto's te hoeven praten, over de gebeurtenis op het erf in 1982 die hen meer uiteen had gedreven dan de familieband hen had verbonden. Wat een geluk dat Marie een paar dagen weg was geweest met school en er niets van had gemerkt.

Nogmaals keek hij naar de foto van Betty. Ze keek naar iemand buiten de foto vol verwijt en ja, haat. Hij dacht nog precies te weten waar hij zelf had gestaan. Toch keek hij ter controle naar de foto waarop hij naast het busje en de vernietigde wijnvoorraad stond, maar deze keer bedroog zijn geheugen hem niet. Die blik van Betty was voor hem.

Betty pakte een foto op van een van de onderduikers, een man met rossig haar, Ron Sachs, op Betty na de enige blanke. Op een van de andere foto's herkende Henk Steve Dialo. 'Hé, je vriendje...'

Ze zei niets. Hij was dood. Een van de vele slachtoffers van het apartheidsregime. Op de foto zag hij er onverschrokken uit. Jong en viriel, met gezwollen aderen zo strak onder de huid dat knappen nabij leek. Maar zover was het niet gekomen.

Langzaam begon het hem te dagen dat de geschiedenis van het land groter was dan die van hemzelf en dat hij er deel van uitmaakte. Het was een illusie dat hij zich afzijdig had gehouden of had kunnen houden. Het land en zijn geschiedenis had zich in hem verankerd. Maar hij had nog kansen. Hij leefde.

'Waarom ben je hier?'

'De Commissie onderzoekt wie de onderduikers verraden heeft.'

Hij had het kunnen weten. 'Jij denkt dat ik dat ben.'

'Als jij vuile handen hebt, kan ik daar niet werken.'

'Waar baseert de Commissie dat op? Het is nogal een verdachtmaking. Ik weet niet wat er daarna is gebeurd, maar de straffen zullen niet meegevallen zijn.'

Betty's lip begon te trillen. Dat had ze als kind al, dat eeuwig balanceren op de toppen van haar zenuwen.

'Dat klopt. De meesten hebben jarenlang vastgezeten en zijn gemarteld. Dat was standaard.' Ze wees op een wat oudere man. 'Hij is door de folteringen invalide geworden en heeft een paar jaar later zelfmoord gepleegd. Als we geen nieuwe regering hadden gekregen, zouden de meesten nu nog vastzitten... als ze nog in leven waren. We zullen nooit weten hoeveel van onze mensen in de gevangenis zijn overleden.'

'Ik was het niet,' verzekerde hij haar.

Ze haalde haar schouders op. 'Ik word gescreend... jij dus ook. Misschien gaan ze je oproepen als getuige. Als het zover komt, kan ik het sowieso schudden, of je nu schuldig wordt bevonden of niet. Een commissielid moet brandschoon zijn. Het hele land kijkt naar de hoorzittingen.'

'Je kunt mij niet verantwoordelijk houden.'

Betty haalde haar schouders op. 'Ik was het ook niet en ik kan me niet voorstellen dat een van de anderen...'

Ze keken samen naar de foto's van afgematte maar strijdbare mensen. Alles hadden ze opgegeven voor de *struggle*, net als Betty zelf. Hij had van de onderduikers geweten natuurlijk, maar had gedaan of het hem niet aanging. In de barakken werden oude pamfletten gelezen en nieuwe opgesteld. Sommige mensen zochten voor één nacht een veilige plek en anderen moesten elke nacht ergens anders slapen, zo gezocht waren ze. Een aantal bleef maanden en maakte de *struggle* mogelijk door te wassen, koken, kopiëren en boodschappen voor anderen door te sluizen. Ook toen had hij niet geweten of hij voor of tegen was. Hij had simpelweg geen positie ingenomen. Alleen over wijn had hij een mening. De wereld kon hij niet veranderen; hij kon proberen goede wijn te maken. Dat was dan zijn bijdrage.

'Jij had goede contacten met de Botha-clan,' zei Betty.

'Niet goed genoeg om de exportregels te omzeilen.'

'Het was je bijna gelukt.'

'Je zegt het goed.'

Ze keken elkaar aan. Dit was wat al die jaren tussen hen hing. Zij was ervan overtuigd dat hij de politie op het spoor had gezet van hun onderduikers en hij koesterde sinds die tijd wrok jegens haar omdat het haar schuld was dat hij zijn topwijn op het laatste moment niet naar Frankrijk had kunnen uitvoeren.

Met een gebaar alsof ze uitgelegde kaarten weer samenvoegde tot een span, veegde ze met haar dunne vingers de foto's bij elkaar en glimlachte zuinig. Bij vrouwen kon dat van alles betekenen. 'Wist je dat Shelley de avond daarvoor naar Tanzania is gegaan?' vroeg ze.

'Shelley?'

'Ze kookte vaak voor de hele groep. Heeft ze je dat niet verteld?'

'Zo goed ken ik haar niet. Hoezo Tanzania?'

'Veel van onze mensen zaten daar in ballingschap. Verpleegsters waren hard nodig. Ze was een jaar of twintig toen, bloedmooi. Je kunt je wel indenken wat de politie met haar gedaan zou hebben.'

Verward keek hij zijn zus aan. Terwijl hij bezig was geweest met wat achteraf een volledig zinloze onderneming zou blijken, een actie die hem aan de rand van de financiële afgrond bracht, sociaal isoleerde en zijn perspectief voor de toekomst liet dalen tot onder het nulpunt, had hij Shelley kunnen ontmoeten. Hij wist zeker dat zij in 1982 net zo'n overrompelende indruk zou hebben gemaakt als nu. Meer dan twaalf jaar verloren. Hoewel, Shelley had nog niet veel sjoege gegeven. Van een relatie was geen sprake. Eén keer had hij haar gehad, op zijn manier. Alles zou hij anders willen doen, maar hij kon het niet. Niet zolang demonen hem beheersten in plaats van hartstochten.

23

Een voor een rolde hij met Makeziwe, Slimo en Sol de nieuwe vaten de schuur in. De geur van hout, bladeren en aarde vulde de ruimte.

Henk genoot van het moment. In tegenstelling tot andere factoren bij het wijn maken was de keuze van het vat een van de weinige die volledig beheersbaar was. Ooit zouden deze vaten zijn nieuwe topwijn bevatten. Hij moest ze hebben, al zou het nog jaren duren eer de wijn erin zou rijpen. Elke dag zou hij naar de schuur gaan, de vaten ruiken voordat hij ze zag en zo zichzelf aan zijn belofte herinneren.

Cécile wachtte voor de schuur tot hij haar op zou merken. Ze had niets van het dociele van sommige anderen, maar was praktisch en doortastend. 'Baas, het plastic is op.'

'Gisteren was er nog een hele rol.' Hij zag dat Slimo en Sol een blik wisselden.

Makeziwe zag het ook. 'We kunnen niet doorwerken, baas,' zei Cécile met neergeslagen blik.

'Heb je goed gekeken? Die rol kan niet op zijn.'

Ze zei niets en bleef afwachtend voor hem staan.

'Dan moet je een nieuwe kopen.'

'Ik moet contant betalen en ik heb ook geld nodig voor de minibus.'

Hij had geen cash voor een nieuwe rol plastic, maar dat hoefden ze niet te weten. De laatste tijd verdwenen er meer spullen, maar aan een rol plastic wilde hij nu zijn tijd niet verdoen.

'Jullie gaan nu eerst het *ogiesdraad* op veld C repareren. Daar heb je geen plastic bij nodig.'

Cécile knikte en draaide zich om.

Hij keek naar Sol en Slimo, maar die werkten door alsof ze niets gehoord hadden. Makeziwe passeerde hem met een nieuw vat. Hij ving zijn blik.

'De shiraz staat te droog.'

Geïrriteerd keek hij in het gezicht van David. De stokken waren inderdaad half verdroogd. Zijn opdracht was voor de zoveelste keer genegeerd, maar daar had David zich niet mee te bemoeien. Al helemaal niet nu hij zijn buitenkleding verwisseld had voor een driedelig kostuum. Even verderop stond een nieuwe auto van een Europees merk.

'Is dat jouw auto?'

David knikte. 'Ik kom u waarschuwen.'

'Je hebt hier niets te zoeken.'

David keek net zo lang naar een plek onder de struiken tot Henk met hem mee keek. Het lag er bezaaid met lege bierflessen. 'Ze nemen u niet serieus.'

Wat David hem probeerde te zeggen was duidelijk, maar er was een groot obstakel: zijn trots. 'Ik ben geen politieagent.'

'Nee, dat bent u niet.'

Bernard bracht hem een envelop met geld. Opgelaten pakte hij die aan. Omdat hij zich schaamde en het geld toch aannam. Maar alles werd snel duurder. Het waren onzekere tijden. Het was of niemand echt durfde te geloven dat Zuid-Afrika nu een democratisch gekozen regering had, en velen betwijfelden of er genoeg capabele mensen waren om het land te besturen en uitbarstingen van geweld te kunnen beteugelen. De uittocht van de blanke, goed opgeleide klasse ging door. Blijven was voor de dwazen, de vechtersbazen en de ontevredenen zonder geld of vrienden. Hij gluurde in de envelop en zag dat er meer in zat dan afgesproken was.

Nonchalant zei Bernard dat hij het budget wat had opgehoogd. Het minimumloon, daar kwam hij immers niet meer onderuit en de prijs van die nieuwe ketels was ook niet mis.

Omdat hij dezelfde had gewild als Boschendal had. Dat waren de beste. Hij haastte zich om te zeggen dat hij de prijs vooraf niet had geweten. Hij dacht eerst dat het een typefout was. Bernard weet de hoge rekening aan de koers van de dollar en de belasting, en wat die houten vaten betrof: hout groeide langzaam, dat maakte het zo duur. Ze zeiden niet voor niets: boompje groot, baasje dood. Je kon natuurlijk ook vaten van Amerikaans hout nemen, van grenen. Ja, dan kon je net zo goed brood gaan bakken, want een Veritas Double Gold won je daar niet mee.

'Zonder eiken uit Tronçais begin ik er niet eens aan,' zei hij, in een geforceerde poging Bernards luchtigheid te evenaren. Hij keek naar buiten, maar vanuit de keuken was het huis van de Castels niet te zien. 'En Simone?'

'Die hoeft het niet te weten.'

'Ik betaal je alles terug.'

Bernard haalde zijn schouders op.

Hij liep met de bodemdeskundige terug naar de boerderij. De man had van elk perceel één of meer monsters genomen. In zijn tas, die veel leek op een ouderwetse dokterstas, zat een rek met buisjes vol aarde.

Maar de man zag het landje en merkte op dat ze daar nog niet geweest waren.

Henk zei dat het niet nodig was, dat terroir was top, maar de bodemman negeerde zijn tegenwerping en zei dat hij zo al kon zien dat er te weinig kiezel in de bodem zat. Bovendien was het een kleine moeite.

Met tegenzin liep hij met de man mee. Het landje was van hem. Hij wilde daar geen vreemde ogen, geen pottenkijkers. Het was de enige plek waar hij zichzelf kon zijn, waar hij rust vond en soms een kort moment van geluk.

De man haalde de boor met de kromme hoek weer uit zijn tas, hurkte neer en stak hem in de grond. Voor hem was het een stuk grond als elk ander. Henk keek toe hoe de man met behulp van het draaimechaniek wat aarde naar boven haalde. Langzaam vulde hij het doorzichtige buisje ermee. Met een plop viel de laatste aarde erin. De man sloot het buisje af, deed zijn tas open en zette het bij de andere in het rek.

Ondertussen kwam Theuns de heuvel op. De man zei dat hij zijn bevindingen binnen een week zou faxen en vroeg of het mogelijk was nog naar de openstaande facturen te kijken. Henk knikte werktuiglijk. Kijken kon altijd.

De man groette en liep naar beneden.

'Ik ben zo vrij geweest om door te lopen,' zei Theuns. Hij maakte zijn koffertje open en haalde er een kartonnen dossiermap uit. Er zat een krantenartikel in dat op een A4'tje was geplakt met een nummer erop. 'Ik heb nog iets gevonden in mijn privéarchief. Toen ze overgingen op computers heb ik alles meegenomen wat misschien nog van pas zou komen. Het is heel weinig, maar beter iets dan niets, zeg ik altijd.'

Henk pakte het papier van Theuns aan. Tussen de annonces van geboorte en overlijden stond een oproep van de familie Yona. Theuns had de onopvallende advertentie met potlood omcirkeld. *'Wie heeft onze zoon gezien? Andile Yona, 9 jaar... op 3 januari niet meer teruggekeerd op de Keppel-boerderij...'*

Hij bleef naar het papier staren tot hij bedacht dat hij het terug moest geven aan Theuns, maar die duwde zijn hand weg. 'Voor u.'

Samen met Theuns liep hij terug naar de boerderij, Theuns met de bedaagde stappen van een oudere man, maar niettemin ging hij aan kop. 'U was geen klein kind meer in die tijd. Herinnert u zich er niets van?'

'Jean-Luc was mijn beste vriend... Het was vreemd dat hij er ineens niet meer was.'

'Maar herinnert u zich niets van de... consternatie?'

'Kennedy is vermoord dat jaar. Daar had iedereen het over, ook op school.'

'Dat was pas in november.'

Het huis van de Castels kwam in zicht. Het lag er vriendelijk bij, met de verschillende stukken land onderverdeeld in door hagen en beuken gescheiden percelen. De moestuin en de kleine boomgaard maakten het idyllisch. Over een paar weken zouden de fruitbomen weer bloesem krijgen. Het huis had rood-witte luiken en uit België geïmporteerde dakpannen. De Castels hadden hun eigen België gecreëerd.

Ze zagen Simone lopen met een volle wasmand op de heup. Op het land hadden ze personeel, maar binnen niet.

Theuns knikte naar het kabouterhuis. 'Jammer dat ze geen nieuw kind meer hebben gekregen. Nieuw leven, dat was goed geweest. Niets hoeft altijd hetzelfde te blijven.'

Hij keek omhoog naar het landje, weer terug naar de rest van het terrein en ten slotte naar Theuns. Het had geen zin er nog langer over te zwijgen. Het landje. De magie van het landje viel niet te ontkennen. Maar waarom was de energie die hij daar voelde positief?

'Het moet hier ergens gebeurd zijn.'

'Wat?'

'De verdwijning, of wat er gebeurd is. Ik weet het niet.'

'Waarom spreekt u er niet met uw vader over? Hij heeft ze als laatste gezien.'

'Weet u dat, of denkt u dat?'

'En u?'

'Mijn vader is een oude man.'

'Jonger wordt hij er niet op. Wij geen van allen.'

Ze waren aangekomen bij het hoofdgebouw. Slimo was bezig de scheur in de buitenmuur dicht te plamuren; Sol verfde de muur wit. De donkere spar stak nu nog meer af.

X

's Nachts kon ik niet slapen, omdat Johan er vaak uit ging om te plassen. De deuren zaten wel op slot, maar toch moest ik alert blijven, want als hij de kans kreeg, ontsnapte hij en dan moest ik achter hem aan en kreeg je die hele vertoning weer. De dokter had gezegd dat het jarenlang heel geleidelijk kon verlopen, maar dat het ook ineens afgelopen kon zijn. Het gaat bij iedereen anders, maar wat hetzelfde blijft is dat iemand die eerst dichtbij was steeds meer een vreemde wordt.

Enfin, een nieuw hoogtepunt – of liever gezegd dieptepunt – werd bereikt toen ik wakker werd van een vreemd geluid buiten. Blijkbaar was ik in slaap gesukkeld. Ik stond op en keek uit het raam. Johan was in de moestuin als een waanzinnige bezig alles wat erin stond eruit te trekken. De jonge sla, prei en aardbeiplanten. De ene soort liet zich makkelijker uit de grond trekken dan de andere. Met de bonenplanten had hij de meeste moeite. Die hadden we samen opgebonden aan het gaas. Hij was zoals gewoonlijk in zijn pyjama, en op blote voeten. De aarde vloog alle kanten op en er zat al zoveel in zijn haar dat het recht omhoog stond en weer even zwart leek als vroeger. In zijn werkwijze zat nog min of meer een systeem. Hij gooide alle groenten op het pad. De tuin moest leeg, daar ging het om; hij ging net zo lang door tot je alleen nog aarde kon zien.

Voor deze ene keer liet ik hem begaan. Achter het huis kon niemand hem zien en de volgende dag zou ik geen last van hem hebben. Hij zou tot diep in de middag slapen. Ik weet niet, ik durfde niet zo goed in te grijpen. Wat ik al zei, hij leek eerder krankzinnig dan dement. Vaak zeiden mensen tegen mij dat demente mensen heel lief zijn, net als mongooltjes. Nou, dat is niet zo, of Johan was niet dement. In elk geval was hij niet aanspreekbaar. Ze hadden hem zelf eens een tijdje in huis moeten nemen, dan hadden ze wel anders gepiept.

De volgende dag probeerde ik te redden wat er te redden viel. Het is toch je tuin. Het is iets waar je over praat in het dorp. Als ze zeggen: 'Hoe gaat het?' bedoelen ze: 'Heb je last van slakken, hoe hoog staan je bonen, heb je al verse spinazie gegeten en sproei je veel?' De jonge aanplant kon ik vergeten, maar de bonenstruiken fleurden na een uurtje al weer op. Die krengen overleven elke aanslag.

Ik was bijna klaar toen Marie langskwam om te vertellen over dat café dat Vincent wil beginnen. De opening is over een paar weken. Dat is het leuke van dat jonge grut, dat ze niet nadenken, maar doen, en dat mislukken niet zo erg is. Hoe ouder je wordt, hoe banger, denk ik wel eens. En waarom? Je hebt juist steeds minder te verliezen.

Marie schrok van de tuin, die ze een groentekerkhof noemde. Ze vond dat ik Henk moest inlichten over de toestand van zijn vader, maar Henk weet niet eens hoe de overdracht van de boerderij precies tot stand is gekomen. Wat hij in Afrika moet doen, moet hij af kunnen maken. Er moet een eind aan komen.

24

Hij liep met Bernard terug naar de boerderij. Op het pad achter de schuur namen ze afscheid, zodat Bernard de sluiproute naar huis kon nemen.

Henk liep naar het erf. Onder het afdak bij de keuken stond Simone, haar handen in haar zij. Hij plooide zijn lippen tot een glimlach. 'Simone! Alles goed?'

Daar gaf ze geen antwoord op.

'Wacht je op mij?'

'Waarom ben je teruggekomen?'

'Dat weet je.' Hij voelde hoe verhit zijn gezicht was. Het was rood en bezweet. Geen uiterlijk voor een serieus gesprek. 'Ga je mee naar binnen?'

Ze negeerde zijn vraag en bleef hem aankijken, vastbesloten alleen te zeggen wat ze zich had voorgenomen te zeggen. 'Elke keer dat ik jou zie, wil ik Jean-Luc zien. Je hebt je aan ons opgedrongen, vroeger en nu weer. Mijn man... die heeft geen weerstand, maar ik kan er niet tegen om jullie samen te zien. Je denkt dat hij het uit liefde doet, maar het is uit puur verdriet. Het is onmenselijk. Waarom begrijp je dat niet? Waarom laat je het zo ver komen dat ik nu hier voor je sta? Je bent onze zoon niet.'

'Maar...,' stamelde hij, 'ik dacht dat je er net zo over dacht als Bernard en ik.'

Ze schudde haar hoofd.

Hij meende een vleugje meewarigheid te zien, vanwege zijn hardleersheid misschien.

'Mijn man heb je betoverd. Dertig jaar geleden al. Hij zegt dat jij ons het leven hebt teruggegeven. Dat is niet zo. Je hebt het gestolen.'

'Je was altijd zo aardig.' Hij hoorde zelf hoe belachelijk het klonk; hij was een kluns in de omgang met anderen. Nooit zei hij de goede dingen.

'Ik haat je,' zei ze.

Ze liep terug naar haar eigen huis via de weg die de twee boerderijen met elkaar verbond.

Er was een eerste keer geweest. Niet lang na de verdwijning van Jean-Luc was er een moment geweest waarop hij had besloten naar de Castels te gaan, terwijl hij er niets meer te zoeken had. Wat heeft een elfjarige nou met de buren te schaften. Maar hij was achterom gelopen en aan de keukentafel gaan zitten. De foto had al op het dressoir gestaan.

Er was een moment geweest dat Bernard een bord voor hem had neergezet met verse vijgen en Ardenner ham. Simone had hem een glas appelsap gegeven, gemaakt van de appels uit hun eigen boomgaard. Beiden hadden glimlachend toegekeken hoe hij met smaak at en dronk. Simone had verzucht dat Jean-Luc bijna niets lustte. Op dat moment was het nog een normaal bezoek. Zij misten hun zoon en hij miste zijn vriendje.

Maar na die dag volgde een tweede keer, en na drie keer was er een patroon. Na de vakantie was het vanzelfsprekend dat hij uit school naar de Castels ging en pas na het avondeten weer naar zijn eigen huis.

Er moest ook een moment geweest zijn waarop hij Bernard als zijn vader was gaan zien, en hij het nieuwe kind werd – van hem, maar niet van Simone. Dat moest kort na zijn twaalfde verjaardag geweest zijn. Tot die tijd hadden de dingen misschien nog anders kunnen gaan. Hoewel, vanaf het begin had Bernard hem gek gemaakt met zijn verhalen over wijn en had hij er enorm naar gehunkerd om ingewijd te worden in de wereld van die alchemistische drank. Zoals met alle eerste keren was het tegengevallen.

Toch was er vanaf toen geen weg terug meer geweest. Omdat hij zijn besluit al eerder genomen had. Maar hoe en wanneer?

■

Als Henk zijn vader hoort roepen, is Jean-Luc aan de winnende hand. Hij moet de melk gaan brengen. Dat had hij meteen moeten doen, maar bij het zien van Jean-Lucs zakmes had hij de verleiding niet kunnen weerstaan landjepik met hem te spelen. Nu is het al laat en is zijn vader misschien boos. Met een laatste blik op het mes midden in zijn territorium pakt hij de kan lauwe melk en gaat op weg.

Hij houdt hem met beide handen vast terwijl zijn voeten het ongelijke terrein aftasten. De kan wordt snel zwaar.

Hoger op de heuvel ziet hij zijn vader op de ploeg zitten. Het land is kurkdroog. Waar zijn vader al geweest is, hebben de scharen diepe voren getrokken. De ploeg is een machtige machine die de aarde op de knieën dwingt.

Aan de rand van het veld stopt zijn vader. Henk reikt hem de melk aan. 'Mag ik helpen?'

Zijn vader pakt de kan aan en trekt zijn zoon via de wielen omhoog. Even bungelen zijn dunne benen in de lucht. De naden van zijn korte broek snijden door zijn huid. Zijn vader zet hem naast zich op de bestuurdersstoel en schuift zelf een plaats op. De stoel is van rood metaal, heeft de vorm van een zadel, en net zulke gaatjes als een vergiet, maar dan groter.

Opgetogen legt hij zijn handen om het stuur. Eindelijk! Dit is leuker dan landjepik. Als Jean-Luc dit kon zien! Hij overweegt hem te roepen, maar besluit dat niet te doen, uit vrees dat zijn vader Jean-Luc ook aan de beurt wil laten komen.

Zijn vader zet de kan melk met twee handen aan zijn mond en

drinkt met grote, klokkende slokken. Vragend kijkt Henk op naar hem. Een stuk vel van de melk hangt aan zijn stoppelkin. Hij veegt het weg en knikt goedkeurend.

Henk geeft gas. Langzaam komt de kolossale landbouwmachine in beweging en rolt vooruit. Hij voelt het geweld van het gevaarte door de gaten van zijn stoel. Het is alsof er lucht doorheen wordt geperst. Die tientallen verticale luchtstromen tillen hem op en zorgen ervoor dat ze niet rijden, maar zweven. Hij denkt aan de plaat van de Germaanse god Donar die in de klas aan de muur hangt. Met zijn bokkenwagen rijdt hij door de wolken, terwijl het dondert en bliksemt dat het een aard heeft. Zo voelt hij zich. Magnifiek is het. Hij is de koning.

Trots kijkt hij naar zijn vader. Die glimlacht. 'Goed, zo, jongen.' Dat is niet alles wat hij zegt, zijn lippen bewegen nog, maar de rest gaat verloren in het geraas van de machine.

Henk probeert een bocht te maken, maar het lukt niet. De ploeg is sterker dan hij en doet wat hij zelf wil. Het ding is betoverd of het heeft hem betoverd. Met al zijn kracht draait hij aan het stuur, maar hij merkt dat hij geen enkele invloed kan uitoefenen. Hij werpt een vlugge blik opzij naar zijn vader, maar die drinkt de rest van de melk op en let niet op hem. Het is een test, begrijpt hij, hij moet laten zien dat hij even sterk is als zijn vader.

Het lukt niet en zijn vader doet niets. Het lijkt al heel lang geleden dat hij echt geloofd heeft dat hij de baas was over de ploeg en over nog veel meer dingen. Angst verdringt de euforie en knijpt zijn keel samen tot een gaatje, kleiner dan de gaatjes in het rode zadel.

Door het krassende, zagende geluid van de ploeg heen klinkt een ander geluid, een schreeuw. Zijn vader gooit de kan weg en grijpt het stuur.

De ploeg stopt. Wat is het stil. Het schemerdonker valt hem nu pas op. Hij dacht dat het nog licht was. Dat hij in het licht langs de akker was gelopen. Als het donker wordt, moet hij naar huis. In de verte ziet hij de kerstboom. De lichtjes branden.

Zijn vader klimt van de ploeg. Henk staart naar de spar. Zolang hij die kant op kijkt, blijft alles hetzelfde.

'Henkie!' roept zijn vader.

Nog even blijft hij zitten kijken naar de spar met de flikkerende lichtjes, dan stapt hij af. Hij blijft dicht bij de wielen als hij omlaag klautert en steun probeert te vinden bij de metalen verbindingen, maar zijn armen en benen trillen. Het laatste stukje springt hij.

Op de grond ligt een bebloede reep blauw-witte stof. Hij hoort iemand raspend hijgen en houdt zijn blik op de stof gevestigd.

Rood, wit, blauw, de Nederlandse vlag, schiet het door hem heen, en hij probeert razendsnel te bedenken welke vlaggen hij kent van andere landen en hoeveel kleuren die hebben.

25

Op de parkeerplaats bij het strand van Camps Bay wachtte hij op Betty. In de nabije omgeving werd volop gebouwd: appartementen, winkels en restaurants. Zand en stof waaiden op. Een zonnebril beschermde zijn ogen en verdonkerde het zicht op een rotsformatie die de Twaalf Apostelen werd genoemd, maar het was hem nooit gelukt een hoek te vinden van waaruit hij het dozijn voltallig in beeld kon krijgen.

Betty had hem gebeld. Het ging over 1982. Ze klonk overstuur, veel meer dan toen ze hem die foto's had laten zien. Laatst had hij op televisie een liveverslag gezien van een hoorzitting van de Waarheids- en Verzoeningscommissie. Bisschop Desmond Tutu pleitte daarin voor amnestie voor twee blanke mannen die zware misdaden hadden begaan. Terwijl de bisschop zijn betoog hield, liepen de tranen over zijn wangen. Henk vond dat afstotend. Het land moest niet geregeerd worden door mensen die hun emoties niet in bedwang hadden. Dat was het goede aan Mandela, die bleef onder alle omstandigheden overzicht houden over hart en hoofd. Maar Mandela was bij geboorte al een prins geweest. Eeuwen hoffelijkheid jegens onderdanen ging in de genen zitten. Vorstelijk bloed had zijn standvastigheid voortdurend gesmeerd.

Betty begroette Henk amper en liep zo hard dat hij haar nauwelijks bij kon houden. Ze had beslist op neutraal terrein willen afspreken. De verrader was gevonden, maar ze kon nog niet bevatten dat de waarheid zo eenvoudig was. De Commissie had ontdekt dat een van de onderduikers op hun erf een infiltrant was geweest. 'Hij heeft het ook op andere adressen geflikt. Ik heb mijn leven voor hem gewaagd, hem zelf binnengehaald. Zes maanden in de bak gezeten. Het maakt helemaal niet uit aan welke kant je staat. Alles kan van de ene op de andere dag weer veranderen. De muur in Berlijn... Op woensdag schieten ze je neer als je eroverheen wil, op donderdag krijg je een stuk steen mee als souvenir. Waar kun je dan nog op vertrouwen? Wat zijn idealen waard als ze niet langer duren dan de waan van de dag? De regenboognatie, m'n reet.'

Hij dacht er iets genuanceerder over, maar liet Betty liever uitrazen dan dat hij nu met haar in discussie ging. Het belangrijkste was dat zij zich erbij neer zou leggen dat hij haar niet had verraden. 'Ik was het dus niet,' zei hij.

'Toen niet,' antwoordde ze toonloos.

De Waarheids- en Verzoeningscommissie had nauwelijks moeite hoeven doen om achter de waarheid te komen. Ron Sachs, de rossige man op de foto's, werkte voor de veiligheidspolitie en was opgeleid bij de Renamo, een verzetsgroep die in Mozambique strijd leverde tegen het linkse Frelimo-bewind. Ten tijde van de inval was hij getrouwd, maar na de echtscheiding, een paar maanden geleden, was zijn ex-vrouw naar de Commissie gestapt met foto's, brieven aan de politie, de namen van de ANC-leden op hun boerderij, hun adressen en contactpersonen. Betty had het pas kunnen geloven nadat ze zijn verbitterde ex had ontmoet op het kantoor van de Commissie. De zaak was geseponeerd. Volgens haar collega's was het ANC er voorlopig nog niet aan toe om eigen leden voor de rechter te halen. De hand in eigen boezem steken, dat was iets voor de volgende generatie, niet voor de huidige machthebbers.

Zwijgend liepen Betty en Henk over het strand. Langs de hele kustweg stonden palmen. Immigranten uit Afrikaanse landen waar de zon nog harder scheen, leurden met nephorloges, ijs en bier. De oceaan wierp met het woest over de rotsen spattende water een doeltreffend schild tegen potentiële zwemmers op. Hij had weinig met de zee. Ondanks de nabijheid ervan in de Kaapprovincies was hij er als kind met zijn ouders slechts een paar keer geweest. Met Marie ging hij vroeger af en toe naar Wijk aan Zee, in die tijd nog een lief, achter de duinen verscholen dorp. Hij herinnerde zich hoe ze voor hem uit had gelopen, gedribbeld, in een zwempakje met ruches en een emmertje en schepje in de hand. Altijd hield hij zijn kleren aan; deed alleen zijn sokken en schoenen uit. Vanaf het moment dat Marie in de gaten kreeg dat hij de enige vader was die met kleren aan onder de parasol zat, begon ze uitvluchten te verzinnen om niet naar het strand te hoeven. Nadat ze op atletiek was gegaan, waren die niet meer nodig.

De oude vijandelijkheid tussen Betty en hem had een veer gelaten. Hij merkte het aan de lichtheid van zijn tred. De razzia op de boerderij in combinatie met de vernietiging van zijn Arkadia Reserve 1981 was een ijkpunt in hun geschiedenis, maar het was een gevolg van een eerder drama, dat voor rampspoed zou blijven zorgen tot de vloek die over hun familie lag werd opgeheven. Hij wist niet hoe, maar hij was vast van plan daar alles voor te doen. Al was het maar voor zijn dochter.

'Kun jij je ons buurjongetje nog herinneren? Jean-Luc.'

'Die altijd aan mijn haren trok?'

'Dat was ik.'

'Dat kleine blonde jongetje? Ze zeiden dat hij was meegenomen door een kinderlokker.'

'De Chinaman. Nee.'

'Ik ben daar nog jaren bang voor geweest. Mama dreigde er soms mee. Pas maar op, anders komt de Chinaman je halen.'

'Tegen mij zei ze dat nooit.'

'Jij zat altijd bij de buren. Ma vond dat niet leuk. Ze vond dat je er kapsones van kreeg.'

'Misschien was dat ook wel zo.'

'Je kreeg allures. Jij ging mij voordoen hoe je met mes en vork moest eten, en als mama de tafel had gedekt, deed je het over. En nu doe je hetzelfde met Arkadia. Ons voordoen hoe het moet. Maar je gaat een keer onderuit.'

Hij bleef staan en keek om zich heen. Ze waren op een verlaten stuk strand verzeild geraakt.

26

Slimo bracht een nieuw slot aan op de deur van de schuur. 'U moet honden nemen, baas.'

'Ik hou niet van honden.'

Slimo was klaar en gaf hem de sleutels.

In de korte Afrikaanse schemer liep hij door de wijngaarden om te controleren of de net aangeplante pinot noir extra water had gehad, zoals hij Makeziwe had opgedragen. Tevreden zag hij dat de grond nog vochtig was en de stokken aan begonnen te slaan.

Uit de omringende schaduwen maakte een man zich los en slenterde op hem af. Bernard. Sinds Simone had ontdekt dat hun spaarrekening geplunderd was, had hij hem niet meer gezien. Ze was naar de bank gegaan om geld op te nemen omdat ze hem voor zijn verjaardag had willen verrassen met een satellietschotel.

Met een kritisch oog keek Bernard naar de jonge pinot-noirstokken. 'Die staan hier goed.'

Hij knikte en wachtte af.

Bernard keek over hem heen in het niets. 'Ik moet een stapje terug doen.'

'Zegt de dokter dat?'

'Simone wil terug naar de Ardennen... Nu we de schotel hebben ziet ze elke dag België op televisie... Ze gaan kloosterland verkopen. Het is altijd ons plan geweest om terug te gaan als we oud waren, maar je denkt steeds dat het nog niet zo ver is... We zijn oud.' Bernards woorden kwamen hakkelend. Zo kende hij hem niet, die fiere man. 'Simoontje praat niet meer tegen me. Een hele tijd al niet.

Zij kan het nog lang volhouden, maar ik niet. Als ze jou ziet, ziet ze Jean-Luc.'

De schrik sloeg hem om het hart. Hij kon en wilde niet zonder zijn pleegvader. 'We zijn buren. We kunnen als buren met elkaar omgaan,' probeerde hij nog.

'We gaan niet meteen weg, maar Simone moet weten waar ze aan toe is.'

'En ik dan?'

'Jij hebt mij niet nodig. Jij weet alles.' Bernard wilde een hand op zijn schouder leggen, maar Henk deed een stap naar achteren, zodat Bernards hand een moment in de lucht bleef hangen. 'Het ga je goed, jongen.'

De ramen stonden wijd open; het geluid van een tropische stortbui omringde hem. Hij zat op de bank en dronk bier. De lege flessen zette hij neer bij de poot van de bank. Uit nijd op Bernard wilde hij nu geen wijn drinken en sowieso kende hij geen tussenweg. Hij dronk grand cru's of chemische rotzooi, desnoods lauw bier, maar op wijngebied alleen het beste wat verkrijgbaar was.

Hij was van plan zich helemaal klem te zuipen, maar de telefoon ging. Shelley. Ze belde namens Marie. Het ging niet goed met zijn vader, hij kon beter terugkomen. Wat er precies aan de hand was, werd hem niet duidelijk. Maar als hij hem nog wilde zien zoals hij hem kende, was haast geboden. Of als hij nog iets wilde zeggen of weten.

Onder de aanhoudende buien gooide hij wat kleren en een scheerapparaat in de koffer. Straks was zijn vader dood of niet meer aanspreekbaar. Mogelijk verloor hij in één week twee vaders. Het weerzien met Shelley zou troost moeten bieden.

Hij belde aan bij een eenvoudige, rechthoekige bungalow niet ver van het centrum van Wellington. David deed open met een bord eten in zijn hand. Zonder iets te zeggen, liet hij hem binnen en ging hem voor naar de woonkamer. De inrichting was schaars, maar wat er stond was nieuw en van goede kwaliteit. Net als in zijn huis in Velsen. David wees naar de bank en Henk ging stijf zitten op de met plastic overtrokken kussens. Zelf nam David plaats op de brede leren stoel vlak bij de grote televisie die het vertrek domineerde.

Hij zag ertegenop om David om een gunst te vragen, maar er was niemand anders aan wie hij de boerderij kon overlaten. Op Betty na, maar die weg had hij zelf afgesneden.

Op tafel stond een fles Neil Ellis Groenekloof sauvignon blanc uit 1992. Delicaat, licht strogele kleur. Grassig, met frisse zuren en fruittonen, een lange mondvullende afdronk. Niet slecht. Zijn wangen en lippen tintelden ervan; hij kon de wijn bijna proeven.

David leek volkomen op zijn gemak, en terecht. In een hoek stond een stapel dozen met mobiele telefoons. David zag hem kijken. 'Over vijf jaar belt de hele Karoo mobiel.'

'Met of zonder jou?'

David wees naar de fles. 'Glaasje wijn?'

Graag had hij ja gezegd, maar het kon niet, familiair worden. 'Dank je, ik hou meer van rood.'

Hij schraapte zijn keel en vroeg of David wilde terugkomen op de boerderij omdat hij 'wegens privéomstandigheden' naar Nederland moest.

David vertoonde geen emotie. De beste strategie. 'Ik verdien goed bij Kishore.'

'Ik geef je het dubbele.'

'Daar krijgt u spijt van.'

'Morgen beginnen.'

'Ik moet het bespreken. Ik bel u morgen. Hebt u al een mobiel? U moet wel bereikbaar zijn.'

De volgende avond vertrok hij. David was stipt op tijd verschenen. De arbeiders gingen onder zijn leiding aan het werk alsof hij niet was weggeweest.

Makeziwe gaf hem een joviale klap op zijn schouder en lachte. Henk had verwacht dat Makeziwe zou morren of misschien zelfs opstappen, maar hij leek opgelucht dat de last van zijn schouders was. Soms haalde zijn vrouw hem met de kinderen op uit zijn werk. Henk keek dan hoe ze elkaar omhelsden, altijd met een overgave alsof de rest van de wereld niet bestond. Het was een gelukkig gezin, met een klein maar schoon huis en een tuin vol groenten, fruit en maïs. Verder reikte Makeziwes ambitie niet. Het leek Henk een zegen om zo te kunnen leven. Maar het was niet zijn leven.

Vanuit het dalende vliegtuig zag Nederland er saai uit, verdeeld in groene, bruine en grijze vlakken en doorsneden met autowegen. Het was moeilijk voor te stellen dat ook in dat vlakke land mensen boeiende levens konden hebben, en dat er veel waren die op dat moment lagen te vrijen, te bevallen of dood te gaan.

Hij huurde een auto, bij een Avis-medewerker die hem in het Engels aansprak en die hij voor het gemak in het Engels antwoordde, ondanks hun beider Nederlandse accent.

Tussen toeristen en zakenmensen reed hij weg van Schiphol. De ruitenwissers van de Peugeot veegden op maximale snelheid de regen van de voorruit. Ze leken door het dolle heen en weerspiegelden zijn eigen staat. De gedachte dat zij niet wist dat hij zo dichtbij was, wond hem op, alsof hij nu carte blanche had om aan haar te denken en alles met haar lichaam te doen wat hij wilde, omdat hij het wist en zij niet.

Bijna bij zijn ouderlijk huis aangekomen, zag hij het Markermeer. De scheiding tussen lucht en water was nauwelijks zichtbaar. Veel grijstonen, maar geen kleur. Het huis was een postzegel op de kaart van velden en weilanden, van elkaar gescheiden door sloten, wilgen en populieren.

Hij reed het grindpad op in de wetenschap dat zijn ouders op de uitkijk stonden en dat het eten warm gehouden werd in de oven. Na hun terugkeer naar Nederland hadden zij als echte boeren de gewoonte weer opgepakt om tussen de middag warm te eten. Hij zou hier niet slapen, maar in Velsen. 'Thuis' kon hij dat niet noemen. Hij moest er iets mee, met dat huis. Elke dag dat het leeg stond kostte het geld. Misschien kon hij een huurder vinden, of beter nog, een koper. Het stond nu al bijna een jaar leeg en hij was voorlopig niet van plan het zelf te gaan bewonen.

Zijn vader zag er slecht uit en maakte een zwakke indruk. Hij was nu echt oud. Raar hoe dat soort dingen ineens in een versnelling kwamen, nadat jaren achter elkaar alles hetzelfde was gebleven. Nu betreurde hij het dat hij die relatieve rust niet meer had gewaardeerd.

Onder het eten smakte zijn vader nogal, maar verder merkte hij niet zoveel aan hem. De waarschuwende blikken van zijn moeder elke keer als hij opkeek van zijn bord, leken hem overbodig.

Het eten – aardappels met jus, bloemkool en hard gebakken karbonade – vond hij niet lekker. Voor zijn elfde had hij alles gegeten wat de pot schafte, omdat hij niet beter wist. Hij dacht dat het zo hoorde, doorgekookte groenten, opgewarmde kliekjes, macaroni met ketchup.

Het was sneu voor zijn moeder. Hij voelde dat zij oplette of hij wel voldoende at, net als vroeger. Dat het niet goed genoeg was, dat zij niet goed genoeg was, was nog steeds haar grootste angst. Zij meende dat hij als kind was verpest door de Castels en had er geen begrip voor gehad dat hij als elfjarige geen stamppot meer wilde eten. Betty en hij mochten op hun verjaardag kiezen wat ze wilden eten. Betty vroeg *melktert* als toetje en liet de rest aan haar moeder over. Hij had voor zijn twaalfde verjaardag truffelomelet, waterkerssoep en oesters gevraagd. Als voorgerechten. Woedend had zijn moeder geroepen dat hij dan maar helemaal bij de Castels moest gaan wonen, als daar alles beter was. Hij had terug geschreeuwd dat dat ook het eerlijkste zou zijn, want dan hadden zijn ouders één kind en de Castels ook.

Zijn moeder bleef maar om hen heen drentelen. Henk wilde zijn vader onder vier ogen spreken, maar zij vond dat hij moest slapen. Zijn vader protesteerde en pakte zijn doos met tegels. Zijn moeder legde ook haar handen eromheen. 'Kom, Johan, je moet rusten. Je weet wat de dokter heeft gezegd.'

Hij zag hoe de handen van zijn vader zich om de doos klemden en toen zijn moeder tegenwicht bood, rukte hij de doos uit haar handen. Die schoot open en er vielen een paar tegels uit. Kapot. Zijn vader keek ernaar als een kind dat iets stouts heeft gedaan en ging uit zichzelf de trap op naar boven.

'Johan slapie doen,' zei hij, 'Johan lief.' Zijn moeder haastte zich achter hem aan.

Henk raapte de scherven op en probeerde ze op tafel als een puzzel weer in elkaar te schuiven, maar hoe hij ze ook neerlegde, een afbeelding viel er niet in te ontdekken. Het bleef peutergekras zonder enige coherentie. Als dit de spiegel van zijn vaders geheugen was, had hij niet veel meer te verwachten. Tienduizenden minuscule vertakkingen in zijn vaders brein waren reeds maanden geleden gaan samenklonteren tot een vormeloze massa, als sneeuwkristallen die weer water worden. Hij was te laat.

De molen in het Hollandse landschap op de tegel aan de muur bij de ouders van Shelley had ragfijne lijnen en het vogeltje in de boom was ondanks het monochrome kleurgebruik te herkennen als koolmees.

27

Spaanse gitaarmuziek vulde de ruimte. Marie stond op een hoge trap de muur achter de bar te betegelen. Geïmponeerd keek Henk toe hoe ze de troffel hanteerde. Ze droeg een trui met wijde mouwen, wat hem onhandig leek en te warm. De uiteinden zwierden om haar polsen, maar waren tot nu toe schoon gebleven. In een achterzaaltje bekwaamden hippe huisvrouwen – die dachten een druk leven te leiden, maar in werkelijkheid hun dagen verdeden met sociaal geleuter – zich in de flamenco.

Hij had over het café van Vincent en Marie gehoord natuurlijk, maar de voortvarendheid waarmee ze te werk waren gegaan, verraste hem. Onder de andere klussers herkende hij Felice en Frederieke. Zij hingen druk pratend lampen op.

Marie zwaaide en riep dat ze zo kwam. Terwijl ze snel doorwerkte, observeerde hij haar en zag het gemak waarmee ze zich bewoog. Ze klom de trap op en af, gebaarde naar Frederieke, roerde in een emmer en maakte nieuwe specie.

In het achterzaaltje wond Vincent de trendy Amsterdamse vrouwen om zijn vinger. Hij klapte in zijn handen en stampte met zijn voeten. Toegegeven, hij deed het beter dan de lerares. Die jongen had werkelijk overal aanleg voor. Even voelde hij de jaloezie van de middelbare man jegens de jeugd. 'Olé!' riep Vincent. De vrouwen zwaaiden met hun Hollandse heupen en probeerden hem na te doen. Het was maar goed dat er geen Spanjaarden bij waren.

Marie kwam op Henk af. 'Hallo, pap! Ik wist niet dat je al in het land was.'

Hij vertelde dat hij al in Scharwoude geweest was. Zij informeerde belangstellend naar haar grootouders.

'Het viel mij nog mee. Ik had begrepen dat het bloedspoed was.'

'Maar het is oupa niet meer. Ik bedoel, hij is het natuurlijk nog wel, maar vroeger vond ik hem leuker. En het wordt te zwaar voor ouma. Je moet iets regelen.'

'Opvang, bedoel je?'

'Hij moet ingeschreven worden bij een verpleegtehuis. Als het dan echt niet meer gaat, heeft hij een plek. Je kent ouma, die wil er niet aan.'

Hij knikte naar de geel-groene tegels. 'Mooie tegels, zou opa mooi vinden.' Hij vertikte het om de koosnamen voor haar grootouders over te nemen.

'Antiek, heeft Vincent uit Spanje meegebracht.'

'Het is Moors en mediterraan tegelijk.'

'Goed gezegd. Zo moet ons café worden. Vincent zegt dat je je eigen niche moet creëren.'

Hij keek de ruimte rond. 'Denk je dat de loop er een beetje in komt?'

'Het pand is heel goedkoop. Daar hadden we mazzel mee. Dus we hebben even de tijd.'

'En je studie?'

'Gaat prima, maar dat gidsen doe ik niet meer. Ik werd er gek van, alles op de automatische piloot. Hier ga ik koken.'

Hij werd afgeleid door het kabaal in het zaaltje. Vincent en zijn danspartner lagen gierend van het lachen over elkaar heen op de grond.

Marie wierp er een terloopse blik op en lachte mee met de anderen.

'Dan hoop ik dat je beter kookt dan je oma.' Bijna had hij gezegd 'je moeder'. Dat was fout geweest, want hij wist niet eens of Claire kon koken. Hij had het haar nooit zien doen. Claire was zo goed als uit het familiegeheugen gewist. Marie hoorde hij nooit over haar. Zijn moeder en zus hadden haar taken overgenomen. Wat je niet kent, mis je niet, meende hij.

'Wat is er mis met het eten van ouma? Ouma kookt heerlijk en supergezond. Alles uit eigen tuin.'

'Dat is waar. Het is alleen zo Nederlands.'

Hij nodigde haar uit om in de vakantie naar de boerderij te komen, maar dan had ze het te druk in het café.

Vincent kwam op hen af, begroette hem joviaal en sloeg een arm om Marie heen. 'Meneer Keppel, kan ik u blij maken met een glaasje wijn?'

Hij had de flessen Spaanse urine al zien staan en zei dat hij nog moest rijden.

Velsen was deprimerend. Hij had zich er al op ingesteld, maar het viel daarom niet minder tegen. Het rook muf en vochtig ondanks de ventilatieroosters in alle ramen. De keuken oogde smetteloos, maar bleek bij nadere inspectie overdekt met een vettige stoflaag. Decoratie en snuisterijen ontbraken vrijwel geheel. Hij woonde hier eigenlijk allang niet meer.

Morgen zou hij langs Gerard gaan om het huis te laten 'restylen' zoals hij dat noemde. Zoals het er nu uitzag, zou hij het aan de straatstenen niet kwijtraken. Het sombere fort detoneerde in de wijk waar in de achtertuinen glijbanen en trampolines het beeld bepaalden en in de voortuinen buxushagen en handgemaakte brievenbussen. Toch had hij hier vele jaren zonder al te veel morren doorgebracht. Marie was er grotendeels opgegroeid, naar school gegaan, had er met vriendinnen giechelend door het huis gerend. Niets was er van over. Het liefst ging hij nu weer weg.

Hij belde Shelley. Natuurlijk belde hij haar. Ze vroeg of hij gedronken had, maar dat was niet zo. Bij zijn vertrek had hij een lege kelder achtergelaten. Het was normaal dat hij belde. Hij zei dat hij in Nederland was, dat hij haar wilde zien. Nu.

Niet nu, zei ze, vanwege de kinderen en niet straks, vanwege werk.

Met moeite kon hij de volgende dag op een uurtje van haar tijd rekenen. In de lunchpauze. Hij begreep het niet. Misschien had hij haar overvallen, moest ze aan het idee wennen dat hij er was, dichtbij ineens. Er kon intussen zoveel gebeurd zijn. De gedachte dat ze een ander had, kwam even bij hem op. Zo'n mooie vrouw had geen reden om alleen te blijven. Ze was niet alleen, ze had hem, maar ze wilde hem niet zien. Wilde hem niet zien of wilde hem niet hebben.

Zijn bed was klam. Hij kon niet slapen. Het besef dat zij in kilometers vlakbij was, deed bijna lichamelijk pijn.

Als hij nu in Zuid-Afrika was, zou hij waarschijnlijk naar een shebeen gaan. In de warme avond zou hij erheen rijden. Ongeschoren en met het zweet van een hele dag werken op zijn lijf. Het leer van de stoel van zijn auto zou ernaar ruiken. Die ranzigheid was verslavend, maar het Nederlandse klimaat maakte dergelijke uitspattingen een stuk minder aanlokkelijk.

Hij zou naar Amsterdam kunnen gaan, maar dat was te veel moeite. Liever fantaseerde hij erover wat hij zou kunnen doen als hij inderdaad uit bed zou stappen, zich weer aan zou kleden en in de huurauto naar Amsterdam zou rijden.

Het werkte niet, doordat hij besefte dat hij niet de enige was die dit nu dacht en hij wist niet wat erger was, bij de groep horen die net als hij in bed lag te fantaseren over welke vrouw van de Amsterdamse hoerenpopulatie hij zou uitkiezen, of bij de groep die er daadwerkelijk een uitkoos en zijn fantasie binnen tien minuten gereduceerd zag tot een hygiënische maatregel tussen zeep en kleenex.

Gerard beloofde hem met zijn Brabantse jovialiteit dat alles in orde zou komen, mits Henk het aan hem overliet. Zijn huis lag in een gewilde woonwijk en was bij uitstek geschikt voor stellen met kinderen of kinderwens. Het beste, vertrouwde hij hem toe, was een stel waarvan de vrouw al zwanger was. Als zo'n stel zijn huis kwam bekijken, zou het al verkocht zijn voordat ze één stap over de drempel hadden gezet. Wanneer ze de straat in reden, zouden ze eerst het speeltuintje met de bijna continu bemande wipeend zien. Vervolgens zou hij ze op de rust wijzen, de keurig onderhouden buurhuizen met de vrolijk geel geschilderde kozijnen en ten slotte op de nabijheid van school en winkels, en dan was het voor de bakker. Zelfs zonder dat hij de *unique selling points* van zijn huis had benadrukt. De grote beschutte tuin, de mogelijkheid om op zolder extra kamers te maken en de 'zee aan leefruimte' op de begane grond.

Hij liet hem praten. Gerard zou het wel weten. Hij had het huis al zo lang dat hij er genoeg winst op zou maken en hij hoefde niet het onderste uit de kan. Op dat punt was hij niet veeleisend.

Het hotel aan het park waar hij met Shelley had afgesproken was er een uit een keten in de hogere prijsklasse. Shelley wilde niet bij haar thuis afspreken, wilde hem niet in de buurt, wilde hem niet in haar leven. Misschien was het zijn eigen schuld, had hij de situatie geforceerd. Of hij trok te snel conclusies.

Het café lag aan de voorkant. Ze hadden weinig tijd en nog liet ze op zich wachten. Amoureuze stelletjes van de omliggende advocatenkantoren liepen haastig naar de receptie, waar ze opgewacht werden door een vrouw wier wenkbrauwen waren afgeschoren en vervolgens met potlood weer bijgetekend. In combinatie met haar lange, blonde paardenstaart gaf het haar het voorkomen van een cipier. Bij haar had hij bij aankomst een kamer geboekt voor het geval dat, en om in dat geval een gênante situatie te voorkomen.

Daar was Shelley, met verhitte wangen van het fietsen, waardoor ze heel meisjesachtig leek. Opnieuw was hij overrompeld door haar verschijning. Hij was bang geweest dat hij zich haar niet goed meer herinnerde, dat hij zichzelf gek maakte met zijn fantasieën. Keer op keer had hij geprobeerd het beeld van haar gezicht op te roepen. Alle gezichten leken op haar, maar het lukte hem nooit om het beeld exact te herhalen. Zijn geheugen sarde hem. De beelden werden na verloop van tijd waziger. Alleen het beeld van de tweejarige peuter bleef onveranderlijk en haarscherp, alsof het in zijn hersenen was afgedrukt.

Nu zag hij haar, haar gezicht toch zo vertrouwd, maar nu was zij het die hem niet leek te herkennen, die niet vond wat ze zocht. De tijd had een muur opgeworpen, maar zodra hij haar zou aanraken, zou die uiteenvallen in duizenden zwarte steentjes. Op de grond zouden ze een miezerig bergje vormen met rookpluimen erboven, zoals in een tekenfilm.

'Andile heeft vandaag zijn eerste zwemles gehad. De badmeester zei dat Surinaamse kinderen er gemiddeld een jaar langer over doen om hun diploma te halen. Ik vroeg: "Langer dan wie?"'

'Hoe is het met je?' Over de tafel heen raakte hij haar arm aan.

Ze keek op, de eerste keer dat ze hem echt aankeek. 'Goed.'

'Ben je gelukkig?'

'Op dit moment of in het algemeen?'

'Beide.'

'In het algemeen had er meer in gezeten als ik de lat hoger had gelegd, en nu...'

Hij legde het pasje van de kamer op tafel. 'We hebben een kamer...'

'Hier...? Dat je daaraan denkt.'

Hij keek haar aan. Ze moest meekomen, hem nu niet alleen laten en er een schutterig moment van maken, maar ze wendde haar blik af en keek naar de ober, die gedienstig kwam aanlopen. Ze bestelde thee.

Als twee angsthazen zaten ze tegenover elkaar stommetje te spelen. Hij zocht naar woorden, maar vond ze niet. Maandenlang had hij zich afgevraagd wat hij zou zeggen als hij haar weer zou zien en nu leek niets geschikt. De meeste onderwerpen zouden triviaal zijn of overduidelijk dienen als *conversation piece*, maar als hij het over de echte dingen zou gaan hebben, zou hij die tekortdoen en daarmee hen. Dit was niet de juiste tijd, niet de juiste plaats, maar waar en wanneer dan wel? Over een paar jaar zou hij vijftig zijn, wat was er nog te verwachten? Uit vrees te weinig in haar ogen te lezen als hij haar aan zou kijken, vermeed hij haar blik.

Shelley dronk haar thee op, stond op en gaf hem een laffe hand. Hij hield haar hand vast en vroeg waarom ze was gekomen.

Uit nieuwsgierigheid, beweerde ze.

Na haar vertrek ging hij naar hun kamer. Hij was hier nu toch. De kamer was ruim en licht, met vitrage voor de ramen; het bed strak opgemaakt. Hij stelde zich voor hoe het had kunnen zijn. Hoe hij haar alle hoeken van het bed zou hebben laten zien. Het wond hem niet op, integendeel. De kamer oogde steeds leger.

Hij ging naar de badkamer, die klein was en compact, kleedde zich uit en trok zich af zonder een enkele bijgedachte. Nog zeker een uur lag hij naakt op het dekbed.

Gerard was voortvarend te werk gegaan. In de tuin van zijn huis prijkte nu een TE KOOP-bord. Zoals mensen die aan de lijn doen soms een foto uit hun dikste periode op de deur van de ijskast plakken om hun de eetlust te doen benemen, zo herinnerde dat bord hem eraan het maximale te halen uit zijn bezoek aan Nederland.

Zodra hij de kans kreeg, ging hij weer naar zijn ouders. Hij kon niet lang van Arkadia wegblijven en misschien zou zijn vader bij een volgend bezoek niet meer aanspreekbaar zijn, of er helemaal niet meer zijn. Wat zijn vader hem ook te vertellen kon hebben, hij wilde het liever weten dan de rest van zijn leven in onzekerheid verkeren.

Hij wachtte tot zijn moeder boodschappen ging doen en vroeg of de tegels even aan de kant konden omdat hij wat met hem wilde bespreken. Zijn vader pakte een gebroken tegel en schilderde daar met blauwe verf vlug iets op. Hij draaide de tegel om. Er stond een vrouwenlichaam met sterk benadrukte geslachtskenmerken op. Hij knipoogde grijnzend. 'Is ze blond?'

'Zwart. De Castels, ken je die nog?'

'Ik ken iedereen.'

'Ze denken dat hun zoon misschien nog terugkomt.'

'Wie denkt dat?'

'Simone...'

'Zo. Dat is een mooie naam. Voor een mooi meisje, hoop ik.'

'Jean-Luc. Ik denk dat hij op ons land ligt, klopt dat?'

'Jij maakt er een horrorfilm van.'

Hij had niet de illusie tot zijn vader door te dringen, maar hij moest het weten. Hij moest doorgaan. Shelley zou nooit iets van hem willen weten, niet echt, als hij niet honderd procent zeker zou weten dat hij niets met de verdwijning van haar broer te maken had. Jean-Luc, dat was een ander verhaal. Dat was zijn eigen persoonlijke geschiedenis, veel meer dan die van Andile. Of niet?

'Gradus werd altijd voorgetrokken. Niemand geloofde me.'

'Pa!' Zijn blik streek over het dijklandschap buiten. Het platte groen van Noord-Holland had hem altijd onrustig gemaakt. Zijn ouders hadden ernaar terugverlangd, maar hij was hier niet geboren. Zijn terugkeer berustte op een negatieve beslissing.

'Is Jean-Luc onder de ploeg gekomen?'

Zijn vader klakte met zijn tong. Het had iets geruststellends. 'Elke ploeg heeft zijn geheim.'

'Onze ploeg?'

'Mijn ploeg. Jouw geheim.' Zijn vader kneep zijn ogen tot nauwe spleetjes. 'Wat je niet zegt, is niet gebeurd. Niet echt.'

Henk probeerde zich de Castels voor de geest te halen, zoals ze geweest waren ten tijde van Jean-Lucs verdwijning. Het lukte hem niet. 'Maar heb je er nooit aan gedacht hoe die mensen zich gevoeld moeten hebben?'

'Welke mensen?'

'De buren, de Castels.'

'Die hadden jou toch?'

Het sneed door zijn ziel. Het ongebreidelde verraad. De minachting. Nooit zou zijn vader, deze vader hem erkennen.

Hij schoof dichter naar hem toe. Hun wereld moest vast omsloten zijn, alsof er een stolp overheen was gezet.

'Wat hebt u met Jean-Luc gedaan?'

Zijn vader zette een zeurderig stemmetje op en werd een drammerig jongetje. 'Papaah, mag ik op de ploehoeg, papa, ikke op de ploehoeg!'

'Hou op.'

'Mag ik op de ploehoeg? Ik kan het echt heel goed. Toe nou, pappie, zeg dat Henkie op de ploeg mag. Henkie lief. Ikke kan goed sturen. Kijk dan, papa.' Zijn vader hield een imaginair stuur vast en ging ermee van links naar rechts en weer terug. Zijn bovenlichaam bewoog mee. De kale plek op zijn kruin was bezaaid met levervlekken. Even stopte hij en keek Henk uitdagend aan. Belletjes spuug verlieten sputterend zijn mond. 'Vroem, vroem.'

Henk sprong op en greep zijn vader bij zijn trui. De broosheid van zijn vaders lichaam overviel hem en deed hem terugdeinzen.

'Papa! Papa!' riep zijn vader. Daar bedoelde hij zichzelf mee, zijn eigen vader of hem. Er klonk oprechte paniek in door. Maar hij had geen zoon. Het kon hem niet schelen. Hulp zou hij niet krijgen, die had Jean-Luc ook niet gehad. Hardhandig schudde hij zijn vader door elkaar. Zijn hoofd rolde knikkend heen en weer. Vroeger hadden ze een hondje op de hoedenplank van de auto gehad dat net zo knikte, bij de minste aanraking.

Hij hield zijn vader bij de schouders vast en bleef hem uit alle macht door elkaar schudden. Het gezicht van zijn vader, zo dichtbij, zag hij niet meer. Hij enige wat hij nog zag was de berg kapotgeschoten flessen op het erf. Zijn sublieme oogst van 1981. Hij had het en hij had het niet. Was dat zijn vaders schuld? Die regen van glas, die waterval van splinters, een stroom van gebroken dromen. Iémands schuld moest het zijn.

'Vroem, vroem,' ging zijn vader door. Zo goed en zo kwaad als het ging, bleef hij wiegen met zijn bovenlichaam. Om te demonstreren dat hij hem niet raken kon.

Hij haalde uit en sloeg zijn vader zo hard in het gezicht dat hij door de huid heen de botten voelde en zijn eigen hand warm en rood terugkwam. 'Zeg het!'

Zijn vaders handen lieten het denkbeeldige stuur los en vielen slap in zijn schoot. Stil bleven ze daar liggen. Henk keek zijn vader aan. Zijn ogen staarden leeg naar hem terug. Een oude man in het voorportaal van de dood.

Zijn moeder kwam binnen, overzag het tafereel en duwde Henk opzij. 'Ben je gek geworden!'

Hij kwam bij zinnen. De spierpijn in zijn armen getuigde van het geweld dat hij gebruikt had. Daar schrok hij niet van.

Zijn vader begon zachtjes te snikken en stak zijn armen uit naar zijn vrouw. 'Mama...'

Ze liep op hem af en ging voor hem staan. Zijn vader sloeg zijn armen om haar heupen en begroef zijn gezicht in haar schoot. Verbeeldde hij het zich, of keek zijn vader triomfantelijk langs haar heen? Komedie, niets dan komedie. Alzheimer als excuus. Wat je vergeten bent, heb je niet gedaan.

Hij liep naar de deur.

Zijn moeder richtte zich op en keek hem verwijtend aan. 'Je vader is ziek.'

In Amsterdam belde hij aan bij Shelley. Door de intercom hoorde hij haar zangerige stem vragen wie er was. Dat zou hij haar laten zien. Hij stommelde de trap op. Schijt aan de buren.

Boven nam hij haar in zijn armen. Het moment daarvóór had hij de angst in haar ogen gezien. Onnodig. Zij hoefde niet bang voor hem te zijn. Hij was haar redder, toen en nu.

Hij duwde haar achteruit op zoek naar de slaapkamer. Ze botsten tegen een deur. Een kinderstem zei: 'Papa?'

'Dat is papa niet. Ga maar weer slapen.' Ze pakte zijn hand en leidde hem naar haar slaapkamer zonder hem tot kalmte te dwingen. Hij stak zijn hand onder haar rok. God, wat was ze nat. Zijn vingers woelden in het zachte vlees, voelden het wijken onder zijn aanraking.

Hij gooide haar op het bed, stroopte haar rok op en trok haar slip uit. Haar geur kwam vrij. Zij was zijn ongeschoren diertje. Hoeren schoren zich, en Claire. Hij trok niet meer uit dan nodig was en boorde zich diep in haar. Ze kreunde. Zij wilde dit. Dit geweld. Hij zou liefdevol willen zijn, en teder, misschien. Dieper en dieper bewoog hij in haar. Hij stopte zijn handen onder haar blouse en voelde haar volle borsten. Nog harder kreunde ze. Een kreet ontsnapte hem. Zij legde haar hand tegen zijn mond. Hij beet erin. Schreeuwend kwam ze klaar. Hij pakte haar bij haar knieholtes en ging zo diep hij kon. Ze bleef schreeuwen. Zijn kreet voegde zich bij de hare.

Haar lichaam zo zacht en rond. Hij lag naast haar met zijn hand op haar venusheuvel, alsof hij de warmte wilde vasthouden. Hij vroeg of ze meeging naar Arkadia, maar ze stapte uit bed, sloeg een badjas om en liep naar de deur. Daar draaide ze zich om. De blossen stonden nog op haar wangen. 'Jij gaat. Jij moet alles weten.'

Hij hoorde haar zoontje zachtjes huilen en vroeg zich af hoe zij hem zou troosten.

XI

Toen we aankwamen hadden we niks, maar dat hebben de meeste emigranten met elkaar gemeen. Je hoopt het elders beter te krijgen dan thuis, maar helemaal eigen wordt het nooit. De droom is vertrekken, maar de ultieme droom is geslaagd terugkomen. De emigratie van Johan en mij is niet honderd procent geslaagd, maar ook niet mislukt, zeker niet in de ogen van andere mensen. Het zit ertussenin. Johans droom was een eigen boerderij, eigen grond, en dat had hij in Nederland waarschijnlijk niet voor elkaar gekregen. Dat is het lot van tweede zonen. Het heeft hem respect van zijn familie opgeleverd. Maar die grond had een prijs.

Kort voor vertrek zijn we getrouwd. De bruiloft hebben we heel simpel gehouden. Ik had een jurk geleend van een zus van Johan. Ze was zo panisch voor vlekken dat ik hem uiteindelijk terug heb moeten geven voordat de laatste gasten vertrokken waren. Nou, dat is niet leuk, hoor, maar het kostte niets en alles moest zo goedkoop mogelijk. We wilden met zoveel mogelijk geld vertrekken. Daarom hadden we ook om envelopjes gevraagd. Als je gaat emigreren kan dat wel. Iedereen begrijpt dat je maar beperkt bagage mee kan nemen. Johans familie is zuinig, maar aan het envelopje van Gradus was dat niet te merken. Ik zie dat niet als het afkopen van schuldgevoel, want schuldgevoel kennen de Keppels niet.

Mijn eerste mevrouw, die Duitse, liet een Meissner-koffiestel sturen. Dat hebben we nog steeds. Mijn moeder was er niet. Ze had niet veel te geven en ze zal gevonden hebben dat ze op mijn bruiloft niets te zoeken had. Ik had nog wat spaargeld en Johan kreeg die koeien mee als voorschot op de erfenis. De rest van de koeien hebben we trouwens nooit gekregen, maar dat geeft niet, want alleen het transport van die beesten kostte een vermogen, en dan gingen ze onderweg nog dood ook.

We hadden dus een beginnetje, maar mijn eigen geld was ik al kwijt voor ik goed en wel aan boord was. Je wilt er toch een beetje netjes uitzien. Aan boord zou ik veel onder de mensen zijn en dan wilde ik niet uit de toon vallen. De boot was nogal chic, maar dat werd minder naarmate de reis vorderde en het warmer werd. De eerste week kleedden de meeste passagiers zich nog om voor het diner, maar na de stop op de Canarische Eilanden was dat afgelopen en werd het rommeliger. Ook in andere opzichten. De hutten waren erg gehorig; mensen gingen zich onbehouwen gedragen. Iedereen was als bezeten op zoek naar pleziertjes, misschien omdat geen van ons enig idee had of die er in Afrika ook zouden zijn.

Er was geestelijke zorg voor alle gezindten aan boord, voor ons een jong ventje uit Appelscha, die bijna de hele reis zeeziek was, waardoor het merendeel van zijn diensten afgelast werd. Twee ongetrouwde Groningse zusters hebben hem de hele reis verpleegd en betutteld. Persoonlijk had ik wel een band met de onfortuinlijke dominee. Wij hebben dikwijls samen over de reling gehangen. Ik was al zwanger van Henk en had last van ochtendziekte. Het moet net voor vertrek gebeurd zijn. Ik ben naar de scheepsarts gegaan. Henk was tenslotte mijn eerste. De arts trof je zelden nuchter aan. Waarschijnlijk had hij problemen gehad aan wal en kon hij alleen nog op de vaart terecht. Dat hoorde je vaker. Ik zei tegen hem dat ik zeker wilde zijn. Hij voelde aan mijn borsten – dat was zijn manier om zeker te zijn – en zei dat ik inderdaad in gezegende omstandigheden verkeerde, en dat het economisch was om aan boord zwanger te zijn, omdat je dan twee misselijkheden in één klap ving. Enfin, Henk heeft hoe dan ook meer Hollandse wortels dan Betty. In wezen is en blijft hij een Hollandse boer.

Het zou mooi zijn als er een dag zou komen dat we onze ervaringen kunnen uitwisselen. Ik zou van je willen horen hoe het jou vergaan is die eerste tijd, of je in Nederland getrouwd bent of in Afrika een vrouw hebt gevonden. Welke dromen je gehouden hebt en welke je hebt herzien. Het meest ben ik geïnteresseerd in je latere tijden. Omdat ik zo graag wil weten wie je geworden bent zonder mij.

In al mijn West-Friese onnozelheid had ik goed ingeschat dat we in Zuid-Afrika nogal op onszelf aangewezen zouden zijn. We waren, op de mielies voor de arbeiders na – maïs verbouwen deden blanken in die tijd niet, omdat het typisch voedsel voor de zwarten was – vrijwel zelfvoorzienend. Op zondag gingen we naar de kerk in Wellington, maar verder konden er weken voorbijgaan zonder dat ik de boerderij verliet.

Dat jij langskwam met je intekenlijst voor een encyclopedie kwam dan ook als manna uit de hemel. Johan ging meteen akkoord. Het was zelfs zijn idee. Goed voor de kinderen, voor hun huiswerk en algemene ontwikkeling. Ja, als vader was er weinig op hem aan te merken.

Het was handig dat we niet alles ineens kregen en moesten betalen, maar dat er per maand een deel uitkwam. Het was een mooi gezicht, zoals jij zei, om die dikke boeken met leren kaft maand na maand aan te zien groeien tot een lange rij; een sieraad voor in huis. Zes delen heb ik. Ze staan in de boekenkast, op een eigen plank onder Konsalik. Gek dat niemand mij ooit gevraagd heeft waarom ik maar zo'n klein stukje heb. In totaal zijn er veertig delen verschenen.

In juli stopte er een blauwe auto op ons erf en daar stapte jij uit. Zelf heb ik dat niet gezien; anderen wel. De arbeiders op het veld keken elke auto na. Een vreemde auto viel toen nog erg op.

Het is net zoiets als het eerste stapje van je kind missen. Je stelt het in je hoofd net zo lang bij tot je het gevoel hebt dat je het echt gezien hebt.

De lange zandweg naar onze boerderij, een wolk stof waar jouw auto uit opdoemt, maar het duurt dan nog eindeloos lang voordat je stopt op ons erf. Je stapt uit, klopt je kleren af, kijkt om je heen en zet je strooien hoed op. Niets spectaculairs, maar genoeg voor mij om een half leven lang de details van je aankomst te verfijnen, elke beweging van je hand of voet te kunnen memoreren, je oogopslag. Toch is dát moment nooit van mij geworden.

Ik was in de keuken bezig. Je tikte tegen het raam. Ik schrok, jij glimlachte en hield je lijst en deel 1 omhoog. Ik liet je binnen en tekende voor ontvangst van de letters Aa-Az. Je wilde geen limonade of melk. Je zei dat ik een mooie vrouw was op een prachtige, maar eenzame plek. Ik wilde iets interessants terugzeggen. Het enige wat ik kon bedenken was dat ik me verheugde op de B. Alsof het een zwemdiploma was.

Sinds dat moment keek ik naar de boerderij met jouw ogen, als naar een prachtige, maar eenzame plek.

28

Twee dagen voordat het café openging haalde ze in één keer haar rijbewijs. Dolblij was ze. Als ze straks een auto had, kon ze daarmee naar haar grootouders en voor atletiekwedstrijden zou het ook heel handig zijn, al schoten die er nogal eens bij in de laatste tijd.

In de keuken van het café trof ze Vincent aan. Hij was overal. Er moest nog zoveel gedaan worden, dat het haar een wonder leek als ze op de afgesproken dag open konden gaan. De laatste dingen zouden afgeraffeld worden, of uitgesteld, dat was zeker.

Vincent feliciteerde haar met een losse zoen op haar wang. Ze plaagde hem. Hij had er drie keer over gedaan. Het was het eerste in zijn leven dat niet onmiddellijk was gelukt. Maar hij was niet jaloers, verzekerde hij haar. Hij was trots.

Vanaf het begin zat de loop in hun café. Ze kookte zes avonden in de week en overdag probeerde ze haar studie bij te houden. Vincent had de Spaanse les er al snel aangegeven. En terecht. Op een verdwaalde toerist na kwamen er geen Spanjaarden in hun café. Het was voor de Amsterdamse incrowd. Die was wispelturig, maar zolang de aanvoerders onder hen hun volgelingen naar hun café leidden, was het goed. Na deze jaren zouden er andere tijden volgen. Jaren waarin groepjes vriendinnen van buiten de stad, gelokt door aanprijzingen in tijdschriften, lacherig plaats zouden nemen op de smalle houten banken en kreetjes van verbazing zouden slaken bij ongewone gerechten op de menukaart.

Slakken liepen nu het hardst. Escargots waren hip en de knoflooksaus maakte ze ook voor de teerhartigen verteerbaar.

Nog later zou het café overgeleverd worden aan toeristen en/of studenten; het lot van de meeste hoofdstedelijke cafés. Vanavond was dat allemaal nog ver weg. Vanavond roerbakte ze inktvis, tonijn en reuzengarnalen en maakte een nieuwe voorraad tapenade en citroenmayonaise. Vrolijk zong ze mee met een Spaanse smartlap die van de begane grond tot haar doordrong. Ze had geen idee wat ze zong, maar ze had het liedje zo vaak gehoord dat ze het woord voor woord kon meezingen. Het ging over liefde, want *amor* kende ze. Terwijl ze royaal fijngeknipte peterselie als groene confetti over de klaarstaande gerechten strooide, keek ze naar Frederieke die de borden met dorade op haar armen laadde. 'Dorade tafel één, slakken zes en zeven.' Frederieke knikte kortaf en liep met de volle borden en schaaltjes terug naar het trapje.

Marie keek haar na en bedacht dat het de iets vooruitgestoken kin was die haar gezicht iets hautains gaf.

Ze schepte gegrilde sardines en tonijn op haar eigen bord en pakte wat sla en brood. De prikkelende geuren van rozemarijn, vis en knoflook maakten haar honger nog groter. Sinds ze kookte, kon ze zich veel meer voorstellen bij die neus van haar vader, en Vincent had haar bijgeschoold, zoals hij dat zelf noemde. Zelfs een boterham met pindakaas zou hij niet gedachteloos verorberen. Om te beginnen moest het brood zijn van een speciale bakker in een ander stadsdeel waarvoor je een kwartier moest fietsen en meestal ook nog een kwartier wachten, terwijl de supermarkt om de hoek was, maar na een paar keer wilde zij het brood van de supermarkt ook niet meer.

Even kwam de gedachte bij haar op dat Vincent haar ook in andere opzichten had bijgeschoold. Ze dacht aan een vrijpartij van een tijdje geleden. Vincent had een ingewikkeld standje willen uitproberen. Het was een moeizaam en pijnlijk gebeuren geweest, waar ze zelf niets aan beleefde, op de spierpijn na die nog dagen aanhield. Na afloop had hij gezegd: 'Zo nu weet je alles.'

Met haar eten liep ze naar boven, ging aan de bar zitten en vroeg om witte wijn. Een frêle meisje, van wie ze alleen wist dat ze bestuurskunde studeerde, schonk een glas voor haar in. Het rode schort dat sinds kort al het personeel droeg, stond goed bij haar gebruinde armen.

Een slungelige jongen met een wilde bos krullen kwam op Marie af. 'Je had een negen van Van Dam, hè?'

Ze wees op een ingelijste oorkonde achter de bar. 'En een prijs voor mijn gehaktballen. De gouden gehaktbal van de Jordaan.'

De jongen knikte en bleef knikken, alsof er iets vastzat in zijn nek. 'Goed, zeg. En wat wordt de volgende mijlpaal? Koningin van de gefrituurde kabeljauw?'

'Wie weet.' En rot nu maar op, dacht ze erachteraan. Maar hij kwam nu pas op dreef. 'Wat een wereldtent hier. Jullie lopen goed binnen.'

Ze wenkte een serveerster die langsliep met een schaal van haar lokaal zo beroemde ballen, pakte er een af en stak die in zijn mond. 'Hier, en nu je mond houden.'

De gehaktbal was gloeiend heet. Ze zag zijn ogen groter worden. Even was ze bang dat hij vegetariër zou zijn – zo zag hij er wel uit – maar eigenlijk kon het haar niets schelen.

Vincent liep langs en legde in het voorbijgaan zijn hand om haar middel. Ze keek op en glimlachte naar hem. Hij knipoogde terug en trok haar even dichter naar zich toe. Onweerstaanbaar was hij zo. Haar vriendinnen zeiden haar te benijden.

29

In de keuken stond een ketel water droog te koken. Ze draaide het gas uit en hoorde boven haar oma praten op een kille verbeten toon, die Marie niet van haar kende.

'Thee zetten, het is theetijd.'

'Ik heb het koud,' klonk de stem van haar opa klagerig.

De laatste tijd kwam hij nauwelijks nog buiten, omdat als hij samen ging met haar oma – van alleen naar buiten gaan was al heel lang geen sprake meer – hij telkens wist te ontsnappen en haar oma dan urenlang bezig was hem weer thuis te krijgen.

Zachtjes liep ze de trap op en bleef op de overloop staan. Haar opa lag in bed. Hij reikte naar de alarmknop achter hem, maar kon er niet bij omdat het bed te ver van de muur stond.

'Ja, bel de wijkzuster maar,' zei haar oma. 'Ze heeft nu een antwoordapparaat. Dan hoeft ze niet op te nemen als jij het bent.'

Ze stond voor de grote linnenkast en vouwde een katoenen laken uit. Gestreken. Vanaf waar Marie stond kon ze de Sunlight bijna ruiken. Haar opa lag met zijn spierwitte benen bijna tegen het voeteneind aan. Het bed was nat. Op de grond lag een lege vaas, de losse bloemen verspreid over de vloer.

Haar oma trok hijgend het natte laken onder hem vandaan, maakte er een prop van en gooide die in een hoek. 'Elke dag komen er kleine kinderen onder een auto of sterven aan kanker en jij blijft leven. Waarom?' Ze legde het schone laken op bed en trok het met korte rukjes onder haar man door. Hij gaf geen millimeter mee. 'Ik zou je eigenhandig de nek kunnen omdraaien, zoals ik vroeger deed met de kip op zondag. Ik zou een kussen over je gezicht kunnen leggen en erop gaan zitten in je slaap. Ik zou je rolstoel boven op de dijk los kunnen laten en zeggen dat hij te zwaar voor me was.' Haar oma streek het laken aan het voeteneind met kleine kloppende bewegingen glad en stopte het in. 'Het is welletjes geweest.'

Marie liep de kamer verder in. 'Ouma?'

Haar oma draaide zich om. Paniek stond op haar gezicht te lezen. 'Sta je daar al lang?'

'Nee, de ketel stond droog te koken.'

'Ik heb de bus niet gehoord.'

'Ik ben met de auto. Vincent heeft me afgezet.'

Na haar bezoek aan Scharwoude was ze dadelijk naar Amsterdam gegaan, in de hoop dat Shelley iets kon regelen. Via de kranten had ze natuurlijk gelezen over de wachtlijsten voor verpleegtehuizen, maar als je iemand kende in de zorg ging het misschien sneller.

Shelley was in de kleine keuken haar boodschappen aan het inruimen. Marie zag vrijwel uitsluitend grootverpakkingen. Een baal van twintig kilo rijst en bijna even grote zakken meel en suiker, een blik met vijf liter olie... Waar kocht ze dat in godsnaam? Niet bij haar Albert Heijn. Ze deed haar verhaal terwijl ze Shelley de boodschappen aangaf.

Shelley vroeg waar haar opa ingeschreven stond.

'Nergens.'

'Dan is hij kansloos.'

'Shel, mijn oma houdt het echt niet lang meer vol.'

'Misschien kan hij op de wachtlijst.'

'Jij kent onze familie. Kun jij niet een goed woordje voor ons doen?'

Shelley antwoordde kortaf: 'Marie, ik ben verpleegster. Hoe denk jij dat die dingen werken?'

'Als we hem inschrijven, komt hij niet meer aan de beurt.'

'Thuiszorg, dagverpleging, heb je daar al aan gedacht?'

'Dat soort hulp krijgt hij al, maar het is niet genoeg.'

'Wat zegt de huisarts?'

Marie haalde haar schouders op. 'Weet ik niet. Ik dacht, omdat ik jou kende... Ik vraag het niet voor mezelf, maar als je het liever niet doet... oké. '

'Ik zal kijken wat ik kan doen, maar verwacht er niet te veel van.'

Ze omhelsde Shelley. 'Je bent een schat.'

'Het is belachelijk dat jij erachteraan moet. Je vader moet dit regelen, of je tante. Maar ja, je vader komt pas na de oogst terug en je tante heeft het veel te druk met het redden van de wereld...'

Marie staarde Shelley verbaasd aan. 'Komt hij terug?'

Shelley stouwde het blik olie achter in de kast.

'Ja, is dat zo gek? Je tante kwam ook altijd na de oogst op familiebezoek.'

30

Zijn vader werd opgenomen in het verpleegtehuis waar Shelley werkte. Hij wist niet of hij dat als goed of slecht nieuws moest beschouwen. Shelley die zijn vader elke dag zou zien, hem zou wassen, eten geven en verschonen. Die zijn slechte en heldere momenten zou meemaken. Om iets aardigs te zeggen vroeg hij hoe ze dat voor elkaar had gekregen.

'Met de directeur neuken.'

Hij lachte.

DEEL II

31

Henk tuurde naar de spar. Dat deed hij bijna dagelijks. In een straal van twee kilometer om die boom moest het antwoord op al zijn vragen liggen.

Hij zocht niet actief meer. Het werk op de boerderij bepaalde nu zijn leven, elke dag weer. Uit dat werk zou op een dag misschien de oplossing tevoorschijn komen. Meer viel er niet te verwachten. Bijna twee jaar was hij nu op Arkadia. Slechts één keer was hij in die periode naar Nederland geweest. Met zijn vader ging het steeds slechter. Hij rekende erop hem niet meer levend terug te zien. Hij bleef er koud onder.

Alles wende. De slapeloze nachten, het gemis van Shelley, de officiële opzegging van de relatie met zijn pleegvader, het alleenzijn. Troost brachten alleen nog een spaarzaam bezoek aan de shebeen, en de telefoontjes en brieven van Marie.

Vandaag was weer zo'n glorieuze Afrikaanse dag. Hij hoorde de heremietkoekoek. Geluiden reisden makkelijker met hem mee dan beelden. Sommige geluiden zouden hem tot zijn dood vergezellen, vreesde hij. Beelden lieten zich makkelijker vervormen en naar zijn hand zetten. Als hij beter thuis was geweest in muziek, had hij wellicht keer op keer nieuwe composities gemaakt van de geluiden om hem heen en in zijn hoofd. Een melodie arrangeren op de slepende geluiden van de ploeg en het hoge geblaf van de honden. Alles was maakbaar, waardoor hij op niets kon vertrouwen.

Hij deed zijn ogen dicht en genoot van de schorre, eenzame klanken van de piet-my-vrou. Zelden liet het schuwe vogeltje zich zien, maar met zijn geroep deed hij kond van zijn bestaan.

'De arbeiders staken.' David stond voor hem en keek hem afwachtend aan.

Sinds Henks laatste bezoek aan Nederland liet David het 'baas' achterwege. Hem maakte dat niet uit. Hij was de baas en dat wisten ze.

'Wat nu weer?' vroeg hij.

'Ze hebben al twee weken geen loon gehad.'

'Ze zullen nog iets langer geduld moeten hebben.'

'We moeten oogsten. Bij Van der Waal zijn ze al klaar.'

Hij keek naar de in de zon blakerende volle wijnranken. Geen arbeider te zien.

'Van der Waal is geen maatstaf.'

'Maar mijn mensen moeten wel eten en hun gezinnen ook. U zei zelf dat als u uw huis in Nederland verkocht zou hebben...'

'Ik betaal de mielies. Er is altijd mielies.'

'Wanneer kunt u ze... ons betalen?'

'Na de oogst.'

David liep weg.

Hij volgde hem met zijn ogen tot het huis van de Castels in zicht kwam. De luiken zaten dicht. Hij zag de Castels nog zelden. Afrika was al verleden tijd voor hen.

Eergisteren was het koopcontract getekend van zijn huis in Velsen. Het huis had bijna een jaar te koop gestaan. De mensen voelen dat het niet bewoond wordt, had Gerard daarover gezegd, en hoe langer het leegstaat, hoe erger het wordt. Maar nu was het verkocht – niet eens voor een gekke prijs – aan een gescheiden man die in de buurt wilde blijven van zijn kinderen, die verderop in het dorp woonden.

Het zou nog even duren eer het geld zijn kant op kwam, maar hij was blij dat het rond was. Het huis was een blok aan zijn been geworden. Op afstand had hij de tuin en het interieur onderhouden en de rekeningen betaald, maar nu mocht de heer E. van der Veen dat gaan doen.

Binnen stond de televisie aan op een muziekzender. De werkster was op haar knieën aan het dweilen en keek met een half oog naar de Spice Girls. Hij liep langs haar omhoog stekende kont. Ze deed een halfslachtige poging zich op te richten om de muziek zachter te zetten, maar hij beduidde haar zich niet druk te maken.

De reclame zette in. Mobiele telefoons dwarrelden over het scherm: de keten van Kishore. Zestien vestigingen had hij nu, waarvan vijf in Johannesburg en drie in Kaapstad. Het was ongelofelijk hoe snel sommige mensen schatrijk werden. Kishore had het niet gezocht. Hij wilde wat afwisseling van het schrijven van zijn achtergrondartikelen en de rest had hij cadeau gekregen. Vincent begon in een opwelling een café en draaide in het eerste jaar vier ton omzet, met tienduizend gulden investering. Geld mocht hemzelf dan niet interesseren, Arkadia kostte elke dag scheppen vol, alleen om het min of meer draaiende te houden. Salaris voor zichzelf rekende hij niet. Op de boerderij woonde hij gratis en hij had weinig persoonlijke onkosten, op de flessen wijn na die hij uit Frankrijk liet komen.

Het bureau in zijn werkkamer lag bezaaid met papieren: uitslagen van bodemonderzoek, bouwtekeningen, gegevens van het kadaster en stapels rekeningen. Aan de muur hing de kopie van het krantenartikel en de foto van Jean-Luc. Elke keer als hij hier binnenkwam was hij ouder geworden en was het verschil met Jean-Luc groter. Die had nog net een glimp van 1963 kunnen opvangen, en toen was het doek gevallen.

Henk was gelovig opgevoed. Net als iedereen in zijn omgeving wist hij niet beter. Bij elke maaltijd werd gebeden en iedere zondag gingen ze naar de kerk, een klein wit gebouw met een puntdak in Wellington, maar hij kon zich niet herinneren of hij als kind in God had geloofd. Of tenminste zijn bestaan voor mogelijk had gehouden. Nooit had hij zich tot Hem gewend om iets gedaan te krijgen, niet voor een goed cijfer op school, noch voor regen of zon voor de druiven. De Castels waren katholiek. Bernard had zijn geloof na de verdwijning van zijn zoon laten varen; Simone had zich eraan vastgeklampt. Dat, en niet de verdwijning, had hen uit elkaar gedreven.

Hij keek naar buiten. Er werd nog steeds niet gewerkt. De wijnstokken van zijn landje boven op de heuvel bogen uitnodigend in de wind. Of was het sarcasme waarmee ze naar hem keken? Hij zou zich niet laten kennen. Zeker niet nu hij na een omslachtige procedure en tegen betaling van een hoge boete het landje eindelijk los had kunnen weken van het contract met de coöperatie.

Hij werkte bijna de klok rond. Met de tractor reed hij af en aan. Het was gekkenwerk. Slechts een fractie van de oogst zou hij op deze manier op tijd kunnen binnenhalen. Eén hectare zou hij misschien kunnen doen voordat de winterkou inzette, maar vanachter het raam toekijken hoe zijn oogst eraan ging, kon hij niet. Als hij ten onder moest, dan strijdend. En Arkadia met hem.

Achter de schuur lagen arbeiders in het gras. Ze grepen de staking aan om hun weekenddronkenschap te verlengen. Hij koelde zijn woede op David. 'Wat denk je dat er gebeurt als we niet op tijd leveren? Denk je dat zij hun baan dan nog hebben, of jij?'

'Ze willen hun loon.'

'Al mijn geld zit in de druiven. Dat is ook jullie geld.'

'Ze luisteren niet.'

'O nee?' Hij wees op het landje. 'En dat stuk? Laten we dat ook wegrotten?'

David keek van hem weg en draaide zijn lichaam een halve slag. Er was niets nieuws te zien aan zijn robuuste gestalte, zijn vierkante schouders, maar toch kon hij niet langer uitsluiten dat David net zoveel van het landje hield als hij zelf.

In de schuur pakte hij een paar lege jerrycans en liep naar zijn busje.

'Baas, doe het niet,' riep David hem achterna.

Nu was Henk degene die geraakt was. Graag had hij op een andere manier willen afdwingen dat de arbeiders weer aan het werk gingen, maar nu moest hij zijn laatste troef inzetten.

De brede en hoge roestvrijstalen opslagtanks zag hij al van verre blinken in de zon. Niet dat de mensen die hier kwamen een baken nodig hadden. Hij parkeerde zijn busje tussen stokoude bakkies en andere aftandse auto's en pakte de jerrycans.

Voor het uitgiftepunt stond een rij arme sloebers. Ze hadden allemaal één of twee plastic limonadeflessen in de hand, staarden in de verte of naar de grond voor hun voeten en schuifelden simultaan naar voren wanneer de rij een plaats opschoof. Een voor een stapten ze nu opzij om hem voor te laten gaan.

Hij ging achteraan staan, maar ze hielden de rij open tot hij naar voren stapte en zijn zes jerrycans overhandigde aan een oude man achter een houten tafel. Er stond een tap op, die via een soort stofzuigerslang verbonden was met een plastic container in de golfplaten loods achter hem. De man droeg een overall waar in vaalwitte letters de naam van de coöperatie op stond. Zijn kroeshaar had in de loop der tijd dezelfde kleur gekregen.

Hij merkte hoe achter hem de rij zich geruisloos weer sloot. De schaamte prikte op zijn wangen. Hoe zagen ze hem? Als een verstokte koloniaal of alcoholist? Alsof hij ooit deze plenswijn zelf zou drinken. Het spul kwam als water uit de kraan en werd even makkelijk verspild.

Terug op Arkadia installeerde hij zich achter een grote tafel voor de schuur. Elke arbeider met een door David afgetekend werkbriefje gaf hij een plastic fles met het bocht van de coöperatie. Hadden ze nog een paar uur overwerk gedaan, dan kregen ze er twee. Dat redde bijna niemand. Het was nog altijd de beloning op de korte termijn die de prikkel tot werken vormde.

David zelf liet zich niet zien.

Het vocht in de flessen was dieppaars. Hun eigen druiven van vorig jaar konden er ook aan te pas zijn gekomen, bedacht hij bitter. En suiker en sulfiet in grote hoeveelheden. Het zou niet lang duren of de oogst van dit jaar lag weer in de laadbak van de tractor. Klaar om vermalen te worden tussen bergen andere druiven, tot een anonieme massa waar elke supermarkt of warenhuis naar believen zijn etiket op kon plakken.

'De dopregeling weer invoeren! Hoe durf je, drank in plaats van salaris!' Betty was de keuken binnengestormd, waar hij haastig het eten dat de meid voor hem had klaargezet naar binnen werkte, en ze gaf hem de volle laag. Ze overdreef. Hij had niet verwacht dat ze voor zoiets haar belofte om geen voet meer op Arkadia te zetten, zou breken en nam zich voor de bewaker opdracht te geven haar niet meer automatisch toegang te verschaffen.

'Lieve woordjes hielpen niet meer. Ik moet jouw contract met de coöperatie nakomen. Anders kan ik net zo goed nu ophouden,' antwoordde hij.

'Je moet ze gewoon hun loon geven. Als jij de mannen drank geeft, hebben de vrouwen geen geld om de kinderen eten te geven.'

'Ik heb ze een voorschot gegeven.'

'Je bent een negentiende-eeuwse koloniaal.'

'En jij dan? Wat ben jij? Wanneer had jij de boerderij aan de arbeiders willen geven? Wanneer waren ze daar in jouw ogen aan toe geweest? Je behandelt ze als kleine kinderen die nooit volwassen zullen worden.'

'Het is amoreel.'

'O ja, jij hebt het patent op integriteit, gek dat ik dat soms vergeet.'

Met David, Makeziwe, Sol en Slimo plukte hij de druiven. De trossen lagen zwaar in zijn hand. Hij beschouwde ze als zijn eigendom, al was de boerderij nu feitelijk van Bernard.

Voor het eerst in dertien jaar zouden de druiven niet naar de coöperatie gaan, maar op de boerderij verwerkt worden. Het was een klein gedeelte van de totale opbrengst en het zou waarschijnlijk nog een aantal jaren duren eer deze grond wijn zou opleveren waar hij mee voor de dag kon komen, maar het was een begin. In de schuur was alles voor de komende jaren in gereedheid gebracht met nieuwe gistbakken, roestvrijstalen tanks en eikenhouten vaten. Het was een vertrouwde aanblik, maar de ruimte zou pas die van vroeger zijn als de muren en de vloer waren geïmpregneerd met de geur van de wijn in wording die ontsnapte via met het blote oog niet waarneembare openingen in de vaten. De druiven van de andere percelen gingen zoals in voorgaande jaren rechtstreeks naar de coöperatie. Voorlopig had hij die financiële basis voor zijn bedrijf hard nodig.

Na twee dagen was het landje leeg. De stokken trokken ter voorbereiding op het volgende jaar hun sappen terug naar binnen. In de gistbakken gistte het sap, onverschillig voor de stam waarvan het kwam.

Met David en de andere drie vierde hij de oogst met een braai op het landje, opdat de rook de lucht zou zuiveren. Samen met de meid duwde hij het karretje met alle benodigdheden de heuvel op. Hij voelde zich een indiaan, maar was te overmoedig, alweer.

XII

Johan had thuis niet veel meer. Ik begon me af te vragen of hij veel zou mislopen als hij er niet meer zou zijn. Eerlijk gezegd kreeg ik moordneigingen. Elke dag dat gesloof. Wat was mijn vooruitzicht? Het was op; er lag helemaal niets meer in het verschiet. Ik had me voorgenomen, vanaf het begin, dat we de rit samen zouden uitzitten. Daarom bleef ik zoeken naar lichtpuntjes, maar ik vond ze niet. We gingen elkaar zitten pesten. De dokter had gezegd dat er met zijn sluitspieren niets mis was, maar hij deed zijn behoefte in bed, zodat ik uren bezig was om alles te verschonen. Het liefst deed hij het daarna meteen weer. Mijn reactie was weglopen, het dorp in om boodschappen te doen en zo lang mogelijk wegblijven. Maar dat kon lastig zijn. Als het slecht weer was of als ik geen boodschappen nodig had. Soms wilde ik hem slaan of een kussen in zijn gezicht drukken. Het zou niet moeilijk zijn. Ik was nu sterker dan hij. Je realiseert je hoe eenvoudig het is om een leven te nemen. Het kan. In een opwelling of door er langzaam naartoe te groeien. Dat maakt niet zoveel uit. Wat me tegenhield – maar je weet natuurlijk niet hoe het was gelopen als Marie niet had ingegrepen – was dat ik me niet zoveel jaar na dato alsnog tot hetzelfde niveau wilde verlagen als Johan. Dat zou onze gezamenlijke opoffering alsnog zinloos gemaakt hebben.

Marie kwam op een ongelukkig moment binnenvallen, en zij heeft via Shelley, een verpleegster die als kind bij ons in de barakken woonde, geregeld dat hij snel een plaats kreeg in het verpleegtehuis waar zij werkte.

Ik heb hem weggebracht. Er kwam een taxi. Hij wilde zelf rijden. Ik rijd zelf, of ik ga niet mee, zei hij. Hij ging pas overstag toen ik zei dat de chauffeur gelazer zou krijgen als hij nu niet in zou stappen.

Eenmaal op zijn nieuwe kamer ging hij voor de televisie zitten alsof hij er al jaren thuis was. Er was net een reportage op over de gekkekoeienziek-

te. Een koe sprong rond alsof er een wesp in haar kont zat. Ze zat vast aan een touw en mannen in witte pakken probeerden haar een injectie te geven. Johan keek ernaar met tranen in zijn ogen en zei: 'Laat nou maar, meissie, ze hebben je.' Ik hoor het hem nog zeggen. Op hetzelfde moment viel ze dood neer. Daarmee was hij dan wel begaan. Ik ruimde ondertussen zijn kledingkast in en gaf zijn medicijnen aan Shelley. Ze kwam even kijken of alles goed ging, maar zei dat ze later zou terugkomen, zodat wij de tijd konden nemen voor elkaar. Nou, we hadden tijd zat gehad.

Daarna nam ik een taxi naar de Bijenkorf. Ik ging doen wat mijn vriendinnen deden en wat ik al maanden had willen doen: een taartje eten. Ik wilde er zo snel mogelijk zijn. Eer ik had uitgezocht met welke tram ik daar moest komen, was de zaak misschien al dicht. Gek is dat, ineens kun je niet langer wachten. Het was pure luxe, een taxi voor mij alleen. Toen ik instapte en de chauffeur vroeg waar ik heen wilde, bedacht ik me dat ik nu overal heen zou kunnen gaan. Ik hoefde het maar te zeggen. Stel dat ik jouw adres had gehad, wat had ik dan gedaan? Nee, dan was ik niet spoorslags gekomen. Dat had iets achterbaks gehad en dat zou zonde zijn.

Ik had gehoopt ook het taartjes eten als luxe te ervaren. Ik dacht dat ik iets te vieren had en dat ik opgelucht zou zijn, maar ik voelde me vooral leeg en eenzaam. Een deel van mezelf was weg. Of je nu van iemand houdt of niet, als je zo lang samen leeft, bijna vijfenveertig jaar, dan ben je jezelf niet meer als dat wegvalt.

Ik nam een taartje met aardbeienmousse, frambozen en witte chocolade. Het zag er mooier uit dan het smaakte. Te zoet, te flauw en te veel van hetzelfde. Ik had gedacht dat er meer vrouwen zouden zijn zoals ik, maar de meeste mensen waren minimaal met z'n tweeën. Waarom ben ik hier met Johan nooit naartoe gegaan, dacht ik. We hadden er best iets van kunnen maken.

In een hoek bij het raam zat een vrouw van mijn leeftijd. Ze had hetzelfde taartje als ik en knikte naar me met zo'n blik van verstandhouding, alsof we iets gemeen hadden. Ik vond van niet en dwong mezelf een tweede kop koffie te nemen.

Later kwam de opluchting overigens wel, maar ik moest eerst van dat verdomde schuldgevoel af.

Thuis ben ik gaan opruimen. Alle tegels weg. Ik mocht er nooit aankomen, maar nu moest ik wel. Er zaten veel onaffe bij. Die met een spittertje erop waren allemaal onaf. Het blauwe mannetje dat zijn spade in de grond steekt was in alle soorten en maten afgebeeld. Er stond 'Oost west, thuis best' of 'Zoals het klokje thuis tikt, tikt het nergens' op. Op sommige tegels stonden alleen een paar blauwe vegen, maar de spade was altijd te herkennen. Die tientallen spittertjes in die doos, dat was zo'n triest gezicht. Dat is nou je leven, dacht ik. Meer blijft er niet van over. Wat tegels in een doos.

Ik werd boos, tilde de doos op en liet hem zo hard mogelijk vallen. Een kabaal. Heerlijk en afschuwelijk tegelijk. Zonder nog in de doos te kijken, zette ik de tegels bij het groot vuil. Het was niet de goede dag; daar kun je een bekeuring voor krijgen, of de buren beginnen erover, maar ik had geluk. De doos heeft drie dagen aan de weg gestaan. Geen haan die ernaar kraaide.

32

Het verpleegtehuis was niet ver van Vincents woning in Oud-West. Haar kamer in Diemen had ze een paar maanden geleden opgezegd. Vincent wilde meteen met zijn nieuwe auto bij haar opa op bezoek. Ze had gehoopt dat zij dan mocht rijden, maar dat was niet de bedoeling, zelfs niet voor zo'n klein stukje. Zijn 'spulletjes' vertrouwde hij haar niet toe. Ze zei dat ze liever alleen ging, omdat haar opa nog moest wennen.

Naast auto's was Vincent dol op elektronische gadgets. Hij had al een tweede mobiele telefoon op het moment dat de meeste mensen schoorvoetend aan hun eerste begonnen. Zij had zijn oude gekregen, maar nog niet in gebruik genomen. Eigenlijk hield ze niet van praten.

Misschien was ze daarom met haar studie gestopt. Ze had gehoopt door het leren van een moeilijke en exotische taal het Nederlands beter machtig te worden en even achteloos opmerkingen om zich heen te kunnen strooien als ze anderen zag doen. Praten hoefde niet moeilijk te zijn, dacht ze. Maar het Japans vervreemdde haar nog meer van het Nederlands en zichzelf. De klanken uit haar mond klonken nooit vertrouwd.

Het moment van opgeven werd voor haar bepaald. De verplichte uitwisseling van drie maanden met de universiteit van Kyoto betekende weg van het café, Vincent en haar grootouders en dat was onmogelijk. Het enige wat ze overhield en koesterde na vier jaar Japanse taal- en letterkunde was de stilte van de haiku's.

Over het tehuis was Marie enthousiast. Knus van binnen en lommerrijk van buiten, en dat midden in de stad. Een plek waar ze zelf wel zou willen wonen, als het dan toch moest, had ze uitgeroepen. Iets te hard, want ze was natuurlijk allang blij dat de last van haar schouders was genomen.

Ze had haar vader een paar keer gebeld over de situatie in Scharwoude, maar het leek hem weinig te kunnen schelen, en haar tante was, nadat de feiten over het drama op het erf van Arkadia boven water waren gekomen, uit de Waarheids- en Verzoeningscommissie gestapt. Totaal ontgoocheld was ze geweest toen duidelijk werd dat het verraad uit eigen kring afkomstig was. Betty had zich fulltime op haar studie rechten gestort. De nieuw verworven kennis wendde ze per omgaande aan in haar strijd voor de teruggave van de boerderij.

Het voelde oneerlijk dat zij als kleinkind dit moest opknappen. Ze nam zich voor het later zo te regelen dat ze niemand met de zorg voor haarzelf zou belasten.

Haar opa had een kamer op de eerste verdieping en keek vanaf zijn bed op het groen van de bomen. Het was een prettig idee dat hij hier goed werd verzorgd. Zowel hij als haar oma had nu rust. Het was er schoon. Het huis in Scharwoude begon toch een beetje smoezelig te worden. Tegen de pislakens van haar echtgenoot viel voor haar oma niet op te wassen.

Hij was mager geworden en had een soort vogelkopje gekregen, waarin zijn ogen hol afstaken. Daarmee keek hij hen aan en vroeg of Marie zijn nieuwe meisje was, want hij had om een Hollands meisje gevraagd. Ze stuurden elke keer een zwarte, en die wilde dan dingen met hem doen waarvan hij niet gediend was. Hij keek haar schalks aan, wat in zijn nieuwe hoedanigheid van man op laatste honk in verpleegtehuis geen prettig gezicht was, en zei dat hij 'die dingen' van haar wel zou gedogen.

Ze vroeg of hij het naar zijn zin had. Hij staarde haar aan, waarop ze haar vraag herhaalde. Peinzend keek hij haar lang aan. 'Zin? Wat voor zin?'

'Hebt u het fijn hier, oupa?'

'Ik heet geen oupa, ik ben Johan van Henk en Bettien.'

'Heb je het hier naar je zin, Johan?'

'Als ik niet lief ben, slaan ze me.'

‘En als je lief bent?’

‘Dan krijg ik pap met suiker.’

‘Dan maar veel lief zijn, hè?’

Vincent had het gehad en kondigde aan dat hij vast naar hun café ging.

Zelf wilde ze doen wat je hoorde te doen als je bij iemand was die ziek was. Het nachtkastje opruimen, planten water geven, eventuele nieuwe bloemen in het water zetten, al die dingen waar de verpleging niet aan toe kwam. Ze leerden in hun opleiding al om kleine klusjes over te laten aan familieleden, omdat die graag iets wilden doen. De was nam haar oma mee, op het beddengoed na. Bijna altijd stond de grote bus van het wasbedrijf op de parkeerplaats als ze kwam. Af en aan reden ze. Naar een enorme fabrieks-hal, stelde ze zich voor, vol stoom van de overkokende stalen ketels waarin de lakens, slopen en handdoeken werden gedesinfecteerd en waar ze wit als sneeuw weer uit tevoorschijn kwamen.

Shelley wachtte in de tuin op haar. De zon scheen door de nog kale takken. Aan de overkant fietsten een paar mensen in rustig tempo over de Nassaukade. Hun uiterlijk en kleding toonde veel variatie, maar de fietsen waren allemaal oud en afgetrapt. ‘Stadsfietsen’ was de eufemistische noemer waaronder ze vielen op de advertentieborden van de supermarkten. Waarschijnlijk werd nergens ter wereld op zulke gammele fietsen gereden als in Amsterdam. Niet eens in India, waar arbeidskracht ook voor de lagere middenklasse goedkoop genoeg was om onderdelen te vervangen en fietslampen te repareren.

De sigaret die Shelley haar aanbood weigerde ze. De laatste tijd was ze geleidelijk meer gaan roken. Daar baalde ze van. Ze had zichzelf altijd gezien als iemand die heel gezond en bewust leefde, maar door het café met de krankzinnig lange werkdagen was daar de klad in gekomen. Dit jaar had ze zich nog voor geen enkele wedstrijd ingeschreven. Als ze niet uitkeek, kostte de dorade haar ook nog haar atletiekcarrière.

Ze zaten naast elkaar op een houten bank. Ze keek naar Shelleys benen, die donker afstaken bij haar witte uniform. Haar lichaam was wulps te noemen, vlezig en rond. De mensen keken naar

Shelley, mannen en vrouwen. Overal trok ze de aandacht. Zij niet. Ze vond zichzelf absoluut niet mooi. 'Je bent net een jongetje,' had Vincent in het begin tegen haar gezegd. Het soort jongen dat altijd buiten wil spelen en zeker geen schriftgeleerde wil zijn. Maar misschien was ze niet zo'n echt meisje omdat meisjes gevoelig horen te zijn, mogen huilen in het openbaar, trauma's hebben en altijd wel gekwetst zijn door het een of ander. Zo'n meisje wilde ze niet zijn, dus was ze net een jongen en had ze haar vriendinnen daar op uitgekozen.

'Ik zette alles klaar, zodat hij zich kon wassen. Hij vroeg naar een Hollands meisje, dat was hij gewend, zei hij. Zwarte toch ook, zei ik. U hebt in Afrika gewoond. Als kind heb ik op uw boerderij gewoond, weet u dat niet meer? Hij zei van niet en begon over wilde dieren. Ik vroeg of hij het echt niet meer wist, en toen zei hij dat ik een Afrikaanse kont had.' Shelley schoot in de lach. 'Dát had hij wel onthouden.' Ze inhaleerde diep en blies de rook uit. 'En toen begon hij over koeien. Dat ze gek werden.'

'Gekkekoeienziekte?'

'Nee, van kleine beestjes. Muggen of zo.' Shelley keerde zich naar haar toe en deed of ze een mug was die om Maries hoofd zoemde. 'Zzzzzzzzzz. Zzzzzzzzzzz.'

Plotseling klapte ze vlak voor haar gezicht haar handen hard tegen elkaar. Marie had het zien aankomen en schrok desondanks. Shelley maakte een grapje natuurlijk, maar in haar ogen las ze iets anders, iets wat ze nog nooit in de ogen van iemand had gezien, maar wat ze onmiddellijk herkende, met even weinig twijfel als bij haar eerste orgasme: haat. Het duurde kort.

Het volgende moment leunde Shelley ontspannen achterover en zei dat haar opa die mug ook had willen vangen.

33

Doedoedoe, bladertjies, slapenstyd nadertjies.
Doedoedoe, blommetjies, nag is aan 't kommetjies,
so sing die windjie vir blaartjies en blommetjies.

Met een bus vol uit Frankrijk geïmporteerde stokken die hij op het vliegveld van Kaapstad had opgehaald, reed hij terug naar Arkadia. De geënte stokken kwamen van Château Beychevelle. De plek waar hij onbezorgdheid had gekend. De zoon van de vroegere eigenaar had inmiddels zijn vader opgevolgd. De laatste tijd had hij hem bij het plaatsen van bestellingen diverse keren aan de telefoon gehad. De eerste keer had Henk naar zijn stage verwezen en namen genoemd van buren en mensen uit het dorp, maar de naam Keppel deed bij deze man geen bel rinkelen.

Het was ongewoon warm voor de tijd van het jaar. De ramen van zijn auto stonden open. De airco gebruikte hij nooit. Hij hield het stuur met één hand vast en luisterde naar Kaapse jazz. Langs de weg liepen veel mensen, allen op hun best gekleed. Hij minderde vaart. Flarden van een gospel waaiden zijn auto binnen. Hij zette de jazzmuziek af. Iedereen liep in dezelfde richting.

Even verderop kwam de bestemming in zicht. Op een veld direct langs de weg was een kerkhof, vol met houten kruizen van twee op elkaar gespijkerde latjes. Mensen stonden dicht bij elkaar om een open graf heen. Stapvoets reed hij erlangs. Er kwamen alsmaar mensen bij. Een paar keken om naar zijn auto, die hier veel te duur, modern en te groot leek. Maar ze hadden wel iets anders aan hun hoofd. Met een gevoel van vervreemding reed hij verder. De muziek en zang van de gospel zorgde voor een tunnel van geluid, waar zijn auto doorheen gleed als een ruimteschip.

Ineens stond hij vol op de rem. De vaalbruine hond stond midden op de weg. Het beest keek hem aan, wendde zijn kop af en stak traag over. Hij sjokte bijna, de kop hangend, alsof hij de moed had opgegeven.

Zonder zijn bus uit te laden liep Henk in de invallende duisternis de flauwe helling op naar zijn landje. Vannacht zou er eindelijk iets veranderen. Die zekerheid maakte hem rustiger dan hij in tijden geweest was.

Bij het landje viel hem aanvankelijk niets bijzonders op. De oogst was binnen; de stokken kaal. Hij tuurde naar de zwarte aarde en was zich meer dan normaal bewust van de maan achter hem, hoog in de lucht. Na een tijdje werd hij de aanwezigheid van een ander gewaar. Een ademhaling streek langs hem heen als de allerlichtste bries.

Even later stapte een gestalte hem voorbij. David. Ze keken elkaar niet aan en zwegen zeker vijf volle minuten. Maar híj moest die grens over. Als hij niets deed, zou er nooit wat veranderen.

'De zuurgraad van de shiraz is te laag.'

Hier stond geen shiraz en David wist dat.

'Vorig jaar heeft het veel geregend. Het zakt wel weg.'

'We moeten deze grond afgraven en vermengen met die van de shiraz. Dan is het precies goed.'

'Dan moeten we eerst nieuwe monsters nemen.'

'We gaan graven.'

'Maar dan kunnen we de helft van de stokken de kachel in gooien.' Voor het eerst hoorde hij emotie in Davids stem. Zijn stem trilde als die van een brugklasleerling die voor het eerst voor de klas een spreekbeurt moet houden.

'De beste stokken zullen overleven. Die hebben we nodig.'

'Er zijn andere methodes.'

'Maak er niet zo'n drama van.'

David liep naar de stokken, alsof hij ze bij voorbaat wilde beschermen tegen het kwaad dat ze te wachten stond.

'Dit zijn onze beste stokken op de beste grond. Al die jaren dat u in Nederland was heb ik ze verzorgd. Meer dan tien jaar. Afgedekt in de winter, begoten in de zomer, en nu wilt u ze afdanken, net nu ze op de top van hun kunnen zijn?'

'Ik dank ze niet af. Ik moet een bedrijf leiden.'

'Alstublieft, baas, doe het niet.'

'Het is grond, je zegt het goed, alleen maar grond.'

David draaide zich om en keek hem aan. 'U krijgt er spijt van.'

'We doen het zoals ik het zeg. Morgen beginnen we.'

'Goed, baas.'

34

'Dan gaan we bij je moeder langs.' Vincent zei het met dezelfde nonchalance waarmee hij in het laatste jaar van zijn studie bedrijfseconomie aangekondigd had een tapasbar te beginnen. Marie zocht naar een tegenargument, maar hij kapte haar af. Een beter moment zou er niet komen. Dat wist ze zelf ook.

Het was zaterdagochtend. Ze lagen nog in het bed dat Vincent als een verzameling houten planken meegenomen had tijdens een van zijn koortsachtige bezoeken aan Zuid-Spanje.

Vincent had een perfect gevoel voor timing. Het café was vrijwel vanaf het begin een plek geweest waar jonge televisiepresentatoren en soapsterren zich graag lieten zien met hun nieuwste verovering en plaatsnamen op het miniterras met uitzicht op een gedempte gracht vol geparkeerde auto's. Met de door Johannes van Dam bejubelde tapas konden de sterretjes bovendien doen alsof ze een hele maaltijd aten, terwijl ze zorgvuldig de calorieën telden, zichzelf één stukje stokbrood met de verrukkelijke knoflooksaus toestonden en de rest aan hun nieuwe liefde opdrongen. Zelf beriep Vincent zich op zijn intuïtie, daar moest je te allen tijde naar luisteren.

Hij rolde naar Marie toe, sloeg zijn armen om haar heen en drukte haar tegen zich aan. 'We gaan naar die beurs en combineren het nuttige met het aangename.'

'Wat is het nuttige en wat het aangename?'

'Doe niet zo moeilijk. Het is een uitje! We gaan slapen in dat Philippe Starck-hotel, weet je wel. Ik verwacht niet dat je moeder ons te logeren vraagt. Maar als je geen zin hebt, doen we wat anders. Met mij kun je alle kanten uit.'

Als ze nu niet ging, wanneer zou ze haar moeder dan wél zien? Hoe erg vond ze dat? Haar moeder was geen partij in haar leven. Ze wist waar ze woonde. Een jaartje meer of minder maakte niets meer uit. Het adres had ze opgezocht op de plattegrond die ze in een reisboekenwinkel had gekocht. Vincent zou er na één blik op de kaart recht op af rijden. Dankzij zijn aangeboren richtingsgevoel, of omdat hij nooit twijfelde.

'Mag ik dan rijden?'

Hij lachte hard. 'Tuurlijk, schatje.' Hij trok haar boven op zich. Het bed kraakte. 'We moeten een nieuw bed kopen. Zo'n Zweedse boxspring lijkt me fantastisch.'

Ze protesteerde niet.

Zijn auto was als nieuw. Sinds zij haar rijbewijs had, was dit zijn derde auto, maar in geen ervan had ze mogen rijden. Soms had ze de auto van haar opa geleend, maar nu zat oupa achter slot en grendel in het verpleegtehuis, compleet met gaten in zijn brein, precies daar waar haar vader zijn vragen als pijlen op hem had afgevuurd. Als iemand die op de kermis met kogels van kurk plastic eendjes onder water schiet en onverschillig verder loopt met een roze teddybeer.

Afrika had hun geen van allen geluk gebracht.

De beurs stond in het teken van alcoholvrije bieren, nieuwe methodes om koffie te zetten en luchtzuiveringsinstallaties. Ze slenterden langs de stands en namen hier en daar een folder mee. Achterin waren de stands met eten. Alles op stokjes was de trend dit jaar. Stokjes met gerookte tomaat, gegrilde aubergine en mozzarella; garnalen; kip met rozemarijn en limoen; zalm op diverse manieren bereid. In hun culinaire interesse vonden ze elkaar, hoewel die van Marie nog tamelijk recent was. Over recepten en gerechten konden ze discussiëren zoals anderen over muziek of literatuur. Hun menukaart wisselde voortdurend. Ze hadden de slak als snack geïntroduceerd en de venusschelp vijf verschillende gedaantes gegeven. De soep met venkel en saffraan bleek een klassieker. Ook de eenvoudige wijn in rood, wit en rosé wisselde niet. Haar vader zou het slurpwijn noemen. Gelukkig paste bij een Spaans café geen Franse wijn en hoefden ze die discussie niet aan te gaan.

Na de dood van het wijnboertje ontdekten ze dat hij zijn drank niet eigenhandig bottelde, maar betrok van een naburige fabriek, van een eigen etiket voorzag en aan buitenlanders verkocht als wijn die sedert vele generaties door zijn familie werd gemaakt. Het bleek geen nadeel. De fabriek bracht de flessen nu, voorzien van hetzelfde etiket, met een vrachtwagen naar hen toe op haar toer door West-Europa, en de lange ritten naar Spanje met het oude busje behoorden daarmee tot het verleden.

'Zullen we nu naar je moeder gaan?' Ze stonden buiten de draaideuren van het congrescentrum. Aan de gevel wapperden Europese vlaggen. Vincent had twee stokjes met garnalen in zijn handen.

Haar maag trok zich samen. Hoe kon ze tegen hem op? Het was onmogelijk.

'Ik wil naar huis.'

'We kunnen ook eerst naar het hotel gaan.'

'Waarom?'

'Je moet er niet zo'n ding van maken. Dan maak je het belangrijk.'

'Alsof jij je moeder zo vaak ziet.'

'Maar ik ontloop haar niet.'

'Ik ontloop haar? Hoe dan? Waar moet ik haar ontlopen?'

'Je krijgt alleen spijt van de dingen die je niet hebt gedaan.'

Die uitdrukking had ze altijd zo'n onzin gevonden.

Nummer 316. Ze bleven staan voor een deur met koperen art-decobeslag. Om Vincent voor te zijn, drukte ze resoluut op de bel en niet veel later deed haar moeder open. '*Oui?*'

Marie verkende haar gezicht, terwijl Vincent het woord deed. Geen enkel moment had ze zich vaker geprobeerd voor te stellen dan dit, en nu viel er niets over te zeggen, behalve dat het zo gewoon was. Teleurstellend. Zo weinig magie. Ze hoorde Vincent zeggen dat ze toevallig in de buurt waren.

Claire riep in sappig Vlaams dat ze geluk hadden om haar thuis te treffen, want ze was er net. Kijk maar, ze had haar jas nog aan.

Marie zag de dunne, strakke huid. Fijne rimpels tekenden zich af rond haar ogen, mondhoeken en tussen de nu in een frons getrokken wenkbrauwen. Daar zouden ook bij haar de eerste rimpels verschijnen. Ondertussen greep Vincent Claires uitgestoken hand en zei dat hij wel kon zien waar Marie haar *looks* vandaan had. Claire glimlachte gevleid en noodde hen binnen. Marie voelde haar hand op haar schouder, en de zachte druk waarmee ze naar binnen werd geduwd.

Het appartement van Claire en haar man Antoine was chic op een ingetogen manier. Haar moeder stelde hen voor aan haar echtgenoot, met wie ze twaalf jaar getrouwd was. Ze was niet lang alleen geweest. Antoine had een opvallend gaaf gezicht, waarvan de gezondheid werd benadrukt door een volle bos krullend grijs haar. Hij droeg bretels over een overhemd, dat strak om zijn buik spande. Ze dacht aan de wat oudere, maar fitte mannen die op vrijdagavond het café frequenteerden en deelde hem in bij de bon vivants.

Na de onwennigheid en de obligate vragen – *Hoe gaat het met je studie? Heb je een bijbaantje? Ben je al in Japan geweest?* – was een geanimeerd gesprek ontstaan tussen Vincent, Claire en Antoine. Niemand leek zich bewust van haar aanwezigheid. Ze ging op in het geheel van de ruime living waar geen enkel meubelstuk of decoratie overheerste, luisterde, keek toe met toenemende verwondering, en ze knikte en glimlachte op min of meer de juiste momenten.

Met zijn charmes en innemende manieren wond Vincent Claire moeiteloos om zijn vinger. Zelfs Maries vriendinnen vonden hem de ideale schoonzoon. Ze lachte kirrend om zijn grapjes, en voor het eerst drong de volledige betekenis van het werkwoord kirren tot Marie door. Eerst een hoog geluid om de aandacht te trekken, gevolgd door een behaagzieke lagere toon, abrupt afgebroken met een vluchtige blik op de toehoorder om het resultaat te bekijken.

Claire had een uitzendbureau voor kantoorpersoneel. Zelf zag ze eruit als een supersecretaresse. Heel slank; haar uiterlijk onberispelijk. Een boblijn in het bruine haar, nagels in *French manicure*, de bijna magere benen over elkaar geslagen, een strakke zwarte rok tot een handbreedte boven de knie. Opmerkelijk stevige borsten spanden zich onder een crèmekleurige blouse en Marie vroeg zich af of die altijd zo geweest waren of dat de zwaartekracht op zeker moment middels een kleine ingreep een zetje terug had gekregen. Maar welk kind herinnert zich de borsten van zijn moeder? Ze herinnerde zich een foto waarop haar moeder dromerig tegen de witte muur van de schuur van de boerderij leunde. Hierop was ze zelf ook te zien. Ze was een jaar of twee en keek verlegen in de camera. De handen van haar moeder rustten op haar schouders. Ze droegen beiden dezelfde rode zomerjurk met witte stippen. Polkadots.

Ze kon zich voorstellen wat haar vader in Claire gezien had. Hij was bedrogen, uiteindelijk. Ze was geen Française, geen petite-Parisienne, maar Vlaamse, hoezeer ze haar vocabulaire ook doorspekte met stopwoorden als *voilà* en *dites-donc*. Veel veranderd was ze niet; nog altijd een koket meisje.

Of haar ouders ooit van elkaar gehouden hadden, wist Marie niet. Haar vader had ze het nooit durven vragen. Feit was dat haar moeder op Arkadia niet had gevonden wat ze zocht en langer blijven een verspilling van tijd en jeugd had gevonden. Marie wreef over haar armen, waar kippenvel op stond. Kon ze nu maar naar buiten lopen en gaan rennen. Rennen was het enige wat haar rustig kreeg. En warm.

Antoine bood Vincent een Cubaanse sigaar aan uit een grote doos. Hij pakte er een uit en haalde die in navolging van Antoine langs zijn neus. Hij knikte waarderend en vertelde over de visafslag in IJmuiden waar hij drie keer in de week naartoe ging. Antoine kende IJmuiden. De vis was daar goed. Had hij het café overigens in gezamenlijk eigendom met zijn vriendin?

Ze merkte hoe Vincent naar haar gluurde. Hij ving haar blik en glimlachte. Antoine zag het ook en trok zijn conclusie. Hij had het fout. Ze liet hem in de waan. Dit was geen moment om het gesprek te verstoren.

'Ik zou best naar Zuid-Afrika willen,' zei Vincent. 'Ik wil die boerderij weleens zien en het moet een heel mooi land zijn.'

'Het *ies* ook mooi. Maar wat is mooi? Een ansichtkaart is mooi.

Voor mij was Zuid-Afrika de verkeerde keus. Stel je voor: een schaal bonbons. Eén is je favoriet. Je ziet hem dadelijk. Glanzend en donker ligt hij bovenop en je hoopt dat hij er nog is als de schaal bij jou belandt. Je hebt geluk en je bijt hem meteen doormidden, zo nieuwsgierig ben je en dan heb je spijt. Hij is gevuld met mierzoete, roze fondant. Afschuwelijk. Maar wat kun je doen als je in gezelschap bent?' Claire sloeg haar zwart aangezette wimpers op naar Marie. 'Het *ies* een kwestie van smaak natuurlijk. Alles *ies* een kwestie van smaak.'

Antoine opende een nieuwe fles wijn en knipoogde. 'Maar over goede wijn valt niet te twisten.'

Daar zou haar vader anders over denken.

De ogen van haar moeder zochten wederom de hare. 'Hoe is het met je vader, Marie?'

De vraag trof haar als een harde bal tegen het hoofd. 'Goed, hij is terug naar Afrika.'

'Terug naar de roze fondant.' Parelwitte tanden.

'Naar Arkadia.'

Antoine vulde de glazen opnieuw.

Ze bedankte.

'Marie loopt de halve marathon in anderhalf uur.'

'Sporters moeten vroeg naar bed.' Ze stond op en keek naar Vincent. Met een overdreven spijtig gezicht keek hij terug en vervolgens naar Antoine en Claire, maar ze bleef staan en hij volgde.

Het echtpaar deed hen uitgeleide, met de armen om elkaar heen geslagen. Claire zei dat ze de volgende keer even moest bellen, dan zou ze zorgen dat Maries halfbroertje er ook was. Hij was nu net een paar dagen met school in de Ardennen. Dat zul je altijd zien, zulke dingen.

Ze liepen terug naar de auto, die in een stille zijstraat vlak bij het appartementencomplex waar haar moeder woonde geparkeerd stond. Vincent was opgelucht zijn laatste aanwinst net zo aan te treffen als hij hem had achtergelaten. Hij zette zijn auto bij voorkeur in een bewaakte stalling.

'Dat was best gezellig, vond je niet?'

'Ja.'

'Je moeder ziet er nog goed uit. Hoe oud is ze precies? Misschien is ze nog wel vruchtbaar.'

Voor de auto bleef ze staan en draaide zich om.

'Was het nodig om haar helemaal in te pakken?'

'Ik ga je moeder niet af zitten zeiken. We komen zomaar aanwaaien. Die mensen schrikken ook.'

'Daar heb ik niks van gemerkt.'

'Heb je spijt?'

'Ik wil naar huis'.

'Het hotel is al betaald.'

'Dat betaal ik je terug. Hoeveel was het?'

'Doe niet zo flauw. Het is een fantastisch hotel. Elke kamer heeft een ander design van een topontwerper. Het heeft in elk tijdschrift gestaan.'

Ze deed of ze weg wilde lopen. 'Ga jij maar. Dan ga ik wel met de trein.'

Vincent liep op haar af en pakte haar vast. 'We gaan naar het hotel, uitrusten en dan kunnen we alsnog naar huis, als jij dat wilt.'

Marie keek hem aan. Ze moest zo snel mogelijk weg uit Brussel. Een vreselijke stad, lelijk van buiten, rot van binnen. 'Alsjeblieft.'

De greep van zijn handen om haar middel werd zwakker. 'We hadden niet moeten gaan. Ik heb je zitten pushen. Heb ik je zitten pushen?'

Ze duwde zijn handen weg en liep om naar de bestuurderskant. 'We gaan naar huis. En ik rij. Jij hebt te veel gedronken.'

Weifelend bleef hij staan. 'Maar weet je dan hoe je de stad uit moet?'

'Dat weet jij toch?'

In Brussel had Vincent nog gespannen naast haar gezeten en haar tal van aanwijzingen gegeven, maar eenmaal op de snelweg was dat minder geworden en nu, voorbij Antwerpen, ontspande hij zich. Ze had zich afgevraagd waarom ze nu ineens wel in zijn auto mocht rijden. Schuldgevoel kon het niet zijn. Daar deed hij niet aan. Het was bijna een huwelijksaanzoek, de manier waarop hij na zo vaak nee zeggen ineens ja had gezegd.

Ze keek opzij. Hij sliep bijna, onderuitgezakt in de comfortabele leren stoel. Ze was hem er dankbaar voor. Het maakte de avond tot een triomf, zorgde ervoor dat ze in een overwinningsroes naar huis kon keren. Ongemerkt drukte ze het gaspedaal dieper in. Voor haar moeder was ze een kennis van vroeger. Iemand met wie je bij de uitgang van de supermarkt een praatje maakte. *Hé, hallo! Hoe gaat het? Je bent niets veranderd. We zijn druk, maar we bellen.*

Al haar woede richtte zich op één punt, hoopte zich op in razernij, een plek buiten haar, weg van haar, via haar voet en het gaspedaal naar het asfalt.

'Marie!' Vincents schreeuw klonk langgerekt. In één beweging schopte hij haar voet van het gaspedaal en greep het stuur van de slingerende auto. Zijn ellebogen prikten als skistokken in haar borst, tot het punt dat ze geen lucht meer kreeg. Zijn voet zocht de rem. Ze drukte zichzelf zo diep mogelijk in de rugzitting.

Hij ontweek de vangrail op een haar na en bracht de auto slippend tot stilstand. In een reflex stapten ze allebei haastig uit. Marie liep weg, dansend, zwevend. Er was niets gebeurd. Het was een droom. Ze leefden. Vincent, die bij de auto was gebleven, keek haar geschrokken aan en schudde zijn hoofd. Al lopend spreidde ze haar armen wijd naar hem uit. In de verte reed een vrachtwagen geluidloos voorbij. Gelukkig was ze, zo gelukkig. 'Ik heb niks! Ik hou van je!' Hij lachte. Ze bleef achteruit lopen, overmoedig, gewichtloos. Haar voet maakte contact met iets. Getraind hardloopster als ze was, wist ze dat het aluminium was, een blikje.

'Marie!'

Ze tolde om haar as. Haar benen schoten als die van een dansmarieke alle kanten uit, maar hervonden het evenwicht niet. Ze zag Vincent rennen, maar hij kwam niet vooruit. Net als in de grote, houten ton in de speeltuin. In het binnenste van de ton rende je je gek en als je niet hard genoeg rende, ging je over de kop. En als je wel hard genoeg kon rennen, bleef je op dezelfde plaats en dat was alles. Zij kon harder rennen dan hij.

Ze viel en klapte met haar hoofd tegen de vangrail. Precies op de plek waar de horizontale en verticale platen elkaar kruisten. Het zeskantige holle uitsteeksel dat de verbinding ertussen vormde, boorde zich diep in haar slaap.

35

In het ziekenhuis liep Henk door lange glazen gangen met deuren die bij het naderen van zijn voetstappen automatisch opengingen. In dit niemandsland zonder grenzen tussen dag en nacht, rijk en arm, jong en oud, liep hij bij de volgende zwenkdeuren frontaal tegen Shelley op. Zij vond het toeval, hij niet.

Hij vroeg hoe het met Marie ging.

Afwachten, zei ze. Ze was al een paar keer geweest, maar had tot nu toe geen verandering gezien. Maar zijn vader maakte het goed, naar omstandigheden. Zijn verleden ging het heden steeds meer overvleugelen, maar de patiënt heeft daar zelf meestal minder last van dan de omgeving. Hij had het vaak over 'vangen'. Was dat misschien een spelletje uit zijn kindertijd?

Verward keek hij haar aan. Hij had niet naar zijn vader gevraagd.

Shelley zei dat ze naar haar werk moest en liep snel door.

Roerloos lag Marie op het witte bed, omgeven door apparatuur. De laatste keer dat hij in een ziekenhuis was geweest, was bij haar geboorte, maar zo had hij het zich voorgesteld. Haar gezicht was van een intense bleekheid. Een kind.

Vincent zat ontredderd op een stoel bij het raam. Hij stond op en gaf Henk een hand. Zijn lichaam dekte daarbij een deel van het raam af, wat het licht in de kamer even merkbaar dempte. 'Dag, meneer Keppel. Marie is sterk. De dokter zegt dat ze er weer helemaal bovenop komt.' Mits ze snel bijkomt, had de neuroloog eraan toegevoegd.

'Ik dacht echt dat ze haar moeder wilde zien,' stamelde Vincent. 'Eigenlijk weet ik bijna niets van haar.'

De doorwaakte nacht was Vincent aan te zien. Zoals Marie weer een kind leek, leek hij in één nacht volwassen te zijn geworden.

Zijn blik dwaalde van het gezicht van zijn dochter naar de halfgesloten luxaflex, waarachter de zon omhoogklom. 'We zijn een rare familie.'

Vincent zweeg.

'Heb jij veel contact met je familie?'

'We kunnen goed met elkaar overweg, maar lopen de vloer niet bij elkaar plat. We zien elkaar op verjaardagen en dergelijke.'

Hij probeerde te bedenken wat hij ervan vond dat Vincent en Marie in Brussel waren geweest. Heel graag wilde hij er een mening over hebben, zich afvragen of het niet gebeurd zou zijn als ze niet bij Claire waren geweest, maar het lukte hem niet zijn gonzende hoofd tot bedaren te brengen en zijn over elkaar buitelende gedachten te ordenen. Liever dan denken wilde hij voelen. De zaken hadden onherroepelijk hun keer genomen.

'Hou je van haar?

'Ja,' zei Vincent.

'Hou je echt van haar?'

Vincent bevestigde dit nogmaals en legde er meer nadruk op.

Maries handen lagen smal boven de deken. Hij voelde of ze warm waren. De temperatuur leek hem normaal.

XIII

Apetrots bracht Henk Claire mee uit Frankrijk naar Zuid-Afrika. Trots dat hij, een jongen met zo'n simpele achtergrond, zo'n trofee veroverd had.

Het leek heel romantisch, een bruid uit een ander land, maar het was wel een gedoe. Nu had ik er twee die aan tafel alleen liflafjes bliefden. Voor zover ze al iets at, want dit soort wichtjes leeft van de lucht. Zelfs tijdens haar zwangerschap wilde ze niet fatsoenlijk eten. Met kroketten, wat voor mijn kinderen altijd een traktatie was en waar je mij toen ik zwanger was voor wakker kon maken, hoefde ik bij haar niet aan te komen.

Waarschijnlijk ben ik niet de enige die zich weleens heeft afgevraagd wat Claire in onze Henk zag. Laat ik het zo zeggen: ik heb de liefde tussen hen nooit gezíén. Ik denk dat er iets misgegaan is, net als tussen Gradus en mij, waardoor Henk in beeld kwam. Zelfs acht ik het niet uitgesloten dat Marie een andere vader heeft. Ze zijn halsoverkop getrouwd en nog geen acht maanden daarna is Marie geboren. Ik zie Claire er wel voor aan, en dat bedoel ik niet onaardig. Ze had gelijk dat ze haar kind in een gezin wilde laten opgroeien. En wat dat vaderschap betreft: Henk kan ook rekenen.

Ik was niet zo'n leuke schoonmoeder voor Claire, echt een uit een boekje. Afstandelijk. Misschien was ik een beetje jaloers op haar. Ze was dartel, dat wil iedereen wel zijn. Claire wachtte niet af tot de tijd het tij zou keren en de blikken zouden verzachten; ze is haar eigen weg gegaan.

Wij waren niet bij de bruiloft, maar haar ouders ook niet. Claire en Henk zijn getrouwd in het kleine dorp in Zuid-Frankrijk waar ze toen allebei woonden. Ook dat is zo romantisch. Ik stel me lange tafels voor op een plein, maar die zijn leeg, want iedereen danst. Ik weet niet wat dat is met mij, maar hoe ouder ik word, hoe meer ik de romantiek in dat soort dingen zie. Het kan ook zijn dat ik sentimenteel word.

Claire was au pair bij een Engelse familie die in hun Franse kasteel de zomermaanden doorbracht. Op drie jongetjes moest ze passen, een tweeling van vier en een jongetje van drie. De verhalen die ze daarover vertelde... Nog een geluk dat Marie een meisje was.

In zo'n klein dorp trek je als jongelui vanzelf naar elkaar toe. Zeker als je allebei buitenlander bent, hoewel Henk lang gedacht heeft dat Claire Française was. Maar zij heeft hem niet bedrogen, dat heeft hij zelf gedaan. Hij zag wat hij wilde zien.

Andersom heeft Henk haar misschien bewust of onbewust een verkeerde indruk gegeven van de omstandigheden op Arkadia, of het was Afrika dat haar lokte. Enfin, ik weet het niet, maar je kon zien dat alles haar hier tegenviel. Ja, 1972, wat stelde Kaapstad toen voor, als je Parijs kent en Londen?

In de kerk in Wellington viel ze op. Verder waren er niet veel plaatsen waar ze kon schitteren. Af en toe kregen ze een uitnodiging voor een partij of braai. Henk werd zeker meer uitgenodigd dan voorheen. Was ze voor hem een trofee, voor anderen was ze een bezienswaardigheid, met haar pakjes uit Parijs, parfums en wufte schoentjes waar een normaal mens geen twee stappen op kon zetten.

Maar zoals dat gaat, was het nieuwtje er snel af. Voor haar ook. Ze begon zich te vervelen. Eerst ging ze in haar eentje naar dansavonden van de Belgische vereniging in Stellenbosch en ze vond nog een tijdje een hobby in het beplanten van de borders. Als ze dat echt leuk had gevonden, had ze daar wel een bedrijfje in kunnen beginnen. Elke plant kreeg zij in bloei en ze maakte combinaties waar je zelf niet zo snel op zou komen. De tuin is daarna nooit meer zo mooi geweest. Ze hield vooral van bloemen en zette rustig lobelia's en ereprijs bij elkaar, blauw op blauw, met op de achtergrond het appelgroen van een buccostruik. Of ze plantte Spaanse margrieten in een perk witte camelia's met in het midden een uitsparing voor een grote dontella. In België en Nederland bestelde ze allerlei zaden en bollen en tegen de tijd dat die werden verwacht, zat ze als een kind naar de post uit te kijken. Ach, ze was ook nog maar een kind.

Tegen het einde van haar zwangerschap moest en zou ze naar huis. Ze was bang voor de bevalling, zei ze. Maar het was de heimwee waarvan ze niet meer kon eten en slapen. Henk was niet te vermurwen. Zijn kinderen moesten op Arkadia geboren worden. Dat is de enige keer dat ik hem ten op-

zichte van haar voet bij stuk heb zien houden, want voor de rest was hij een en al toegeeflijkheid. Hij dacht dat hij zo uiting gaf aan zijn liefde.

De manier waarop zij naar hem keek, wanneer hij het over kinderen had, zei mij genoeg. Zodra ze kon, zou ze haar hielen lichten. En zo is het gegaan.

Ze heeft haar kans afgewacht en is vertrokken als een dief in de nacht.

's Ochtends lag er een briefje op tafel, geadresseerd aan Henk en Marie, die twee jaar was.

'Wij maken elkaar niet gelukkig. Laten we anderen gelukkig maken. Liefs, Claire.'

36

Elke maand betaalde hij vanuit Zuid-Afrika trouw de contributie aan zijn fietsvereniging in Nederland. Deze zondag kon hij eindelijk weer eens een tocht meefietsen met zijn clubgenoten. Ze reden in een lange sliert door de duinen. Voor de middag was hij al doodop. Om niet de hekkensluiter te zijn, ging hij de strijd aan met het oudste clublid, een man van eenenzeventig. Hij werkte zich in het zweet en won, maar bezuurde het na de lunch. Het bier zakte in zijn benen en de middag was nog tachtig kilometer lang.

De AOW'er kreeg zijn revanche. De hele middag fietste Henk vervolgens achteraan in de stoet en zag de afstand tussen hem en de rest steeds groter worden. Het enige voordeel daarvan was dat het logo van de sponsor ook een stipje in de verte werd. Vandaag droegen ze hun shirts met het gemoderniseerde logo voor het eerst. Het olijk lachende varken had plaatsgemaakt voor een knipogende koe. 'Vlees van Piet, beter is er niet', was de nieuwe slogan.

In het ziekenhuis, op de stoel bij Marie, tolde hij van vermoeidheid. Het zien van haar bewegingloze gestalte was al bijna genoeg om door slaap overmand te worden. Hij pakte de bundel vertaalde haiku's van het nachtkastje en las haar voor. *Dikke huisjesslak; ook jij, beklimt de Fuji, maar langzaam, langzaam...*

Het boek gleed uit zijn handen op de grond. Hij bukte zich en bedacht dat hij maar even naast Marie moest gaan liggen. Dat zou ze niet erg vinden en misschien was het juist goed. Contact. Zijn handen reikten al naar de witte sprei, toen een heldere stem zijn slaap op de vlucht joeg.

'Hé, wie ligt er hier in coma?'

Aan de andere kant van het bed stond een vrouw van een elegantie zoals hij zowel in Nederland als in Zuid-Afrika maar zelden aantrof.

'Ja, kijk maar goed, *iek* ben het. Helemaal niets veranderd. *Merci beaucoup, mon chéri.*'

Haar mond zou altijd te groot blijven voor haar gezicht. De twee rijen tanden, kaarsrecht en wit, konden die ruimte niet goed vullen.

Ze monsterde hem langdurig. 'En jij ook niet,' voegde ze eraan toe.

Claire. 'Wie heeft jou gebeld?' vroeg hij.

'Die leuke vriend van haar. Zo charmant. Je weet toch dat ze bij mij zijn geweest?'

'Ja.'

'Dát was heel gezellig, maar dit *ies* een ramp.'

'Het komt goed.'

'Heb je de dokter gesproken? Wij moeten met de dokter spreken.'

Ik dacht echt dat ze haar moeder graag wilde zien. De woorden van Vincent speelden door zijn hoofd. Dat ze er niet over praatte, wilde niet zeggen dat het haar niets kon schelen. Hij dacht dat ze gelukkig was. Dat haar leven op orde was met Vincent, het café, de sport. Ze was omringd door vrienden en activiteiten, een volmaakt leven. Had hij zich vergist? Was het mogelijk dat het auto-ongeluk geen ongeluk was geweest? Onzin, ze zou nooit een ander opzettelijk daarin meetrekken. Maar ze had wel dood kunnen zijn en Vincent ook. Bizar. Vincent had hem de details verteld.

De afwezigheid van Claire was voor Marie geleidelijk even alledaags geworden als naar school gaan of tandenpoetsen. Tijdens haar puberteit had hij zich zorgen gemaakt, maar ze was lief en ijverig en maakte nooit verwijten. Sinds haar eenentwintigste verjaardag groot was gevierd en hij kort daarop was teruggekeerd naar Arkadia, had hij gedacht dat het 'klaar' was. Maar dat iets gewoon werd, wilde niet zeggen dat het voorbij was. Hij had beter moeten weten. Meisjes hebben niet per se hun moeder nodig, maar wel een moederfiguur. Die had ze gehad, meende hij: zijn moeder en zijn zus waren altijd in de buurt geweest.

Met geen enkele redenering overtuigde hij zichzelf. Hij kende haar slecht, de persoon die hem het meest dierbaar was in het leven. Of zou moeten zijn. Hij had aan Vincent gevraagd of hij van haar hield en Vincent had ja gezegd, het enige goede antwoord, maar hij had veel meer willen vragen. Bijvoorbeeld wát hij dan precies voelde en vanaf wanneer.

De schraalheid van zijn gevoelswereld openbaarde zich in volle omvang. Van Shelley hield hij niet, dat was gekte, een bijna obscene bezetenheid. Van Bernard wel, anders zou hij dit leven niet leiden. Maar Bernard was geen mens, maar een god, iemand aan wiens dwingende wetten hij onderworpen was zonder een eigen wil. Offers moesten geplengd worden. Zijn hart trok zich samen. Marie. Omdat hij zich had laten afleiden. Daar hielden goden niet van. Die deden niet aan vrije dagen.

Samen met Claire ging hij naar de behandelend neuroloog van hun dochter. Uit hoofde van zijn beroep zou de arts neutraal over hen denken als 'de ouders van'. Hij zou niet aannemen dat zij samen naar huis zouden gaan; hij zou zover niet gaan in zijn gedachten. Zijn terrein was exact afgebakend. Informatie overbrengen aan de ouders van de patiënt.

De neuroloog, een kalende vijftiger met bril en witte jas, had niets nieuws te vertellen. De schade zou pas vastgesteld kunnen worden als Marie uit haar coma zou ontwaken. Dat er schade was, was zeker, maar over de omvang ervan en de gevolgen voor haar verdere leven kon hij nu niets zeggen. Op de scans waren de getroffen gebieden weliswaar goed zichtbaar, maar vooraf kon niet vastgesteld worden of en in hoeverre gezonde hersendelen de functies van beschadigde gebieden zouden overnemen.

Vincent zat aan het voeteneind met zijn rug naar Marie, die hij een koptelefoon over het hoofd gezet had. Een aantal cd's lag op de sprei uitgespreid. Op zachte toon besprak hij de hoesjes met Frederieke. Net als Vincent trof Henk haar hier vrijwel dagelijks aan. Ze zaten openlijk te flirten en dat irriteerde hem behoorlijk.

Hij ging op zijn vertrouwde plaats bij het hoofdeinde zitten. Het boek met de haiku's was open blijven liggen op de plek waar hij de vorige keer was geëindigd. Hij las verder. *De eik verheft zich en bekommert zich geenszins om de kerselaars.*

Shelley kwam binnen, en met de geroutineerdheid van haar beroep reorganiseerde ze de spullen op Maries nachtkastje, voordat ze hem wenkte mee te komen.

Ze liepen door de lange gangen. Buiten voor het ziekenhuis, met uitzicht op de parkeerplaats en af en aan rijdend verkeer, pakte Shelley haar sigaretten. In een reflex schudde hij zijn hoofd, ofschoon ze hem niets aanbood.

'Marie kan nog weken in coma blijven,' zei ze. 'Maanden of jaren. Wat ga je doen?'

Die vraag had hij zichzelf vele malen gesteld, maar het antwoord evenzoveel keren op de lange baan geschoven. 'Ik lees voor,' zei hij. 'De dokter zegt dat het goed is om te blijven communiceren.'

'Dat kunnen anderen ook. Ze heeft genoeg mensen om zich heen.' Bijna terloops keken ze elkaar aan.

'Wat kan ik nog meer doen?'

'Teruggaan.'

'Waarom?' Een zwak verweer.

'Er moet een einde aan komen.'

37

Boven Senegal werd hij wakker. Op tien kilometer hoogte was Andile zijn dromen binnengedrongen. In zijn kraakheldere poloshirt, korte broek en witte gymschoenen stond hij aan de rand van een net omgeploegde akker voor het fijnbos en keek recht voor zich uit, alsof hij poseerde voor een foto. Hij hield iets met beide armen tegen zich aan gedrukt, hief zijn armen en liet los. Een kip fladderde recht omhoog.

Hij tuurde naar de top van de heuvel. Zijn landje lag er nog net zo bij als hij het had achtergelaten.

Met grote passen beende hij de wijngaard door op zoek naar David. Een van de arbeiders kwam hem over het pad tegemoet. Het was Slimo. Hij had een nijptang in zijn hand. 'Waar is David?'

Slimo gebaarde in de richting waar hij vandaan kwam. 'Bij het hek, baas.'

Met Sol en Cécile repareerde David de afrastering. Hij spijkerde het gaas vast aan de balken en Cécile hield het strak. Sol gaf de spijkers aan. Cécile lachte ergens om. David keek pas op toen hij pal voor hem stond.

'Waarom is er nog niet gegraven?'

David wees op het grote gat in het gaas, dat nu voor tweederde gedicht was.

'Wilde honden,' zei David. 'Ze komen er elke nacht doorheen.'

'We hadden iets afgesproken.

'U zei dat ik de baas was als u weg was. Dan beslis ik wat ze moeten doen.'

Henk pakte een schop en beduidde David hem te volgen. Met die klotehonden zou hij later wel afrekenen.

Op het landje duwde hij David de schop in handen. 'Jij en ik. We doen het samen.' David pakte de schop aan en sloeg zijn ogen neer, maar de weigering daarin was hem niet ontgaan.

'Baas...'

Hij rukte hem de schop uit handen, stak hem bij een wijnstok diep in de aarde en begon te graven. De idioot begon echter als een keeper voor het doel voor de stokken heen en weer te springen.

'Alstublieft, baas, doe het niet.'

Hij hief zijn schop op naar Davids gezicht. Aarde vloog rond. 'Oprotten! Weg!'

David bleef staan, staakte zijn verzet en droop af. Net op tijd. Het scheelde niet veel of hij was zijn geduld verloren, en dat terwijl hij hem de laatste maanden juist meer was gaan waarderen. Halsstarrigheid, ook dat hadden ze gemeen.

Hij groef door, blind voor de blikken van de arbeiders verderop in het veld, blind voor zijn eigen twijfel. De wortels van de stokken staken diep de grond in. Metersdiepe gaten moest hij graven, en bij de hoeveelheid stokken wilde hij niet stilstaan. Wortel na wortel legde hij bloot. Geen enkele mocht bedekt blijven door aarde. Sommige wortels hadden zich met elkaar verstrengeld en zich diep in de grond verankerd. Met een bijl hakte hij die los van elkaar en hun stam. Na een uur voelde zijn keel aan als een staalborstel en zaten zijn handen onder de blaren.

Misselijk van vermoeidheid strompelde hij toen het te donker werd om nog wat te zien terug naar het huis. De spar stak hoog boven het huis uit. Die verdomde spar. De dwang om achterom te kijken was groot, en hij probeerde zich er uit alle macht van te weerhouden. Even hield hij dat vol, toen keek hij. De onttakelde wijngaard met de wortels van de stokken boven de aarde bood in het licht van de maan een surrealistische aanblik. Hij wilde rennen, maar kwam amper vooruit. Zijn benen voelden aan als loden pijpen.

Hij struikelde ergens over en raapte het op. Het was een smal, bruin verkleurd bot. Zijn ademhaling raspte en hij voelde een snijdende pijn op zijn borst.

■

Zijn vaders schaduw valt over de blauw-witte stof. Hij scheurt zijn ogen los en richt die weer op de kerstboom in de verte. In een fractie van een seconde registreert hij dat de lichtjes nu uit zijn, maar door zijn ogen een aantal keren open en dicht te doen, zet hij die terug op hun plaats.

'Henkie, kom hier!'

Zijn grote, sterke vader zit op zijn knieën. Naast hem ligt Jean-Luc. Zijn borstkas gaat met een schurend geluid op en neer. De scharen van de ploeg waren rondgegaan in zijn hals, maar op wonderbaarlijke wijze was zijn luchtpijp gespaard gebleven. Met korte golfjes welt het bloed uit zijn schouders op.

Hun ogen zuigen zich aan elkaar vast en hij is bang door Jean-Luc, die steeds platter lijkt te worden, meegetrokken te worden de aarde in. Maar zijn ogen verliezen op slag hun glans en kijken niet meer naar Henk, maar dwars door hem heen naar een gebied ver buiten de grenzen van hun landjepikveld.

38

'Open je ogen,' hoorde ze iemand zeggen. 'Open je ogen.' Ze had ze open, maar ze zag niets. Hoe lang zat ze al vast in deze donkere tunnel waarin ze niet voor- of achteruit kon? Soms was het alsof ze zich onder water bevond en niet boven kon komen. Op andere momenten voelde ze ruimte en lucht om zich heen. Dan hoorde ze flarden muziek haar cocon binnenwaaien. Eén keer hoorde ze iets dat ze kende en probeerde ze mee te zingen. Haar mond ging open en dicht als die van een goudvis, maar er kwam geen geluid uit. Daar maakte ze zich niet druk om. Het was rustig en warm; iets waar ze enorm naar verlangd had, aangezien het enige wat ze zeker wist was dat ze van een plaats kwam waar kou en chaos heersten.

Net als in een sprookje was haar wens letterlijk uitgekomen. Behalve rust en warmte was er niets. Van de wereld buiten de tunnel en het bestaan van andere mensen had ze slechts een vage voorstelling.

Open je ogen. Ze opende haar ogen en zag een witte wereld. Een wit plafond, een raam, dé wereld.

Ze lag in bed. De deur ging open en twee verpleegsters holden naar binnen. De een kwam naar haar; de ander ging naar een apparaat dat piepte. Terug was de chaos. Ze wilde de deken om zich heen wikkelen, maar haar handen waren vastgebonden. Geen wonder dat ze de tunnel niet uit had gekund. Ze deed haar ogen dicht, maar haar wens was uitgewerkt. Terug kon niet meer. Slapen wel.

'Ik wil een gevulde koek.'

'Die hebben ze hier niet.'

'Kan me niet schelen. Ik wil een gevulde koek.'

'Morgen breng ik een taartje van Holtkamp voor je mee.'

Vincent zat naast haar op bed met zijn arm om haar heen. De drukte was wennen, maar die arm was fijn. Ze had honger en ze wilde naar huis.

'Ze kan beter eerst iets normaals eten, een boterham of zo. Als er zo een verpleegster komt, moeten we dat vragen,' zei haar oma.

'Ik voel me prima en ik wil een gevulde koek. Jullie doen of ik invalide ben.'

Hij stond op en gaf haar een kus op haar wang. 'Ik haal er beneden een voor je.'

'En breng de dokter mee. Dan kunnen we naar huis.'

39

Het ene bot na het andere werd door de agenten van de technische recherche naar boven gehaald. Ze droegen handschoenen en stonden wijdbeens op de omgewoelde aarde, tussen de wijnstokken met de omhoog wijzende wortels, waar de zon fel op scheen.

Hij herkende het bot dat hij vannacht had gezien en zag nu dat het een ellepijp was. Het werd doorgegeven, in een plastic zak gestopt en in een doos met de overige restanten gedaan.

Over sommige stokken was een kledingstuk gehangen. Een jasje, een T-shirt, een overhemd. Iemand had de wortels willen beschermen tegen uitdroging. Hij zag dat een agent er foto's van maakte. Dat waardeerde hij. Zorgzaamheid werd niet vaak gefotografeerd.

Rechercheur Ben stond naast hem. 'U ziet, alles gaat volgens het protocol en met respect voor de overledene en de nabestaanden.'

Cécile kwam langs met een dienblad met koffie. De meid liep achter haar aan met melk en suiker. Hij bedankte. Zijn hand trilde zo dat hij bang was dat hij de beker niet zou kunnen vasthouden. Die beker zou vallen en iedereen zou naar hem kijken.

Achter het afzetlint verzamelden arbeiders en mensen uit de buurt zich. Shelleys ouders waren erbij. Ze vermeden zijn blik.

De rechercheur pakte een beker koffie van het blad en deed er ruim suiker bij. 'U bent de eigenaar van dit terrein?'

Hij knikte. 'Excuses voor de rommel. Ik had nog op willen ruimen, maar het is er niet meer van gekomen.'

Zo brak als wat kon hij amper op zijn benen staan. Tussen de omstanders ontdekte hij nu ook Bernard Castel.

'Waarom bent u hier gaan graven?'

'Ik moest de zuurgraad verbeteren... Volgens het rapport moest er kiezel bij. Waar haal ik die vandaan? En wat kost dat? Ik dacht, ik maak de grond vast los. Dat moest toch gebeuren.'

Een agent van de technische recherche tilde het lint op en kroop eronderdoor. Hij hield iets omhoog. Een plastic zakje met een stukje stof erin. De blauwe kleur was vervaagd, maar het streeppatroon niet.

Simone voegde zich bij haar man. Bernard sloeg zijn arm om haar heen. Met haar kleine ogen keek Simone hem doordringend aan. Bernard leidde haar weg naar een plek meer uit het zicht. Zij hadden het zakje ook gezien.

'Het graven kunt u beter aan ons overlaten,' hoorde hij rechercheur Ben zeggen. 'Al is de bezetting wat krap om veel tijd aan *cold cases* te besteden.'

'U moet uw werk doen.'

'Zo is het. Blijft u in de buurt. Misschien hebben we u nog nodig.' Rechercheur Ben liep terug naar zijn collega's, tien centimeter groter dan hij gekomen was.

Zelf besloot hij terug naar huis te gaan; veel andere opties waren er niet. Onderweg passeerde hij een kluit arbeiders. 'Hebben jullie niets te doen? Het is geen zondag.'

Traag zette de groep zich in beweging. Hij zag nog net dat Sol een gek gezicht trok door de huid bij zijn ooghoeken met de wijsvingers omlaag te trekken, maar besloot door te lopen. Hij was in de positie noch in de stemming om Sol op zijn nummer te zetten.

Vanaf het huis kwam David hem tegemoet gebeend. Hij stak een telefoon omhoog en zwaaide ermee. 'Uw dochter! Zo gezond als een vis!'

Verdwaasd luisterde hij naar de vrolijke stem van Marie. 'Hallo papa, alles is goed, hoor! Alles is nog hetzelfde.' Zo klonk ze ook.

Pas nadat hij de telefoon teruggegeven had aan David, sijpelde het nieuws dieper tot hem door. Hij liep weg van het huis naar de spar en keek vanaf daar omhoog naar zijn landje. De doorgaans verlaten plek krioelde nu van de mensen, maar hij hoorde ze niet, wat het tafereel iets onwezenlijks gaf. Opluchting maakte zich van hem meester. Niet omdat het goed was met Marie. Het was veel groter dan dat.

Er was een stap gezet. Hij had nu tenminste iets gedaan waardoor de dingen beter werden en niet slechter, al leek iets als geluk of liefde op dit moment verder weg dan ooit.

40

Bernard stapte in. Hij droeg zijn beste kleren en was glad geschoren. Zijn schoenen glommen. Gelukkig had Henk eraan gedacht zich ook wat op te knappen.

Als twee kleine jongens stonden ze een klein uurtje later op hun tenen voor het raam van het mortuarium bij het politiebureau in Stellenbosch. Op een hoge tafel in het midden van de geheel betegelde ruimte waren de botten in de goede volgorde gelegd en vormden zo het skelet van een kleine persoon, een kind. De botten waren bruin. In de schedel gaapten de donkere gaten van ogen, neus en mond. Het gebit was nagenoeg intact. Op de vloer stonden plastic zakken met resten kleding en een halfvergane sandaal. Onderweg hadden ze niet gesproken, maar de stilte kon niet blijven duren. 'Een Noord-Europese jongen van een jaar of tien,' citeerde Henk het rapport.

'Jean-Luc, kleine jongen.'

'Het skelet is vrijwel intact. Een deel van de nek- en rugwervels is zwaar beschadigd.'

'Een harde klap. Hij heeft niet geleden.'

'De zaak is verjaard. Het onderzoek zal niet veel voorstellen. Pro forma, zodat ze hier de technieken...'

'Laat nou maar, al die taal.' Bernard liep een paar stappen weg van het raam. Hij volgde hem. Zijn pleegvader draaide zich om. 'We gaan hem hier begraven en dan terug naar België.'

'Hier?'

'Hij is altijd hier geweest. Voor hem is dit thuis en Simone wil het ook zo.'

Bernard liep terug naar het raam en bleef eronder staan, maar niet op zijn tenen. Het raam begon boven zijn hoofd. Daarachter lag Jean-Luc.

Henk wilde herinneringen ophalen of iets opbeurends zeggen, maar kon niets bedenken. 'Hij is... hij was... hij was...' stotterde hij.

'Een brokkenmaker,' vulde Bernard aan. 'Hij liep altijd overal tegenaan. Altijd onder de blauwe plekken, dat jong. Hij had een bril nodig. We hadden al een afspraak bij de oogarts in Stellenbosch, maar dat hoefde niet meer.'

Peinzend keek hij hem aan. 'Denk je dat hij een bril nodig had?'

'Het was een ongeluk.'

'Vanzelf.'

'Een ongeluk op ons terrein. Een ongeluk met een landbouwmachine.'

Bernard liep van hem weg in de richting van een eikenboom, maar keerde even later terug. 'Denk je dat ik gek was? Ik had die grond net aan je vader verkocht. Ik kende er elk plekje van. Iemand heeft hem daar neergelegd. Wie weet waar vandaan. Hij is op de weg gaan lopen in het donker, altijd op sjouw en dan... ergens tegenaan gelopen.'

'Het was een ongeluk. Het spijt me.'

'Dat hoeft jou niet te spijten.'

Hij keek naar Bernard en zag hoe de kilte een moment als een slang in zijn ogen gleed en weer verdween. 'Ik heb een zoon. Ik had een zoon. *Schluss*.'

Hij keek naar het gras dat welig tierde. 'David heeft de stokken meteen afgedekt. De meeste zullen het wel redden. Godzijdank, het bloed van mijn jongen zit erin.'

'Misschien vinden ze nog meer.'

'Nee, morgen is alles weer bij het oude. Denk aan die ene fles.'

's Avonds zat hij op de veranda achter het huis. Hij opende een fles rode bourgogne uit 1990, een Château Haut-Brion, premier cru classé. De kurk plopte. Het aroma stroomde de fles uit. Hij deed niets. De volgende dag goot hij de fles leeg en ging naar de schuur waar de nieuwe wijn van zijn landje borrelde in de gistbakken. Het ging niet om één fles. Honderden, duizenden flessen moest hij vullen.

Zodra hij de schuur opendeed, werd hij overvallen door een weerzinwekkende stank. Op zoek naar de oorzaak, speurde hij naar sporen van muizen of bedorven etensresten. Aan de achterzijde ontdekte hij een kleine opening tussen deur en muur, niet meer dan een uitgedijde kier.

Hij klom de stalen trap van de gistbak op en keek naar beneden. In de paarse, borrelende most dreef een dode *hoender*. Kippen konden niet vliegen, maar ook niet zwemmen.

41

De dokter kwam binnen en gaf haar een hand.

'Mag ik naar huis?' was het eerste wat ze vroeg. Ze zat in haar spijkerbroek op het hoge bed met haar benen bungelend over de rand, alsof ze toevallig was langsgekomen en even was gaan zitten.

'In principe wel,' zei hij.

Triomfantelijk keek ze Vincent aan. 'Ik zei het toch! Oké, ik heb lang geslapen, maar dat had ik nodig. Het is zo druk geweest. Nu is alles weer oké.'

'De dokter wil je iets vertellen,' zei Vincent, 'doe eens rustig.'

De neuroloog vertelde haar dat een deel van haar geheugen weg was en dat ze zich voortaan moeilijk zou kunnen concentreren. Studeren was niet haalbaar meer en ze zou alleen eenvoudig werk kunnen doen. Autorijden was vanwege die concentratieproblemen eveneens uitgesloten.

Ze lachte uitgelaten. 'Ik mocht toch al nooit in zijn auto!'

'Je zult tegen grenzen oplopen. Dat moet je accepteren. En er is nog iets, waarschijnlijk heb je het zelf al gemerkt...'

Ongeduldig haalde ze haar schouders op. 'Ik voel me prima.' Ze keek naar Vincent en zag nu pas dat hij lang niet zo vrolijk was als zij.

'Je reukvermogen is verdwenen en ook dat zal niet meer terugkomen.'

'O, daar wen ik wel aan. Als mijn vader dat zou overkomen... die leeft van zijn neus, maar ik ben alleen maar blij dat ik leef.'

De dokter gaf hun een hand, wenste haar het beste en vertrok. Samen stopten ze haar spullen in een weekendtas. Vincent legde iets in het nachtkastje en sloot het deurtje. Ze trok het open en haalde er een boek uit met een blauwe kaft en vreemde tekens op de voorkant.

'Wat is dit?'

'Hier las je vader je uit voor.'

'Kan hij dat?'

'Het is een tweetalige uitgave. Het zijn haiku's.'

Ze sloeg het boek op de eerste pagina open en las de opdracht: *Voor mijn dochter Marie voor haar eenentwintigste verjaardag, papa.* Daarna keek ze weer naar de kaft.

'Wat voor taal is dit? Het lijkt wel Chinees.'

'Je was voor het ongeluk net gestopt met je studie Japans.'

Ze bladerde door het boek vol vernuftig in elkaar gestrengelde tekens op de linkerpagina en Nederlandse tekst op de rechter. In de kanttekening waren in het Nederlands aantekeningen gekrabbeld met hier en daar een paar Japanse tekens. Dat moest haar handschrift zijn.

Haar euforie was verdwenen. Van wat ze vergeten was, zou ze nooit een lijstje kunnen maken. Ze zou het moeten doen met wat andere mensen verkozen haar mede te delen: hun interpretatie van hun verleden, waar zij op een of andere manier deel van had uitgemaakt. Anderen zouden voor haar herinneringen ophalen, elkaar aanvullen en tegenspreken. Het waren niet haar herinneringen, maar dat zouden ze worden. Een lapjesdeken van haar met anderen gedeelde leven. De rest was aan de vangrail blijven hangen.

'We hebben het café,' zei Vincent. 'Dat is niet zo ingewikkeld.'

42

Samen met haar liep hij over de maanverlichte weg. De steentjes krasten onder zijn schoenen. Hij hield haar stevig bij de hand. Geen moment vond hij het raar om met zo'n klein meisje midden in de nacht op stap te zijn. Maar zij rukte zich los en rende op de barakken in de verte af.

Hij bleef staan en keek haar na. Ze keek niet om. Dat had hij ook niet verwacht. Nooit eerder was hij zich zo bewust geweest van de kleur van zijn huid.

Shelley had het nieuws van haar ouders gehoord en belde hem. Hij zei dat Jean-Luc morgen werd begraven. Het interesseerde haar slechts matig. 'Ik weet niet eens hoe dat kind eruitzag,' zei ze. 'Het wachten is op Andile.'

'Ze graven niet meer. Volgens de politie ligt hij daar niet.'

'Hoe kunnen ze dat nu al weten?'

'Ze hebben alles afgezocht en het terrein weer vrijgegeven.'

'Vreemd.'

'Waarom? Andile ligt daar niet.'

'Hoe weet je dat zo zeker? Twee kinderen worden samen vermist en één wordt gevonden. Dan moet de tweede ook dichtbij zijn.'

'Jean-Luc is onder een ploeg gekomen, Andile niet.'

'Nee, dan was hij nu ook gevonden.' Shelley zweeg even. Hij hoorde haar ademhaling. Gejaagd en ondiep.

'Als hij niet dichtbij is, is hij ver en dan is er een kans dat hij nog leeft,' zei ze.

Hij zat in zijn auto en keek hoe de genodigden terugkwamen van de begraafplaats achter de kerk van Wellington. Met rituelen en bescheiden plechtigheden was een kind van tien jaar begraven, en iedereen die hem gekend had in die tijd, groot of klein, was nu dood, bejaard of minstens middelbaar, zoals hijzelf.

Erg enerverend, spannend of uitdagend waren de meeste levens na de verdwijning van Jean-Luc niet verlopen. Henk meende dat zijn vriendje niet veel gemist had, maar hij zou daar zelf wellicht anders over gedacht hebben. Met zijn fijne gelaatstrekken en blonde lokken had hij misschien wel willen blijven leven voor de liefde.

Simone en Bernard gingen voorop, gevolgd door een handjevol mensen. Simone was in het zwart gekleed, volledig in het nieuw. Haar bestaan was niet schimmig meer. Ze was nu de moeder van een dode zoon en daarmee was eindelijk haar toekomst bepaald. Over een week zouden ze teruggaan naar België en de rest van hun jaren slijten in een dorp waar de huizen dikke, bemoste muren en kleine ramen hadden. Zo'n dorp in de Ardennen waar het altijd herfst is. Enige tijd geleden al was het grootste gedeelte van hun huisraad en bezittingen in een container geladen en per boot vooruitgestuurd naar Duinkerken. De boot voer nog op de Atlantische Oceaan. Op zeker moment zouden de Castels over de boot heen vliegen en de tijd inhalen.

Arm in arm liepen Bernard en zijn vrouw naar hun auto. Ze gingen naar Grande Roche in Paarl voor de lunch. Een uitstekende keuze. In het verleden was Henk er regelmatig met Bernard geweest. Dat hotel was een van de beste plekken in Zuid-Afrika om wijn te drinken. Hij voelde de blik van Bernard als een schaduw over zijn auto gaan. Onbeweeglijk bleef hij zitten en liet het passeren.

De Castels hadden hun hielen nog niet gelicht of hun huis werd afgebroken. IJzeren slingerkogels beukten de muren eruit. De omringende heuvels zuchtten ervan. Bernard had voor veel geld zijn grond verkocht aan een projectontwikkelaar. Er zou een golfterrein komen en tweede huizen voor de snel groeiende middenklasse uit Johannesburg en Kaapstad. Daarmee kon Bernard de 'kloostergrond' financieren waarmee hij Simone weer tot spreken had verleid.

Voor het eerst sinds zijn terugkeer naar Arkadia had Henk niets te doen. De oogst van het landje was verloren, die van het andere land gebotteld door de KWV en waarschijnlijk al onderweg naar een bestemming in Europa, Amerika of Australië.

De gistbakken waren grondig gereinigd, maar natuurlijk had hij ze verkocht. Alles waarmee zijn wijn in contact stond moest zuiver zijn. Binnenkort zou hij nieuwe aanschaffen, maar dat had geen haast. Zijn landje verkeerde nog in halfonttakelde toestand, ondanks dat David en de arbeiders zoveel mogelijk stokken hadden herplant. Van wat besteld moest worden had David een lijst gemaakt. Zelf meed hij die plek. Officieel was hij niet in staat van beschuldiging gesteld, noch was hem verboden er te komen, maar hij had er nu niets te zoeken.

Hij had een nieuwe routine. Lang uitslapen, rondwandelen in de wijngaarden, misschien wat simpele klusjes. Aan het einde van de dag pakte hij meestal de fiets om boodschappen te doen in Wellington, of verderop als hij zin had. 's Avonds zat hij op de veranda. De dagelijkse gang van zaken liet hij aan David over. Af en toe gaf hij adviezen over wijnbouw aan Nederlanders, Fransen of Zwitsers. De laatste tijd kwamen er veel buitenlanders naar de Kaap. Een nieuw soort emigranten. Vooral de driehoek Stellenbosch, Franschhoek, Paarl was in trek. Voor de meesten was het een hobby. Na hun vroege pensionering of de succesvolle verkoop van hun bedrijf begonnen ze een wijngaard, eventueel in combinatie met een bed & breakfast.

Soms voelde hij afgunst over het gemak waarmee anderen de stap zetten naar wat voor hem een levensvervulling was. Zijn reden om te leven, in feite. Om te blijven leven. Tevens verwarde het hem. Als het zo makkelijk was, stelde het misschien niets voor.

Maandenlang hoorde hij niets van zijn zus en hij veronderstelde dat haar pogingen om Arkadia terug te krijgen of tenminste hem zoveel mogelijk dwars te zitten, op een lager pitje waren komen te staan sinds ze in Kaapstad woonde. Maar toen hij terugkwam van de groothandel stond Betty hem op te wachten, samen met haar schoothondje Kishore, en hij zag dat ze niets aan vastberadenheid had ingeboet.

'Perceel 18A wordt onder curatele gesteld,' zei ze, nog voor hij haar had kunnen begroeten.

Dit ging over het landje. Hij voelde het gevaar en wist zich geen houding te geven.

Ze vertelde dat perceel 18A als laatste aan de grond van de Keppels was toegevoegd. Dat was hem bekend. Zijn vader had het van Bernard gekocht. Volgens Betty hadden hun vroegere buren dit stuk illegaal verworven. De vorige eigenaars van de grond dienden opgespoord te worden en zolang dat niet was gebeurd of uitgesloten werd dat er vorige eigenaars waren, was de grond van niemand, en zeker niet van hem, en mocht hij er niets mee doen. Hij vroeg of er een bepaalde termijn voor die curatele stond.

'Twee jaar, gerekend vanaf het officiële besluit. En herziening is mogelijk.'

Twee oogsten. 'Het ligt braak, zoals je weet via je spionnen. Of via je vriendje. Waarom heb je hem meegebracht? Omdat hij zijn rechtenstudie wel heeft afgemaakt, of omdat hij zo'n grote auto heeft?'

De nieuwe Porsche van Kishore was hem niet ontgaan. De arbeiders hadden er bewonderend om samengeschoold en de auberginekleurige lak gestreeld.

Betty keek hem woedend aan. Hij vroeg zich af welk woord haar het meest had gekwetst 'vriendje', 'rechtenstudie' of 'grote auto'. Waarschijnlijk was het iets anders. Het feit dat de arbeiders zoveel belangstelling hadden getoond voor de auto van Kishore en haar slechts lauw hadden begroet.

'Je zult alles verliezen. Eerst dat stuk en dan de rest. De volgende keer dat ik door dit hek ga, is Arkadia weer van mij,' beet Betty hem toe, voordat ze zich omdraaide en er als een heks op een bezemsteel vandoor ging. Kishore zei hem met een verontschuldigend knikje gedag en volgde haar.

Aan haar woorden kende hij geen profetische waarde toe. De loop der dingen berustte op puur toeval. Wereldoorlogen waren verloren door strenge winters, niet door slecht of goed leiderschap.

Bovendien bereikte Betty er het tegendeel mee. Arkadia was van hem en het landje ook. Zijn ingedutte strijdlust veerde op. Die ene fles, Bernard had gelijk. Hij begreep waarom hij alleen was gelaten.

43

Vanavond leek iedereen dorade te willen. Geen probleem. Dorade was lekker. Volgens Vincent was ze er zelf ook dol op geweest. Ze keek naar de grote houten tafel vol borden met hetzelfde visgerecht in diverse stadia van bereiding. Vertrouwd geroezemoes en muziek klonken vanuit het eetgedeelte.

Ze had zin om te dansen, maar dat zou Vincent wel niet goed vinden. Er moest gewerkt worden. Er zaten een heleboel mensen boven die graag dorade wilden eten. Het werd op het schoolbord achter de bar aangeprezen, geserveerd met aardappelen en salade. De mayonaise die het complementeerde droeg haar naam. Maries knoflookmayonaise.

Ze boog zich voorover, streek wat haar uit haar gezicht en tuurde op de opengeslagen pagina's van het kookboek. Er stond een foto van een vis op en een beschrijving van hoe ze dorade moest bakken. Of grillen. Of zelfs koken, maar dat werd niet aangeraden. Grillen genoot de voorkeur. Te laat voor de meeste van de vissen, constateerde ze met een blik op de borden. Mooie borden trouwens, mooi dat geel en blauwe aardewerk. Het oog wil ook wat. Blauw van de zee en geel van het strand, een geschikte laatste rustplaats voor een vis.

In de koeling lagen nog voldoende dorades voor een nieuwe ronde. Een schoon bord vond ze niet meer. Met een doek veegde ze een vuil schoon en legde de vis erop. De staart hing eroverheen. Dat stond lelijk. Zo kon ze de vis niet presenteren. Ze probeerde hem eraf te snijden, maar vis was koud en glad en glipte tussen haar handen door op de grond alsof hij terugsprong naar het water. Die tegels waren keihard. Ze was laatst zelf ook uitgegleden.

Ze boog zich wederom over het kookboek. 'Stap 1, leg de vis op het bord...' Weer keek ze naar de borden waar al vis op lag. 'Oké. Kappertjes, stap 2.' Kappertjes, waar waren de kappertjes? Ze doorzocht alle kasten en planken en vond ten slotte een lege pot bij het afval. 'Kappertjes zijn opperdepop.' In plaats van kappertjes zou ze olijven kunnen nemen. Olijven zijn ook zout en lekker bij vis. Met een soeplepel schepte ze olijven uit een groot blik en liet ze uitlekken in een vergiet. Ze wilde ze over de borden verdelen. Op elk bord moesten olijven liggen, maar toen ze met de eerste begon, zag ze al kappertjes liggen, precies op de plek waar zij de olijven had gedacht. Met haar handen schoof ze de kappertjes opzij om plek te maken, maar het bord schoof mee en viel op de grond. Kapot, dat mooie bord.

'Hoe ver ben je met tafel acht?'

Geschrokken keek ze op. Vincent stond in de deuropening naar haar te kijken. 'Tafel acht? Moest die ook?' Op de tafel lagen meerdere bonnen. De zes zag ze, de vijf en ja, de acht, half verscholen onder een bos peterselie. 'De zes komt voor de acht. Eerst moet zes.'

'Hoe lang heb je nog nodig? De mensen worden ongeduldig.'

'Ik kan geen stappen overslaan.'

Ze keek hem aan en dacht dat hij nog iets zou zeggen, maar hij draaide zich om en ze hoorde hem de trap op lopen, de muziek tegemoet.

In hun nieuwe bed, een vierkante Zweedse boxspring, luisterde ze naar de schoolkinderen die joelend elkaar achterna renden in het speelkwartier. Ze lag achter Vincent en warmde haar handen tegen zijn rug. Hij probeerde deuntjes uit op zijn nieuwe mobiele telefoon. Ze vroeg zich af of hij vroeger ook zo ver weg geweest was.

'Ik weet niet meer wie ik ben,' zei ze.

'Voor mij ben je nog precies dezelfde,' was zijn antwoord.

XIV

Vijf dagen in de week ga ik naar Johan toe. De ene week op woensdag en zaterdag niet; de andere week niet op donderdag en zondag. Ik krijg het steeds drukker. Het bleek dat er veel vrouwen zoals ik in het dorp woonden. Gescheiden of weduwe of in afwachting van die staat, omdat ze net zoals ik een man hebben die in een tehuis zit. De vrouwen die hun man nog thuis verzorgden, zag je niet. Die voegden zich wat aarzelend bij de club nadat ze hun man hadden weggebracht. Ik ging bij een kaartclubje, een Italiaanse kookclub en op gym. Voor een basiscursus filosofie had ik me ook opgegeven, maar die ging niet door wegens gebrek aan belangstelling. Het jaar daarop werd dezelfde cursus voor tieners aangeboden. Filosofie gaat over de zin van het leven. Ze dachten misschien dat als je bejaard bent, je de zin van het leven al lang gevonden hebt. En zo niet, dan doet het er niet meer toe.

Eerlijk gezegd beginnen de bezoeken aan Johan me flink de keel uit te hangen. Niet om te klagen, maar hij noemt me altijd een lelijk ding en als ik zijn kleding verzamel om thuis te wassen, roept hij dat ik een dief ben. Dan vraag ik of hij een klap wil en wordt hij bang, doet zijn armen over elkaar en zegt: 'Johan lief.' Soms drukt hij stiekem de alarmknop in en komt er een zuster binnen terwijl ik net tegen hem sta te schreeuwen. Af en toe heb ik zin om zijn bed een stukje naar voren te schuiven, zodat hij niet meer bij die knop kan. Maar dat valt te veel op en ze weten heel goed wie het laatst bij hem is geweest.

Beter zal het nooit worden. Met Shelley wilde ik afspreken om hem niet te reanimeren, mochten er weer problemen met zijn hart zijn. Maar ze wilde er niets van weten. Daar vond zij het veel te vroeg voor. Volgens haar heeft hij nog genoeg kwaliteit van leven, omdat hij nog goed eet en graag televisie kijkt. Vooral van het eten maakte ze een punt. Ze vergeleek het met die-

ren: zolang ze nog zelf kunnen en willen eten, willen ze leven.

De laatste tijd denk ik heel veel aan de twee vermiste kinderen. Soms denk ik dat het daardoor komt dat er geen liefde is in onze familie.

Ik heb Johan verteld over Jean-Luc, dat hij gevonden en weer onder de grond gestopt is, maar er kwam geen reactie. Met dat soort dingen weet ik af en toe niet of hij expres niet reageert of niet kán reageren. Niet dat ik wil suggereren dat hij zijn Alzheimer misbruikt. Ik bedoel, hij heeft het, dat is zeker en dan ben je niet eens in staat om zo berekenend te werk te gaan, lijkt mij. Maar elk geheugen zit anders in elkaar, en daarom denk ik dat Alzheimer zich bij iedereen anders manifesteert.

De Castels zijn daarna terug naar België gegaan en hoewel ik Henk zelden zie, is het nu net of ik hem weer een beetje terug heb. Zo gaat de klok terug in de tijd. Niet dat je daar iets mee opschiet, je blijft alleen maar verder achter.

44

Ontgoocheld keek hij toe hoe er prikkeldraad om zijn landje werd gespannen. De met de uitvoering van het vonnis belaste ambtenaren hadden hun eigen mensen meegebracht om het werk te doen. Een magere blanke man timmerde een bord met 'Geen deurgang nie' in de grond.

Betty had na jaren speurwerk een gat in de wet gevonden, zette dat in om hem klem te zetten en de rechter trapte daarin.

'De druiven moeten worden doorgedraaid,' zei hij. 'Ben je nu tevreden?'

Ze zei dat het haar daar niet om ging en dat ze gedacht had dat hij het vruchtgebruik zou mogen houden. Dat was moeilijk te geloven, mede gezien de voortvarendheid waarmee ze weer was gaan studeren. Met een specialisatie in eigendomsrecht. Helemaal tevreden zou ze pas zijn als hij was opgehoepeld.

Het was gegaan zoals Betty hem gezegd had, behalve dat verlenging van de termijn niet mogelijk was. Gezien het bedrijfsbelang vond de kantonrechter twee jaar lang genoeg. Hij vond ook dat Betty voldoende argumenten had aangevoerd om onderzoek te laten verrichten naar de rechtsgeldigheid van de overdracht van perceel 18A. De kosten daarvan kwamen voor haar rekening. Voor die van Kishore, dacht hij erachteraan. Maximaal twee jaar lang bleef zijn landje onder curatele staan, of tot de rechtmatige vorige eigenaar kon worden getraceerd en geïnformeerd. De vruchtopbrengsten dienden aan de staat ter vernietiging worden aangeboden.

Het was een ramp, temeer omdat hij net met veel moeite een laatste krediet bij de bank had losgepeuterd. Als hij geen oplossing vond, was er weer een jaar verloren.

In de groezelige beschutting van een shebeen goot hij het bittere vocht naar binnen. Hij zou het niet moeten doen. Regelmatig stonden er in de krant berichten over sterfgevallen door het drinken van dit soort huisgestookte alcoholische dranken, waar geen druif of ander natuurlijk ingrediënt aan te pas was gekomen, op water na. Maar hij moest blijven zoeken naar andere werelden. Als hij binnen zijn eigen afgebakende bestaan bleef, zou hij nooit de antwoorden vinden. Het ging erom zijn identiteit ergens achter te laten en een nieuwe te vormen met behulp van een nieuw referentiekader. Zolang hij niet buiten zichzelf kon stappen, zou hij nooit verder kunnen kijken dan de tunnel waarin hij zich nu bevond. Het was net als met zijn computer. Als die crashte, wist hij ook niets beters te bedenken dan voortdurend weer dezelfde handeling te verrichten om het ding aan de praat te krijgen.

David dook naast hem op en gaf de vrouw achter de bar een teken. Ze miste twee voortanden, waardoor ze vreemd genoeg meer op een konijn leek dan wanneer ze twee vooruitstekende tanden had gehad. Henk keek toe hoe ze een reeds vele malen hergebruikte fles in een bruine zak verpakte.

David was ongeveer de laatste die hij hier verwacht had. Mensen zoals hij namen doorgaans afstand van hun eigen achtergrond. Hij was ook de laatste die hij hier op dit moment wilde zien.

'Heb je iets te vieren?' Het klonk scherp.

David draaide zich om, groette hem neutraal en ging op weg naar buiten. Alsof er niets gebeurd was vandaag. Geen verantwoording nemen, dat zouden we allemaal wel willen. Hij stond op, zijn glas viel om. Bezoekers keken zijn richting uit, altijd in voor wat commotie. Vlak voor de uitgang haalde hij David in en tikte hem op zijn schouder. David draaide zich om en keek hem aan. Die blik, zonder ongeduld, maar ruim voorzien van de welwillendheid die volwassenen doorgaans reserveren voor slecht luisterende dieren of kinderen, deed de stoppen bij hem doorslaan.

'Jij en Betty, jullie spannen samen vanaf de eerste dag. Je zult haar wel flink geneukt hebben. Ze houdt wel van een negerpik.'

'Baas...'

'Bijna was ik er ingestonken. Bijna geloofde ik dat je ook om Arkadia gaf.'

'U kunt nog steeds een Veritas Double Gold winnen.'

Woede kolkte in hem rond als golven in het ruim van een zinkend schip. 'Zonder druiven?'

'U kunt druiven bijkopen.'

'Waar? Waar kan ik de druiven van mijn landje kopen?'

David keek langs hem heen naar buiten. 'Ik ga naar huis.'

Dát was een afwijzing te veel. Hij gaf hem een por tegen zijn schouder. 'O ja? En ik dan? Ga ik naar huis?' Woede ging over in razernij en bracht het schip tot zinken.

'Baas, het kost tijd, maar het komt goed.'

'Niet zonder mijn landje.' Zijn vuist trof David vol in het gezicht.

David wankelde maar bleef staan en sloeg terug.

Het ging zo snel dat hij de klap niet had zien aankomen. Een dreun tussen ogen en neus. Bloed druppelde warm over zijn lippen; de geur was eraan voorafgegaan.

Hij wierp zich op David en werkte hem tegen de grond. Rollend vochten ze zich een weg naar buiten. De bezoekers werden omstanders, die hun voeten wegtrokken als ze te dichtbij kwamen. Ze zouden hen volgen naar buiten, in een kring om hen heen gaan staan en afwegen wie er zou winnen. Als de strijd beslist was, of als het te lang duurde, zouden ze weer naar binnen gaan.

David was sterk. Henk was ooit sterker geweest, een boerenzoon, altijd buiten, maar dat was vroeger. Zijn lichaam was veranderd. Dat had hij de laatste tijd vaker gemerkt. Af en toe was hij kortademig en als hij zag wat iemand als Makeziwe kon versjouwen, dan begreep hij dat hij werd ingehaald door de tijd en voelde hij een pijn, eerst stekend scherp, maar door de herhaling nu bot. Een gegeven, maar vandaag wilde hij dat niet accepteren, vandaag moest hij winnen. Hij moest hoop houden. Na de strijd wachtte misschien een ander leven.

Hij bleef op David inbeuken. David weerde af, maar sloeg niet terug. Dat walgelijke besef maakte zijn onmacht totaal. Even nam hij afstand om de situatie te overzien en op adem te komen.

De met stukken golfplaat afgezette binnenplaats achter de shebeen zou in sommige andere landen omschreven worden als een patio. Het was gewoon troep. David hijgde uit. Zijn ogen maakten zich los van de zijne. Ook hij zocht het overzicht.

In dat ene moment lag zijn kans. Hij raapte al zijn kracht bij elkaar, haalde uit en bracht David een slag toe die hem zelf ook verraste. David tuimelde en verloor zijn evenwicht. Hij gooide zich boven op hem en klemde zijn handen om Davids nek. Hij keek in zijn eerst verbeten en later verwrongen gezicht. Hun blikken zogen zich vacuüm. Davids ogen begonnen uit te puilen. Het bloed dat hij naar de ogen joeg, maakte craquelé van het wit in de oogbollen.

Een fles viel op de grond. Eén fles. Hij was een maniak met de handen om de nek van een andere man. Hoeveel tijd had hij nog?

Hij liet los en richtte zich op zonder David nog aan te kijken. De omstanders slenterden terug naar de kroeg. In de schaduw van de schutting wachtte hij tot iedereen weg was. David verwijderde zich geruisloos, immer gedienstig.

Zelf ging hij languit op de grond liggen en spreidde zijn armen uit boven zijn hoofd. Een hond snuffelde aan zijn voeten. Hij gaf hem een trap. Wat was hij moe. Doodop en alleen.

45

Een rechte weg, die onafzienbaar doorliep tot aan de horizon en dat in zo'n klein land. Zo waren alle wegen hier. In hoog tempo skatete ze over het asfalt. Haar bewegingen waren zo soepel dat het leek of het landschap voorbijtrok en zij stilstond. De dunne populieren, de weilanden vol paardenbloemen. Zij stond stil en alles ging door.

Vroeger had ze hardgelopen, maar het voordeel van skaten was dat haar lichaam geen schokken hoefde op te vangen. Er waren geen pieken en dalen. De gelijkmatigheid van de bewegingen gaf haar het gevoel alles zelf in de hand te hebben en één te zijn met de omgeving. Ze zat in een cocon. Niemand sprak haar onderweg aan. Al rennend had ze Vincent ontmoet. In de beweging in een stilstaande wereld. Hij fietste en zij rende en ze waren tegen elkaar opgebotst. Zo had hij het haar verteld.

Hij was toen koerier en nu bracht zij de post rond. Het liefst zou ze dat ook op skates doen, maar dat mocht niet van haar baas, omdat voor alle postbodes in het land dezelfde regels golden. En de grote tassen waren inderdaad onhandig. Ze had een wijk waar de adressen ver uit elkaar lagen. Vaak kwam het erop neer dat ze 's middags door de straten skatete waar ze 's ochtends op de fiets de post had rondgebracht.

Het leven bij haar oma, bij wie ze was gaan wonen na de breuk met Vincent, wende snel. Ze hadden allebei hun bezigheden en lieten elkaar zoveel mogelijk met rust. Eten deden ze samen. Haar oma kookte de degelijke maaltijden die ze bij haar Duitse mevrouw had leren bereiden.

De stad miste ze niet en Vincent eigenlijk ook niet. Op de foto's zag hij er aantrekkelijk uit, maar het riep niets bij haar op.

Frederieke ging met hem trouwen. Er zat een kaart bij de post. Ze kon zich niet herinneren of Vincent en zij het over trouwen hadden gehad en ze was niet van plan hem daar ooit naar te vragen.

Shelley belde midden in de nacht om te zeggen dat haar opa was overleden. Haar oma maakte haar wakker. Zelf had ze de telefoon niet gehoord; haar oma 'sliep erop'.

Een van haar oma's vriendinnen, die al weken stand-by stond 'voor het geval dat', was zo aardig hen naar Amsterdam te brengen. In de auto luisterde ze via haar walkman naar Dire Straits en keek haar oma het lijstje na dat ze al weken geleden gemaakt had voor het geval dat.

De vriendin van haar oma was nerveus vanwege de nachtelijke rit. Ze merkte bij herhaling lacherig op dat ze nog nooit alleen naar Amsterdam was gereden en al helemaal niet om deze tijd, maar dat het gelukkig rustig was op de weg.

Bij de receptie wachtte Shelley hen op, en samen liepen ze de trap op naar de kamer op de eerste verdieping waar haar grootvader zijn laatste dagen had gesleten. 'Hoe ligt hij erbij?' vroeg haar oma.

Shelley had haar hand al op de klink van de deur. Marie zag de aarzeling in haar ogen. 'Hij heeft nu rust,' zei ze.

Haar oma merkte nog snel op dat ze het fijn vond dat het gebeurd was tijdens de dienst van Shelley, ook al was ze er niet bij geweest op het moment zelf. Het was natuurlijk niet echt fijn, maar als het toch moest gebeuren, dan liever zo.

Shelley duwde de deur open. In de kamer waren de gordijnen net niet helemaal dicht. Een bovenraam stond open. Buiten regende het een beetje.

Zijn gezicht was verkrampt en drukte ondanks de gesloten ogen verzet, angst en afweer uit. Een wit laken bedekte zijn lichaam. Haar opa was zo mager geworden dat de contouren nauwelijks reliëf aan het laken gaven. Opnieuw keek ze naar het grauwe gezicht, de scheefgetrokken mond. Wat had zich hier afgespeeld?

Vragend keek ze naar Shelley. Die wenkte haar en nam haar mee.

In de pantry aan het einde van de gang stak Shelley een sigaret op. Marie wilde weten of ze de dood van haar opa had zien aankomen. Ze antwoordde dat hij al weken een man van de dag was. Helaas was hij niet in vrede gestorven. Maar dat kwam vaker voor, mensen die vloekend en tierend heengingen.

'Jammer voor ouma dat ze er niet bij is geweest.'

'Geloof me, ze heeft er niets aan gemist.'

Marie vroeg zich af of Shelley altijd zo hardvochtig was geweest.

'Het was een dagtaak voor ouma om hier te komen.'

'Precies,' antwoordde Shelley.

Verward liep ze met Shelley terug naar haar oma en loste haar af. Haar oma ging haar vader bellen. Shelley vroeg of Marie wilde helpen met afleggen. Ze knikte met het automatisme waarmee ze inging op al Shelleys wensen.

Na zijn gezicht was de confrontatie met zijn lichaam geruststellend. Hij zag er broos en klein uit. Zijn borst grijs behaard, zijn ledematen knokig. Zijn geslacht lag opzij. Het leek op een blindedarm, een wormvormig aanhangsel. Wat waren zijn laatste gedachten geweest? Ze kende de verhalen over de twee vermiste kinderen natuurlijk. Het zwarte kind was Shelleys broer; het blanke kind was nog niet zo lang geleden op Arkadia gevonden. Dat was een ongeluk geweest met een ploeg. Sommige mensen dachten dat haar opa er iets mee te maken had.

Shelley waste haar grootvader met grote, rustige bewegingen.

'Shel, heeft mijn opa nog iets gezegd?'

'Waarover?'

'Dingen die mensen nog willen zeggen als ze doodgaan. Iets over Jean-Luc of over jouw broer?'

Shelley onderbrak haar werk een moment. 'Nee. Waarom vraag je dat?'

'Ik weet dat je het graag wilt weten.'

Shelley tilde haar opa's been hoog op en waste zijn dode billen. 'Je opa leefde al zo lang in een andere wereld. Ik heb me erbij neergelegd dat het antwoord niet van hem zal komen.'

Marie pakte een washandje en maakte het nat in de kom water.

Ze keek naar het lijk van haar opa en tilde een arm op, waste zijn oksel. Zijn arm was koud; het warme water alleen voor haar behaaglijk.

Vrijdag had ze hem nog gezien. Met zijn fonkelende ravenogen had hij haar aangekeken en gezegd dat ze stonk en uit zijn buurt moest blijven. Nu werd hij met de minuut meer een ding. Het was waar dat hij de laatste tijd vaker onaangenaam gedrag had vertoond. Volgens Shelley had hij expres de lakens bevuild om haar te pesten, maar als je darmkanaal nog je enige wapen was, was het je vergeven.

46

Bij de incheckbalie van het vliegveld in Kaapstad zette hij zijn koffer op de band. De grondstewardess sloeg zijn paspoort open en voerde zijn gegevens in. Ze deed hem aan Shelley denken, maar hij dwong zichzelf te bekennen dat dat onzin was. Zelden zag hij een vrouw die meer dan de meest algemene kenmerken met haar gemeen had. De rest was pure inbeelding, omdat hij haar miste en bang was dat hun liefde net zo snel vervlogen was als ontkurkte wijn. In elke vrouw, blank of zwart, zocht hij haar blik. Hij wilde haar zien in elke vrouw uit angst dat hij haar anders niet meer zou herkennen. Zijn liefde had die voeding nodig.

Ergens was hij blij dat zijn vader overleden was. Hij zou Shelley weer zien en van zijn vader was al jaren niets meer te verwachten geweest. Allemaal hadden ze hun adem ingehouden. Nu zou er meer ruimte komen.

De stewardess gaf hem zijn ticket en paspoort terug, samen met zijn instapkaart. Ze omcirkelde het nummer van de gate en wenste hem een goede reis. Hij stapte achteruit en merkte toen pas dat Betty achter hem stond. Geamuseerd keek ze hem aan.

Hij keek terug met dat betrapte gevoel dat hem altijd overviel bij onverwachte ontmoetingen, alsof hij zich moest verontschuldigen voor zijn aanwezigheid. Ze zag er anders uit, maar hij kon niet direct benoemen waar de verandering in school. Hij stapte opzij, zodat ze kon inchecken. In hun haast nonchalant over te komen, condoleerden ze elkaar nog voor de begroeting.

Ze dronken koffie in een van de splinternieuwe koffiebars met Italiaanse specialiteiten. Het vliegveld knapte enorm op.

Betty vertelde dat ze haar bul had gehaald.

Geintjes over haar als gesjeesde student waren passé. Hij feliciteerde haar en zei dat hij al iets aan haar had opgemerkt, een bepaalde losheid.

'Was dat maar waar,' zei ze. Nee, verder was alles hetzelfde.

Hij vertelde hoe hun moeder hem vroeg in de ochtend had gebeld over het overlijden van hun vader.

Betty zei dat het telefoontje voor haar toch nog onverwacht was gekomen. Voor hun moeder was het erg. Zelf had ze al een paar jaar geleden afscheid van hem genomen. Ook dit was hij met haar eens.

Met een onbestemd gevoel, als de voorbode van wat komen ging, vervolgden ze hun gesprek.

'Toen wij bijna vijftig jaar geleden naar Zuid-Afrika emigreerden, gingen we ervan uit dat het voor altijd zou zijn. We namen afscheid van alles wat ons lief was. Wij vertrouwden op God. Hij was onze leidsman. Ik weet niet of mijn man nog in God geloofde, of wanneer hij zijn geloof opgegeven had. Ik weet het niet, maar hij was een goede vader en een goede echtgenoot. Hij wilde altijd het beste voor zijn gezin.

Met zijn beide kinderen in Zuid-Afrika waren zijn laatste jaren hier niet gemakkelijk. Hij zat gevangen in een eenzame, verre wereld, voor niemand meer bereikbaar. Het afscheid had al lang geleden plaats moeten vinden, maar je denkt altijd dat er nog tijd is, dat er nog een beter moment komt.'

Op de begraafplaats achter de kleine kerk luisterde hij naar de woorden van zijn moeder. Het was verrassend om haar te zien spreken. Ze had talent, bespeelde het publiek als een actrice. Misschien was ze haar carrière misgelopen en verborg ze nog andere talenten, die er nooit meer uit zouden komen.

Zijn vader had hij niet meer kunnen zien. Hij was te laat; de kist zat al dicht. Daar had hij rekening mee gehouden, maar hij betreurde het. Heel nieuwsgierig was hij geweest naar het laatste beeld; de laatste herinnering die hij van hem zou hebben. Hij had willen weten of zijn vader er verslagen uit had gezien, opgelucht of vredig.

Zijn moeder wendde zich nu tot de kist. 'Johan, rust nu maar uit. Je hebt je vrijheid.' Ze rechtte haar rug en keek de aanwezigen een voor een aan, maar toen haar blik de zijne trof, merkte hij dat ze hem niet echt aankeek, maar in haar rol bleef. Het was haast opzienbarend, deze late roeping tot actrice. Ze bedankte het personeel van het verpleegtehuis en in het bijzonder Shelley Yona.

Hij volgde zijn moeders blik en vond die van Shelley. Alles was er nog, al zijn gevoelens voor haar, ook de tegenstrijdige. Verpletterend was het, haar te zien staan tussen de stokoude verre familieleden van zijn ouders, die hij nauwelijks kende. Ze droeg een tweedelig geruit pakje. Het model maakte haar propperig, of ze was iets dikker geworden.

Zijn moeder keek vluchtig op haar horloge. 'Ik nodig u allemaal uit in het zaaltje. Daar is voor iedereen koffie en cake.' Ze sloeg haar ogen neer en stapte weg van het graf. Weg van de spotlights. Ineens zag ze er oud en vermoeid uit.

De stoet zette zich in beweging. Hij sloot achter aan. Shelley voegde zich bij hem en kneep in zijn zij. Hij beet op zijn tong, maar toch ontsnapte hem een kreet.

'Koffie?' vroeg ze.

'Ja, graag,' zei hij. Graag met je neuken, bedoelde hij, ontzettend graag.

'Koffie?' herhaalde hij. Zijn stem klonk schor.

Shelley glimlachte. Het was of ze dwars door hem heen keek. Ze hielden hun pas in. Zijn familie liep door. Ze greep zijn hand en trok hem mee.

Hand in hand met haar liep hij opnieuw langs de kist van zijn vader, slechts door een bomenrij ervan gescheiden. Grafdelvers naderden om de kist te laten zakken.

Aan de achterkant verlieten ze het kerkhof door over een hek te klimmen. Shelley tilde haar been op en zwaaide het eroverheen. Hij zag het kruis van haar panty gevaarlijk dicht boven de ijzeren punten zweven. Het hing laag, waardoor haar benen korter leken.

Ze liepen achter elkaar aan en bleven staan in de beschutting van de dijk, waar ze elkaar kort zoenden, te gretig voor meer. Zijn hand ging onder haar rok en hij probeerde de tailleband van haar panty te vinden. Wat een ondingen waren dat. Shelley duwde zijn hand weg, schudde haar hoofd en ging in het gras zitten. Hij keek naar de skûtsjes op het Markermeer, ging ook zitten en zag alleen de zeilen nog maar.

Shelley trok haar benen op en sloeg haar handen om haar knieën. Ze vroeg hoe het met hem ging.

'Naar omstandigheden goed.' Oftewel, hij voelde helemaal niets.

Ze knikte, alsof ze dat antwoord had verwacht. 'Je vader had het altijd over vangen.'

'Een spelletje van vroeger. Daar hebben we het over gehad'

'Mensen met zijn ziekte herinneren zich het meest van hun kindertijd. Maar jij kwam ook voor in dat verhaal. Dat kan dus niet.'

Hij schrok. Shelley draaide haar hoofd naar hem toe en strekte haar benen uit op het natte gras. 'Wat moest er gevangen worden, Henk?'

Een vrijpartij zat er niet meer in. Dat was duidelijk. Verward schudde hij zijn hoofd. Hij voelde zich zo klein bij haar. 'In Afrika wordt veel gejaagd. Er moet van alles gevangen worden.'

'Ja?'

'Aan mijn vader kunnen we het niet meer vragen.'

'Nee, dat heb ik echt wel geprobeerd.'

Zijn vader en Shelley, die jaren in het verpleegtehuis. Wat had zich tussen hen afgespeeld? Hoe ver had Shelley durven gaan?

In het zaaltje liepen meisjes in zwarte jurken en witte schorten af en aan met koffiekannen.

Afwezig bleef hij bij de deur staan. Shelley was doorgelopen naar haar auto met het excuus van werk en een natte rok. Voor deze ene keer was haar afwezigheid een opluchting. Hij was zichzelf niet, maar bij een sterfgeval hoefde dat niet. Hij mocht 'uit zijn doen' zijn. De dode was zijn vader en hij was de enige zoon. Vandaag zou hij ontzien worden.

Marie stond naast zijn moeder met een koffiekopje in haar hand. Door de zaal heen ving hij haar blik. Ze waren net klaar met handen schudden.

47

Ze zaten weer aan een tafeltje bij het raam, dezelfde tafel als die waaraan Betty enige jaren geleden de familie haar plannen voor Arkadia had ontvouwd. Het uitzicht door de vitrage heen over het plein en de parkeerplaats was nog hetzelfde. Hooguit waren er wat auto's en parkeermeters bijgekomen en was de vitrage nog vuiler geworden.

'Er is een nieuwe eigenaar, maar het personeel is overgenomen. De kok ook, dus je proeft er niets van.' De stemming was lauw en uitgeblust, maar zijn moeder wilde de conversatie gaande houden. Betty schepte wat garnalen op. Zijn vader had altijd beweerd dat die zuur waren, soms nog voordat hij ze had geproefd. Hij schepte er vervolgens drie keer van op en prakte ze met een vork fijn tot een dikke soep.

Hij ving de blik van zijn moeder en begreep dat zij daar ook aan dacht. 'We hebben geen van allen veel honger, denk ik,' zei zijn zus.

'Ouma, waarom is Shelley er niet, is ze niet uitgenodigd?'

'O, zeker wel, maar ze kon niet, ze had wat anders.'

'Jammer, ze heeft zoveel voor pa gedaan,' zei zijn zus. 'Had ze avonddienst?'

'Ik weet het niet. Aan de andere kant is dit een familieaangelegenheid, beter om het onder ons te houden, vinden jullie niet?' Zijn moeder keek de kleine kring rond.

'Shelley hoort erbij,' zei Marie. 'Niemand heeft zoveel voor opa gedaan als zij.'

Er viel een stilte, alsof ze ieder voor zich afvroegen wat hun rol was geweest in het leven van hun vader, echtgenoot en grootvader en of ze te weinig hadden gedaan of te veel. Zijn moeder bette haar ogen met een servet en voor de tweede keer die dag viel hem op hoe theatraal ze zich gedroeg, hoezeer de nieuwe rol van weduwe haar paste. Maar misschien was het de opluchting omdat er eindelijk iets veranderd was in haar leven.

Marie was nog niet uitgepraat over Shelley. 'Haar kinderen zijn schatjes. Jade wordt al een echt dametje en Andile is echt voor alles in. Ik lach me altijd slap met hem.'

'Pas je nog op?' vroeg Betty.

'Nee, nu ik verhuisd ben, is dat te lastig.'

'Andile, zo heette haar broer toch ook?' vroeg zijn moeder. Betty bevestigde dat en gaf hun moeder de gelegenheid een nieuwe show op te voeren. 'Ze had hem een keer meegenomen, omdat ze geen oppas kon regelen. Hij deed niets, stond alleen vanaf de gang naar hem te kijken, maar Johan werd doodsbang van dat jong. Nou ja, zo'n verpleegtehuis is niets voor kinderen. En hij is wel erg zwart, veel zwarter dan zijn zus.'

De serveerster bracht het eten. Hij herkende haar. Ze werkte hier al sinds zij hier samenkwamen. Alles aan haar was zwart en wit, haar uniform en schoenen, en ouder werd ze niet. Haar gezicht bleef porseleinwit en rimpelloos; haar haar glad en zwart als ebbenhout. Des te meer maakte zij hem ervan bewust dat voor hen de tijd voortschreed. Het gaf iets sinisters aan hun bijeenkomsten, alsof ze al in het land van de doden waren. Ergens waren ze dat ook.

Ze herschikte de schalen en zetten het laatste gerecht neer. 'Cha siu kai long ha.' Ze keek hem aan. 'Nummer 129.'

Hij knikte en hoorde ondertussen dat Betty zijn moeder voorstelde bij haar te komen wonen. Dicht bij zee en de winkels.

'Ik blijf hier,' zei zijn moeder. 'Ik heb het goed.'

Daarop vroeg hij zijn dochter naar Arkadia te komen, half uit logica, de familie weer samen in Zuid-Afrika, half omdat elke plek op aarde op dit moment geschikter leek voor zijn familie dan restaurant Peking in Hoorn.

Marie hoefde er niet over na te denken. Ze bleef bij haar oma.

Het waaide hard en het was waterkoud. Hij liep met Shelley over het strand bij Wijk aan Zee. Het zand plakte aan hun schoenen. Een man en een kind waren in de weer met een vlieger. De man liet het touw vieren en de lucht kreeg greep op de vlieger. Henk volgde hem op zijn weg naar boven. De vlieger klom buitelend omhoog tegen de achtergrond van lage arbeiderswoningen en een stuk hoger de hoogovens van IJmuiden. Het kind, een jongetje, riep iets tegen de man, die alleen oog had voor de vlieger en hem misschien door de wind niet kon horen. Het kind wendde zich van de man af en liep naar een meeuw toe die op het natte zand van de vloedlijn hipte en tussen de schelpen en kiezels naar iets eetbaars zocht.

Een vraag brandde op zijn lippen. Na het bezoek aan de Chinees, dat in een steriele, onwezenlijke sfeer was verlopen, alsof er een stolp over hun tafel heen was gezet, had zijn moeder hem in de garderobe apart genomen en gezegd dat hij diende te weten dat zijn vader niet in vrede was gestorven. Hij was alleen geweest en had niet op de alarmknop kunnen drukken. Nog aarzelde hij, bang voor de consequenties, maar hij moest het weten. 'Waarom heeft mijn vader niet om hulp geroepen?'

Shelley lachte. Het klonk niet prettig. 'Misschien wilde hij het laatste woord hebben, net als alle Keppels?'

'Maar niemand heeft zijn laatste woorden gehoord.'

Ze pakte zijn hand, alsof ze wist wat er komen ging en ze het naderend onheil wilde afwenden door samen met hem een beschermend cordon te vormen. 'Of misschien kon hij er niet bij?'

Hij bleef staan, kon bijna niet geloven dat hij niet zelf aan die mogelijkheid had gedacht. 'Hoe bedoel je?'

'Een schoonmaker kan het bed hebben verschoven en niet goed teruggezet. Een millimeter kan het verschil gemaakt hebben.'

'Zijn daar geen regels voor?'

'Jawel, maar mensen maken fouten.'

'En nu?'

'Je vader is dood.'

'Ik heb geen geheugen voor feiten.'

'Daar heb ik het niet over.'

Andile. Dit ging alleen maar over Andile. Sinds Jean-Luc gevonden was, toonde Shelley zich nog hardnekkiger in haar wil hem te vinden of tenminste de waarheid te achterhalen. 'Heb je liever dat ik wat verzin?'

Ze zweeg.

'Morgen ga ik terug. Waarom ga je niet mee? Ga mee.' Hij keek haar aan, maar haar gezichtsuitdrukking veranderde niet. Wat moest hij nu doen? Hoe moest hij afscheid nemen? De woorden waren al gezegd.

Hij bleef staan; Shelley liep door. Hij ging haar achterna en trok haar naar zich toe. Ze werkte niet mee en niet tegen. Haar ogen vermeden de zijne. Hij liet haar los en omhelsde haar opnieuw, alsof hij de tijd wilde terugdraaien, maar het hielp niet. Wat er tussen hen was geweest, leek verder weg dan ooit. Zachtjes duwde ze hem weg.

Achter hem klonk een plof. Hij keek. De vlieger was vlak bij hen terechtgekomen. Het kind rende er met rode wangen op af en raapte de vlieger op. De man volgde. Hij keek vrolijk en lachte. Zo simpel was het voor anderen. Er waren incidenten, die terloops passeerden en daarmee waren ze voorgoed voorbij.

Een eenvoudig leven wenste hij.

■

'Henkie!' De schop belandt kruislings over een van de diepe voren die de ploeg heeft getrokken. Hij kijkt op en ontmoet de blik van zijn vader. Gebiedend wijken zijn ogen naar links en dwingen de zijne tot volgen.

Aan de rand van de akker staat Andile. Met twee handen houdt hij een kip tegen zijn buik gedrukt. Hij staat heel stil, alsof hij poseert voor een foto. Alleen zijn handen bewegen, openen zich. Hij laat de kip los. Die kip fladdert heel langzaam omhoog.

48

Omgekeerd, alles is omgekeerd, was het eerste wat ze dacht toen ze de deur opendeed en de opgedofte kleine vrouw zag staan met een jongen naast haar. Ze herkende de vrouw, maar niet de jongen.

'Dit is Paul, je halfbroer,' zei de vrouw die haar moeder was. Ook van hem hadden ze haar in het revalidatiecentrum, waar ze haar geheugen getraind hadden met spelletjes als memory en kwartetten, waarschijnlijk foto's laten zien, maar het was niet blijven hangen. Misschien omdat ze nooit herinneringen aan hem gehad had. Specifieke plekken van het geheugen konden uitgewist worden, zoals bij haar gebeurd was, maar ze geloofde dat wat er ooit was geweest nooit helemaal verdween. Net zoals mensen na een amputatie jeuk kunnen krijgen aan een been dat er niet meer is. Fantoompijn, dat was het. Bij het geheugen moest het net zo zijn.

Het was een aangename verrassing om ineens een halfbroertje te hebben. Hij zag er leuk uit. Lang, net als zij, met ledematen die alle kanten uit zwaaiden en ogen die haar aankeken zonder enig voorbehoud.

Haar oma verscheen achter haar en begroette de onverwachte gasten. 'Claire! Kom snel binnen. Hoe kom je hier verzeild?'

'Mevrouw Keppel, *iek* ben een zwerfhondje, dat weet u.'

Ondertussen zette de taxichauffeur hun bagage op het erf. Drie koffers van verschillende grootte van hetzelfde merk, een set. Automatisch pakte ze de eerste koffer op. Claire wees op de tweede en derde. Paul droeg zijn eigen rugzak. 'We helpen natuurlijk een handje mee en als het nodig is dat we meebetalen aan de boodschappen, dan is dat helemaal geen probleem voor ons. Wij passen ons heel makkelijk aan.'

'Doe niet zo gek,' zei haar oma. 'Jullie zijn van harte welkom. Als je even gebeld had, had ik de kamers vast in orde gemaakt.'

'Dag oma,' zei Paul beleefd en hij stak zijn hand uit.

'Dag Paul,' zei haar oma. 'We zijn geen familie, maar je mag best oma zeggen.'

Sprakeloos staarde Marie haar moeder aan. Haar vader had haar verteld dat ze in het ziekenhuis op bezoek geweest was, maar dat was al tijden geleden. Sindsdien had ze niets van haar gehoord, en nu was ze hier en het zag ernaar uit dat ze voorlopig niet meer zou weggaan.

Claires sigaretten, panty's, make-up en handdoeken slingerden door het huis. Sinds haar komst draaide Marie elke dag een was. Als ze de machine vulde liep Claire langs en dropte dan quasiterloops wat lingerie op de vloer tussen haar knieën en de openstaande trommel van de wasmachine. 'Marie, wil jij dit even op de hand doen, alsjeblieft, het is bijna niets.'

Het was altijd 'bijna niets' en bij elkaar behoorlijk veel werk. Zelf droeg ze alleen sportief ondergoed dat met de bonte was mee kon. Het was de eerste paar keer een beetje vreemd om haar moeders kanten niemendalletjes te wassen, maar het wende snel en de levendigheid in huis deed zowel haarzelf als haar oma goed.

Claire ging haar eigen gang, sliep uit, bliefde alleen sterke koffie, was lang met haar make-up en kleding bezig en trippelde dan naar het dorp of toog naar de stad. In het dorp kaartte ze met de oude mannen in het café of ging naar de kapsalon en kletste eindeloos met de vrouwen daar, onder wie haar oma's vriendinnen. Om een uur of zeven kwam ze meestal terug, en tegen middernacht volgde het geklaag over Antoine, zonder dat ze er ooit achter kwamen wat hij in haar ogen nu precies verkeerd had gedaan. Wat ze in de stad ging doen, wisten ze niet. Niemand vroeg ernaar en niemand had er last van. Als verklaring voor haar onverwachte komst, had Claire verteld dat al in het ziekenhuis afgesproken was dat ze een keer langs zou komen, zodat ze elkaar beter konden leren kennen en herinneringen ophalen. Niemand herinnerde zich dit en het had er alle schijn van dat het er Claire vooral om ging zich met haar zoon tijdelijk op een veilige plek te parkeren om na te kunnen denken over haar huwelijk en andere zaken. Antoine belde nooit. Ze wisten niet of ze contact onderhielden.

Met Paul trok ze er veel op uit gedurende de lange, warme dagen. Meestal zat hij achter het raam te wachten tot zij met lege fietstassen terugkwam van haar bestelronde. Ze zag de band die ze met Paul ontwikkelde als een soort compensatie. Het was ruimhartig van Claire om haar de gelegenheid te geven haar halfbroertje te leren kennen, en dat ze als goedkope oppas werd gebruikt, zoals haar oma zei, daar wilde ze niets van horen.

Paul bleek een echte buitenjongen te zijn, ondanks dat hij opgroeide in een appartement in een Brusselse buitenwijk. Zij leerde hem kanoën, skaten en vissen. Ze hadden mazzel met het weer. De zomer was een idylle, een oase in de tijd. Paul leek soms wel verliefd. Als ze hem welterusten ging zeggen – hij sliep in de kamer naast de hare, die vroeger van haar vader was geweest en waar hij zelf ook logeerde als hij in Nederland was – kuste hij haar zo hard op de wangen dat het bijna pijn deed, sloeg zijn armen om haar heen en wilde amper loslaten. Of ze gingen armpje drukken, tegenover elkaar aan de keukentafel. Het fysieke contact en zijn openlijke adoratie voor haar deden haar goed, ook al was hij pas tien.

Met de kano gingen ze soms kilometers ver het Markermeer op, één keer bijna tot aan Stavoren. Ze konden het beeld van het hoogmoedige koopmansvrouwtje aan de kade zien staan. De golven waren hoog en er waren veel andere boten, maar bang was ze niet. Ze lachte.

'Daar is mama,' zei Paul en hij wees op Claire, die in zomerjurk en zwaaiend met een fles wijn op de dijk stond. Voor haar bleef haar moeder 'Claire'.

De kano lag in het riet. Paul liet zijn schepnetje door het water gaan. Als er wat in kwam, onderwierp hij het aan een inspectie, nam een foto en zette het insect of het minuscule visje weer terug in het water. Een serie routinehandelingen waar hij geen genoeg van kreeg.

Claire gaf Marie een envelop met een zilvergerande sticker erop van een fotozaak uit Paarl. Ze keek naar de foto van haar piepjonge ouders, genomen op net zo'n zomerse dag als vandaag. Haar vader had een pet op en de zomerjurk van haar moeder was net zoiets als ze nu aan had, een model met een wijde rok, rood met witte stippen. Haar hand hield ze als een zonneklep tegen haar voorhoofd. Tussen haar vader en moeder in stond zijzelf, een jaar of twee, schatte ze. Ze droeg dezelfde zomerjurk als haar moeder, maar dan in het klein. Dat ontroerde haar. Van zoiets had ze altijd gedroomd.

Ze bestudeerde het gezicht van haar vader en stelde vast dat hij *schalks* uit zijn ogen keek. Dat woord in combinatie met haar vader vond ze grappig en ze grinnikte. Met de fles wijn aan haar mond keek Claire haar van opzij vragend aan. Marie probeerde uit te leggen waarom ze lachte, maar Claire snapte het niet, wees naar haar bil. Marie liet het zitten. Misschien betekende *schalks* in het Vlaams iets anders, of het bestond niet. Het was toch een andere taal, ook al leek het op Nederlands, net als Afrikaans.

Haar moeder, nog steeds jong, zat met opgetrokken knieën naast haar op de dijk in een zomerjurk. Het enige wat ze haar aan kon rekenen, als dat dan zou moeten, was dat ze wilde genieten van het leven en daarbij niet altijd aan anderen kon denken.

'Dank je, ik heb bijna geen foto's van vroeger.'

'Je was een *eel* mooi kindje.'

Ze vroeg hoe Claire haar vader had ontmoet. Claire vertelde over het oogstfeest in 1972, een groot, traditioneel feest voor het hele dorp. Geen geweldig wijnjaar trouwens. Paul tilde trots zijn netje omhoog en toonde hun een piepklein visje.

'Goed, zo!' riepen ze tegelijk.

'Weet je waarom je vader verliefd op me werd?' vervolgde Claire.

Ontkennend schudde ze haar hoofd.

'Mijn geur. Hij vond dat ik naar kruisbessen rook, met een zweem van vanille en pas gemaaid gras.' Ze lachte mee met Claire, niet van harte, maar uit weemoed.

'Hij heeft nog op zijn neus, zijn beroemde neus, gekeken toen hij ontdekte dat ik Belgische was.' Claire gaf de fles aan haar door. Ze zette hem aan haar mond. 'Alle Franse wijnen kon hij blind herkennen, maar het verschil tussen Waals en Frans hoorde hij niet.'

'Je bent nooit meer op Arkadia geweest.'

'Nee. Jij?'

Ze schudde haar hoofd.

'Dan *ies* het de hoogste tijd.'

Met Paul keek ze naar een reportage op televisie waarop het gekloonde schaap Dolly aan de wereld werd getoond. Door het raam zag ze buiten in de wei echte schapen lopen. Ze keek van Dolly naar de schapen buiten en vergeleek ogen, neus, poten en vacht. Ze zag geen enkel verschil. Dolly was ook een schaap.

De volgende dag vertrokken Claire en Paul even onverwacht als ze gekomen waren. Ze waren de hoek nog niet om of haar oma verzuchtte dat het wel een hele drukte was geweest, en ze vroeg of Marie alsjeblieft de emmer met Pauls kikkervisjes naar de sloot wilde brengen.

49

David proefde de nieuwe Arkadia-wijn en floot tussen zijn tanden. 'Tussen een medoc en een graves in, knap werk voor een chenin.'

Geheel volgens plan was het een goedkoop slobberwijntje geworden. De fles kostte meer dan de inhoud. Over de fles was bovendien nagedacht. 'Sinds wanneer heb jij verstand van Franse wijnen?'

'Ik heb een nieuwe cursus gedaan.'

'Weer een schriftelijke?'

David knikte. Op zijn gezicht was geen enkele ironie te bespeuren. 'Er zit misschien een stageplek bij de Rothschilds aan vast. In Frankrijk.'

'De Rothschilds zijn zo commercieel geworden.'

'Gelukkig wel.'

'Wij worden ook commercieel.' Net als andere wijnboerderijen in de buurt had hij besloten Arkadia open te stellen voor toeristen. Hij hoopte als Nederlander een streepje voor te hebben. Landgenoten klopten misschien eerder bij hem aan dan bij een Belg, een Zwitser of een Zuid-Afrikaan. Gerard had hem de contacten voorgelegd en voorgerekend wat het op kon brengen, makkelijk verdiend volgens hem. De flessen rosé, wit en rood had hij besteld bij de KWV. Wrang dat hij op deze manier een deel van Arkadia's eigen druiven had teruggekocht.

Het contract met de coöperatie liep dit jaar af. Als de proeverijen goed liepen, kon hij dat volgend jaar anders aanpakken. Helaas zou het nog minimaal anderhalf jaar duren eer hij zijn landje terug had. De inbeslagname van de oogst van zijn meest geliefde perceel had hij niet afgewacht. Die dag had hij voor dag en dauw zijn fiets gepakt en was naar het cedergebergte gereden. De bavianen met hun opgezette rode konten die in alle vroegte bij de picknickplaats op de pas de afvalbakken plunderden, hadden hem zo misselijk gemaakt, dat ervan had moeten braken.

Hij wees David op de etiketten in de kleuren van de Zuid-Afrikaanse vlag, met in de hoek, boven de tekening van Arkadia van een lokale zondagsschilder, een felgekleurde regenboog; een verwijzing naar Mandela's 'regenboognatie'.

'Volgens mijn zakenrelatie is het lucratief om de wijn een inheems karakter te geven.'

David haalde zijn schouders op. 'Ja, maar de mensen zullen het kopen als souvenir, niet voor de wijn.'

'Dat is ook de bedoeling, en graag in harde valuta. Hij vindt ook dat jij de proeverijen moet doen.'

'Ik?'

Hij had er duidelijk geen zin in, maar Henk wist een middel om hem te paaien. 'Ja, jij, maar je krijgt eerst bijles. Je moet blind kunnen proeven.'

'Makkie. Laborie, pinotage. Die fruitige afdronk, 1996.'

Dat was de vierde die David goed raadde, maar nu was hij weer aan de beurt. David ontkurkte een fles zonder dat hij het etiket kon zien en schonk een bodempje in. De dollop malbec, een van Bernards favorieten, herkende hij al voordat het glas zijn neus bereikte. 'Neethlinghof, Laurentius.'

David vroeg naar het jaartal. Hij grijnsde. Dit was zo voorspelbaar.

'De Laurentius is vorig seizoen voor het eerst gepresenteerd.'

'Vier-vier.'

David hoefde over de volgende wijn evenmin lang na te denken. Een Lanzerac uit 1995. Merlot. Hoewel hij natuurlijk wist dat David een kenner was, verraste die hem met zijn gedetailleerde kennis van een gebied waarin Henk dacht de absolute expert te zijn. Hij ging een nieuwe voorraad halen, Franse wijn, kostbare flessen.

Hij zag Davids blik. 'Wat is er? Je hebt toch die cursus gevolgd? Gebruik je fantasie.' Onderwijl opende hij een stoffige fles en schonk een bodempje voor David in. Die had geen haast en voerde alle handelingen uit zoals hij geleerd had. Glas bij de steel vasthouden, walsen, neus erin, proeven. Eerst onzeker, later stellig en met overtuiging gaf hij ten slotte zijn mening.

'Een bourgogne? Enthousiast bouquet met vurige aroma's van klein zwart fruit, na walsen vooral cassis, en een gestructureerde houttoets... En iets kruidigs, hop of klaver... goed ontwikkeld, ambitieus tanninekader...'

Geïmponeerd luisterde hij, maar er was meer. De verbondenheid tussen hen was bijna tastbaar.

'Is dit een Clos de Lambrays uit 1996? Een... nee... een grand cru?'

Hij knikte stug, in een laatste poging zich niet gewonnen te geven. David zocht naar woorden, maar wist niet meer uit te brengen dan: 'Wat een afdronk'.

Henk lachte vrijuit. In tijden had hij zich niet zo ontspannen gevoeld. 'Ja, zo'n schriftelijke cursus is ook niet alles.'

Dronken en met verfomfaaide kleren zaten ze uren later onderuitgezakt op de vloer van de schuur. Hij leunde met zijn schouder tegen die van David. 'Als straks de toeristen hier zijn, gaan we alles netjes uitspugen,' zei David. 'We moeten emmers kopen, mooie emmers. Hoe noem je dat? Representatief.'

Hij antwoordde niet, maar koesterde zich in de intimiteit van het moment.

'Jij hebt gewonnen,' ging David door. Het 'jij' in plaats van het oude 'u' was als een liefkozing. In zijn voorraad Franse wijn was een gat geslagen, maar nu had hij een vriend.

'Kunst, ik heb die flessen zelf gekocht.'

De toeristen kwamen. Het gekir was niet van de lucht. Struise dames met verzorgde kapsels waarop een zonnebril rustte, de meesten op witte sportschoenen en in afritsbare kniebroeken, verdrongen zich op de uitgebouwde veranda om de lange tafel waarop de wijn van Arkadia was uitgestald. Rood, rosé en wit, de etiketten goed zichtbaar. Hij had het parkeerterrein vergroot en niet alleen op de veranda, maar op advies van Gerard ook in de tuin zitjes gecreëerd. De parasols daar boden een kleurrijk geheel. De rest ging inderdaad redelijk vanzelf, moest hij toegeven. De touringcars stopten en twee van de drie gasten gingen met flessen wijn onder de arm weer de bus in.

Hij ving een gesprek op tussen twee vrouwen, de één blond en mollig, de ander blond en slank. De mollige wilde een huis kopen in Zuid-Afrika, vanwege de lage prijs; de slanke wilde liever iets op Tenerife, omdat dat dichter bij de kinderen was. David liep hun tegemoet met een vol dienblad. Hij zag dat ze gecharmeerd waren van hem. De mollige vrouw vroeg David of hij blij was met het nieuwe Zuid-Afrika. De slanke wachtte zijn antwoord niet af en zei dat ze er nog voor gedemonstreerd had en dat het dan toch leuk was als er iets van kwam.

Tijdens zijn laatste bezoek aan Nederland had Gerard hem gedurende een tweehonderd kilometer lange toertocht het idee aan de hand gedaan. In die dagen na de begrafenis had hij gesnakt naar beweging en de longen uit zijn lijf gefietst. Op deze tocht met Gerard had hij zich volledig willen uitputten, zodat hij 's avonds kon wegzakken in een diepe, droomloze slaap, maar voor Gerard waren de pauzes net zo belangrijk als de route en de afstand. In de Haarlemmerlieden hadden ze op een terras met uitzicht op een brug ijsthee gedronken. De hypermoderne brug leek ondanks de stalen constructie te zweven boven het door kaarsrechte sloten verkavelde landschap met bollenvelden en koolzaad. Het was mooi, al die rechte percelen. In Zuid-Afrika was niets recht, percelen zeker niet.

Hij had Gerard foto's laten zien en hem verteld over de grote financiële druk, door de vele investeringen die hij had moeten doen en de hoge kosten van personeel en onderhoud. Gerard had zijn plan al klaar. 'Weet je hoeveel winst er zit op één kop koffie?'

'Drie keer over de kop?'

'Vijf keer. Een terrasje is zo aangelegd.' Gerard had een foto van Arkadia voor zijn neus gehouden en op de Hollandse gevel in het midden gewezen. 'Een paar potten Old Colonial Yellow, een bordesje met rozen... kost niks en je hebt die authentieke sfeer waar ze zo gek op zijn. Man, man, ik zou het wel weten.'

Het ging hard met de proeverijen. Twee reisorganisaties hadden een bezoek aan Arkadia standaard in hun programma opgenomen, in combinatie met een excursie naar het Cedergebergte. In het hoogseizoen stonden er dagelijks touringcars op het erf. Hij had extra personeel aangenomen, studenten die hun talen spraken. Cécile had hij de leiding gegeven over het terras. De toeristen konden nu ook een authentiek Afrikaanse lunch bestellen, bobotie of sosatie en in de winter waterblommetjie bredie à la Cécile.

De wijn van Arkadia ging in vliegtuigen mee naar verre bestemmingen, maar dat gaf nul procent voldoening. Het was goedkope slobberwijn. Het enige waar hij zelf verantwoordelijk voor was geweest, was het etiket. Eigenlijk was het te gek om los te lopen. Dit was dus 'conceptdenken' en voor hij het wist zat hij op de veranda met Bert de Waard, inkoper van de Birko.

De Waard, midden veertig, met een vlassig snorretje en een slecht zittend pak, had geen oog voor het uitzicht. Hij diepte een lege wijnfles op uit zijn tas en zette die op tafel. 'Een vriendin van mijn vrouw had wat flessen meegebracht. Ze waren zo op. Het is een echt vrouwenwijntje, zoet en simpel. Ik weet niet hoe u erover denkt, maar ik vind wijn emotie, identificatie, beschaving.' Hij wees naar het felgekleurde etiket. 'Een gouden vondst, refereert aan Mandela, de regenboognatie, inheemse volkeren, ecotoerisme. Een geniaal concept. Had ik het zelf maar bedacht. Wat de wijn betreft moeten we onszelf niets wijsmaken, de hoeveelheid fosfaat zal niet iedereen waarderen, maar dat is secundair en zegt u nu zelf, hoe groot is de markt voor een Zuid-Afrikaanse grand cru?'

Een antwoord werd niet van hem verwacht. De Waard kwam ter zake. Hij had een voorstel. Hij wilde de Arkadia-wijn voor alle tweehonderdeenentwintig Birko supermarkten. Te beginnen met de Randstad, de rest van het land volgde dan vanzelf. Voorwaarde was wel dat de kurk vervangen werd door een schroefdop. Dat was stukken goedkoper en veel gebruiksvriendelijker. Tevens zou de tekening van Arkadia in het midden van het etiket vervangen moeten worden door een foto, eventueel gestileerd, van zijn bedrijfsleider, want hij had gehoord dat die nogal goed lag bij de vrouwtjes, en vrouwen vormden de belangrijkste doelgroep. Daar waren ze het over eens.

Na het vertrek van De Waard liep Henk naar zijn landje. Boven kroop hij onder het prikkeldraad door en ging op zijn rug tussen de wijnstokken liggen. Vanaf die ongebruikelijke positie zag hij hoe zwaar de stokken doorbogen. Het was bijna oogsttijd en de vooruitzichten waren uitstekend. Van een naburige boerderij klonk ritmisch gezang. Die waren al begonnen.

Vijf jaar geleden had Betty ook een deal kunnen sluiten met een supermarkt. Gewoon goedkope wijn, niks concept, maar ze had daarmee de toekomst van het bedrijf een positieve wending kunnen geven. Als hij nu nee zei zou Arkadia failliet kunnen gaan; als hij ja zei was zijn Veritas Double Gold van de baan. En zijn schulden waren een stuk groter dan die van Betty destijds.

Tegen zijn verwachting in, was David laaiend enthousiast over het aanbod van de Birko. Ze zaten op de binnenplaats achter zijn huis. Op de aangrenzende binnenplaats waren vrouwen met de was bezig. Aan hun tongval te horen kwamen ze uit Zimbabwe. Ze lachten en praatten ontspannen. Zuivere stemmen, jonge vrouwen.

'Dat is een fantastisch aanbod, maar die schroefdop doen we natuurlijk niet.'

Hij negeerde het 'we' van David. 'En mijn Veritas Double Gold dan?'

'Die curatele is niet voor eeuwig.'

'Maar wel voor heel lang. Er staat een nieuwe oogst te verpieteren.'

'We kunnen dat supermarktwijntje op onze sloffen maken en de arbeiders krijgen elke maand stipt op tijd hun salaris. Dit wordt ons in de schoot geworpen...'

'En ik ben de joker van de wijnindustrie. Ik had net zo goed badslippers kunnen gaan verkopen.'

'Die proeverijen doen we toch ook?'

'Een succes dankzij jou.'

David keek hem afwachtend aan. Begreep hij het echt niet?

'Moet dat dan míjn mazzel zijn? Dat "we" een megadeal sluiten, omdat iedereen zo verdomd politiek correct wil zijn?'

'Bedoel je die foto? Heb ik niet bedacht...'

'Ik ook niet. Het is slootwater met een etiket en dan heet het ineens concept.'

'Jij bent de baas, baas.' David stond op en ging naar binnen.

Hij was inderdaad de baas, voor wat het nog waard was, en hij bedankte Bert de Waard vriendelijk voor de eer.

XV

Marie woonde sinds het ongeluk bij mij. De stad was te druk voor haar geworden en met die Vincent, dat ging gewoon niet meer. Ja, of dat nou liefde was... Binnen een mum van tijd was hij met een ander getrouwd. Haar beste vriendin nota bene. We zijn ze in de stad een keer tegengekomen met een kleintje erbij.

Ik vond het fijn dat ze er was en ze had niet veel nodig om zich te vermaken. Mee naar de stad wilde ze nooit. Ze ging liever skaten of fietsen. Jammer dat ze niet meer aan wedstrijden mee kon doen. Fysiek was ze sterker dan ooit, maar ja, bij het startsein zou ze te laat starten en dat haal je dan niet meer in. Dat ze een baan vond als postbode was ideaal. Zo kon ze haar energie kwijt en had ze wat om handen.

Hoewel die zes delen van de encyclopedie al bijna vijfendertig jaar in de kast stonden, had niemand ooit naar de rest gevraagd, maar voor Marie was na haar ongeluk alles nieuw.

Telkens als ik dacht dat ze nu alles wel gehad had en alles weer wist, zag ze weer wat. Net als met stofzuigen: er is altijd wel een plint of hoekje dat je al een aantal keren overgeslagen hebt en op een bepaald moment besluit mee te pakken. Die zes delen dus. Ik vertelde globaal ons verhaal. Marie was de eerste aan wie ik jouw naam onthulde. Ik zei dat het gek was dat je iets kunt missen wat je nooit gehad hebt, een soort heimwee naar een land waar je nooit geweest bent.

Marie vond dat ik je op moest zoeken. Ze zei dat ik je met de computer misschien kon vinden. Maar ik was daar nog niet aan toe. Ik was gewend aan het gemis en het idee dat ik je ergens tegen zou kunnen komen, in een winkel, bij het postkantoor of op een kruispunt, deed mij elke avond weer naar een nieuwe dag verlangen. Ik bedoel, je had dood kunnen zijn. Aan doden geen gebrek.

Bij Betty was het ook bijna zover. Ze is overvallen toen ze 's avonds laat vanuit de studio naar huis ging. Net nadat ze voor het eerst op televisie was geweest. Wij kunnen die zender niet ontvangen, maar ze zou zorgen dat het opgenomen werd. Samen met collega's werd ze geïnterviewd over die Commissie. Er lag een man op de weg die deed of hij dood was, en zij was zo stom om te stoppen. Ze was zo goed om te stoppen, moet ik zeggen. Ze hebben alleen haar auto, en haar arm was uit de kom. Dus dat valt mee, naar omstandigheden. Dat zei de politie ook tegen Betty. De meeste mensen komen er slechter vanaf. Maar de schrik zat er goed in.

50

Ze haalde de laatste stronken boerenkool uit de grond en ging rechtop staan. Op de dijk trotseerde een fietser de straffe tegenwind. Het grijze weer maakte water van lucht en lucht van water. Het benauwde haar en het versterkte haar gevoel dat ze in een schimmenrijk woonde, alleen in huis met haar oma. De kou in haar botten bleef ook 's zomers, als eeuwige sneeuw.

Haar oma zou op een bepaald moment hulp nodig hebben en zij zou haar verzorgen, zoals oma dat bij opa had gedaan. Na verloop van tijd zou het te zwaar worden. Eerst zouden ze aanpassingen maken in huis, zoals een traplift, dan zou haar oma naar een verpleeg- of verzorgingstehuis gaan in Alkmaar of Hoorn. Op de fiets of met het openbaar vervoer zou ze haar bezoeken en als ze ten slotte gestorven was, had ze het huis voor zichzelf en zou ze nog steeds dezelfde grijze lucht zien.

Het was niet dat ze haar verantwoordelijkheden wilde ontlopen en ze hield genoeg van haar oma, dacht ze. Meer hectiek ambieerde ze niet, en aan meer omgang met leeftijdgenoten had ze geen behoefte. Haar studiegenoten van vroeger waren nu afgestudeerd en over de hele wereld uitgezwermd. Degenen die waren achtergebleven hadden weinig belangstelling voor haar verhalen over de vogels, konijnen, schapen en paarden die ze op haar bestelronde had leren kennen, druk als ze waren met hun eerste huis, huwelijk en kind.

Met haar collega's bij de post had ze evenmin veel gespreksstof. Dat was niet erg, want ze hield van stilte. Ze wist niet of dat vroeger ook zo geweest was. Misschien was het nostalgie naar de dagen van haar coma. Uur na uur met niets dan stilte gevuld. Stilte en warmte.

Het was de kou. Alles kwam terug op de kou. Die moest uit haar botten. Ze wilde het niet haar hele leven koud hebben. Dat was zonde.

Het was tijd om naar Zuid-Afrika te gaan.

51

Achteraf was het een slechte beslissing geweest om nee te zeggen tegen Bert de Waard. Hij had gegokt en verloren.

Al snel werden zijn financiële problemen te groot. Met de proeverijen ging het minder goed vanwege de toenemende concurrentie. Bovendien was er wegens de recente misdaadgolf, waar zijn zus ook het slachtoffer van was geworden, minder animo voor de regenboognatie, die sinds Mandela zijn vertrek had aangekondigd sowieso aan glans had ingeboet.

De ironie van het lot had hem in dezelfde positie gebracht als zijn zus vijf jaar geleden. Net als zij had hij de kans gekregen om Arkadia te redden via een supermarktdeal, maar de druiven waren zuur.

Samen met Kishore liep hij door de wijngaarden. Kishore, in zijn lichtbeige zomerpak gesoigneerd als altijd, en tegenwoordig ook steenrijk. Miljoenen had hij verdiend, eerst met de beursgang van zijn internetbedrijf en niet veel later met de verkoop van zijn aandelen, slechts een paar dagen voordat de internetzeepbel werd doorgeprikt. Nee, hij formuleerde het verkeerd. Kishore was zo rijk geworden omdat hij in internet was gegaan op het moment dat de meeste mensen daar nog nooit van gehoord hadden. Op dezelfde manier had hij zich daarvoor al op de mobiele telefonie gestort.

Voor de zoveelste keer verbaasde hij zich over het talent van sommige mensen om hun kansen te zien en op het juiste moment toe te slaan. Een groot deel van hun succes was terug te voeren op lef en een bepaalde zorgeloosheid. Hij was een angsthaas en dat zou hij wel blijven.

Kishore had hem net verteld dat hij met Betty ging trouwen. Meer dan twintig jaar waren ze al vrienden. Betty was bijna veertig; Kishore iets jonger. Arkadia was zijn huwelijkscadeau voor haar. Hij had al contact opgenomen met De Waard en kon de deal die Henk was aangeboden waarschijnlijk nog overnemen, op dezelfde voorwaarden. Deze deal of een andere, dat was in zijn positie niet zo moeilijk. Kishore zou net zo goed een struisvogelfarm van Arkadia kunnen maken. Maar nee, hij wilde wijn, en van oogst tot bottelen moest het gehele proces op Arkadia gaan plaatsvinden. Een investering die ze in twee jaar zouden terugverdienen.

Ja, als je kunt investeren, dacht hij jaloers. Hij had het bloedgeld van Bernard erdoorheen gejaagd en was nog tot niets gekomen. Zelfs met de opbrengst van zijn huis in Velsen erbij kon hij de boel niet rondbreien. Hij had pech gehad met de invoering van het minimumloon; de zieken en ouderen had hij op de loonlijst laten staan om goodwill te kweken. Dat was niet beloond. Zeker de eerste jaren was er veel gestolen. Om iedereen te vriend te houden, had hij te veel door de vingers gezien en daar had hij leergeld voor betaald. De aanschaf van het nieuwe materiaal en de sanering van het terroir hadden veel meer gekost dan begroot was. En dan was er nog het afkopen van het contract met de KWV voor het landje. Hij had het moeten doen, maar het was een zinloze onderneming gebleken.

Even zo goed was het landje voor hem nu verboden terrein. 'Geen deurgang nie.' Zijn landje. Sinds Bernard in de Ardennen woonde, had hij hem niet meer gesproken, niet durven spreken. Hij schaamde zich bij het idee alleen al en hoopte dat ze nu gelukkig waren, Simone en hij. Zonder die ene fles was de illusie daarvan het maximale.

Ze bereikten het landje. Hij wilde de druiven niet zien en draaide zich om, zodat hij beneden in het dal de boerderij kon zien liggen.

'Waarom wil je Arkadia kopen? Het lijkt me nogal een stap als je in de moderne elektronica zit.'

'Het is voor Betty. Ik ken haar droom... en de jouwe.' Kishore legde uit dat de curatele onder bepaalde voorwaarden eerder opgeheven of uitgesteld kon worden. Hij zou dan in ieder geval het vruchtgebruik van het landje terugkrijgen.

Het duizelde Henk. Het landje terug, wijn maken, goede wijn, een topwijn, waarvan hij de maker, maar niet de eigenaar zou zijn. Wat zou Bernard daarvan vinden? Bij hem lag de eindbeslissing.

'Geen garantie,' hoorde hij Kishore zeggen, 'maar als het meezit zou je je eigen wijn kunnen maken naast je werkzaamheden als assistent-bedrijfsleider.'

Assistent. Ook op Arkadia vond steeds meer differentiatie plaats. 'Op welke voorwaarden?'

'Alle opbrengsten gaan naar Betty en mij, inclusief eventuele prijzen. Onder ons label.'

Zo.

'Maar jij bent de wijnmaker.'

'En het huis?'

'Ik laat de kantine verbouwen. Die wordt nauwelijks nog gebruikt. Er komen appartementen in. Zolang je hier werkt, kun je hier wonen.'

Als werknemer van Kishore en Betty. Hij twijfelde of hij dat kon opbrengen. 'En Betty?'

'Ze is dan terug op Arkadia; de rest went wel.'

'Je weet wat haar plannen zijn.'

'Dat is voor later. Eerst jouw plan.' Hij keek hem aan. 'Ik heb Castel gesproken, ik hoop niet dat je me dat kwalijk neemt. Hij is akkoord, op deze voorwaarden.'

Niet zijn landje, niet zijn druiven, maar wel zijn wijn. Bernard strafte hem, maar had nog mededogen. 'Ik blijf, voorlopig.'

'Dat lijkt mij een goede beslissing. Ik zou het op prijs stellen als je alles stil wilt houden tot na de bruiloft. Ik wil haar verrassen.'

'Geen probleem.' Het moment zelf zou hem tenminste bespaard blijven. Kishore zou zeggen dat ze op huwelijksreis zouden gaan. Met een volle koffer in de bagageruimte zou de auto midden in de nacht het erf van Arkadia op rijden en tot stilstand komen.

Een eind verderop liep David door de wijngaarden. Kishore volgde zijn blik. 'David zegt dat er een gat in de afrastering zit. Die wilde honden worden echt een plaag.'

52

Hij wilde zijn moeder helpen uitstappen, maar ze sloeg zijn uitgestoken hand af. 'Neem jij de bagage maar.'

'Eerst koffie, of eerst een rondleiding?'

'Koffie heb ik in het vliegtuig genoeg gehad. Of wat ervoor doorging.'

Ze zag de spar, bleef staan en monsterde de boom van top tot teen, alsof ze die ter verantwoording wilde roepen. 'Is Betty er niet?'

'Nee, en ze weet nog niks.'

'Aha, mondje dicht.'

'Marie is er wel.' Hij hoorde haar roepen. Ze kwam zojuist aanrennen met de drie honden die waren aangeschaft om de zwerfhonden op afstand te houden. Zijn dochter en moeder begroetten elkaar alsof ze elkaar maanden niet gezien hadden. Ze installeerden zich op de veranda.

Weer keek zijn moeder naar de spar. 'Wanneer gaat dat ding om?'

'Ja, het is zo donker binnen,' zei Marie. 'Er moet altijd een lamp aan.'

'Hij is met ons meegegroeid,' verdedigde hij de spar. Het was een argument van niks.

'Meegegroeid? Hij is groter geworden en nu is hij dood,' zei zijn moeder.

'Het is koel in de zomer en hij is niet dood.'

Zijn moeder wees hem op de naaldloze uiteinden van veel takken. 'Wat is er dan mee? Krijgt hij geen water?'

'Dat is het punt. Al die uitheemse planten gebruiken te veel water.'

'Met kerst versierden we hem altijd met echte kaarsen. Dat vonden jij en Betty prachtig. We hebben hem sinds jouw geboorte. Die boom is even oud als jij.'

Hij stond op en zei dat hij een stukje ging lopen. Alles benauwde hem op dit moment enorm, maar het meest de nabijheid van zijn familieleden.

Hij dwaalde over het terrein, al lang blij even alleen te zijn. De arbeiders waren naar huis. Er was niemand te zien. Op de automatische piloot liep hij in de richting van de barakken. Dichterbij gekomen zag hij een vrouw uit het fijnbos komen; een tijdsprong vanuit het beeld van het kleine meisje dat hij altijd bij zich droeg. Zelfs het ontbreken van kleding onder de navel kwam overeen.

De vrouw hees haar onderbroek op en rolde haar jurk af. Ze droeg kapotte schoenen die veel te groot waren, en strompelde weg.

'Shelley!' riep hij.

De vrouw reageerde niet.

Ze leek hem zo dronken als een kanon. Hij probeerde haar in te halen. 'Shelley! Wacht!'

De vrouw draaide zich om. Ze leek helemaal niet op haar. Hij was geschokt, maar ondanks de situatie vooral teleurgesteld.

'Hello, mister!' schreeuwde de vrouw. 'You fuck me?' Haar gezicht was opgezwollen van de drank. In haar mond ontbraken de meeste tanden, en wat er nog wel in stond was weinig soeps.

Het mens kwam hem achterna. 'Mister! Mister! We fuck, yes, please!'

Hij ging harder lopen en schaamde zich. Angsthaas! Angsthaas!

De vrouw achter hem liep op hem in en gierde van het lachen. Ze struikelde, en dat was zijn geluk. Vanuit zijn ooghoeken zag hij dat ze op haar rug terechtkwam, met omhoog stekende benen als een gevallen schaap.

Op het landje kwam hij tot rust. Het prikkeldraad was er nog, maar eerdaags zou het verwijderd worden. Het was verboden om het zelf te doen. Het zij zo.

Als een eenvoudige tuinman wiedde hij het onkruid in de percelen met mourvèdre, malbec en petit verdot.

53

Marie keek om zich heen en vergaapte zich aan de luxe op het terras aan De Waterkant in Kaapstad, dicht bij de aanlegsteiger voor de boten die heen en weer voeren naar Robbeneiland.

Ze hadden uitgebreid inkopen gedaan in de ruime en moderne winkels en herhaaldelijk tegen elkaar gezegd dat ze 'normaal' bijna nooit winkelden en daarom nu zoveel mochten kopen als ze wilden. Het was lang geleden dat ze tijd alleen met haar tante had gehad.

Vroeger was er een ritme geweest. Betty kwam één keer per jaar naar Nederland en dan was er genoeg tijd om samen meermalen af te spreken. Haar hele middelbareschooltijd was het zo geweest, en daarna, tijdens haar studie ook. De klad was erin gekomen toen Betty de boerderij aan haar vader af had moeten staan. Nu zou ze hem terugkrijgen, maar dat wist ze nog niet.

Marie grinnikte. Het was grappig dat er iets was dat zij wist en een ander niet. Het was altijd andersom.

Betty vroeg waarom ze lachte.

'Een binnenpretje. Willen jullie nog kinderen?'

'Nog? Zo oud ben ik niet.'

'Je weet niet of het nog lukt. Maar je kunt adopteren. Er zijn hier zoveel weeskinderen, door aids en zo.'

'Dat is niks voor mij.'

'Voor mij wel, denk ik, maar ik heb geen man.'

'Dat komt wel weer.'

Dat betwijfelde ze. Na Vincent had ze geen vriendje meer gehad en ook geen seks. Het was net of ze sinds haar ongeluk iets miste.

Een of ander moertje. Of misschien had ze het daarvóór ook al niet. Vincent was op haar gevallen. Letterlijk. Zo dichtbij moest iemand dus eerst komen om haar te zien. Het was niet waarschijnlijk dat zoiets nog een keer zou gebeuren. Het leek vaak of ze onzichtbaar was. Iedereen was aardig tegen haar, maar niemand zag haar echt. Misschien was ze te lang. Ze was langer dan de meeste jongens. Laatst had ze in een tijdschrift gelezen dat mannen dat niet prettig vonden. Nicole Kidman was langer dan Tom Cruise, maar dat waren filmsterren.

De ober bracht hun lunch: salade en milkshake voor Betty; een tosti en ijskoffie voor haar.

'Kishore wilde graag een Indiase bruiloft,' zei Betty, 'maar dat zag ik niet zitten.'

'Hoe gaat dat? Met olifanten?'

'Een stip op mijn voorhoofd?' Betty keek haar aan. 'Ik ben geen maagdelijk bruidje meer van twintig. Al die poespas hoeft voor mij niet.'

'Maar je wilt wel trouwen...'

'Ja.'

'Hou je van hem?'

'Ik geloof dat je uiteindelijk door de gasten in bed wordt gelegd. Daar moet je toch niet aan denken? Dat doen we dus niet.'

'Kishore doet alles voor je.'

Betty knikte vaag.

'Ben je verliefd? Of verliefd geweest?'

'Op Kishore? Nee.'

'Hoe weet je dan dat je van hem houdt?'

'Dat heb ik niet gezegd.'

'Waarom trouw je met hem?'

Betty prikte een stuk tomaat aan haar vork en luisterde even naar het geplons en diepe gehuil van de zeehonden die in een klein bassin bij de aanlegsteiger werden gehouden ten behoeve van de toeristen en hun kroost.

'Ik dacht dat ik precies wist wat ik wilde, maar sinds ik... sinds die overval kijk ik anders tegen de dingen aan. Ik zag het leven als een strijd, maar ik ben er niets mee opgeschoten, alleen doodmoe van geworden. Niets brengt het je. Niet echt. Nu wil ik geen strijd meer. Ik wil rust, een gewoon leven. En ik wil een kind. Dat houden van, dat zien we dan wel weer. Daar kan ik niet tot mijn tachtigste op gaan zitten wachten. Op dit moment is elk ander leven een goed leven.'

Rennend door de heuvels in de omgeving van Arkadia met de honden om haar heen dacht ze na over de woorden van haar tante. Ze kon zich niet voorstellen waarom ze met iemand wilde trouwen van wie ze niet hield. Maar als je nooit van iemand ging houden en je wilde een kind, kon je niet eindeloos wachten. Of misschien was het niet zo belangrijk. Ze had een keer aan haar oma gevraagd of zij van haar opa gehouden had. Haar oma had de vraag ontweken en alleen gezegd dat ze een gezin wilde.

Haar vader had al jaren niemand en dat leek hem niet te deren. Dat met Shelley had niet veel voorgesteld. Hij zag haar nooit meer, dacht ze. Op de begrafenis van haar opa waren ze ineens samen verdwenen. Dat was vreemd geweest, maar niemand had er wat van gezegd.

Haar knieën knikten, alsof ze op het punt stond geveld te raken door griep. Had zij van Vincent gehouden? Echt van hem gehouden? Ze wist het niet meer. Ze kon zich er geen enkel gevoel bij voorstellen. Misschien kon dat niet meer omdat het er wel was geweest, maar nu weg was. Net als met pijn. Aan pijn bleef geen herinnering kleven. Je wist alleen nog dat het er was geweest.

Zou het vóór haar ongeluk anders zijn geweest? Was het iets dat in hun familie ontbrak, een gebrek dat van generatie op generatie doorgegeven werd, zoals enge ziektes, rood haar en kuiltjes in de wangen? Misschien was het in alle families zo, maar leek het anders van een afstand. Iedereen deed alsof, hield voor elkaar de illusie in stand, omdat niemand de werkelijkheid onder ogen wilde zien. Over zichzelf kon ze niet méér zeggen dan dat ze aan bepaalde mensen en hun gewoontes gewend was geraakt.

Ze kwam er niet uit en wilde doorrennen tot ze moe genoeg was om lang te kunnen slapen. Maar de honden jankten van uitputting en ze moest met ze in het gras gaan zitten tot ze fit genoeg waren om verder te gaan.

54

Zelfs de olifant was Indiaas, veel kleiner dan de Afrikaanse. Waar die vandaan kwam, was hem een raadsel, maar met geld kun je alles kopen. Kinderen mochten op de rug van het beest ritjes maken langs het strand. Er was ook een ezel, maar die keek vanonder zijn strohoed werkeloos toe.

Hij zag Marie. Ze zette twee kinderen op de bont versierde draagstoel en voerde de olifant mee aan een touw. De oppasser hield een oogje in het zeil. Marie droeg de avondjurk van Ann Demeulemeester die Kishore haar cadeau had gedaan. De rode jurk had een diep rugdecolleté. Haar schouders waren tamelijk breed en gespierd, maar haar taille slank, zodat haar figuur goed uitkwam. Ze liep op blote voeten. Haar schoenen zag hij verderop staan. Smalle bandjes, een hoge hak. Hij kende zijn dochter alleen op gym- en renschoenen. Voor het eerst zag hij haar als vrouw en niet als dochter, een individu met een eigen gevoelswereld. Een paar maanden geleden was ze geheel onverwacht gearriveerd. Ze had ontslag genomen bij de post en was van plan voorlopig te blijven. Net als hij was ze hele dagen buiten en werkte ze zij aan zij met de arbeiders. Naadloos paste zij in de mini-maatschappij van Arkadia, zo goed, dat zij na de bruiloft in het hoofdhuis zou blijven wonen, in haar oude kamer.

Hij liep het door fakkels verlichte pad naar boven op. Nooit eerder was hij in dit hoog boven het strand gelegen paviljoen geweest. De decoratie was spectaculair. Minifonteinen van champagne en een van chocola, tulpen uit Nederland, schalen met Indiaas fruit en kleverig uitziende zoetigheden. Riksja's pendelden af en aan tussen de parkeerplaats en het paviljoen om alle gasten naar boven te brengen.

Een feilloze organisatie. Hij had niet anders verwacht. Kishore overdreef bijna zijn zorg om aan iedereen te denken, aan ieders wensen tegemoet te komen en op geen enkele manier aanstoot te geven. Zo was hij altijd al geweest en nu, op zijn bruiloft, uitte die eigenschap zich in optima forma.

Zijn familie stak pover af tegen die van Kishore, van wie de meesten uit India en Amerika waren overgevlogen. Kishores moeder een matrone in een traditionele sari; zijn vader een stramme generaal; zijn broer een ceremoniemeester met babyvet. Het leeuwendeel van de gasten kende hij niet. Hij voelde zich dom, achterlijk en boers. En belachelijk. In dit gezelschap van advocaten, artsen, journalisten, wat was hij nou? Iemand met een neus. Voor het eerst schaamde hij zich voor datgene wat hij altijd als zijn bijzondere talent had gekoesterd. Daarom was hij na de middelbare school naar Frankrijk gegaan, om het vak in de praktijk te leren.

Betty was nu meester in de rechten en zou over een jaar of twee advocaat zijn. Ze had hem ingehaald. Iedereen had hem ingehaald. Alleen zijn dochter nog niet.

Betty's bruiloft herinnerde hem aan het feest voor Maries eenentwintigste verjaardag. De gasten van toen zouden over twintig jaar net zo'n select en bevoorrecht gezelschap vormen als die van de bruiloft. Maries vrienden zouden carrière gemaakt hebben, huizen en kinderen hebben, de wereld hebben gezien en verstandige beslissingen nemen of het nu ging om politiek of de televisieprogramma's waarnaar hun kinderen mochten kijken.

De ceremoniemeester kondigde aan dat de bruidegom een toast ging uitbrengen. De obers in hun rode jasjes met koperen tressen voorzagen iedereen van champagne. Kishore kreeg discreet een glas op een apart dienblad aangereikt. Appelsap met bubbels. En dat koopt dan een wijnboerderij!

Kishore, in zijn witte kostuum, hoefde weinig méér te doen dan de aanwezigen aankijken om alle gasten te doen stilvallen. 'Ik geloofde nooit in sprookjes, maar als ik om me heen kijk en al mijn vrienden en familieleden hier verzameld zie, uit alle delen van de wereld, dan moet ik mezelf heel hard in de arm knijpen om zeker te weten dat dit geen sprookje is. Wat ben ik dan blij dat dit werkelijkheid is. Ik ben getrouwd met de vrouw van mijn dromen. Het was het wachten waard, elke dag van de afgelopen achttien jaar...'

Om hem heen werd beschaafd gelachen. Henk zag hoe Kishore Betty aankeek. Zo kijk je dus als je van iemand houdt, dacht hij. Zo ziet liefde eruit. Het was pijnlijk om te zien dat Betty zijn blik wel beantwoordde, maar zijn liefde niet.

'Ze zeggen dat je bruiloft de mooiste dag van je leven is. Ik begreep dat nooit. Het suggereerde dat alles daarna alleen maar minder werd. De dramatische manier waarop ik mannen en vrouwen op hun vrijgezellenavond afscheid heb zien nemen van hun vroegere leven, deed mij nog het meest denken aan mensen die begonnen aan een twintigjarig contract in de diamantmijnen, zonder de mogelijkheid van tussentijds verlof... Maar nu ik hier sta, op mijn eigen bruiloft, kan ik me niet voorstellen dat ik ooit gelukkiger zal zijn dan op dit moment. De gedachte aan nog meer geluk is niet te bevatten. Ik voel me zeer bevoorrecht dat ik deze dag met jullie mag meemaken. Graag proost ik op mijn mooie, jonge vrouw en op de toekomst. Mogen jullie allemaal net zo gelukkig worden als ik.' Kishore hief zijn glas, en met hem alle gasten.

Automatisch bracht Henk het glas champagne naar zijn mond. Moët & Chandon. Hij was geen liefhebber van champagne. Bubbels hebben de neiging het gehemelte te misleiden. Maar het was er de avond voor. Hij was geraakt door de liefdevolle en oprechte woorden van Kishore, en als hij om zich heen keek, zag hij dat hij niet de enige was. Met de helft van Kishores geluk zou hij al dik tevreden zijn. Maar hij was hier alleen. Shelley was er niet. Ze was uitgenodigd, maar niet gekomen. Wat had hij haar graag, net als op dat andere feest, hier zien binnenstappen.

Marie kwam op hem af en stak haar arm door de zijne. 'Vermaak je je een beetje, pap?'

'Zeker, het is een mooie bruiloft.'

'Ik vind het zielig dat het ezeltje niets te doen heeft. Als ik ooit ga trouwen, neem ik alléén een ezeltje. Dan willen de kinderen wel.' Ze glipte weer weg.

Kishore greep opnieuw de microfoon. ‘Het is mij een eer u Aishwarya aan te kondigen, uit Bombay overgevlogen om vanavond voor ons te zingen.’

Om hem heen klonken onderdrukte kreten van verrassing en ongeloof. Henk had nooit van haar gehoord, evenals het gros van de niet-Indiase gasten, maar zodra ze begon te zingen, begreep hij dat hij had te maken met een zangeres van wereldformaat. Ze was beeldschoon; een poppetje gekleed in een klassieke rode sari. Met de zee als achtergrond zong ze vanaf een podium het bruidspaar en de gasten toe. Hij verstond er geen woord van, maar het kon niet over iets anders dan over de liefde gaan. Loepzuiver rolde haar stem over het strand. De branding leek zich aan te passen aan de melodie. De olifant begon te trompetteren. Ook dat geluid versmolt naadloos met de stem van de zangeres.

Aishwarya stond alleen en zelfverzekerd op het podium. De wind speelde met haar sari. Vanuit zijn perspectief was het alsof ze in zee stond en de golven om haar voeten spoelden. Hij had het kunnen bekijken als een schreeuwerige videoclip, maar hij was aangedaan. Het was alsof hij door een gat in de muur naar een nieuwe wereld keek.

55

Haar oma danste al de hele avond. Een paar keer was ze naar haar toe gegaan, maar ze zei zich prima te vermaken en even rusten vond ze tijdsverspilling. Marie had naar de zangeres geluisterd en daarna met haar vader gedanst. Beiden brachten ze er niet veel van terecht, maar ze had uitgeroepen dat ze in een volgend leven wilde zingen en dansen en niets anders.

Voor het eerst sinds ze uit het ziekenhuis was, had ze dit gevoel, alsof alleen het moment telde. Ze moest lang zoeken naar het goede woord ervoor en vond ten slotte *zorgeloos.*

Halverwege de Engelse wals was de bedrijfsleider van Arkadia op hen af gekomen. Zonder iets te zeggen had hij haar van haar vader overgenomen. David was de baas van haar vader. Maar niet van haar. Ze complimenteerde hem met zijn roomwitte pak. Hij was blij dat te horen, zei hij. Al zijn pakken werden gemaakt door een kleermaker uit de Bo-kaap, de Maleisische wijk in Kaapstad. Die man wist wat hij mooi vond en legde bijzondere stoffen voor hem apart. Als hij kwam, werd hem de maat genomen – routine, aangezien hij sinds zijn twintigste hetzelfde gewicht had – en een week later was het pak klaar, voor een bedrag waarvoor hij in de nieuwe winkelcentra van Kaapstad hooguit een overhemd kon kopen.

Ze vroeg wat hij van haar jurk vond. Hij boog zich voorover en zei dat ze lekker rook. Dat deed haar goed. Ze spoot meestal maar lukraak een luchtje op. Bij hun laatste winkeluitje had ze op Betty's advies Chanel no. 19 gekocht.

Na de dans hadden ze cocktails gedronken uit halve kokosnoten bij de braai waar de bedienden rokjes van veren droegen, volgens

David nep Zoeloe-kostuums. Hij zal het wel weten, dacht ze. Misschien is hij zelf Zoeloe. Het zou onbeleefd zijn om dat te vragen. David at een vleesspies. Ze zag de spieren van zijn armen door zijn overhemd heen. Dat leek haar niet chic. De stof was misschien te dun.

David vertelde dat hij zich haar herinnerde van vroeger. Hij had haar vaak zien spelen onder de mangoboom. Toen zij naar Nederland vertrok, was hij achttien en zij een kind van een jaar of acht.

'Ik ging weg en jij bleef hier,' zei ze. Het klonk ongemakkelijk, als iets dat ze van buiten had geleerd.

'Nu ben je er weer. Blijf je hier?'

'Ik weet het niet.'

Ze keek naar haar tante, die met Kishore danste, nu haar man. Over de kleur van de trouwjurk was eindeloos gebakkeleid. Was de stof crèmekleurig, gebroken wit, beige, champagne of vanille? Kishore had graag echt wit gehad, maar Betty had voor de zoveelste keer gezegd dat ze geen bruidje van twintig was. Nu Marie haar van een afstandje zag, bestempelde ze de jurk als havermoutkleurig.

'Ik weet het niet,' herhaalde ze. 'Mijn tante is eigenlijk Zuid-Afrikaanse, mijn vader een Hollandse boer en mijn moeder die hoort in Brussel als Manneken Pis, maar voor mezelf weet ik het niet zo goed.'

David trok haar dichter naar zich toe. 'Het is geen avond om te praten. Het is een avond om later over te praten.' Hij keek haar aan.

Ze keek terug.

Hij zag haar, dacht ze.

Langs de olifant, die gedwee voor zich uitkeek, en zijn slapende oppasser liepen ze over het verlaten strand. Ze hoorde hoe het water tegen de rotsen beukte. Tegelijkertijd werd er boven zee siervuurwerk afgestoken vanaf een plezierjacht. Dat veroorzaakte een merkwaardige asymmetrie van beeld en geluid. Vanaf het paviljoen werd luid geapplaudisseerd. Ze draaide zich om en keek omhoog. De bruiloftsgasten stonden dicht bij elkaar vanachter de balustrade naar het vuurwerk te kijken.

Het geluid van de zee op de rotsen echode in stereo in haar oren toen ze niet veel later met David boven op zich op het strand lag, in de luwte van een overhangend stuk rots.

De ondergrond was hard, maar dat zou ze vergeten.

XVI

Henk haalde me op van het vliegveld. Alle Keppels verzamelden zich voor de bruiloft van Kishore en Betty. Midden in de winter moest ik een nieuwe zomergarderobe aanschaffen. Net als de allereerste keer dat ik naar Afrika ging.

Ik herinnerde me van vroeger dat er kort na Wellington een bocht kwam, waarna je Arkadia ineens zag liggen. In de zon of in de regen, het verraste altijd. De kleuren van de bergen, de wijngaarden en de lucht zijn zo... diep. Zo anders dan in Noord-Holland. Je zou misschien zeggen dat bij ons de kleuren oppervlakkig zijn, een dun vernisje over het landschap dat bij regen meteen verdwijnt, maar in Zuid-Afrika kan dat niet. De kleur komt van binnenuit.

Ook nu zag ik de boerderij vrij onverwacht liggen, maar wat me het meeste opviel was de spar. Zo groot en donker dat ik het huis bijna niet meer zag. Die boom was een cadeautje geweest van de Nederlands Hervormde kerk in Wellington. Het was de gewoonte om ouders bij de geboorte van hun stamhouder een boom te schenken. Dit deden ze pas na de kraamtijd, als er meer zekerheid was over de overlevingskansen van moeder en kind. De bomen werden gekweekt op een apart veldje bij het terrein van de kerk. Na de dienst wandelden zwangere vrouwen er soms mijmerend met hun echtgenoot omheen. Ik niet, hoor.

Op de veranda zat ik met de kleine Henk in de kinderwagen even uit te puffen. Gezellig met z'n tweeën. Dat is fijn van een kind. Je bent nooit meer alleen. Ik zag ze aankomen. Ze droegen de spar in een emmer tussen hen in. De boom was een centimeter of tachtig. Ik kreeg er een hele preek bij van die twee ouderlingen. Ja, sorry, ik heb nooit zoveel met de kerk gehad. Katholiek of hervormd, het maakt niet uit. Bovendien was ik pruimen aan het wecken.

De hele keuken stond vol. Hoe eerder ze weggingen des te beter. 's Avonds heeft Johan de spar in de grond gezet. Eigenlijk heeft hij hem lukraak ergens geplant. We moesten hem er voor het donker in hebben, anders was het zo ondankbaar. Als ik terugreken van hoe oud Henk nu is, staat dat kreng er nu dus al bijna een halve eeuw.

Er is een verhaal in de Bijbel, over huizen waar met bloed een kruis op de deur werd geschilderd ter herkenning. Met die sparren, dat was net zoiets. Als we gingen toeren, speurden we de hele omgeving af naar huizen met een spar in de voortuin. Een Nederlandse familie uit Zaandam waar we weleens kwamen, had vijf dochters, maar geen spar. Dat komt dan toch een beetje oneerlijk over.

De bruiloft was overigens fantastisch. Ik heb zo heerlijk gedanst! De hele avond. Alleen maar met Indiase mannen, familie van Kishore, net als hij allemaal heel beleefd. Hoewel ik geen woord met ze kon wisselen, want ze spraken geen Nederlands en geen Afrikaans.

Kishores vader droeg een soort legeruniform. Op zijn borst waren medailles gespeld. Ik schatte hem tegen de negentig, maar hij was nog kaarsrecht en walsen dat hij kon! Hij leidde zo goed dat ik me helemaal aan hem kon overgeven. Ik ging van de een naar de ander, die avond. Het was een kleine persoonlijke triomf. Ik dacht bij mezelf: kon mevrouw Meissner mij nu maar zien. Mijn Duitse mevrouw, die haar dochters aan huis dansles liet geven en mij liet toekijken. Niet dat ik daarover wil klagen, want ik heb het op die manier heel goed geleerd. Je moet je dingen voorstellen in je hoofd en vaak herhalen, en als de gelegenheid zich dan voordoet, kun je het zó in praktijk brengen en het kost niks.

Door de muziek heen hoorde ik de golven beneden. Ik danste boven de golven en eigenlijk danste ik met jou.

56

Henk stond klaar om zijn moeder en Marie, die mee naar Nederland ging om namens Kishore een vergadering van Birko bij te wonen, weg te brengen. Maar David reed zijn auto voor, laadde de koffers in waarmee ze net naar buiten kwamen en zei tussen neus en lippen door dat het beter was dat hij dit op zich nam. Dan kon Henk door met zijn werk.

Daar kon hij moeilijk bezwaar tegen maken. Hij nam afscheid van zijn moeder. Ze was stil. Nog vol van het feest, beweerde ze, maar aan de manier waarop ze over het terrein rondwandelde en naar elke struik en boom keek, zag hij dat ze waarschijnlijk voor het laatst op Arkadia was geweest.

Betty gaf hun een mandje abrikozen mee. Op een heel natuurlijke en vanzelfsprekende manier had zij haar plaats als vrouw des huizes weer ingenomen. Marie en zijn moeder hadden er nauwelijks iets over gezegd. Waarom zouden ze. Voor hen bleef alles hetzelfde. De eerste keer dat Betty en hij elkaar na de bruiloft tegenkwamen op het erf – hij kwam zijn appartement uit en zij het hoofdhuis – hadden ze elkaar goedenmorgen gewenst alsof deze situatie al jaren bestond. Wat hielp was dat Betty sinds haar huwelijk, of eigenlijk al sinds ze daartoe had besloten, veranderd was. Ze was milder geworden en leek oude sentimenten van wrok en onvrede afgeschud te hebben. Het was nog te kort om te bepalen of de verandering blijvend was, maar het was hoopgevend om te zien dat het mogelijk was. Dat mensen hun verleden achter zich konden laten.

David hield het portier van zijn terreinwagen open voor 'ouma' en vervolgens voor Marie. Hij legde even zijn hand op haar bil.

Zijn moeder keek vertederd toe. 'Leuk, hè, dat jonge spul.'

Kishore riep Henk bij zich in zijn werkkamer. Maanden was hij met de voorbereidingen voor het huwelijk bezig geweest, maar de dag erna was hij om zeven uur weer aan het werk gegaan. Als een schooljongen stond Henk voor het bureau dat de afgelopen jaren het zijne was geweest. Het was leeg, op een nieuwe feloranje computer in een klein formaat na.

Kishore zei dat hij het als een eer zou beschouwen als Henk het exclusieve label voor Arkadia zou willen ontwikkelen. De Arkadia Grand Reserve. Het was gelukt om de curatele op te schorten. Slimo en Makeziwe konden hem helpen en als hij meer arbeiders nodig had, moest hij een seintje geven.

Hij knipte het prikkeldraad door alsof het een navelstreng was en betrad zijn landje. Het was een symbolische daad. Veel werk was er niet, en na het verwijderen van het prikkeldraad keerden Sol en Makeziwe naar hun maten terug. Ze gedoogden hem, maar vonden hem vreemd, dat zag hij wel. Inderdaad, hij dreigde wat zonderling te worden.

Maar voor de komende tijd was alles duidelijk. Hij zou de Arkadia Grand Reserve gaan maken. Nog één keer zou hij trachten met de druiven van zijn landje en zijn kennis, ervaring en ambitie die ene fles te maken. Zijn enige vijand was tijd. De contouren van de nieuwe tijd op Arkadia waren al zichtbaar. Daarin was voor hem geen plaats.

David had hem laten zien waar de nieuwe aanplant kwam, zes hectares shiraz erbij. 'En onze Veritas Double Gold?' had hij hem gevraagd.

'Dat is een droom. Die heb je 's nachts en overdag heb je een baan.'

En of hij bij Steyn de rest van de stokken wilde bestellen.

57

In Amsterdam zaten ze op het smalle balkon met uitzicht op even smalle balkons vol fietsen, bierkratten en huisraad. Slechts op een enkel balkon waren bloembakken aangebracht. Op dat van Shelley was daar geen plaats voor.

Marie vertelde over David, hoe het op de bruiloft ineens klikte, wat een prachtige avond het was en hoe unaniem iedereen het daarover eens geweest was. Shelley toonde zich weinig enthousiast en vroeg of ze haar ouders nog gezien had. Het zat haar dwars dat haar kinderen hun grootouders niet kenden, maar ja, tickets waren duur. Marie begreep niet waar Shelleys wrokkige houding vandaan kwam.

'Mijn vader mist je,' zei ze plompverloren. 'Hebben jullie helemaal geen contact meer?'

'Nee.'

'Mis je hem?'

'Marie, zo simpel ligt het niet.'

'Waarom doet iedereen altijd of ik achterlijk ben en nergens verstand van heb?'

'Zoek je een stiefmoeder? Dat sprookje kende ik nog niet.'

Shelleys hardheid stootte haar af. Bewijzen kon ze het niet, maar ze was ervan overtuigd dat de mensen om haar heen vóór het ongeluk veel zachter waren geweest, alsof de schok van het ongeluk hen harder had gemaakt. Of de hele wereld had een dreun gekregen, en omdat zij in coma lag, was dat aan haar voorbijgegaan. Er waren altijd zoveel mogelijkheden. Dingen waren andersom en als je ze andersom bedacht dan juist weer niet. Hoe deden andere mensen dat, die geen 'problemen' hadden met hun hoofd?

'Jullie vinden elkaar leuk,' probeerde ze nog, 'is het dan niet jammer?'

Shelley stond op en kwam terug met een fotomapje. 'Ik heb Mandela gezien!'

'Kunnen jullie het niet uitpraten?'

'Woorden, daar kom je niet ver mee.' Shelley sloeg het mapje open en liet haar een wazige foto zien van een wirwar van mensen. Ze wees naar een donkere vlek op de achtergrond. 'Hier. De koningin was er ook bij.'

'Waar is dit?'

'Bij het monument op de Dam.' Shelley keek op haar horloge. 'Ik moet Andile ophalen. Eet je mee?'

'Nee, ik ga weer.' Ze haalde haar grote agenda voor de dag. Elke pagina was dicht beschreven. Niet omdat ze zoveel afspraken had, maar omdat ze niet veel kon onthouden. 'Ik moet nette kleren kopen en naar een vergadering.'

Ze zag dat David haar een sms'je had gestuurd met *I love you*. Zo snel kon dat niet, dacht ze. Misschien bedoelde hij het niet zo letterlijk.

DEEL III

58

Nu was hij het die achter de proeftafel stond. Toeristen liepen aarzelend langs in de verwachting aangesproken te worden. Hij deed niets. Alleen de hardnekkige doorvrager kreeg zonder commentaar een bodempje wijn toegeschoven, en daar liet Henk het bij.

De reisleidster verzamelde de groep en maande iedereen weer in te stappen. De liefhebber kon eventueel nog wijn aanschaffen, maar er stonden vandaag nog meer proeverijen op het programma, dus ze stelde voor dat elders te doen.

De toeristen, van middelbare leeftijd en ouder, togen in een matte stemming richting bus. Een vrouw in een grote plooirok stond met een fles rosé in haar handen voor zijn tafel. Ze zag haar reisgenoten al instappen en kreeg haast. 'Meneer, rosé bij vis, kan dat?'

Hij keek haar aan, zag haar permanentje en rook haar Etos-parfum. In haar bagage zou een kopie van haar paspoort liggen en foto's van haar kleinkinderen. 'Dat kan prima, mevrouw. Vooral bij rotte vis.'

Het duurde even eer zijn opmerking tot haar doordrong. Vervolgens knikte ze verbouwereerd, zette de fles op tafel en liep naar de bus.

'Of je doet het goed, of je doet het niet!'

Hij zette de laatste fles wijn terug en keek zijn zus aan.

'Duidelijk?'

'Lijkt me wel.'

'Ik snap het niet,' ging ze door, kalmer nu. 'Je hebt je landje terug, je kunt je wijn maken... Is het nu nog niet goed?'

'Ik héb het landje niet. Niets is hier van mij.'

'Het gaat niet om jóúw landje. Of om jóú. Het gaat om het hele bedrijf en om wat het beste is voor iedereen.'

'Toevallig jóúw bedrijf. Komt het niet verdomd goed uit dat Arkadia officieel op naam van een zwarte en een kleurling staat?' Dat was flauw, want met de nieuwe wetten kon dat bijna niet anders.

Zijn zuster gaf niet meteen antwoord. 'Vroeger zag ik het leven ook zo, ja. Als een strijd die gestreden diende te worden met alle mogelijke wapens. Die tijd is godzijdank voorbij en dat bevalt me veel beter.'

'Kun jij makkelijk zeggen. De tijd staat aan jouw kant.'

'Is dat zelfmedelijden?'

'Moet je horen wie het zegt. Heb jij Kishore ooit één procent krediet gegeven? Twintig jaar heeft hij achter je aan gelopen. Je had zes kinderen kunnen hebben... kleinkinderen... En wat was je dan misgelopen? Je hebt jezelf zo gigantisch tekortgedaan!' Abrupt hield hij zijn mond. Hij had geen psycholoog nodig om door te hebben dat hij over zichzelf sprak.

Betty keek hem aan. In haar was de psycholoog nog niet opgestaan. 'Denk je dat ik om het geld ben getrouwd?'

'Dat weet ik niet. Wij hebben één ding gemeen: wij weten niets van liefde.'

Ze keek hem verward aan. 'Ik hád Arkadia teruggekregen op eigen kracht, en ik héb Arkadia teruggekregen op eigen kracht.' Ze liep weg.

59

Met David kwam ze de kleine witte kerk uit. David was in zijn beste kleren; zij droeg op zijn verzoek een mantelpakje en een hoedje, gekocht in Amsterdam. Hij kende iedereen en groette links en rechts. Ze bleef dicht bij hem in de buurt. Dat wilde hij graag. De dominee nodigde hen uit voor de braai, maar David excuseerde zich en zei iets over een zieke broer.

Op weg naar zijn auto, een robuuste terreinwagen die behoorlijk opviel tussen de bescheiden middenklassers, vroeg ze of ze naar zijn broer gingen. Hij gaf een onduidelijk antwoord en mompelde iets over een verre woonplaats. Zij probeerde te bedenken hoeveel broers hij had en of ze die had ontmoet. Er kwam niets bovendrijven. Ze had geen idee wat hij deed buiten de tijd die ze samen doorbrachten en zijn werk op Arkadia. De bruiloft van Betty was al een tijd geleden. Zo lang gingen ze al met elkaar om. Wanneer dat precies geweest was, wist ze niet, maar dat kon ze nakijken in haar agenda. 'Ik wil niet meer bij familie wonen,' zei ze.

'Je kunt iets huren in de stad, een van die nieuwe appartementen.'

'Wil jij dat ook?'

'Misschien.'

'Wil jij dat met mij?'

'We kunnen niet samenwonen.'

'Waarom niet?'

'Dat mag niet van de kerk.'

'Seks voor het huwelijk, mag dat wel?'

'Dat weten ze niet.'

Ze barstte in lachen uit. 'Wat schijnheilig!'

'Zo gaat het hier.'

'Dan trouwen we. Is iedereen tevreden.'

'Ja.'

Ze pakte hem bij zijn arm en zag hoe hij razendsnel de omgeving scande. Op korte afstand stond het gospelkoor in hun wapperende gewaden koffie te drinken rondom een tafel met thermoskannen en plastic bekertjes. 'Serieus.'

David maakte zich los en liep voor haar uit naar de auto.

Ze liep hem achterna. 'Je wilt niet trouwen.'

'Jullie lopen altijd zo hard van stapel.'

'Jullie? Soms denk ik dat je me alleen maar hebt voor de show, een anjer in je knoopsgat.'

'We kennen elkaar nog maar net.'

'Ja, zo kort dat je me nog niet eens hebt voorgesteld aan je familie.'

'Ik ken de jouwe beter dan me lief is.'

'Maar ik ken de jouwe niet, omdat ik niet het meisje ben met wie je thuis wilt komen.'

Ze keek hem aan. Ze waren bij de auto aangekomen. De bewaker kwam al naar hen toe. David zei niets terug. Dat gebeurde nooit. Zo was het dus. Ze liep weg en passeerde de leden van het gospelkoor. Haar blik kruiste die van Evi, een rank en heel donker meisje dat ze kende van de wekelijkse stijldansles. Er was daar een oude Duitser die elke keer een dans met haar opeiste. Onder druk van hun lerares zegde ze dan toe. Het was niet helemaal een straf, omdat hij alle passen feilloos uit zijn hoofd kende. Voor David ook niet. Hij danste dan met Evi, die uitblonk in Latijns-Amerikaanse dansen.

Evi glimlachte haar vriendelijk toe. Als enige van de groep had zij zich al omgekleed. Een rood-wit geruite zomerjurk met knoopjes van de zoom tot aan de hals. Er was een filmster in oude films die bloesjes droeg met dit soort ruitjes, maar die was blond. Evi's borsten waren kogelrond en zaten hoog. De donkerbruine kleur van haar huid contrasteerde sterk met het helderwit en rood van haar jurk. Marie vroeg zich af hoe het zou zijn om haar aan te raken. David had haar verteld dat zij de eerste blanke vrouw was met wie hij seks had. Dat had trots geklonken, maar had niets met haar te maken. Het was als de toeristen die op de *big five* uit waren.

Ze had zich vergist. David had haar niet gezien.

In de brandende hitte rende ze de vijftien kilometer naar huis, dwars tegen het verkeer in. Haar jasje en schoenen had ze uitgedaan; het hoedje weggekeild, tot nooit meer ziens. Het asfalt schuurde langs haar blote voeten. Een bakkie vol opgeschoten jongeren passeerde haar joelend. Blind en doof rende ze de heuvels op en af. Haar keel deed pijn van het stof. Ze had moeten drinken. Het liefst zou ze nu aan de kant van de weg willen gaan liggen en afwachten wat er ging gebeuren. Maar dat had geen zin. Er zou niets goeds van komen.

'Marie!'

Open je ogen, dacht ze. Open je ogen. Een verre echo. Ze keek op en zag een fietser naar haar zwaaien.

'Marie!' Hij kwam met een noodgang de heuvel af, haar kant op.

Haar vader. In tegengestelde richtingen gingen ze. Zij rennend en hij fietsend. Ze zwaaide terug, lichter nu. Dit was niet andersom. Dit klopte.

Hij remde af. Ze zag zijn achterwiel wegschieten over een steen. Het wiel slingerde, maar de fiets bleef overeind en haar vader stak de weg diagonaal over en remde vlak voor haar voeten scherp als een schaatser af.

Haar vaders gezicht stond verrast en bezorgd. Ook dat hoorde zo. 'Wat doe je hier? Waar is David?'

Ze gebaarde zomaar een richting op. 'Het is uit.'

'Meisje toch.'

'Niks meisje toch. Blij toe. Ik weet nu al niet meer wat ik met hem moest.' Ze veegde haar uit haar gezicht weg. Het voelde plakkerig en vies aan. Normaal bond ze het in een staart als ze ging rennen. Normaal had ze een korte broek aan.

Haar vader kwam naast haar lopen. Het was nog zeker tien kilometer, maar hij had water bij zich. Nu zag ze wat haar eerder niet was opgevallen: dat ze de enige blanken waren in een zwarte omgeving. Niet dat het haar hinderde. In Zuid-Afrika voelde ze zich doorgaans volkomen veilig, maar van angst had ze ook op andere plekken niet veel last. Ze was maar voor één ding bang.

Haar vader duwde zijn fiets met één hand voort. Hij droeg handschoentjes. Dat vertederde haar. 'Je loopt als een postbode,' zei ze.

's Ochtends vroeg was het al snikheet. Net als haar vader was ze meestal vroeg op. Ze zag hem omhoog lopen naar zijn landje en ze had met hem te doen. Hij zag er moe uit de laatste tijd. Hij had gevraagd of ze terugging naar Nederland nu het uit was met David, maar dat had ze geen moment overwogen. Ze was niet voor David gekomen. Ze was hier veel te graag. David was maar een tussendoortje. Dat ze van plan was zich te laten testen op de eventuele gevolgen daarvan, liet ze maar weg.

Kijk om je heen, had ze gezegd.

Hij was begonnen over zijn topwijn. Daarna zou alles anders worden.

Maar dat bedoelde ze niet. Die wijn ging hem niet gelukkig maken. Ze kon zijn geploeter niet langer aanzien.

Met een koortsachtige gloed over zijn gezicht had hij haar aangekeken en gezegd dat hij het beloofd had. Hij moest doorgaan.

60

Tegen de avond reed hij het binnenterrein op van een grote, moderne boerderij en parkeerde zijn busje bij de kwekerij. In een ruime kennel liepen een paar bouviers waakzaam heen en weer. Bij de ingang kwam Rita Steyn hem tegemoet.

Ze drukte zijn hand. 'Henk, ik had je al eerder verwacht.'

'Het is druk. We gaan bijna oogsten.'

'Ik weet het, maar de baas is een ongeduldig mannetje, hè?'

Hij had moeite zich op haar gezicht te concentreren. Niet alleen haar ogen, maar ook haar mond, neus, kin en wenkbrauwen leken voortdurend heen en weer te schieten. Een en al beweeglijkheid was ze, alsof haar huid van rubber was.

Rita liep met haar korte benen kwiek voor hem uit de kwekerij in. 'Shiraz?'

'Ja.'

Ze liepen langs vele soorten wijnstokken in alle groeistadia. Via een ruit ving hij een glimp op van een laboratorium waar onder andere entstoffen werden gemaakt. Rita was gepromoveerd chemicus. Ze wees hem op bijzondere variëteiten. 'Ik heb ook wel wat anders. Alles eigenlijk. Ik heb net een nieuwe Chileense binnen, die ik zelf heel interessant vind. Deze, zeer robuust.' Even bleven ze staan. Hij bewonderde de stokken die amper tien centimeter boven de aarde uitstaken. 'Maar ik praat je niets aan, hoor. Jij weet heel goed wat je wilt.'

Ze leidde hem verder rond. Het was als een snoepwinkel. Ze had inderdaad alles. Achter de kwekerij waren arbeiders bezig een stuk gaas in de omheining te repareren. Ze volgde zijn blik. 'Hebben jullie ook zo'n last van die zwerfhonden?'

'Ja, ze komen overal doorheen, net muizen.'

Rita lachte. 'Muizen vang je met katten, maar waar vang je honden mee?'

Hij zag dat ze een gaaf en verzorgd gebit had. Vijfenveertig schatte hij haar.

'Met een hondenvanger?' Het was niet leuk, maar ze lachte opnieuw. Misschien had ze zich voorgenomen te lachen om alles wat hij zei. Hij vertelde maar niet dat een paar dagen geleden de waakhonden van Arkadia door een gat in de omheining waren verdwenen. Het gat werkte naar twee kanten toe.

Rita troonde hem mee. 'Kom, ik heb ook nebbiolo.'

Op het grote terras met vrij uitzicht op een natuurgebied dronken ze wijn. Haar lach bleef klinken en vermengde zich met de avondlijke geluiden van insecten en vogels. Met uitzondering van de piet-my-vrou, die zou zich daar nooit voor lenen.

Na de koffie haalde Rita een fles jonge bourgogne van het wijnhuis Nicolas Potel uit haar wijnkelder. Precies het type wijn waar hij aan dacht. 'Je bent de eerste vrouw die ik tegenkom die verstand van wijn heeft,' zei hij en het klonk als een goedkope versiertruc.

De reactie van Rita loog er niet om. 'Van iemand als jij is dat een groot compliment.' Ze ontkurkte de wijn en schonk een bodempje in. 'Heb je trek in wat sint-jakobsschelpjes erbij? Ik heb Nieuw-Zeelandse.'

Uit de manier waarop ze hem aankeek, maakte hij op dat de seks vanavond gratis was.

Hij excuseerde zich en ging naar het toilet. In de marmeren ruimte legde hij zijn hoofd tegen de muur. Rita was een verstandige vrouw en hij een verstandige man. Ze zouden hun beider eenzaamheid samen kunnen voegen en voor het oog opheffen.

Nee, zo erg was het niet met hem. Dan maar niet verstandig. Via de achterdeur vluchtte hij weg. Ze zou het starten van de auto horen terwijl ze op hem wachtte. Het was belachelijk, maar blijven was erger.

Slechts hier en daar was wat licht te zien van een huis of een tuinlamp. Het kostte hem moeite zich op het rijden te concentreren, mede door de afwezigheid van ander verkeer. Aan weerszijden van de middenstreep vervloeide de weg met het zwart van de nacht. Shelley was bij hem weggegaan. Als peuter, en later weer.

Vanuit de stilte drong een geluid naar voren en kwam op hem af. Het zwol aan. Nauwelijks had hij het herkend als dat van jankende en blaffende honden, of een groot, lichtbruin exemplaar stak pal voor zijn auto de weg over.

Hij trapte boven op de rem, maar het was al te laat. Het beest werd geschept en sloeg met zijn kop tegen de voorruit. Bij de terugklap keek hij hem een moment recht aan. De hond bood een angstaanjagende aanblik met zijn blikkerende tanden en bloeddoorlopen ogen, maar leek zelf ook doodsbang. Alles ging snel. Hij gleed van de auto af op de grond, sprong op en schoot weg over het land.

Heel even was het stil. Toen doken er drie, vier andere honden op en sprongen op de motorkap. In paniek gaf hij vol gas. De auto schoot naar voren. Ze vielen eraf, maar in de spiegel zag hij dat hij gevolgd werd door een hele meute. Ze waren door het dolle heen en verdrongen elkaar om een plaats dicht achter zijn auto. Het geblaf was oorverdovend. Hij kneep zijn ogen tot spleetjes, zodat hij zich op de middenstreep kon concentreren en de rest van de omgeving buitensluiten. Hij trapte het gaspedaal dieper in.

Een kilometer verder ontstak hij het grote licht en constateerde dat ze weg waren. Opgelucht, maar nog wel op zijn hoede minderde hij vaart en speurde de omgeving af naar sporen. Niets.

Hij begreep niet waar ze zo snel waren gebleven. Het was alsof de aarde ze had opgeslokt.

61

De oogst was in volle gang. Een bakkie vol armoedig geklede zwarten reed het erf op: seizoensarbeiders uit een township bij Paarl. Gewoonlijk haalden ze de dagwerkers van dichterbij, maar dit jaar was de oogst overvloediger dan ooit en alle wijnboeren uit de buurt deden wat ze konden om elke dag genoeg plukkers te hebben. Soms werden ze voor zijn neus weggekaapt. Dan stond het bakkie op het punt om weg te rijden, maar stapten ze onder de belofte van een paar rand meer op het laatste moment over in een ander.

Met David observeerde hij op het erf de nieuwe dagwerkers. Twee mannen waren zo dronken dat ze amper op hun benen konden staan. David stuurde ze weg. Gelaten zwalkten ze heen. David ging met de chauffeur van het bakkie praten. Dit was de zoveelste keer.

Ondertussen zette hij vast een paar mensen apart. Terwijl hij daarmee bezig was, zag hij tussen de merendeels oude en verweerde gezichten een glad en jong gezicht. Het was een jongen van een jaar of veertien, die sprekend op Andile leek: dezelfde zachte, serieuze blik, de ronde ogen, het kortgeknipte haar. Onbevangen, maar tegelijkertijd ingetogen keek hij Henk aan.

Hij vroeg naar zijn naam. De jongen antwoordde niet zelf, dat deed zijn vader voor hem, die naast hem stond. Het was al een oude man. 'Walter.'

Henk knikte naar hen ten teken dat ze aangenomen waren. Walters vader knikte dankbaar terug. Hij legde een hand op de schouder van zijn zoon en zo liepen ze samen achter de andere plukkers aan naar de wijngaarden. Walter keek om. Zijn vader zag dat, gaf hem een draai om zijn oren en trok hem mee. Nu pas zag Henk dat Walter witte gymschoenen droeg.

De komst van Walter kon hij niet als toeval afdoen. Een zoon had hij niet, maar Walter had al een vader, een goede vader bovendien. Hij zou hem terugzien. Zoveel was zeker. Ook Walter was een schakel in dat grotere geheel, dat hij stukje bij beetje trachtte te ontraadselen en te veroveren. Voor de rest paste nederigheid.

■

Andile staat aan de rand van de akker.

Henks vader staat naast de ploeg en knikt gebiedend naar hem. 'Vangen!'

Van zijn vader kijkt hij terug naar Andile en dan via zichzelf weer naar zijn vader. Een driehoek.

Met knikkende knieën klimt hij van de ploeg af. Opnieuw kijkt hij naar Andile, die daar als versteend is blijven staan. Tussen hen in ligt de dode Jean-Luc.

Door de rulle aarde rent hij naar hem toe. Andile laat de kip los en begint ook te rennen. Achter elkaar aan hollen ze langs de rand van de akker. De afstand tussen hen wordt groter. Andile is sneller, en dat terwijl hij jonger is. De woorden van zijn vader gonzen door zijn hoofd. Hij heeft een opdracht; hij mag niet verzaken. Zoals hij op school heeft geleerd, gooit hij zijn borst en armen naar voren, maar toch loopt hij nauwelijks in op Andile. Elke stap is loodzwaar, alsof hij iedere keer dat hij zijn linker- of rechterbeen optilt de aarde mee omhoog moet trekken.

Tranen wellen op in zijn ogen. Hij kan bijna niet meer en is ervan overtuigd dat het hem niet zal lukken. Andile kijkt om. Om een van hen beiden moed te geven misschien. Hij meent zoiets in zijn ogen te zien.

Andile struikelt. Hoewel hij snel opkrabbelt en verder rent, heeft hij meters verloren. Voor hem ziet hij nu alleen Andiles bewegende rug en schouders. Het geeft hem nieuwe kracht en hij overbrugt de laatste anderhalve meter door zich met zijn volle gewicht op hem te werpen als een roofdier op zijn prooi. Zo werkt hij hem tegen de grond en wacht op zijn vader. Die is bij de ploeg als een bezetene aan het spitten. Henk ziet alleen zijn silhouet. Pas als hij ophoudt met spitten en naar hem toe loopt, komt uit dat silhouet zijn vader weer tevoorschijn. Al die tijd is Henk naar hem blijven kijken.

Zijn vader neemt het van hem over, legt een hand over de mond van Andile en zet een knie in zijn buik om hem tegen de grond te houden. In zijn blauwe overall gaat hij boven op hem zitten en legt zijn handen om zijn keel. Een grote man op een kleine jongen.

Henk staat erbij en weet niet wat te doen, tot zijn vader hem met schorre stem opnieuw iets gebiedt. 'Goed zo, jongen. Nu naar huis.'

Hij wil wel bewegen, niets liever dan dat, weg van hier, maar hij kan het niet. Zijn vader kijkt hem bijna smekend aan. Hij ruikt zijn angst. Die ruikt naar het van de kerk gekregen gebruikte beddengoed in de kist op zolder.

'Schiet op,' spoort zijn vader hem aan.

Nog aarzelt hij. Opnieuw buigt zijn vader zich over Andile. Hij knijpt.

Andile opent zijn ogen en begint geluidloos te spartelen als een vis.

Zijn vaders handen sluiten zich vaster om Andiles keel. Henk kijkt weg. Zijn ogen dwalen over Andiles lichaam, zien het poloshirt en de bruine benen. Andile heeft nog maar één witte gymschoen aan; de andere voet is bloot en vuil. Op de teen van de rechtervoet zit een wondje, dat een beetje bloedt. Zijn benen trillen en schokken.

Henk holt weg.

Bij het fijnbos hoort hij gejank, als van een puppy. Hij houdt zijn pas in en treft achter de struiken een klein meisje aan. Ze legt haar hand in de zijne en stopt met huilen. Hand in hand lopen ze weg.

XVII

Marie bracht Henk naar huis. Betty had hem 's nachts kruipend op de vloer van zijn kamer aangetroffen. Hij hield hen met zijn geschreeuw al weken uit de slaap en in Betty's toestand was dat geen doen meer. Het was Kishores idee geweest om hem naar Nederland te sturen. Dat deden ze in India ook, zei hij.

We sloten geen van allen uit dat hij naar huis zou komen om te sterven.

Ik schrok ervan hoe hij uit de auto geholpen moest worden, als een oude man. Toen ik Johan naar Amsterdam bracht, zag hij er beter uit en hij kon nog zelf instappen. Henk was gebroken. Waarom nu? Waarom nu pas?

Marie bleef nog een tijdje, maar na haar vertrek was ik alleen met mijn oudste zoon en zijn nachtmerries. Het was winter, guur en donker. Eerlijk gezegd zag ik ook niet hoe hij erbovenop moest komen. Als ik stofzuigde, deed ik dat om hem heen, alsof er een meubelstuk stond. Die ogen, zo hol. Ze keken naar binnen.

Met kerst gingen we weer naar dat Chinese restaurant in Hoorn, onze vaste stek voor als we wat te vieren hadden. We begonnen aan een nieuw millennium. De mensen maakten zich er erg druk over, maar als je wat ouder bent, weet je dat alles bij het oude zal blijven.

In het midden van het zaaltje – de serveersters moesten er met hun armen vol borden elke keer onhandig omheen lopen – was een grote kerstboom neergezet, versierd met Chinese lampionnetjes en poppetjes. Bij binnenkomst liep je er zowat tegenaan. Ik zag iets gebeuren in Henks ogen, als licht dat opflikkert en weer dooft.

Marie was weer gekomen. Ik had haar een ticket cadeau gedaan. Het huis is veel waard geworden. Ja, dat is grappig, ik heb na mijn twintigste nooit een betaalde baan gehad en ik word slapend rijk.

We zaten aan een tafel voor zes personen die was gedekt voor vier. Om ons heen was het een drukte van belang, met bulderend gelach. Ze hadden de tafel best met zes mensen vol kunnen krijgen, maar ze kennen ons al lang en het zijn Chinezen en die zijn beleefd. Tenminste, in dit soort dingen. Het schijnt dat ze het in China zelf niet zo nauw nemen. De groenteman is er op vakantie geweest. Die zei dat ze veel op straat rochelden en dergelijke.

Onze 'eigen' serveerster bediende ons. Bij het neerzetten van de soep – haaienvinnen en tomaten – haalde ze in één beweging het vierde bord weg. Marie en Henk waren stil. Ik vroeg of zij wisten wat 'agiotage' is om mijn kennis uit de encyclopedie te spuien. Van de zomer ben ik begonnen met lezen en nu heb ik al vier delen uit. Ik had me voorgenomen jou te bellen als ik deze zes delen uit had. Want dan zou het verhaal, ons verhaal, verder moeten gaan. Het gaat langzaam en de encyclopedie is inmiddels gedateerd. Als je zelf ook oud bent, maakt dat niet uit. Dan is het juist een feest van herkenning.

Ze wisten het niet. Henks strikje zat scheef. Hij leek wel debiel, met excuses. Ik zei dat het een kunstgreep is om de koers van effecten te beïnvloeden. Gelukkig vroegen ze me niet naar een voorbeeld. Ik vertelde ze over de encyclopedie. Henk zei dat hij de soep heerlijk vond. Marie deed zijn strikje recht. Ze moederde echt over hem. Ik zei dat Johan altijd mopperde over de soep en er vervolgens drie borden van nam. Precies dezelfde soep. Alsof die pan nooit opraakt.

Het was jammer dat Kishore en Betty er niet bij waren. Dan zouden we weer compleet zijn geweest. Betty mag niet meer vliegen. Volgend jaar zijn we met meer. Met jong grut.

62

De achterliggende maanden herinnerde hij zich amper. Het was alsof er een zware grijze deken over hem heen was gedrapeerd. Geleidelijk werd hij zich weer bewust van zijn omgeving. Zonder er iets voor te doen, puur door het verstrijken van de tijd. Hij hield zich bezig met kleine klusjes, zoals het schilderen van de luiken en het de- en hermonteren van zijn racefietsen. Op zolder maakte hij een dakraam. Vanaf daar was het uitzicht over de dijk en het water schitterend.

Hij zat bij het raam een sigaret te roken en monsterde de luiken. De geur van terpentine deed hem goed. Een bijtend middel dat zijn geest sleep als een puntenslijper een potlood. Het begon te schemeren en hij zat er nog. Zijn moeder kwam thuis met fietstassen vol boodschappen. Moeizaam ploegde ze met haar fiets door het grind.

Ze kwam binnen en zette een schaal oliebollen op tafel. 'Waarom vraag je het niet aan mij?' vroeg ze.

'Wat?'

'Wat er gebeurd is in 1963. Waarom vraag je 't niet aan mij?'

Hij zweeg.

'Dan niet. Dan vertel ik het je gewoon.' Haar jas knoopte ze open, maar ze deed hem niet uit. Buiten losten de contouren op in de voortschrijdende schemer. Ze ging aan tafel zitten, met de rug naar hem toe en met uitzicht op de tegel met de expressionistische blauwe koe boven de bank. 'Je kwam heel laat thuis. Omdat je bij je vader was, maakte ik me niet ongerust. Je zusje en het meidje sliepen. Ik was nog op, omdat jullie misschien honger zouden hebben. Ik vroeg waar je vader was, maar je zei niets. Toen ik de keukendeur opendeed om te kijken of hij eraan kwam, zag ik niks.'

'Het was volle maan.'

'Ja.'

Hij drukte zijn sigaret uit. 'En de kerstboom?'

'Allang uit natuurlijk. Dacht je dat ik de kaarsen liet branden? Levensgevaarlijk.'

'Nee.'

'Ik hoorde iets... Je vader, dacht ik, en pakte de lantaarn. Maar het was je vader niet. Een zwarte jongen rende over ons terrein naar de weg. Hij was in paniek, hij riep iemand.'

Ontzet staarde hij zijn moeder aan. 'Wie... wie riep hij?'

'Shelley. Hij zocht zijn zusje.'

Hij kon het nieuws niet bevatten. Waarom zei zijn moeder dit? Hoe wist hij of het waar was als hij het zich niet herinnerde, terwijl hij er zelf bij was geweest? Of was dat niet zo? Had hij zich dát al die jaren verbeeld?

'Ik deed je in de tobbe. Je was pikzwart. Twee keer heb ik schoon water moeten nemen. Mijn god, wat was dat water vies, maar wat wil je, de hele avond op het land... Gelukkig hoefde je vader geen schoon water.'

Hij zag het voor zich. De tobbe, de handen van zijn moeder die zijn haar inzeepten en zijn lijf schoonboenden. Een arm, nog een arm, een been, nog een been. Het water dat eerst helder was, vervolgens troebel en ten slotte grijs. Het warme water en de geur van Sunlight, die hem rustig hadden gemaakt. Heel even was toen alles weer net als vroeger. Heel even de illusie dat hij een klein jongetje was, daarna nooit meer. Hij zag hoe zijn moeder keek toen zijn vader binnenkwam. Op het land was het niet zo opgevallen, maar binnen in het helle licht zag hij eruit alsof hij een tijd in een mijn had gezeten. Daar had Henk in de krant foto's van gezien. Zijn gezicht was zwart en zijn overall ook. Hij schopte zijn klompen uit en stroopte zijn overall af. Daarna trok hij zijn sokken uit, en de rest van zijn kleding op zijn onderbroek na. Zijn handen, gezicht en voeten staken scherp af bij zijn witte lichaam. Dat leek nu een pak en de rest echt, alsof hij zwart geboren was.

Zijn moeder reikte Henk een handdoek aan en hij stapte het water uit. Achter zich hoorde hij het geplons van zijn vader die in de tobbe plaatsnam. Zijn moeder raapte de vuile kleding op van de vloer, deed die in de wasbak en pakte een nieuw stuk zeep.

Hij begon zich af te drogen, had gedacht dat hij nu schoon was, maar zijn lichaam liet zwarte strepen achter op de handdoek.

Boven het Markermeer werd vuurwerk afgestoken ter ere van het nieuwe millennium. Het water bleef roerloos onder de spectaculaire formaties in roze en appelgroen.

Hij stond tussen zijn moeder en dochter in en liet zijn tranen van walging en wanhoop de vrije loop.

Zijn dochter gaf hem een schouderklopje, maar verder wisten ze geen raad met hem.

63

Ons liedjie is nou klaar – is nou klaar – ons liedjie is nou klaar.
En die wat nie wou sing nie sing nie en die wat nie wou sing nie sing nie
en die wat nie wou sing nie sing nie.
En die wat nie wou sing nie begin van voor –
en die wat nie wou sing nie sing nie en...

In het nieuwe jaar keerde haar vader terug op Arkadia. Ze wist niet wat de doorslag had gegeven. Misschien was er niets gebeurd, was er opeens een echt nieuwe dag aangebroken. Zo was het bij haar gegaan na haar coma.

Ze genoot ervan om buiten te zijn en zij aan zij met de arbeiders te werken. De hele dag zong ze de oude liederen mee waarvan niemand wist waar ze vandaan kwamen of wie ze voor het eerst had gezongen. Ze waren er gewoon.

'Die wat nie wou sing nie sing nie en die wat nie wou sing nie sing nie...,' zong ze.

'En die wat nie wou sing nie begin van voor sowaar. Ons liedjie is nou klaar – is nou klaar – ons liedjie...,' viel iemand in. Ze keek opzij, recht in het wat gegroefde gezicht van een gedrongen, blanke man. Hij had twee grote zwarte waakhonden bij zich, die hij kort aan de riem hield. Hij stak zijn hand uit. 'Vigo Krige.'

Ze richtte zich op. Zijn hand was warm, maar ze was een stuk langer dan hij. 'Marie Keppel.'

'Ik ben op zoek naar Kishore Patel.'

Ze bracht hem naar haar oom, die op de veranda zat in een korte broek met zijn benen op een andere stoel. Hij schrok van de honden en trok zijn benen terug.

Vigo glimlachte. 'Geen honden gewend?'

'Sorry, nee.'

Vigo aaide de honden en nodigde Kishore uit hetzelfde te doen. 'Doe maar.'

'Zal ik mijn vrouw halen?'

'Het zijn jouw honden. Ik heb ze getraind om naar jou te luisteren,' zei Vigo. Hij deed hem voor hoe hij ze moest aanhalen. Kwispelend kwamen ze op hem af en duwden met hun natte neuzen tegen zijn kleren. Hij aaide ze nogmaals en beduidde Kishore hem na te doen.

Kishore haalde diep adem en aaide de honden een voor een met zijn verzorgde handen over de kop. De honden strekten zich uit met hun voorpoten plat op de grond en jengelden om meer.

Marie schoot in de lach, ving Vigo's blik en haastte zich terug naar de wijngaard.

64

Hij was precies op tijd terug. Graag zou hij er betekenis achter zoeken, maar misschien was het deze keer gewoon mazzel dat hij het exacte moment om de druiven te oogsten niet had gemist. Toegegeven, David had hem ingeseind en hij was natuurlijk niet gek als het om rijpingsprocessen ging, maar het maakte alles veel lichter om het als een gelukje te beschouwen, iets wat hem overkwam.

Feit was dat hij zodra hij thuis was regelrecht kon doorlopen naar het landje en beginnen. De druiventrossen hingen amechtig aan de stokken en allemaal riepen ze: 'Pluk mij, pluk mij.' Nog aarzelde hij, want nimmer had het landje er zó paradijselijk bijgelegen. Een schip, net voordat het te water gelaten werd. Maar één knip met de schaar maakte de weg vrij.

Urenlang achtereen werkte hij in de brandende zon en vulde kruiwagen na kruiwagen. David probeerde een paar keer plukkers naar boven te sturen, maar hij wees elke vorm van hulp af. Hij moest dit alleen doen. Misschien was alles nog mogelijk. Zelfs de volle kar reed hij eigenhandig naar beneden, uit angst dat zijn druiven vermengd zouden raken met die van de percelen beneden. De arbeiders duldden hem als de dorpsgek en reageerden niet als hij hen passeerde.

Alleen het verwerken van de druiven in de schuur deed hij niet alleen. Met Cécile en Sol stond hij achter de transportband, waar ze razendsnel de beschadigde en onrijpe druiven eruit sorteerden. De rest ging in de kneus-ontsteelmachine. Van daaruit werd de most naar de gistbak gepompt, waar het aan Slimo was om in de drabbige vloeistof te roeren en de hoed, een dikke koek van schillen en vruchtvlees, ondergedompeld te houden, zodat het gistingsproces optimaal kon verlopen. Uit deze brij moest de wijn ontstaan, zonder toevoegingen als suiker of zuren. Buiten hen mocht er niemand in de schuur komen.

Kort nadat hij weer boven aan het werk was gegaan om een nieuwe kar te vullen, merkte hij dat hij gezelschap had gekregen. Walter zat gehurkt in het perceel nebbiolo en knipte de purperen trossen los. Zijn eerste reactie was om hem weg te sturen, maar de toewijding en concentratie van de jonge jongen raakten hem. Het deed hem goed om naar hem te kijken. Walter werkte heel secuur en behandelde elk druiventrosje alsof het een baby was, voorzichtig, hoofdje rechtop. Tegelijkertijd werkte hij snel en geroutineerd. Een jongen met talent.

Zonder iets te zeggen hurkte Henk neer en ging weer aan het werk. Zij aan zij werkten ze. Een prachtige dag, om nooit te vergeten. Een perfecte dag. Hij raapte een paar stenen op en keilde ze naar beneden, zomaar.

De idylle duurde niet lang. Walters vader kwam zijn zoon halen. 'Ik wil hier blijven,' zei Walter. Zijn vader draaide zich om en liep naar het erf waar de bakkies klaarstonden om de dagwerkers terug te brengen. Het was voor hem vanzelfsprekend dat zijn zoon zou volgen, maar Walter wilde niet weg en keek Henk aan, wilde zíjn oordeel, als een nieuwe vader.

Henk zei dat Walter met zijn vader mee moest gaan.

65

Het einde van de pluk werd gevierd met een groot feest voor jong en oud. Al dagen werd ernaar uitgekeken. Er was braai met muziek en trommelaars. Slimo tapte most uit een groot vat. Sol was er, Makeziwe en vrijwel al het personeel met hun gezinnen. Cécile liep opgewekt rond met een paar kleinkinderen. Enkele wijnboeren uit de omgeving gaven tot zijn voldoening acte de présence, al bleven sommigen maar even, omdat ze meerdere feesten afgingen.

Er waren ook mensen die hij nog nooit gezien had, maar dat maakte niet uit. Op het oogstfeest was iedereen welkom. De plukkers uit de township arriveerden per bakkie. Ze brachten veel aanhang mee, gelokt door gratis drank. Walter en zijn vader zag hij niet.

Vanavond danste iedereen met iedereen. Het deed hem denken aan zijn tijd in Frankrijk, de feesten op het dorpsplein en de boerenerven. De sfeer van zomer en zorgeloosheid. Hij danste met Rita Steyn en Marie danste met de man die 's middags de nieuwe waakhonden had gebracht. Die fokte en trainde hij op een afgelegen plek in de Karoo. Hij had klanten in het hele land. De hondenman bleef niet lang. Daarna zag Henk Marie dansen met kinderen en Betty met Kishore.

Hij wist niet beter of Betty had een verstandshuwelijk gesloten, maar als hij zo naar hen keek, Betty met haar dikke buik en Kishore zorgzaam met zijn armen om haar heen, leek het meer op liefde. Maar hij was geen expert.

66

Slimo en Makeziwe staken de nieuwe wijn over van het ene eikenhouten vat naar het andere om hem te beluchten. Henk controleerde het bezinksel in het lege vat op schadelijke verbindingen. Slimo reikte hem een glas aan met een bodempje van de nieuwe wijn. 'Alstublieft.'

'Heb jij al geproefd?'

'Ik heb liever bier. Koud bier,' zei Slimo, maar hij hoorde het al niet meer. Hij had net een slok genomen en liep met het glas in zijn hand naar buiten, waar hij David tegenkwam in gezelschap van zijn hoogzwangere vrouw Evi.

'En?' vroeg David.

'En wat?'

'Wat vind je ervan?'

'Waarvan?'

'De nieuwe wijn.'

Hij zuchtte overdreven. 'Moet ik over alles een mening hebben?'

'Alleen over dingen waar je verstand van hebt.'

'Goed dan. De geur is nogal penetrant.'

David pakte het glas uit zijn hand, rook, en rook nog eens.

'Penetrant, niet? Ik vind dat we maar snel moeten gaan bottelen. Heb je de eenentwintigste iets te doen?'

'Dat weet mijn secretaresse.' David nam nog een slok en gaf de wijn aan hem terug. Evi stond onverschillig te wachten in de schaduw van de spar.

'Het is een geur van belofte,' zei Henk lachend. 'Nog één keer klaren en dan opleggen.'

Henk vond dat David sprekend leek op zijn foto op de etiketten die Kishore had laten maken door een student van de kunstacademie. Breeduit glimlachte hij daarop tegen de achtergrond van een kitscherig Arkadia in het oranje licht van de ondergaande zon. Klein kunstje om ervoor te zorgen dat zijn glimlach groter was dan die van David. 'We worden beroemd.'

Met een *African handshake* gingen ze uiteen. Dit keer was hij niet te overmoedig. Dat wist hij zeker.

Betty klopte aan. Henk zat aan het ontbijt; een kom cornflakes en een mok Frisco. Ze vroeg of ze even kon binnenkomen. Dat kon, maar zitten was een klein probleem. De slaapbank was nog uitgeklapt en de krukken aan het bescheiden ontbijtbarretje waren niet erg comfortabel. Sinds de geboorte van Zoë, een halfjaar geleden, was ze een stuk voller geworden. Een moeke was ze tegenwoordig, Betty, wie had dat gedacht. Haar trekken zoveel zachter nu met een paar pondjes meer.

'Ik blijf wel staan,' zei ze. 'Ik heb niet zulk goed nieuws.' De oude koelte tussen hen was terug.

'Zeg het maar.'

'Ik wil binnenkort de boerderij overdragen aan de arbeiders.'

'Ja?'

'Ik ben met de juridische kant van de zaak bezig.' Haar blik rustte op hem en zijn cornflakes. 'Het landje moet terug, zodat het weer één geheel is.'

'En of ik wil oprotten?'

'Je hoeft niet weg. Er is hier werk zat.'

'Voor wie wil werken, is er altijd werk.' Het klonk cynischer dan hij het bedoeld had. Hij was ook kwader dan hij wilde zijn.

67

Samen met Betty telde ze de kratten wijn na die in de hydraulische laadbak van de vrachtwagen gingen. De wijn voor de supermarktketen was klaar, gebotteld in de gloednieuwe volautomatische bottelarij. Het leek wel een fabriek. Haar vader maakte zijn exclusieve wijn op de traditionele en arbeidsintensieve manier, zoals hij het in zijn jonge jaren in Frankrijk had geleerd, maar Kishore wilde alles supermodern. Hij had het groot aangepakt en nu waren ze een van de meest moderne bedrijven in de regio.

Een nieuwe medewerker veegde kapotte flessen bij elkaar. Ze grinnikte toen ze zag hoe David in stukjes bij elkaar werd geveegd. Zijn glimlach bleef ook tussen de scherven groen glas en schroefdoppen onverwoestbaar.

Een paar arbeiders discussieerden met brede gebaren over de inrichting van de vrachtwagen. Twee van hen kropen de wagen in en begonnen te schuiven met stapels kratten. Cécile leverde luidruchtig commentaar. Betty keek zwijgend toe. Dat was een bewuste tactiek wist Marie. Zelf doen was haar motto waar het de arbeiders betrof. Binnenkort zouden ze nog meer zelf moeten doen.

Ze wilde Vigo zien. Op het oogstfeest was hij om middernacht plotseling verdwenen. De klok sloeg twaalf en weg was hij. Dansen kon hij niet. Hij danste als een opwindpop en ze stak een kop boven hem uit, maar in zijn buurt was het warm en stil en nu wilde ze naar hem toe. Alleen even kijken.

'De honden moeten ingeënt, maar ik kan de papieren nergens vinden.'

'Die zijn toch al ingeënt?'

'Ja, maar die wilde honden hebben een virus. De dierenarts wil zien wat onze honden al gehad hebben.'

'Staat het niet in de papieren?'

'Nee.'

'Dan moet je die man bellen van wie we ze gekocht hebben.'

'Ik ga er liever even langs.'

'Je kunt hem gewoon bellen. Dat nummer ligt wel ergens.'

'Ik wil naar hem toe.'

'Op de bonnefooi? Hoe kom je daar nu bij?'

'Weet ik niet. Ik denk de hele tijd aan hem.'

'Je moet zelf weten wat je doet, maar niemand kan je nu brengen.'

'Ik heb mijn rijbewijs.'

'Je mag nooit meer autorijden, dat weet je.'

'Ik doe wat ik wil.'

68

De dag was daar. Ze gingen bottelen. Vrouwen verspreidden zich door de schuur. Een paar liepen naar de lopende band, zetten doorzichtige mutsen op en trokken handschoenen aan. Operatie Arkadia Grand Reserve 2000.

Hij sloeg de bedrijvigheid brak gade. Na het telefoontje van zijn moeder vannacht had hij niet meer geslapen. Het was niet de eerste keer dat ze hem wakker belde. Meestal had ze een of ander nieuwtje gevonden op internet dat ze hem per se wilde mededelen. Keer op keer vergat ze dat niet iedereen de halve nacht aan het spoken was. Dat sommige mensen heel blij waren met een paar uurtjes slaap. De stekker van de telefoon eruit trekken wilde hij niet. Door 's nachts voor haar bereikbaar te zijn, compenseerde hij enigszins het feit dat zij in Nederland helemaal alleen was en dat ze zich daar geen van allen veel aan gelegen lieten liggen, niet echt. Een cadeautje met moederdag of haar verjaardag was zo gestuurd.

'Ze zijn terug,' had ze gezegd. Hij wist onmiddellijk waar ze op doelde. Dat beeld van lichtbruine vermagerde dieren die door het gele gras slopen was hem vertrouwd. 'Bastaarden,' ging ze door. 'Gewone honden die ontsnappen of door de eigenaars ergens achtergelaten worden kruisen zich met wilde honden. Hebben jullie geen internet?'

Hij had opgehangen, te vol van het nieuwe beeld dat zich opdrong. Dezelfde honden sleepten iets mee door het hoge gras, zag hij nu. Hoe nieuw was dat beeld? Waar kwam het vandaan? Hoeveel natuurdocumentaires had hij gezien waarin roofdieren hun prooi meenamen naar hun hol?

Hij gaf David een glas wijn uit het vat en zonderde zich af met zijn eigen glas. Zijn diepste emoties kon en wilde hij niet met hem delen. Uiteindelijk wist David bijna niets van hem. Die dacht waarschijnlijk nog steeds dat het alleen ging om ambitie, het winnen van een prijs.

Bij de veranda bleef hij staan en keek naar de blauwgrijze bergen in de verte. Nog even rekte hij het niemandsland tussen hoop en vrees. De hoop was overigens veel groter dan de vrees, want hij wist niet wat hij zou doen als het tegen zou vallen, of hij het dan zou kunnen opbrengen om opnieuw te beginnen, weer die hele berg op te gaan. Zo ver kon hij nu niet denken.

Hij proefde en wist dat het goed zat. De wijn was voortreffelijk. Exquis. Hier had hij het voor gedaan, alles, al die jaren die achter hem lagen. Dit was de wijn die hij moest maken, maar nu was het zover. Nu was het geen belofte meer, geen hoop, geen fantoom. De wijn had hij in handen, als een symbiose tussen heden, verleden en toekomst.

David kwam naar hem toegelopen. 'Goed wijntje.'

'Soepel, glijdt zo naar binnen.'

'Een allemansvriend.'

'Voor bij de braai, vlees of vis. Alles kan, maakt niet uit.'

'IJsblokje erbij kan ook.'

'Of twee. Als het warm is.'

Hij schraapte zijn keel. 'Dit is het dan.'

Samen liepen ze de schuur binnen. David gaf de vrouwen een teken. Machines begonnen te zoemen; de lopende band te draaien.

Bij de eerste stop werd de fles gevuld; bij de tweede ging de kurk erop en bij de derde vrouw op het honk het etiket.

Hij ging aan het einde van de lopende band staan en ving zelf de eerste fles op, als een dokter een pasgeboren baby. Vol liefde en trots keek hij naar de fles in zijn handen: de Arkadia Grand Reserve 2000. Ondertussen rolde fles na fles van de band. Vrouwenhanden gristen langs hem heen de flessen weg.

'Mister Henk!'

Hij keek op en zag Walter in de deuropening staan. David zag hem ook en stuurde hem kortaf weg.

Met zijn eersteling liep Henk de schuur uit. Voor deze fles had hij een speciaal kistje gemaakt. Vurenhout en een bedje van stro. Dit was de fles voor Bernard Castel.

David kwam langs met het formulier van de Veritascommissie. Hij stond net onder de douche, maar David wilde dat hij dadelijk naar buiten kwam. Met een handdoek om zijn druppelende lijf las hij op het erf het formulier door.

'Het is geen gelopen race,' merkte David op. 'Veel wijnhuizen hebben een goed jaar.'

'Maar ik heb er een neus voor.'

'Dat is waar. We gaan de flessen samen wegbrengen.'

'Heb jij daar dan tijd voor?'

'Daar maak ik tijd voor. Ik zou het voor geen goud willen missen. Al die jaren dat we er samen aan hebben gewerkt...'

'Fantastisch.' Wat baalde hij. Hij ging veel liever alleen. Zijn moment, zijn wijn, zijn kans. Maar hij was niet de baas.

69

Bij het eerste licht stond ze op en schoot in haar korte jeans. Met haar sandalen in de hand liep ze de trap af. Kishore sliep licht. Eén krakende trede en het was al uit met de pret.

Het erf was stil. De bus van haar vader en het luxe bakkie van David stonden broederlijk naast elkaar in die korte periode net voor het aanbreken van de dag waarin alles zacht is.

Ze schoot in haar sandalen en liep de schuur in. Achterin haalde ze een grote tas onder een stuk zeil vandaan en pakte op weg naar de uitgang nog een extra fles mineraalwater mee. In haar zak voelde ze de reservesleutels van Davids auto. Jammer dat ze zijn gezicht niet kon zien, als hij straks opstond en zou merken dat zijn auto weg was. Hij moest het maar beschouwen als een kleine compensatie voor wat hij haar geflikt had.

Ze stak de sleutel in het contact. De motor begon te lopen. Het was lang geleden, maar ze had haar rijbewijs. Ze hoefde nergens bang voor te zijn. Toch lieten haar handen natte plekken achter op het leer van het stuur. Koud zweet. Haar rug leunde tegen een zitting van houten kralen, door David aangeschaft omdat dat beter zou zijn voor de wervelkolom. Hij was altijd erg bezorgd over zijn gezondheid.

Voorzichtig trapte ze het gaspedaal in en reed achteruit. Nu zwetend over haar hele lichaam begon ze uit alle macht aan het stuur te draaien. Keren met een bakkie had ze nooit gedaan. Nou ja, gereden in een bakkie ook niet. Ze hobbelde onder de poort door – waarbij ze een betonnen bloemenbak schampte – en ze draaide de weg op, die zich lang en recht voor haar uitstrekte.

Opgelucht haalde ze adem. Ze was op weg. Zo ver was ze al gekomen. Misschien zou ze het niet kunnen vinden of was hij niet thuis, maar ze had een stap gezet. Eindelijk ging er iets veranderen. Ook als hij haar niet zou herkennen, wat niet zo vreemd zou zijn. Ze hadden maar een paar woorden met elkaar gewisseld en dat was al maanden geleden. Van de woorden kon ze zich niets herinneren. Gek trouwens dat de honden niet aangeslagen hadden. Normaal renden ze 's ochtends meteen op haar af, of ze nu vroeg of laat opstond. Ze kenden haar tred en wachtten daarop. Vigo had ze goed getraind. Te goed; hij hoefde nooit meer terug te komen.

Haar onderarmen deden pijn van het krampachtige sturen. Ze haalde diep adem en probeerde zich te ontspannen. Autorijden verleer je niet, hield ze zichzelf voor, net zomin als fietsen, skaten of dansen. De Karoo was niet ver en Betty was haar moeder niet. Niemand had wat over haar te zeggen.

Haar moeder in Brussel had waarschijnlijk geen idee waar de Karoo lag, maar bezwaar zou ze niet maken. Het gaf niet dat er geen bus naartoe ging, want ze moest daar ook een auto hebben. Ze had een slaapzak meegenomen; als hij vandaag niet thuis was, kon ze wachten tot morgen en ook wel tot overmorgen. Het had iets feestelijks om zo vastbesloten te zijn. Eindelijk iets te willen. Als hij op vakantie was, wat haar onwaarschijnlijk leek, of diep het land in was getrokken om honden weg te brengen, dan nog zou ze niet teruggaan naar Betty en Kishore. Zij vertrokken binnenkort naar Durban, en haar vader zou ook niet blijven. Zijn wijn was klaar. Hij zou wel terug naar Nederland gaan of misschien in Frankrijk gaan wonen. Hoewel, haar vader was een onrustige man. Hij had een nieuw werelddeel nodig. Chili, dat zou wel wat voor hem zijn. Dat was ook een wijnland. Maar een nieuwe liefde zou hem pas echt kalmeren.

Betty dacht ook altijd dat ze niemand nodig had, maar zelfs zij had nu iemand. De man die ze sinds haar twintigste kende en die haar sinds die tijd begeerd had. Wel fijn als iemand zo lang op je wilde wachten, vooral als er uiteindelijk iets van kwam, maar als Betty nooit ja had gezegd, was het alleen maar heel erg zonde van de tijd geweest. Dromen had weinig nut, besloot ze. Het was beter om praktisch te zijn.

Ze reed door een langgerekt dorp. Een koffiebruin meisje van een jaar of acht in schooluniform hielp een man, vermoedelijk haar vader, met het buitenzetten van bakken fruit. Het meisje keek op en zwaaide naar haar. Ze zwaaide terug en de vader ook.

Voorbij het dorp stond de berm vol met aloë vera. De arbeidsters van Arkadia hielden een verse voorraad aan om op schrammen en kleine wondjes van hun kinderen te wrijven. Ze gebruikten het ook tegen de ziekte waarvan de naam niet uitgesproken mocht worden, maar dat had minder resultaat.

Ze voelde zich duizelig. Het landschap leek door een reusachtige hand opgetild te worden en twintig centimeter boven de aarde te zweven. De ruimte daaronder had zich gevuld met vrije luchtstromen. Houten of metalen borden langs de weg verwezen naar afgelegen boerderijen. Van de weg af was alleen het droge, lage land met aan de horizon een schim van heuvels te zien.

Ze reed de berm in en stapte uit. Tegen de auto geleund dronk ze wat water. Het was zonnig, maar de wind fris. Een tankwagen reed haar luid claxonnerend voorbij en liet haar achter in een wolk van roet en rook. Ze stak haar middelvinger omhoog in een automatisme, niet omdat het haar iets kon schelen. Het licht deed pijn aan haar ogen. Ze zag niet meer scherp. De dingen hadden hun contouren verloren.

Ze liep een eindje het veld in en trok haar vest uit. Beweging maakte haar doorgaans rustig. Nu was haar tred onzeker. Het gras was hard en prikte in haar blote enkels. De grond veerde. Eén grote trampoline, die Karoo. In de verte zag ze zwarte vlekken. Na enig getuur zag ze dat het koeien waren. Dat stelde haar gerust. Ze hallucineerde niet. Het was de spanning van het rijden. Ze was het niet verleerd, had niet voor niets haar rijbewijs. Ze had het veel eerder moeten doen. Voorbehoud was zinloos! Lichte euforie overviel haar; een geluksgevoel zoals ze lang niet had gekend.

Wat er ook zou gebeuren, of Vigo thuis zou zijn of niet, zij was gelukkig. Zij was thuis. Ze begon op en neer te springen. Als het landschap zich dan losmaakte van de ondergrond, stampte zij het wel weer aan. Want zij was Marie. Marie van Claire en Henk. Henk van Anneke en Johan. Wie de ouders van haar moeder waren, wist ze niet. Vóór het ongeluk had ze dat misschien wel geweten. Ze wist nooit of ze iets wel had geweten of niet. Het deed er niet meer toe. Ze was Marie, zevenentwintig jaar, en ze stond hier midden in de Karoo in een veld langs de weg.

Met haar vest over de arm liep ze terug naar het bakkie. Koud zou ze het hier niet snel krijgen. Een vrachtwagen passeerde, maar bleef stil. Mooi, die had het begrepen.

Ze stapte weer in, gooide het portier dicht en trapte het gaspedaal in. Rijden.

Zandfontein, een absolute negorij. Met stijve benen van het rijden stapte ze uit. Het portier liet ze openstaan. Het was bloedheet. Ze had een uur of vier uur achter elkaar doorgereden. Haar spijkerbroek plakte aan haar billen. Ze stak haar hand tussen haar broek en onderbroek en trok de omhooggekropen randen van haar onderbroek terug. Ondertussen keek ze om zich heen.

Het huis was een groot vierkant blok met kleine vierkante ramen en op het dak het halfslachtige begin van een tweede verdieping, bestaande uit vier palen en een baal elektriciteitsdraden. Rondom het huis enige bijgebouwen, meerdere grote kennels, wat schraal fijnbos, een eenzame, door de wind gebogen acacia en in de verte, op de eindeloze vlakte, een lint telefoonpalen.

Ze hoorde een mannenstem korte commando's roepen, en hoog geblaf van honden. Haar blik dwaalde door het weidse landschap tot ze hem zag staan, een gedrongen gestalte, die een stok naar drie honden gooide. Sterke, zwarte honden die om elkaar heen dansten.

Ze sloeg het portier dicht en liep op hem af.

De honden bleven staan. Vigo volgde hun blik en bleef ook staan. Marie liep naar hem toe. Hun ogen ontmoetten elkaar. Hij zag haar, maar zij zag hem ook.

70

Hij gniffelde. Er was geen beter woord voor. Wat had David op zijn neus gekeken toen hij vanochtend opstond en ontdekte dat zijn auto weg was, meegenomen door Marie, een zoete wraak voor hun mislukte verhouding. Zo dacht hij erover. Zij niet, zij was argeloos. Nooit eerder had hij David horen vloeken, maar nu wist hij van geen ophouden. Met Henk meerijden – voor de vorm had hij het aangeboden – wilde hij niet. Evenmin wilde hij met de auto van Kishore of Betty. Eerst moest hij zijn auto terug. Als dat niet ging, moest hij de politie en de verzekering inlichten. Alle formaliteiten wilde hij absoluut zo snel mogelijk achter de rug hebben.

Betty en Kishore maakten een hoop drukte. Met Betty had ze het over die hondenfokker in de Karoo gehad, maar Marie had haar mobiele telefoon thuis laten liggen en nu konden ze haar niet bereiken. Zelf bleef hij kalm; zijn dochter wist wat ze wilde, dat was goed.

Brandschoon stond zijn busje te blinken in de zon. Het kistje kreeg een plaats onder de bestuurdersstoel. Dat was het meest stabiel en hij wilde die ene fles dicht bij zich hebben. Volgens een van tevoren uitgekiende volgorde laadde hij vervolgens de andere kisten in de bus. Het waren er tientallen.

Hij zou de wijn voor de commissie wegbrengen en de rest van de kisten op het vliegveld op transport zetten. Dankzij zijn Nederlandse netwerk en de reputatie die hij blijkbaar nog altijd genoot, was de Arkadia Grand Reserve 2000 al helemaal uitverkocht. Apetrots was hij op de buitenlandse bestellingen, waaronder de nodige uit Frankrijk, maar de meeste uit Nederland, Engeland en België. Ja, hij dacht aan die dag in 1981. Hij was stukken ouder nu, de wereld was anders, maar de situatie was hetzelfde. In 1982 was hij op het erf, hetzelfde erf, laadde de wijn in, dacht alles onder controle te hebben en toch ging het mis. Niet zijn schuld, zo moest hij het niet zien. Politiek, daar moest hij het aan wijten, maar nu was Zuid-Afrika vrij en democratisch. Hij was ook vrij. Deze keer ging het niet mis. Hij was al bijna weg. Het was gelukt, de nieuwe wijn, een topwijn, *sans doute*.

In zijn werkkamer tekende Kishore de papieren. Buiten waren jongens aan het voetballen. Er waren nu echte doelen, een leren bal, shirtjes en voetbalschoenen, gesponsord door een voetbalvereniging uit een Noord-Hollands dorp. Kishore uitte zijn waardering over de snelle verkoop van de wijn. De wijn met maar één jaargang was populair. 'Onze klanten zien het als een collector's item.'

'Dat hoop ik niet. Ze moeten hem kopen om te drinken.'

Kishore knikte welwillend. 'Binnenkort komt er een oude kennis van je op bezoek.'

Afwachtend keek hij Kishore aan. Veel oude kennissen had hij niet.

'Shelley. Haar vader is ziek.'

'We hebben geen contact meer.'

'Wij ook nauwelijks, maar ik dacht, misschien wil je het weten.'

XVIII

Marie woont nu bij die hondenman in de Karoo. Ik hoop dat ze gevonden heeft wat ze zocht, maar ik denk van wel. Aan Betty zie je ook dat het kan, een ander leven krijgen. Een gelukkig leven, kan ik beter zeggen. Ze heeft nu haar eigen gezin, met man en kind. Toen ze eenmaal besloten had, ging het snel. Ik heb de kleine nog niet vastgehouden, maar via internet krijg ik bijna elke dag foto's opgestuurd. Het wordt al een hele meid.

Na haar ongeluk heeft Marie ook een ander leven gekregen. Daar kon ze niets aan doen. Maar hier was ze zelf verantwoordelijk voor. Vlak voor ze vertrok heeft ze mij nog gebeld. Het kwam nogal ongelegen. We waren met een heel stel aan het jeu-de-boulen. Ik heb de moestuin laten betegelen en in het midden een speelveld laten maken; achterin nog een partyhuisje waar we ook kaarten en dergelijke. Het begon net te regenen en we waren bezig naar binnen te vluchten.

Had ik de man van de encyclopedie al gevonden, vroeg ze. Ik zei dat ik bang was om de droom te verliezen. Marie werd een beetje boos. Je hebt niets aan dromen. Je moet kijken naar wat je kunt winnen, niet wat je kunt verliezen.

Braaf ben ik op internet gaan 'googelen', zoals zij mij had uitgelegd. Misschien had ik je snel kunnen vinden of ergens een oproep kunnen achterlaten, maar ik was net klaar met die zes delen en nu kwam ik weer een heleboel andere zaken tegen die interessant zijn. Er staat zoveel op. Het is oneindig, net als het heelal. En hoe moet je weten of iets waardevolle informatie is of onzin? Bij een encyclopedie hoef je daar niet bang voor te zijn.

Ik weet niet meer hoe ik bij dat bericht over die honden kwam. Het was al heel laat en ik zat waarschijnlijk al uren achter dat ding. Het moet een kwestie van doorklikken zijn geweest. Ineens zat ik op een forum van jacht-

opzieners en die hadden het erover. Ze wisselden informatie uit in het Afrikaans. Dan kijk je natuurlijk altijd even of je het nog kunt volgen. Dat viel tegen. Er zaten veel woorden bij die ik niet kende. Maar hond is gewoon hond. Wat ik ervan begreep was dat ze al een tijd achter een roedel wilde honden aan zaten die bij veel boerderijen in de omgeving van Stellenbosch en Paarl vernielingen aanrichtten. Er kwamen er steeds meer, maar ze konden de stamplaats niet vinden en gaven elkaar tips hierover door.

71

Die hanne van 'n oud man janee.
Kyk, die hanne, die die twee hanne van my.
In my jonge dae hat hul lekker gekry.
Kyk, die hanne, die die twee hanne van my.

Een wit hekwerk met rode reflectieborden doemde op. Gehelmde wegwerkers liepen in een mist van stoom en stof om een ronkende machine heen waar kokend asfalt uitkwam, dat ze met een soort reuzenspatels gladstreken tot een nieuwe weg.

Hij volgde de stroom auto's naar de omleiding over een parallelweg. De geur van tot elkaar veroordeelde bitumen en grind verhoogde zijn goede stemming. Het was een robuuste geur die het gehemelte schuurde als zand. Toen hij weer voor zich uit keek, zag hij een pijl die hem naar rechts dirigeerde. Deze weg kende hij niet. De dozen stonden stevig vast, maar toch was het iets wat hij niet had voorzien, en dat terwijl hij de route al meermalen had gereden om te weten waar de hobbels en gaten zaten. Wegwerkzaamheden werden te pas en te onpas uitgevoerd, zonder enige vooraankondiging. Daar had hij op moeten anticiperen. Aarzelend sloeg hij af. Hij had geen keus.

De weg versmalde en begon sterk te hellen. In de verte zag hij de toppen van de zwarte bergen. Daar was hij met school een keer geweest. Ze hadden vuur gemaakt, zo hoog dat je niet kon zien wie er tegenover je zat. De voortrekkersliederen die hij en zijn klasgenoten zongen werden door de wind ver de heuvels in gedragen. Hij kende ze allemaal uit zijn hoofd en deed uit volle borst mee. Op de

Koninginnedagen in zijn jeugd waren er de liederen geweest die zijn moeder op de jaarlijkse aubade voor het stadhuis in Leeuwarden met het kindertehuis ten gehore had moeten brengen. Jaar na jaar had ze daar gestaan en 'Waar de blanke top der duinen schittert in de zonnegloed' aangeheven. Zelf zou hij pas op zijn eenendertigste zijn eerste duin zien.

Het asfalt maakte met horten en stoten plaats voor zand. De weg verkleurde. Fijn rood stof hechtte zich aan de ruitenwissers. Binnen een halfuur zou de hele bus met een dunne laag zijn overdekt. Steentjes ketsten onder het voertuig vandaan. Een grotere schoot tegen het chassis en deed de bus knarsetanden. Hij keek in de spiegel en zag dat er geen ander verkeer op de weg was. Of dat eerder wel het geval was geweest, herinnerde hij zich niet. En ook niet of de auto's die vóór hem hadden gereden ook de omleiding naar rechts hadden genomen. Maar dat kon niet anders. Die pijl was heel duidelijk geweest. Dat hij er geen herinnering aan had betekende niets. Het geheugen is niet selectief maar onverschillig.

De weg helde zo sterk, dat het leek alsof de rotswanden links en rechts steil uit de grond rezen, als garagedeuren die elektronisch openschoven. Keren was onmogelijk. Hij keek schuin omhoog. Bruine vlekken dansten voor zijn ogen. Met een wee gevoel in zijn maag minderde hij vaart en keek nogmaals. De vlekken voegden zich samen tot grotere en vielen dan weer in kleinere uiteen.

Hij kneep zijn ogen bijna helemaal dicht in een laatste poging het beeld scherp te krijgen. Ineens zag hij ze. Messcherp. De honden.

'Ze zijn terug,' had zijn moeder gezegd.

Met gebogen kop liepen ze op een smalle richel hoog op de rotswand. Hij remde af. Waren ze hem gevolgd? Onmogelijk. Ze waren hier thuis. Hij was nog niet ver van Arkadia. Slimo had weleens beweerd dat het nest in de buurt moest zijn. Angst joegen ze hem niet aan. Zeker zes telde hij er nu. De voorste bleef staan en keek hem aan. Waterige ogen. Het beest boog zijn kop en verdween in een nauwe opening aan het einde van de richel. De andere volgden. Ze legden hun voorpoten op de grond en hun kop erop en wrongen zich er langgerekt en plat doorheen. Met een uitdagend kwispelende staart verdween de laatste en liet alleen stilte achter. De rotsen absorbeerden de geluiden als een met fluweel gecapitonneerde muur.

Hij moest weten waar ze naartoe gingen. Maar hij liep nu al vertraging op en wist niet waar deze weg op uitkwam. Misschien zou hij nog kilometers moeten omrijden om weer op zijn oorspronkelijke route te komen. Hij pakte zijn telefoon. Geen bereik.

Langs de rotswand reed hij verder tot hij een smalle doorgang bereikte, die naar een open plek tussen de rotsen leidde. Lege bierflessen en de sporen van een vuur wezen op de bewoonde wereld. Mensen uit de buurt kwamen hier 's zomers misschien voor een braai. De voorliefde voor de buitenlucht en gegrild vlees was een van de weinige zaken die de Afrikaners verenigde. Tieners zouden op vrijdagavond komen voor de uitoefening van rituelen die over de hele wereld hetzelfde zijn.

Hij stapte uit. De hitte sloeg hem als een natte dweil in het gezicht. Hij wachtte. Het zou overgaan. Zijn ogen zigzagden langs de rotsen tot hij de richel weer vond. In gedachten trok hij de loop ervan door, fixeerde het punt en liepen de weg van steen op. Op een plateau bleef hij staan en keek omlaag naar zijn bus. Hoe nietig stak die af tegen deze rotswanden, maar alles zat erin, zijn hele leven, zijn schat, zijn werk. Schuld bekend en boete gedaan. Spoedig zou alles voorbij zijn, maar misschien was het niet genoeg. Daders bepalen hun eigen strafmaat niet.

Zijn ogen vernauwden zich om zich te kunnen focussen op de opening hoog in de rotswand. Hij zou moeten klimmen.

Snel liep hij terug om zijn zaklantaarn te halen. Met de lamp in zijn broekzak tastte hij de rotswand af naar een geschikt beginpunt. Zijn handen vonden eenvoudig grip. Hij trok zich op en klom in een gelijkmatig tempo omhoog. Het deed hem goed zijn eigen kracht te voelen. Hij kon nog best mee.

In enkele minuten bereikte hij de richel en liep naar het einde ervan. Alleen horizontaal zou hij zich door de opening kunnen wurmen. De geur van rottend water bereikte zijn neus. Hij knipte zijn zaklantaarn aan en verkende de binnenkant. De wanden glinsterden vochtig. Hij liet zich zakken. Zijn ademhaling vormde het enige geluid. Binnen kon hij aanvankelijk nog rechtop lopen, maar al snel werd de ruimte nauwer. Bukken werd tijgeren. Van de honden geen spoor.

Hij deed de zaklantaarn uit om de batterijen te sparen. Op de tast voelde hij hoeveel ruimte hij boven zijn hoofd had en kroop in het aardedonker door.

Op het moment dat hij zijn vermoeidheid en leeftijd niet langer kon negeren, zag hij achter in de tunnel een flauw lichtschijnsel, dat moest wijzen op een grotere ruimte met daglicht. Zijn opwinding maakte hem nonchalant. In de vaart waarmee hij verderging, stootte hij zijn hoofd aan een puntig uitsteeksel en schoot met zijn kin tegen de grond. Pijn stroomde naar zijn achterhoofd en pakte zich daar samen tot hij het bewustzijn verloor.

Tussen slapen en waken in hoorde hij hoge, scherpe tonen en voelde iets warms en nats op zijn voeten. Hij opende zijn ogen en wilde zijn hoofd oprichten, maar de pijn had een schild gevormd. Het trekken aan zijn schoenen werd heviger. Hij knipte zijn zaklantaarn aan en keek naar zijn voeten. Het krioelde er van de puppy's. Om het hardst piepend, rukten ze met hun tandjes aan zijn veters. Puppy's die daar geen plaats vonden, zetten zich aan de zolen van zijn schoenen en de zomen van zijn broekspijpen. Ze sprongen over elkaar heen en duwden elkaar weg. De haren van hun vacht plakten in plukken aan elkaar, waardoor het leek of ze net de moederschoot verlaten hadden, maar toen hij wat beter keek, zag hij dat de gaten in de grond vol water stonden. Ze waren gewoon nat en varieerden in leeftijd van één tot zes weken. Sommige hadden de ogen nog dicht en bewogen als mollen achter de andere puppy's aan.

Een heleboel hondjes en geen teef om ze een voor een tussen haar tanden aan hun nekvel terug te brengen. Een verklaring voor dat verschijnsel had hij niet, maar hier gold de alledaagse werkelijkheid niet. Hij schopte zijn schoenen uit om ze van de vracht jonge hondjes te bevrijden, maar die klampten zich met hun voorpoten vast om zijn enkels, met stukken veter vastberaden in de bek. De puppy's op de tweede rij sloegen hun voorpoten dan weer om de voorste heen. Zo werkten ze samen.

Met zijn zaklantaarn zwiepte hij heen en weer en scheen in hun ogen, maar ook dat haalde niets uit. Lichte paniek overviel hem. De bus stond buiten in de blakende zon. De wijn zou te warm worden en dat zou de jury ongunstig beïnvloeden. Waar was hij mee bezig? Hij wilde weten hoe laat het was, maar het glas van zijn horloge was gebroken. Door het duister in de grotten had hij geen enkel idee meer van de tijd. Hij moest een vliegtuig halen, flessen wijn afleveren bij de commissie, bij zijn klanten en bij Bernard in de Ardennen.

Bruusk draaide hij zich om. Zijn kleren waren doorweekt. In het rond schoppend trapte hij de hondjes weg. Het gepiep zwol aan en toen, als bij afspraak, stoven alle puppy's weg. Hij hoorde het geluid van de trippelende pootjes wegsterven in de tunnel, terwijl hij zo snel mogelijk op ellebogen en knieën voortging. De zaklantaarn borg hij op en nadat zijn ogen aan het duister gewend waren, ontwaarde hij in de verte een lichtschijnsel, gereflecteerd door het water in de tunnel. Hij haastte zich. Zijn broek lag open en scheurde bij de knie bij elke beweging meer uit. Het laatste stuk duwde hij zichzelf langs de wanden vooruit, tot de tunnel zich verwijdde en hij kon gaan staan.

Het licht dat door een smalle spleet viel bescheen een soort nis in de wand. Er lag iets in. Zijn adem stokte. Langzaam liep hij dichterbij en bleef staan. Het diffuse licht maakte de nis tot een altaar. Op de muur erachter waren roodbruine schilderingen aangebracht van gazelles, antilopen en koedoes. In galop, gras etend en spelend met elkaar. Vredig en lief. En in de nis lag een gymschoen.

De schoen van Andile, merkwaardig intact na al die jaren. Het Afrikaanse stof maakte alles in een oogwenk grauw, maar de schoen was nog even wit als hij zich herinnerde, met een grasgroen inzetstuk aan de zijkanten. Zijn keel was kurkdroog. Hij probeerde te slikken maar het lukte niet.

Aarzelend stak hij zijn hand uit, bang als hij was dat de schoen zou verpulveren onder zijn aanraking. Hij legde zijn hand op de schoen. Die voelde stug en warm aan. Meteen werd hij werd kalm ondanks de tranen die hij achter zijn ogen voelde prikken. Hij pakte de schoen op en wiegde hem in zijn armen. Sentimentele oude dwaas. Een peilloze ontroering maakte zich van hem meester. Hij drukte de schoen tegen zich aan en liet zijn tranen de vrije loop.

Ze zijn terug, had zijn moeder gezegd. Ook hij moest het altijd geweten hebben. Hij kon nu al niet meer bevatten dat hij het ooit niet geweten had. Het was de meest logische verklaring.

Zijn vader had Andile over de akker gesleept en hem voor dood achtergelaten omdat hij eerst Jean-Luc ging begraven. Een zwart kind kan daar wel op wachten, een wit niet. Het begraven van Jean-Luc had niet lang geduurd omdat Henk zijn vader zo goed geholpen had, maar het lichaam van Andile was al verdwenen toen ze weer terug de akker opliepen. Slechts een gymschoen hadden ze nog aangetroffen.

In de tussentijd waren de honden gekomen en hadden Andile meegesleept naar hun hol, aan zijn veters en schoenen, net zoals ze bij hem hadden geprobeerd. Eén schoen was op de akker blijven liggen. Dat was het beeld dat hij zo vaak in zijn dromen had gezien. Door een geelbruin filter zag hij dan de akker, met de stoppels, de scheuren in de aarde, en de tractor en aan de trillende horizon in vaalgele tinten de honden, die zich voortbewogen als in slowmotion, met uitgestrekte voor- en achterpoten en de dikke, vosachtige staarten hoog opgeheven. Een geluidloos beeld, waarin het geen nacht en geen dag was.

Nu wist hij zeker dat Andile dood was. Al die jaren was hij bang geweest dat Andile nog leefde. Hij zou groot en sterk worden en dan wraak komen nemen. De vergelding was desondanks gekomen. Met tienduizenden waren ze gekomen, hadden zich verenigd en de macht gegrepen.

De afstand van hun akker naar het hol kon niet groot geweest zijn. Had zijn vader het geweten? Hij had in ieder geval nooit geloofd, zoals Shelley en haar familie, dat Andile misschien nog ergens anders leefde onder een andere naam en identiteit, zich een nieuwe familie had toegeëigend, net als hijzelf. Nu kon hij haar vertellen hoe dichtbij Andile al die tijd geweest was. Dát was geruststellend.

Er kwam meer licht de grotten binnen door het klimmen van de zon. Nu zag hij ze zitten. Rondom zij aan zij, in rijen boven en onder elkaar, afwachtend. Honderden honden die de ruimte hiermee tot een antiek Grieks theater transformeerden. Ze waren zijn vijanden niet.

Geluiden van buiten drongen tot hem door. Flarden, die wegvielen en terugkwamen, als een signaal dat werd verloren en weer opgepikt. Met de schoen aan zijn riem gebonden klom hij zo vlug hij kon in de richting van de opening. Hij zag de blauwe lucht en ontcijferde de geluiden die daarin onzichtbaar aanwezig waren. Kinderstemmen. Eén kind voerde met overslaande stem het hoogste woord. Paniek overviel hem.

Hij plaatste zijn voet op het volgende rotsblok, trok zijn andere been erbij en ging rechtop staan. Nu was hij dicht genoeg bij de opening om zich aan de stenen op te hijsen en zich erdoorheen te wurmen. Het licht buiten was enorm fel. Het duurde even eer hij zijn ogen helemaal open kon houden.

De bus was vlakbij. De deuren waren opengebroken. De grond lag bezaaid met kapotte flessen. *Net als toen, net als toen.* Een zwerm kinderen van twee tot achttien hing rond op de rotsblokken niet ver van de plek waar hij de tunnel in was gegaan. Hun benen hingen wiebelend over de randen, alsof hun onschuld nog bestond. Teenslippers aan de meeste voeten.

'Hé, mister!' riep een pikzwarte jongen van een jaar of acht.

Een antwoord werd niet verwacht. Een peuter met blond kroeshaar liep rond met een lege fles alsof het een barbiepop was. Ze waren dronken, lazarus, in de olie, elke benaming was van toepassing en alle drank waar alcohol in zat was goed geweest, maar zij waren dronken geworden van de Arkadia Grand Reserve 2000.

Het slagveld had zoveel raakvlakken met 1982. Opnieuw leed hij een verpletterende nederlaag. Hij verzamelde moed en keek in de bus. Er was nog een kist met vier flessen over en het kistje met de fles voor Bernard stond intact onder de EHBO-doos. Nog was alles niet verloren.

Zijn hart klopte in zijn keel. Hij legde de schoen op de passagiersstoel en zette de kist met vier flessen buiten, zoals je roofdieren hoopt af te leiden door ze stukken vlees toe te werpen. In zijn wanhoop gooide hij zijn mobieltje erachteraan, sloot de deuren en kroop binnendoor naar de bestuurdersplaats.

Had hij nou echt gedacht dat hij zou kunnen wegrijden? Daar kwamen ze aan, alsof ze op dit teken hadden gewacht. Een voor een zetten ze zich met hun handen af en sprongen op het onderliggende plateau. Vandaar renden ze naar beneden. Er was een meisje bij met een rood hemd dat haar een paar maten te groot was en een borst vrijliet. Zij noch de anderen leken dit op te merken. De grotere jongens en alles wat daarbij wilde horen, kwamen met spectaculaire sprongen van rots naar rots van de bovenste plateaus omlaag.

Schokkend zette de bus zich in beweging. Wegrijden en gas geven, al zou hij er een raken. Er was nog één fles. Het bewijs voor zijn vader. Het kon genoeg zijn. Wat deed de rest van de wereld ertoe. Hij en zijn vader, meer was er niet. Hij dacht aan de EHBO-doos boven op de kist voor Bernard en lachte nerveus. *Daar lag hun belangstelling niet.* De zin hamerde door zijn hoofd als een mantra om het geraas dat de komst van de meute aankondigde te doen keren.

Tevergeefs. De bus werd al omringd door de kinderen, die met hun vuisten op de ramen sloegen en hun gezichten ertegenaan drukten. Verder rijden was onmogelijk. Een paar hadden een fles wijn te pakken en beukten daarmee op de ramen. Ze waren door het dolle heen. Hun bolle dronkemansogen staarden hem wezenloos aan en de monden onder de platgedrukte neuzen schreeuwden onverstaanbare klanken. Met stenen sloegen ze de ruiten in. Het sneuvelen van de voorruit wierp een regen van glas over hem heen. Panisch probeerde hij gas te geven. Twee jonge, gespierde armen staken naar binnen en grepen zijn stuur. De jeugd wint altijd.

Hij keek naar zijn knieën die door zijn kapotte broek staken, en in die aanblik van witroze, knokige huid, omgeven door rafelige stof, zag hij zijn eigen machteloosheid weerspiegeld. Een oude man was hij, niets meer waard, niets gepresteerd.

De vier flessen waren al soldaat gemaakt, maar het was niet genoeg. Ze waren niet tevreden. Het stel dat de bende leidde alsof het een roedel wolven was, kwam de bus in. Een sprankje hoop had hij nog. Misschien zouden ze de bus oppervlakkig doorzoeken en dan zouden de leiders hun troepen verzamelen, gebaren dat er niets meer te halen was en vertrekken. Maar nee, overal om hem heen waren graaiende handen. Ze gingen door zijn broekzakken, het dashboardkastje, onder de stoelen... De EHBO-doos werd op de passagiersstoel omgekieperd en de ontsmettingsmiddelen werden ter plekke genuttigd; ook daar zat alcohol in. Ondertussen hoorde hij achter zich een kreet van triomf. Hij hoefde niet te kijken. Alles mochten ze nu met hem doen. Hij legde zijn handen op het stuur en zijn hoofd op zijn handen. Het was klaar.

Buiten de bus ontstond een gevecht om de laatste fles. Hij hoorde het agressieve geschreeuw. Natuurlijk, de laatste fles is ook voor hen belangrijk. Dat moest hij respecteren.

Het gevecht kende een winnaar. De fles werd tegen de motorkap kapot geslagen. De aarde opende zich, verslond het kostelijke vocht en sloot zich weer. In een mum van tijd was er niets meer van te zien. Dat was Afrika, de moedergodin, die alles opeiste en tot zich nam.

Of er was niets gebeurd. Misschien hallucineerde hij als reactie op het zware werk van de laatste tijd. Dat zou goed kunnen. Deze beelden had hij immers eerder gezien. Als ze hem niet bekend waren, had hij ze niet kunnen verzinnen.

Nu de kinderen beseften dat ze hem niet meer zouden kunnen deren al zouden ze zijn nagels, tanden en haren een voor een uittrekken, verloren ze hun belangstelling en dropen af, bijna ontnuchterd.

Hij reed terug en bereikte de wegomleiding weer. Bij een benzinestation knapte hij zich wat op. De bevreemde blikken van het personeel lieten hem koud.

72

Tegen de avond kwam hij terug op Arkadia. Hij parkeerde de bus, pakte de schoen en stapte uit. Betty kwam hem tegemoet en wilde iets zeggen, maar zweeg toen ze zijn gehavende uiterlijk en de raamloze, met rood stof overdekte bus zag.

'Zal ik een dokter bellen?'

'Ik ben niet ziek.'

Ze keek naar de schoen in zijn hand. Haar blik hield het midden tussen medelijden en nieuwsgierigheid.

'Laat het me weten als ik iets voor je kan doen.'

Hij knikte en liep naar zijn appartement. De schoen had hij nog. Dat was zijn wisselgeld. Alles ingeruild voor een oude gymschoen die niemand zou passen. Dan had de prins van Assepoester meer geluk gehad.

Met de schoen tegen zijn borst geklemd ging hij op bed liggen en viel in slaap.

Dromen waren er nu, geen nachtmerries meer. Hij droomde van een hand op zijn voorhoofd, een warme doek over zijn gelaat, een vrouwenborst die bij het bukken over zijn schouder streek. Open je ogen. Nee, hij had zo lang niet van vrouwenborsten gedroomd. Vlieg. Vlieg boven Arkadia uit naar die fonkelende sterrenhemel die alles overkapt, maar niet te ver. Draai je om, zie hoe alles in diepe rust is en slaap verder.

Hij werd wakker en zag de gymschoen in zijn handen en de vuile schoenen aan zijn voeten. Een moment was alles vreemd, alsof hij door een geheime deur naar een andere wereld was gegaan, maar al snel herinnerde hij zich wat er was gebeurd. Ondanks alles voelde hij zich rustig. Na een douche trok hij schone kleren aan en ging met de schoen naar buiten.

Vanaf de spar liep hij naar het landje en vanaf daar langs een strook fijnbos over een zandweg die naar de barakken toe liep. In de schaduw van het fijnbos maakte een figuur zich los. Shelley. Hij stond tegenover haar en hield de schoen als een amulet tegen zich aan geklemd.

'Ik kon niet slapen,' zei ze.

Hij keek naar haar. In het zachte licht van de maan leek ze nog bijna een jong meisje. Eindeloos zou hij naar haar kunnen kijken en het zou genoeg zijn. 'Je bent mooi.'

Ze keek naar de schoen in zijn hand, stak haar hand uit en trok hem weer terug. 'Heb je hem gevonden?'

'Ja. Nee, alleen dit. De honden hebben hem meegenomen.'

'Dat snap ik niet.'

'Andile is dood.'

'Hoe weet je dat?'

Hij hield de schoen omhoog alsof daarmee zijn stelling bewezen werd. 'Jean-Luc was onder de ploeg gekomen. Andile heeft het gezien. Ik moest hem vangen.'

'Moest? Van wie?'

'Van mijn vader.'

'En jij was gehoorzaam.'

Zijn adem stokte. Zoveel jaren samengevat in zo weinig woorden. Shelley keek achterom naar de barakken alsof ze naar huis wilde.

'Hij rende weg. Ik heb hem ingehaald. Hij was sneller dan ik, maar hij struikelde.'

'En toen had je hem.'

Zo was het.

'En nu?' vroeg ze.

'We hoeven niet meer te zoeken.'

'En verder?'

'Nu is er geen geheim meer.'

'Wat is het nut van geheimen?'

'Dat je ze niet vergeet.'

'Of dat je ze niet vertelt.'

'Het spijt me.' Hij deed een stap naar voren. Zijn hoofd was dicht bij het hare. Hij duwde haar de gymschoen in handen.

Shelley haalde de veter uit de schoen en reeg die weer in. Ze zou het blindelings kunnen, zo vaak deed ze het voor oude mensen en haar kinderen. Ze keek op; hij keek terug. Opnieuw haalde ze de veter eruit en begon weer met inrijgen. De veter brak.

Hij trok haar naar zich toe, drukte haar tegen zich aan, voelde de klamheid van haar huid onder haar dunne blouse. Druk, tegendruk.

Ze duwde hem weg, zachtjes maar kordaat. Net als ze deed bij oude mensen en net als ze eerder bij hem had gedaan. 'Klaar.'

In haar ogen zocht hij naar hun verleden, heden en toekomst, maar hij vond niets gemeenschappelijks. 'Shelley...'

Ze stapte achteruit. 'Morgen vroege vlucht.' Met de schoen in haar handen draaide ze zich om en liep terug naar de barakken.

Hij keek haar na tot ze oploste in het donker.

Hij bleef op en dwaalde door de wijngaarden, langs de proefveldjes van de arbeider, voorafgegaan door een houten bordje met hun naam. Sommige veldjes voorbeeldig, zoals dat van Cécile, andere overwoekerd door onkruid.

Op het erf waste Sol zijn bus. Het sop was rozerood gekleurd. Alle glasscherven en rommel uit de bus lagen in een grote afvalbak. Als Sol het sop had weggegooid en de afvalbak weggezet, zou er op de kapotte ruiten na al bijna niets meer van te zien zijn.

David voegde zich bij hem met zijn pasgeboren baby, die hij voortdurend klopjes gaf, op de schouder. 'Is echt alles weg?'

Hij knikte. 'Volgend jaar doen we weer mee. Wat is nu één jaar?'

Ze zwegen.

David gaf ook hem een klopje op de schouder en liep weg.

73

Vanuit zijn appartement zag hij hoe David en Makeziwe alle arbeiders op het erf verzamelden. Sommigen lagen om de hoek onder de bomen te luieren en kwamen onwillig overeind om zich naar de arena te begeven. Betty stond op een verhoging en had zich piekfijn aangekleed. Kishore was ook weer eens in pak en hield Zoë, die net had leren lopen, aan de hand. Er waren meer mensen met kleine kinderen, mannen en vrouwen. Nieuwe gezichten zag hij, maar ook oudgedienden als Sol, Slimo en Cécile.

'Welkom allemaal,' sprak zijn zus, 'op de belangrijkste dag van mijn leven... op mijn bruiloft na.' Kishore en Betty glimlachten naar elkaar.

Hij maakte gebruik van de luwte, deed de deur open en voegde zich naar hij hoopte onopvallend bij het gezelschap, maar zowel David als Kishore merkten hem op en groetten hem.

'Zeven jaar geleden heb ik een belofte gedaan...' ging zijn zus door. Hij ving haar blik. Ze haperde even, maar herstelde zich. 'Ik ben hier geboren en getogen. Ik hou van Arkadia, ik hou van Afrika. Begin jaren vijftig zijn mijn ouders hier komen wonen – sommigen onder jullie hebben hen nog gekend – en nadat zij na dertig jaar hard werken terugkeerden naar Nederland, hebben mijn broer en ik afwisselend het beheer gevoerd over de boerderij, met wisselend succes...'

Gelaten luisterde hij. Hij had het al geaccepteerd. Alles, bijna alles.

'Door mijn huwelijk kwam ik terug op de boerderij en veranderde mijn droom niet in een illusie, zoals de meeste dromen, maar in de realiteit.' Betty keek de arbeiders een voor een langs en hij keek met haar mee. In het algemeen keken ze voor zich uit in een mengeling van onverschilligheid en beleefdheid.

'Vandaag draag ik de boerderij aan jullie over. Als jullie straks naar huis gaan, is Arkadia niet meer van mij, van mijn man of van mijn broer, maar van jullie.'

'Hoeveel gaan we verdienen?' Besmuikt gelach. Dat was Sol, grijs, maar nog even brutaal als vroeger.

'Jullie moeten je inkopen. Dat kan met een lening, of door maandelijks geld in te laten houden op je salaris. Er is een financiele constructie bedacht, waardoor alle huidige werknemers mee kunnen doen. In het begin zal het geen vetpot zijn. Tijdelijk gaan jullie er misschien op achteruit. Maar voor jullie kinderen zal het een groot verschil maken.'

In gemurmel begonnen de arbeiders al uiteen te wijken.

'David blijft hier. Hij krijgt een coördinerende functie en zal de scholing en werkplanning op zich nemen, en mijn man Kishore blijft als juridisch adviseur aan Arkadia verbonden.' Haar ogen gleden over Henk heen, maar hij weigerde haar blik te vangen, hoewel hij op hetzelfde moment besefte hoe kinderachtig dat was.

'Ik wens jullie veel succes! Laten we samen het glas heffen op deze feestelijke dag.'

Kishore begon te klappen en de rest klapte mee. De arbeiders gingen op weg naar de beloofde drank. Betty bleef achter op de verhoging. Kishore liep naar haar toe en stak zijn hand uit. Ze klom eraf.

Cécile vroeg aan Henk of miss Betty naar Canada ging. Hij zei dat Betty met haar gezin in Durban ging wonen. Daar woonde veel familie van Kishore. Maar een deel van haar zou altijd in Arkadia blijven. En van hem ook, voegde hij er in gedachten aan toe.

Hij liep op zijn zuster af. 'Gefeliciteerd.'

'Dank je.'

'Jij hebt nu wat je wilde.'

'Ja... Ik dacht altijd dat de overdracht van de boerderij het grootste moment in mijn leven zou zijn. Het is ook groot, maar het passeert en de dag gaat verder.'

'Dat is luxe.'

Betty haalde haar schouders op. 'Er zijn andere dingen voor in de plaats gekomen.'

'Nog meer luxe.'

'Ik gun jou al die luxe ook.'

Hij haalde zijn schouders op. Luxe was een begrip dat niet aan hem besteed was.

'Shelley heeft me verteld wat er gebeurd is,' zei ze zonder merkbare overgang.

'Dan zul jij me wel slecht vinden.'

'Je was een kind, Henk. Wees niet zo hard voor jezelf.' Ze keek hem aan en gebaarde naar Kishore. Haar hele lichaam drukte uit dat ze op het punt stond door te lopen. 'Stop ermee. Het is voorbij.'

Achter Betty torende de spar hoog boven haar en het huis uit.

74

Met veel geraas en geknak van takken viel de grote spar in de voortuin om. Hijgend stond hij ernaast. Zijn benen trilden, maar de voldoening was groot. Nu was hij het die erbovenuit torende.

De hele dag werkte hij door, scheidde de takken van de stam, zaagde die in mootjes, de takken in stukken, stapelde de blokken in rijen. Met een kruiwagen verplaatste hij het hout in gedeeltes naar de schuur. In stukjes en beetjes zou de boom door de schoorsteen verdwijnen en nieuwe hoogterecords vestigen alvorens voorgoed te verdwijnen.

Zonder de spar oogde het huis kaal en open. De muren baadden in het zonlicht. Geen Keppel zou hier profijt van trekken. David en Evi kwamen hier wonen na het vertrek van zijn zus en haar gezin. Hun kinderen zouden door het huis rennen en nieuwe stemmen zouden klinken op de trap en door de ramen.

XIX

Dit is mijn laatste brief. Ik heb je gebeld. Het was makkelijk je nummer te achterhalen. Al die tijd woonde je gewoon in Nederland. Voordat ik je durfde te bellen, kende ik je nummer van voor naar achter en van binnen naar buiten en nu heb ik het al niet meer nodig.

Je wist meteen wie ik was. Je kende maar één Anneke. Voor de zekerheid zei ik dat wij die boerderij hadden in Zuid-Afrika, Arkadia. Wij, dat waren Johan en ik. Over hem moet ik het niet meer hebben.

In Schin op Geul heb je me van de trein gehaald. Wat is het daar mooi! Al die heuvels en dat groen, net de Kaap. Jij sprak me aan. 'Anneke?' zei je. Toen ik je zag, wist ik dat, mocht ik je bij toeval gezien hebben in het postkantoor of op een kruispunt, ik je meteen herkend zou hebben.

Je pakte mijn reistas aan en we liepen naar je auto. Je hield het portier voor me open. Ik voelde me een prinses en ik verlangde naar je. Ik wist niet dat ik die gevoelens nog had, wel dat ik ze zou gaan vieren.

We reden door de glooiende heuvels, waar kerken hoog boven de daken van de dorpen uitstaken, naar jouw huis. Een witgeschilderde boerenhoeve met een binnenplaats, een moestuin, een boomgaard met pruimen- en kersenbomen en kippen, veel kippen. Het stond alleen in het landschap, een prachtige, maar niet eenzame plek.

Je vroeg wat ik wilde. Uitpakken of eerst een kroketje eten. Ik wilde je eerst kussen. De rest weet je.

75

Voordat hij ging pakken, maakte hij een rondje door de wijngaarden en eindigde bij het landje. Op de voormalige grond van de Castels verplaatsten ouderen in goeden doen zich in golfkarretjes, de club in de hand geklemd alsof ze op een paard zaten en aan polo deden.

Veel had hij niet aangeschaft de afgelopen jaren. Zijn koffer, die op de nog uitgeklapte slaapbank lag, kreeg hij niet eens helemaal vol. Onder het dichtritsen hoorde hij een bescheiden klop op de deur. 'Ja?' Het bleef stil tot de volgende klop. Ongeduldig liep hij naar de deur en deed open. Walter. Na het bottelen had hij hem niet meer gezien.

'Walter... Hoe kom jij hier?'

'Gelopen.'

'De honden zijn niet aangeslagen.'

'Als je tegen ze praat, worden ze rustig.'

Getroffen keek hij hem aan. Walter droeg een rood-groen gestreept T-shirt met een witte kraag. 'Er is nu geen werk voor je. Kom in het voorjaar maar terug...' Walter bleef staan, half in de deuropening, het felle daglicht in de rug. '...en meld je bij David, die gaat erover. Zeg dat je via mij komt. Is je vader er ook?'

Walter schudde zijn hoofd en haalde een fles wijn uit een plastic zak, die hij hem met neergeslagen ogen overhandigde. Henk veegde denkbeeldig stof van het etiket, maar hij had het goed gezien. Het was een Arkadia Grand Reserve 2000.

Walter zei dat hij de fles geleend had. Iedereen praatte erover. Die wijn moest wel heel bijzonder zijn. 'Er waren zoveel flessen. Ik dacht, één fles wordt niet gemist.'

'Waarom geef je hem nu aan mij?'

'Mijn moeder zei dat ik hem terug moest brengen.' Onzeker keek hij hem aan. Hij leek jonger dan zijn jaren, een kind nog. 'Bent u boos?'

'Nee, je hebt een lieve moeder.'

Met de fles wijn in zijn handen bleef hij achter in het midden van het vertrek. Die ene fles. Hij had hem terug. Walter vertrok stilletjes. Hij merkte het niet.

Met de armen om elkaar heen deden Kishore en Betty hem uitgeleide. Zijn zus gaf hem abrikozen mee voor hun moeder en vroeg hem zo snel mogelijk bij haar langs te gaan, want ze was nogal uithuizig de laatste tijd en Betty begon zich ongerust te maken.

Hij omarmde haar en ook Kishore. Het deed hem denken aan die keer dat hij hen had zien dansen op het oogstfeest. Betty met haar dikke buik. Nu was Henk een van hen.

Hij reed van de boerderij weg langs alle vertrouwde plekken. Bij het uitzichtspunt zag hij een huurauto staan. Hij reed door, steeds verder weg. Het was niet vergeefs geweest.

Hij vertrok met een schat.

76

De weg slingerde door een donker en vochtig bos. De herfst had de bladeren van de bomen al verkleurd, maar nog niet weten los te rukken. Een restaurant adverteerde met wild zwijn op het menu.

In zijn huurauto reed hij een klein dorp binnen. De laagstaande zon wierp de lange, koele schaduwen van het veranderende jaargetijde. Er waren een kerk, een school, een winkel en een gemeentehuis. Bij een informatiebord aan een plein stopte hij en zocht het adres. Het was vlakbij. Monter stapte hij weer in en reed de laatste kilometer.

Van een afstandje zag hij ze al zitten. Een paar oude mannen op een bankje bij elkaar in de zon, de muur van het huis overwoekerd met klimop en blauweregen.

De auto slipte door het grind van de oprit. De mannen wachtten zonder ongeduld af. Met het kistje in zijn handen stapte hij uit en liep naar de bank. Bernard Castel zat in het midden. 'Kijk nou, daar is Henk.'

'Ik heb iets meegebracht.'

'Dat werd tijd.' Bernard knipoogde.

Hij trok een stoel bij, haalde de wijn uit het kistje dat hij gemaakt had van het hout van de oude spar en ontkurkte die. Antichambreren en dat soort zaken, het zal wel. De mannen links en rechts van Bernard gooiden hun glazen leeg op het grind en hielden ze al bij. Hij schonk ze vol. Proeven hoefde ook niet. Te tijdrovend en niet van belang. De buurmannen dronken; Bernard dronk. Hij zelf niet. Hij had de herinnering aan die ene fles. Beter anderen te laten drinken.

De drie mannen op de bank keken elkaar aan. Bernard knikte.

'*Pas mal.*' De buurmannen beaamden dat vrijwel direct. '*Non, ce n'est pas mal.*'

De buurman rechts van Bernard nam de fles in handen en bestudeerde het etiket. 'Arkadia Grand Reserve 2000? Is dat Frans?'

'Zuid-Afrikaans, mijn zoon is wijnmaker,' zei Bernard.

Lang keek hij Bernard aan. Voor anderen was het een losse opmerking, veel minder dan een incident, maar voor hem was het alles waar hij zijn hele leven naar gehunkerd had. Met die paar simpele woorden gaf zijn pleegvader hem zijn toekomst terug. Uit alles zou hij nu kunnen gaan kiezen. Maar nog even niet. Eerst genieten van die verrukkelijke leegte.

Om hem heen nam het geroezemoes toe. Nog meer buren kwamen aankuieren. Hij keek om zich heen. De fruitbomen, de lage zon, de oude huizen met de kleine ramen, het mistige bos op de heuvels achter het dorp. Perfect. Bernard keek hem aan en maakte een proostgebaar. Een van de nieuw aangekomenen pakte de fles en schonk zichzelf royaal in. Hij morste flink op de grond. De fles zou snel leeg zijn.

Bernard reikte hem zijn glas aan en Henk dronk. Onwerelds. Boven de laatste slokken van de Arkadia Grand Reserve 2000 keken ze elkaar aan in diepe verbondenheid.